KB001959

세상이 파래진다면

타케다 아야노

GC BOOKS

목 차

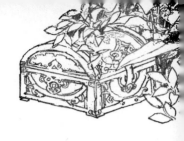

세상이 파래진다면

프롤로그

어젯밤, 예쁘게 잘 칠해진 매니큐어를 귀엽다고 칭찬해주길 바랐다.

카나는 진열대에 놓인 유리병을 손에 들면서 옆에 서 있는 사카하시 료의 얼굴을 올려다봤다. 가게 진열창을 통해 새어든 빛이 그의 부드러운 머리칼을 투명하게 비췄다. 날렵한 콧날, 눈매가 처진 쌍꺼풀 눈, 셔츠에 감싸진 호리호리한 체구. 그 전부가 참 좋았다.

몸속에서 심장이 요동치고 있는 게 들키지 않도록 카나는 코로 숨을 살며시 들이마셨다. 4월과 어울리는 싱그러운 꽃향기가 가게 안쪽에 설치된 진열대에서 풍겨왔다. 사귄 지 2년이 지났는데도 아직도 이렇게나 두근거린다는 걸 안다면 료는 어이없어할까?

"점원이 없네."

료가 가게 안을 두리번거리고는 조금 당혹스럽게 말했다. 그러고 보니 이 가게에 왜 왔더라? 꿈속에 있는 것처럼 전후 기억이 모호했다.

"여기 무슨 가게였어?"

카나가 묻자 료는 이내 어깨를 으쓱거렸다.

"모르겠어. 카나가 들어가 보고 싶다고 했잖아? 『궁금한데 들어가도 돼?』 하고 말이야."

"그랬나?"

"그랬어. 그나저나 별난 가게네. 최근에 생긴 것 같진 않은데."

다크 브라운을 기조로 한 기둥에서는 세월이 느껴졌다. 도저히 신축 건물로는 보이지 않았다. 입구 부근에는 진열대가, 그 아래쪽에는 라탄 바구니가 쭉 늘어서 있었다. 진열대에는 조금 고급스러운 상품들이 놓여 있었다. 광택이 흐르는 장기 세트와 액세서리가 진열되어 있었다. 한편 바구니에는 인근 유원지의 마스코트 캐릭터 모양의 키홀더와 누군가가 사용했던 흔적이 있는 편지지 세트 등 잡동사니 같은 물건들이 난잡하게 처박혀 있었다.

"알겠다. 앤티크 숍 아냐?"

"난 리사이클 숍으로 보여."

"그게 뭐가 달라?"

"글쎄? 이름이 주는 울림?"

료가 걸을 때마다 스니커즈 밑바닥이 마룻바닥을 찼다. 카나는 그 뒤를 쫓았다. 가게 안쪽에서 무언가를 발견했는지 료가 갑자기 발걸음을 멈췄다.

"우와."

"뭔데?"

카나는 그의 몸 옆에서 고개를 내밀어 그가 무엇을 봤는지 살폈다. 그곳에는 거대한 철도모형이 있었다. 평면뿐만 아니라 입체적으로도 수많은 레일들이 여기저기서 교차되어 있었다. 레일은 쇠를 연상케 하는 은색이었다. 여러 양철 기차들이 그 위를 계속 달리고 있었다. 기차들이 여기저기에서 엇갈리지만 결코 충돌하지 않았다.

"아, 뭐라 적혀 있어."

카나는 그중 한 대를 가리켰다. 검은색 몸체 측면에 금색 글자로

『Kassiopeia』라고 새겨져 있었다.

"료, 이런 거 좋아하지?"

"응, 좋아."

"솔직하긴."

카나가 료의 팔을 가볍게 치자 그는 멋쩍은지 시선을 내렸다. 갸름한 검은 스니커즈의 앞코가 구부러지더니 주름이 졌다.

"조금 더 볼래?"

"조금만 더 볼게."

"알겠어. 난 다른 걸 구경할게."

철도모형을 응시하는 료를 놔두고서 카나는 더 안쪽으로 나아갔다. 안쪽은 통로처럼 되어 있는데 벽에는 양철 양동이가 매달려 있었다. 드라이플라워, 생화, 분재 등등 제각기 적합한 형태로 가공된 식물들이 벽을 화사하게 채색했다.

통로 끝에는 묵직한 문이 있었다. 고풍스럽게 생긴 청동 자물쇠로 단단히 잠겨 있었다. 창고일지도 모르겠다. 그 옆에는 카운터가 있고, 그 안에도 공간들이 여럿 있는 듯했다.

어쩌면 점원이 저 안에 있고, 카나와 료가 방문한 것을 눈치채지 못했는지도 모르겠다. 그러나 무엇을 살지 정하지도 않았는데 굳이 노크하는 건 꺼려졌다.

꽃들도 상품일까? 양철 양동이에 희미하게 비치는 자신의 얼굴을 보고서 카나는 머리카락을 살짝 매만졌다. 어깨까지 내려오는 머리가 여전히 안쪽으로 말끔히 말려 있었다. 카나는 눈썹을 가리는 앞머리를 새끼손가락으로 가볍게 쓸어 넘기고는 입꼬리를 가볍게 씨익 올렸다. 료와 함께 있으면 늘 이랬다. 함께 있는 것만으로도 행복해서 이런 날이 언제까지 지속될지 불안해졌다.

어느새 팔꿈치를 쥐고 있었다. 입술에서 날숨이 새어 나오자 카나는 여태껏 숨을 참고 있었음을 알아챘다. 고요한 가게 안에서 양철 열차가 레일을 달리는 소리만이 울렸다.

오싹해지더니 닭살이 돋았다. 침묵이 정수리를 자극했다.

"료."

카나가 별안간에 뒤를 돌아보자마자 문이 동시에 열렸다. 방금 전까지 가게 안에서 철도모형을 구경하던 료가 입구 앞에 서 있었다. 나가려는 건 아니었다. 그는 문을 등지고서 이쪽을 물끄러미 보고 있었다. 마치 이 가게에 방금 막 들어온 것처럼.

휘둥그레진 그의 눈에 눈물이 살짝 고였다. 천장에 매달려 별처럼 빛을 발하는 펜던트 라이트가 두 눈에 담긴 자그마한 바다에서 이는 잔물결을 부각했다.

"……료?"

카나가 묻자 료는 숨을 삼켰다. 그의 낯빛이 상당히 나빴다. 그가 창백한 입술로 「카나」 하고 나직이 불렀다.

위화감에 카나는 손을 꽉 쥐었다. 어젯밤에 발랐던 터쿼이즈 블루 매니큐어가 양손 손톱 열 개를 꾸몄다.

료는 이쪽으로 걸어와 카나를 꼬옥 끌어안았다. 두 팔이 카나의 몸을 감쌌다. 그 힘이 너무 억세서 카나는 그의 등을 착착 때렸다. 장난치는 줄 알았다.

"왜 그래?"

카나가 물었지만 료는 아무 말도 하지 않았다. 어리광을 부리듯 카나의 어깨에 코끝을 꾹 눌렀다. 카나는 간지러워서 무심코 키득키득 웃고 말았다.

"료도 참."

다시금 등을 때리자 이번에는 료가 고개를 들었다. 앞머리에 가려진 그의 조금 파리한 두 눈이 가늘어졌다. 료는 카나의 손을 잡더니 그 끝을 부드럽게 쥐었다.

"나, 카나를 행복하게 해줄게."

그 말을 들은 순간, 세상이 순간 멀어진 듯했다. 몸속 밑바닥에서 기쁨이 치밀어 오르고, 안쪽에서 배어 나오는 열기에 뺨이 붉게 물들었다.

혹시 이거 프러포즈인가? 카나는 료가 계속 쥐고 있는 자신의 왼손 약지를 조용히 내려다봤다. 부모님이 대학생 때 결혼하는 건 이르다고 나무랄지도 모르겠다. 그러나 둘이서 함께할 수 있다면 설령 반대하더라도 상관없다고 생각했다.

료는 카나의 눈을 똑바로 쳐다봤다.

"이번에야말로 쭉 함께 있자."

"이번에야말로? 여태껏 쭉 함께였는데."

"……응. 그랬어."

"료, 이상해."

카나가 웃자 료가 손가락으로 그녀의 뺨을 조용히 어루만졌다. 조금 건조한 그의 손가락이 살에 스쳐서 따끔따끔했다.

"나, 카나를 좋아해. 정말로."

일상에서 천연덕스럽게 『좋아해』 하고 말하니 조금 민망했다. 화끈거리는 뺨을 손등으로 누르면서 카나는 창피함을 감추듯 입술을 오므렸다.

"정말로 오늘은 솔직하네."

"솔직했어야 했어. 후회했거든."

"무슨 후회할 만한 일이 있었어?"

　카나가 묻자 료는 당혹스러운 얼굴로 눈썹을 축 내리기만 했다. 그의 조금 커다란 손이 그대로 카나의 손을 쥐었다. 서로의 다섯 손가락이 한데 얽히더니 손바닥과 손바닥이 밀착했다.

"자, 얼른 여길 나가자."

　료는 앤티크풍의 문손잡이를 잡더니 카나의 손을 당겼다. 틈새에서 새어드는 빛이 공연히 눈부셨다. 가게 안쪽과 바깥쪽. 카나는 그 경계선을 자신의 의사로 넘어섰다.

　그리고 알아차렸을 때, 세상에서 사카하시 료가 사라졌다.

제 1 화

자기만족을 파는 가게

그날은 몸에서 벌어진 이변 때문에 눈이 떠졌다.

위가 욱신거리고, 기관(器官)에 차가운 통증이 일었다. 카나는 침대 시트를 움켜쥐고서 격하게 콜록거렸다. 목구멍에서 무언가가 치밀었다. 이른 아침의 신선한 공기와는 어울리지 않는, 정체 모를 위화감이 카나의 몸을 좀먹었다.

목을 눌러 보니 안쪽에 무언가가 있음을 알 수 있었다. 카나가 기침을 크게 할 때마다 **그것**이 조금씩 목구멍을 슬금슬금 기어올랐다. 구역질에 눈물이 핑 돌았지만, 카나는 결심을 굳히고서 목구멍 속으로 손가락을 찔러 넣었다. 엄지와 검지로 안에 있는 물체를 억지로 긁어냈다.

"—으."

소리 없는 비명과 함께 타액에 뒤범벅이 된 **그것**이 침대 시트에 떨어졌다. 크기는 5센티미터쯤 됐다. 삐죽삐죽하고 파랗고 투명했다. 유리 세공으로 밤송이를 만들면 분명 이렇게 생겼겠지.

커튼 틈새로 4월의 햇살이 새어 들었다. 이렇게 호흡을 거듭하니 평소와 별반 다르지 않은 아침인 듯했다. 자취 생활을 하는 원룸 맨션의 침대 위에서 카나는 정체 모를 물체와 대치했다.

대체 무슨 일이 일어난 거지?

손가락 끝으로 입가를 훔치고서 조심스럽게 물체의 가시 부분을 만져봤다. 겉모습과는 달리 그 가시는 말랑말랑 부드러웠다.

"응응?"

커튼을 걷고서 햇살에 그 물체를 비춰봤다. 중심부에 가까울수록 파란색이 짙어지고, 가시 쪽으로 가까울수록 색조가 밝아졌다. 바다를 응축한 것 같은 색이었다. 정체는 모르겠지만 편의상 삐죽삐죽이라고 부를까.

손가락에 힘을 주니 이번에는 딱딱한 감촉이 느껴졌다. 아마 조금씩 딱딱해지는 듯했다. 겉모습뿐만 아니라 정말로 유리 세공품처럼 단단해지고 있었다. 만약에 처음부터 이만큼 단단했다면 토해내려다가 크게 다쳤을 게 틀림없다.

혹시 무슨 중병에 걸린 걸까? 자각증상이 없어서 되레 무서워졌다. 카나는 부랴부랴 스마트폰에 글자를 입력했다.

「토하다 삐죽삐죽 파란색 질병」으로 검색했다.

스크롤을 아무리 해봐도 연관이 있을 것 같은 정보는 보이지 않았다. 근처에 있던 수건으로 입가를 훔친 뒤 삐죽삐죽도 닦아뒀다.

토했을 때는 강렬한 불쾌함이 엄습했는데, 지금은 아무렇지도 않았다. 평상시 그대로였다. 일단 스마트폰으로 삐죽삐죽의 사진을 찍고서 남자친구에게 보내려고 했다. 카나는 무언가 상담하고 싶은 게 생기면 제일 먼저 료에게 연락을 했다.

그 이야기를 하면 중학교, 고등학교 친구들은 「그 카나가 남친한테 푹 빠지다니」하고 곧잘 놀려댄다. 그 시절의 그녀를 안다면 남자친구에게 어리광을 부리는 모습을 분명 상상조차 할 수 없겠지.

어젯밤에도 료와 통화를 했다. 카나는 매니큐어가 칠해진 손가락을 내려다보고서 「후후」 하고 웃음을 흘렸다. 행복하게 해주겠다는 말을 떠올렸다.

"……어?"

스마트폰을 한창 조작하다가 카나는 손가락을 멈췄다. LINE 목록에 료의 이름이 뜨지 않았다. 데이터가 날아가더라도 연락을 취할 수 있도록 전화번호도 서로 교환했건만 어디에도 사카하시 료라는 이름이 없었다.

어젯밤 통화를 했던 이력도, 주고받던 문자들까지도 전혀 남아 있지 않았다. 역시 이상했다. 카나는 무심코 침을 삼켰다. 이마에서 식은땀이 배어 나왔다. 심장이 쿵쾅거렸다. 가슴속 술렁임이 멎질 않았다.

그러고 보니 올해 초에 연하장을 받았다. 카나는 일어서서 수납장 서랍 속을 뒤적였다. 그러나 료가 보낸 연하장만이 보이질 않았다. 거기까지 생각하다가 카나는 시야 한구석에 비친 풍경에서 강렬한 위화감을 느꼈다. 탁상 액자 속에 장식해뒀던, 교제 1주년을 기념하여 떠났던 여행지에서 찍었던 사진. 바다를 배경으로 두 사람이 찍혀 있어야 할 사진 속에 브이 포즈를 취한 자신의 모습밖에 존재하지 않았다.

스마트폰 사진 폴더를 뒤져보고, SNS를 확인해 봤지만 어디에서도 사카하시 료의 흔적은 찾을 수 없었다.

짓궂은 장난인가? 카나는 구역질이 나서 제자리에 쪼그려 앉았다.

료를 제외한 다른 사람들은? 덜덜 떨리는 손가락으로 스마트폰을 확인했다. 앨범 속에 친구들은 있었다. 가족들도 있었다.

―그런데 료의 모습만은 어디에도 없었다.

무슨 일이 벌어졌다. 그래, 카나는 확신했다. 자신과 동일한 이변을 겪은 사람이 없는지 트위터를 확인해 봤다. 그러나 트렌드는 어젯밤에 벌어졌던 「블루 플래시」인지 뭔지 모를 자연 현상으로 가득 메워져 있는지라 그 속에서 정보를 적확히 찾아내기란 어려웠다.

파랑, 파랑, 파랑. 세상이 새파랗게 물든 사진만이 타임라인에 흘렀다. 「아름답다」느니 「기적」이라느니 듣기 좋은 말들이 쭉 나열되어 있었다. 그러나 지금 카나는 그딴 것에 흥미를 가질 여유가 없었다.

만나러 가야만 해.

온통 그 생각뿐이었다. 료를 만나고 싶었다. 얼굴을 보고서 「이상한 장난 좀 치지 마」 하고 말하며 웃어넘기고 싶었다.

카나는 몸단장을 간단히 마치고서 늘 챙기는 대학용 가방을 어깨에 메고는 집을 나섰다. 료와 만난다면 더 예쁘게 꾸밀 걸 그랬다고 후회할지도 모르겠다고 머리 한구석으로 생각하면서…….

전철을 타고서 세 정거장 떨어진 료의 맨션으로 향했다. 아침이 찾아온 역에는 학생이나 회사원의 모습이 많이 보였다. 료와 연락이 되지 않는다는 점을 빼고는 너무나도 평상시 그대로였다. 벽에 게시된 부동산 회사 광고 안에서 젊은 두 남녀가 행복한 표정으로 서로를 쳐다보고 있었다. 『당신이 돌아갈 곳이 되고 싶다』는 손때가 묻은 캐치프레이즈가 미려한 하얀색 폰트로 덧붙여져 있었다.

개표구를 지나 상점가를 지난 뒤 주택가를 걷기를 8분. 지어진 지 30년이 된 맨션에 도어 록은 없었다. 료가 사는 곳은 703호실. 주

말에 수없이 묵었던 집이니 틀릴 리가 없었다.

카나가 탄 엘리베이터가 드디어 멈췄다. 그녀는 고꾸라지다시피 뛰쳐나갔다. 비틀거리는 다리로 좁은 통로를 달렸다.

703호실은 분명 그곳에 존재했다. 기억 속 풍경에서 아무런 변화가 없었다.

카나는 기도하는 심정으로 인터폰을 눌렀다. 손가락 떨림은 버튼을 누르자마자 멎었다.

딩동. 비실비실한 소리가 그곳에서 울렸다. 그러나 응답이 없었다. 다시금 인터폰을 눌렀다. 한 번 더, 또 한 번 더. 그래도 반응이 없었다.

머릿속이 지끈거렸다. 약해지고 싶지 않건만 몸이 멋대로 웅크려졌다. 치미는 구역질을 달래고자 손수건으로 입가를 가렸다. 눈알 안쪽이 따끔따끔 거렸다. 숨이 답답했다. 일어설 기력이 없었다.

"저기, 괜찮습니까?"

어떤 목소리가 카나를 현실로 되돌렸다. 고개를 서서히 들자 704호실 문에서 정장 차림의 젊은 남자가 걱정스레 쳐다봤다. 그의 얼굴을 보니 낯이 익었다. 예전에 료와 함께 있었을 때 인사를 나눈 적이 있었으니까.

"구급차가 필요하다면 불러드릴 수 있는데."

"그, 그렇게까지 안 해주셔서 괜찮습니다."

카나는 휘청거리며 몸을 일으킨 뒤 고개를 절레절레 가로저었다.

"정말로 괜찮습니까?"

남자가 미간을 찡그리며 다시금 물었다.

"그렇게는 안 보이는데."

"저기, 그보다 여기 703호실에 사는 사람은 벌써 나갔나요?"

"703호실?"

카나가 묻자 남자가 의아해하며 고개를 갸웃거렸다.

"그 집, 제가 살기 시작한 후로 줄곧 공실이었는데요."

대체 이게 뭐야!

혼란스러운 머리로 카나는 대학교로 향했다. 어쨌든 누군가와 만나고 싶었다. 홀로 감당하기에는 수수께끼가 너무나도 컸다.

"오, 카나. 좋은 아침―."

2교시에 배정된 일본문학 강의는 쉰 명쯤 되는 학생들이 참가한다. 강의실에 들어가자마자 도이 마리가 이쪽을 돌아보며 손을 흔들었다. 하프 업한 머리를 감청색 머리핀으로 고정해 놨다. 가느다란 검은 테 안경이 그녀의 지적인 분위기에 잘 어울렸다.

마리의 옆자리에 앉고서 카나는 한숨을 깊이 내쉬었다. 마리는 대학교에 입학한 뒤 친해진 친구로 같은 식도락 동아리에 소속되어 있다. 시간이 맞으면 함께 점심을 먹는 사이였다.

마리가 웃으면서 카나의 얼굴을 보자마자 흠칫 놀랐다.

"무슨 일이야? 얼굴이 지독해."

"얼굴에 다 드러났어?"

"완전. 늦잠 잤어? 화장도, 머리도 엉망인데."

"여러 일들이 좀 있어서……."

카나의 입에서 자연스레 다시금 한숨이 나오자 마리가 걱정스러운 눈빛을 보냈다.

"별일이네. 카나가 약한 소리를 다 내뱉고."

"괴이한 현상이 벌어져서 말이야. 얘, 마리는 료를 알지?"

료는 같은 대학교 사회학부를 다니고 있다. 학부는 다르지만, 마리를 포함하여 셋이서 점심을 함께 한 적도 있었다.

흐리멍덩한 정신으로 데님 팬츠에 댔던 손톱이 무심코 살갗에 파고들었다. 마리가 고개를 갸웃거렸다.

"료라니?"

"사카하시 료 말이야."

"혹시 배우 이름이니? 미안, 나 텔레비전을 별로 보질 않아서."

그 반응에 경악했다. 카나가 할 말을 잃자 마리는 무언가 눈치챈 듯했다.

"혹시 중요한 얘기라면 어디 밖에서 들을까?"

"근데 곧 강의 시간인데."

"강의 따윈 땡땡이쳐도 돼. 교수한테는 미안하지만, 지금은 카나가 더 중요해."

"마리!"

카나가 무심코 끌어안자 마리가 웃으면서 가볍게 두드려줬다. 뺨에 스친 마리의 검은 머리카락에서는 헤어 밀크의 달콤한 향이 풍겼다.

마리와 카나는 대학교에 병설된 카페로 이동했다. 강의와 강의 사이에 시간이 빌 때마다 자주 이용하는 곳이었다. 손님들의 80퍼센트는 여성들로, 명물인 시폰케이크를 행복한 얼굴로 볼이 미어터지도록 먹고 있었다.

접시에 듬뿍 얹힌 생크림은 시폰케이크보다도 부피가 더 컸다. 어느 쪽이 메인인지 모를 지경이었다.

"카나는 뭘 먹을래?"

"홍차랑 애플파이."

"난 커피랑 베이크드 치즈케이크로."

점원에게 주문을 마치고서 카나와 마리는 비로소 진지한 얼굴로 대면했다. 아까 메뉴를 가리키면서 자신의 손톱을 봤더니 매니큐어가 살짝 벗겨졌다. 손끝을 움직이니 꽃조개를 연상케 하는 코럴 핑크가 반짝였다. 그저께 료와 만나기 위해서 그토록 정성껏 준비했건만 그조차도 자신이 빚어낸 망상인 것 같았다.

"이거 진지하게 확인하는 건데. 나, 2년 전부터 남자친구가 있었지?"

무슨 소릴 하는 거야. 당연하지. 그렇게 어이없게 웃으면서 말해주길 바랐지만, 마리는 놀랐는지 눈이 동그래졌다.

"있었어? 처음 듣는데."

"마리도 만난 적이 있어. 기억 안 나?"

카나가 묻자 마리는 팔짱을 끼고서 생각에 잠겼다. 그녀의 미간에 주름이 졌다.

"만난 게 딱 한 번이었나? 미안한데 정말로 기억이 없어. 사진 같은 게 있으면 떠오를지도 모르겠는데."

"그게, 사진도 없어."

"무슨 소리야?"

카나는 침을 꿀꺽 삼켰다. 자신에게 벌어진 일이지만, 막상 입 밖으로 꺼내려고 하니 용기가 필요했다. 그녀는 손을 꽉 쥐고서 숨을 들이마셨다. 떨리는 손가락을 숨기고 싶었다.

"머리가 이상해졌다고 여길지도 모르겠지만, 눈을 떠 보니 남자 친구와 관련한 흔적이 전부 사라졌어. 집에 가봤는데도 살지 않는다고 들었고."

"……이런 말을 하려니 굉장히 껄끄러운데, 지금 날 놀리는 거니?"

"놀리는 게 아니래도. 전부 사실이야. 연락처와 연하장, 대화 이력까지도 전부 남아 있질 않아. 사진도 분명 둘이서 찍었는데 나밖에 없고. 이건 있을 수 없는 일이잖아? 야반도주나 실종으로는 설명할 수가 없어."

"으—음. 연락처는 단순히 실수로 삭제됐을 가능성이 있고, 사진은 누군가가 가공했을지도? 예를 들어 상대가 스파이나 능수능란한 유부남이라서 흔적을 지웠을 가능성도 있겠지."

"잠깐, 마리. 진지하게 들어줘. 그런 소설 같은 얘기가 있을 리가 없잖니. 게다가 마리랑 분명 만난 적이 있다고. 제아무리 능수능란한 스파이일지라도 마리의 머릿속 기억까지 지울 수는 없잖아?"

"그야 그렇지만 난 애당초 만났던 기억이 없거든."

"그래도 만났어. 진짜야. 믿어줘."

안경 렌즈를 사이에 두고서 마리와 시선이 얽혔다. 물에 조금 젖은 그녀의 입술에서 긴장을 머금은 공기가 뱉어졌다.

"알겠어. 적어도 그게 카나한테는 진실이라는 걸 믿을게. 카나가 슬퍼하는 것도, 패닉에 빠진 것도 틀림없는 사실이니까."

쉽사리 전면적으로 긍정하지 않는 점이 마리다웠다. 카나는 「응」하고 수긍하고서 잔에 담긴 물을 마셨다. 말라버린 목을 축이고 싶었다.

"그나저나 카나한테 애인이 있다니 상상이 안 돼. 줄곧 연애에 흥미가 없다고 했으니까."

"료랑 만나지 않았다면 지금도 그렇게 말했을 것 같아."

점원이 주문한 음식을 두 사람의 앞에 각각 내려놨다. 카나는 김이 피어오르는 홍차에 각설탕 한 개를 넣었다. 하얀 덩어리가 액체 속에서 뭉그러졌다.

"카나는 그 료라는 사람을 좋아해?"

"많이 좋아해."

"대답이 바로 나오는데? 그럼 어떻게든 해야겠네."

마리가 포크로 베이크드 치즈케이크를 살짝 떠냈다. 케이크의 매끈한 단면이 포크에 일그러졌다.

"나 말이야. 지금의 과학으로는 해명할 수 없는 현상들이 얼마든지 있다고 생각해."

"마리, 점 같은 걸 좋아하지."

"그런 것도 2백 년쯤 뒤에는 과학으로 해명될지도 모르잖아? 현재는 해명되지 않은 현상도 미래에는 근거를 발견할지도 몰라. 카나의 문제도 그런 걸지도 몰라. 어제 벌어졌던 그 블루 플래시 현상도 그렇잖아? 그토록 큰 규모로 자연 현상이 벌어졌는데도 전 세계 아무도 그 원인을 파악하질 못했어."

"그러고 보니 트위터에서 난리던데…… 그게 뭐야?"

"거짓말, 그토록 눈부셨는데 실시간으로 못 봤다고? 카나네 집에 차광 커튼을 달았던가?"

"그렇긴 한데. 뭐가 눈부셨다는 거야?"

카나가 묻자 마리는 포크 끝으로 가리켰다.

"어젯밤…… 일본 시간으로 자정에 전 세계에 벌어졌던 이상 현상이야. 전 세계 하늘에서 한순간 새파란 빛이 방출됐어. 나, 일찍 일어나려고 커튼을 걷어놨거든. 눈이 번쩍 뜨이더라."

"그 정도였어?"

"그건 거의 태양빛 수준이었어. 파란 태양이 있으면 그런 느낌이겠구나 싶더라고. 인터넷에서 적국의 공격이라느니 발전소 폭발 사건이라느니 아주 난리가 아니었어. 결국 원인은 아직도 모른다고 하더라."

어젯밤에는 분명 23시에 침대에 누웠다. 료와 LINE으로 통화를 하고서 그대로 잠들었다. 료와는 언제나 오랫동안 통화를 하기에 어느 쪽이 먼저 곯아떨어지는 일은 드물지 않았다.

"잠들어서 알아채지 못했나?"

"잠에 푹 들었다면 그럴 수 있지 않겠어? 나랑 여동생만 벌떡 일어나서 황급히 거실로 갔거든. 뉴스에서도 일단 언급하긴 했는데 속보 수준은 아니었고. 인터넷이 여러모로 반응이 빠르네."

마리는 부모님 집에서 살고 있었다. 편도로 한 시간쯤 걸리는 곳에서 대학교를 다녔다. 자취할 만큼 돈이 없다고 입학하자마자 열렸던 친목회에서 말했다.

마리는 커피를 한 모금 머금고서 소파 등받이에 몸을 기댔다.

"어쩌면 블루 플래시랑 그 남친의 존재가 통째로 사라진 게 연관이 있을지도 몰라."

"뭐어?"

"왜냐면 타이밍이 너무 절묘하잖아. 게다가……."

마리는 그 대목에서 망설이듯 입을 우물거렸다. 그녀가 손가락으로 턱을 매만지는 동안에 카나는 애플파이를 입에 넣었다. 오돌토돌한 사과 과육이 폭신폭신한 파이에 박혀 있었다.

마리는 앞머리를 오른쪽 귀로 넘기고서 몸을 살짝 앞으로 내밀었다.

"실은 나도 어젯밤에 신기한 일을 겪었는데 말이야. 솔직히 남한테 굳이 말할 만한 내용은 아니지만, 카나의 얘기를 듣고서 혹시나 싶어서."

"뜸 들이지 말고 얼른 들려줘."

카나가 채근하자 마리는 떨떠름한 표정으로 입을 열었다.

"굉장히 사실적인 꿈을 꿨어."

"꿈?"

"그래, 꿈. 내가 혼자 전철을 타고 있었는데 차창에 온통 바다밖에 보이지 않았어. 멍하니 있으니 갑자기 옆에 웬 사람이 앉더라. 그 사람이 원래는 절대로 만날 수 없는 사람과 만날 수 있는 『기적이 일어나는 가게』가 있다고 알려주지 뭐야. 주소가 적힌 종이까지 건네면서……."

마리는 거기서 말을 끊고는 옆에 놔뒀던 가방에서 수첩을 꺼냈다. 페이지 구석에 탐정 모습을 한 토끼가 혀를 내밀고 있었다. 어느 출판사의 마스코트 캐릭터인 것으로 안다.

"이거."

마리가 보여준 페이지에는 우편 번호부터 지번까지 상세한 주소가 그녀의 글씨체로 적혀 있었다. 그 아래에는 간략한 지도와 『Kassiopeia』라는 단어가 달려 있었다.

"눈을 떴더니 수첩에 메모가 되어 있었어. 틀림없이 내 글씨체이니 아마 자는 동안에 적은 것 같은데."

"자는 동안에 썼다고? 그게 말이 돼?"

"그래서 신기한 일이라고 했잖아."

"꿈속에서 메모를 건넸던 사람은 어떤 사람이었어?"

"흐릿한 인상밖에 기억나질 않는데, 우선 남자였지. 흑발에 안경을 썼고…… 으— 안 되겠어. 세세한 부분까지는 떠오르질 않아."

머리를 흔들자 마리의 흑발이 가볍게 휘날렸다.

사라져버린 남자친구, 갑작스러운 파란빛, 자는 동안에 쓴 메모. 불가사의한 사건들이 이리도 연달아 벌어지다니 우연을 뛰어넘는 어떤 연결이 느껴졌다.

"세상이 이상해졌나?"

카나는 포크에 힘을 주어서 두터운 파이를 억지로 쪼갰다. 힘이 과했는지 큰 소리가 나자 민망해져서 별안간에 눈을 내리떴다.

"우리가 모르는 사이에 어떤 중대한 사건이 벌어졌고, 그래서 료가 없어졌는지도."

"카나도 블루 플래시가 수상하다고 생각하는 거 아냐?"

"거기까진 잘 모르겠지만, 그래도 료가 내게 비밀을 갖고 있었을 가능성은 있겠네. 세상의 운명을 쥔 커다란 비밀."

"그렇게까지 상상하면 만화책을 너무 많이 읽었냐고 핀잔을 듣기 딱 좋지."

"하아ㅡ. 나, 료가 어떤 사람인지 제대로 이해해주질 못했나? 결혼하고 싶다는 생각까지 했으면서."

"결혼!"

카나가 숙연히 중얼거렸을 뿐인데 마리가 눈을 부라려서 놀랐다. 마리는 호들갑스럽게 뒤로 젖혔던 자세를 고치고는 이번에는 일부러 목소리를 낮췄다. 아까 전에 무심코 큰 소리를 내서 창피했나 보다.

"카나는 남자친구랑 결혼할 생각이었어?"

"『결혼해주세요』 하고 프러포즈를 받은 건 아니지만, 2년쯤 사귀었다면 그런 생각을 하더라도 이상하진 않잖아."

"그야 이상하진 않지만…… 그래, 결혼이라. 그러니 대미지가 클 만도 하겠네. 내 주변에는 남자친구가 있는 애도 얼마 없어서 왠지 신기한 기분이야."

마리는 그렇게 말하고서 펼쳐져 있는 수첩을 내려다봤다.

"원래는 절대로 만날 수 없는 사람과 만날 수 있다."

마리가 아까 전에 자신이 했던 말을 되풀이했다.

"혹시 그런 의미일지도 모르겠네."

"그런 의미라니?"

"절대로 만날 수 없는 사람이 바로 카나의 남친일지도. 내가 그 꿈을 꾼 이유는 분명 무슨 계시였던 거야. 카나랑 함께 이 가게에 가보라는."

"어어?"

현 상황에 너무 끼워 맞춘 것 같은 해석이었다. 그러나 그 기이한 현상들이 한데 이어져 있다는 증거일지도 모르겠다. 카나는 입 안에 남아 있는 달콤함을 흘려내듯 컵에 남은 홍차를 비웠다.

비어버린 컵을 받침 접시에 올려두고서 카나는 마리를 똑바로 쳐다봤다.

"가보자. 그 가게에."

"좋아."

마리는 입꼬리를 씨익 올리더니 남은 치즈케이크를 말끔히 먹어치웠다.

마리의 수첩에 적힌 주소는 대학교 근처 역에서 세 정거장 떨어진 호라역 인근이었다. 각 역마다 서는 보통 열차만이 정차하는 아담한 역이었다. 주변에는 고서점이나 앤티크 숍, 구제옷 가게 등이 밀집해 있다. 요즘에는 리노베이션 카페가 늘어서 텔레비전에 많이 언급되고 있다. 도심에서 접근하기가 용이할 뿐더러 가격이 비교적 저렴해서 학생에게도 인기가 많은 구역이었다. 카나의 집에서도 그리 멀지 않았다.

"카나가 이 근방 지리에 더 빠삭하겠지?"

"근처 미술관에 몇 번 가본 적은 있지만, 빠삭하다고 할 정도는 아니지. 게다가 나 길치라서."

개표구를 나와 카나와 마리는 지도 앱을 보면서 걸어 나갔다. 주소를 검색해 보니 『Kassiopeia』라는 가게가 분명 존재하는 듯했다.

앱이 안내해준 경로와 눈싸움을 벌이다가 마리가 불쑥 「그나저나」

하고 말했다.

"이 철자, 희한하네. 카시오페이아자리를 의미한다면『Cassiopeia』잖아?"

마리가 유창하게 발음하자 카나가 인상을 찡그렸다.

"미안, 영어 발음이 뭐가 다른지 잘 모르겠어."

"발음이 아니라 첫 글자인 C랑 K가 달라."

"아…… 그러고 보니 나도 이 단어를 최근에 본 것 같기도 해. 어디서 봤지?"

답이 목구멍까지 차올랐건만 떠오를 것 같으면서도 떠오르지가 않았다. 목에 가시가 걸린 것처럼 불쾌해서 카나는 미간을 찡그렸다.

"안 되겠어. 떠오르질 않아."

"『Kassiopeia』지."

마리의 네이티브 같은 발음이 공연히 귀에 걸렸다. 마리는 1년 동안 미국에 유학한 적이 있어서 영어 회화에는 자신이 있었다. 그래서 취업할 때 영어 능력을 활용할 수 있을 만한 직장을 고려할 줄 알았더니만 잔업이 적고 휴가를 쓰기 편한 것이 첫 번째 조건이라고 했다. 그녀는 말버릇처럼「인생을 직장에만 바칠 생각은 없으니까」하고 말하곤 했다.

"검색을 해 봤는데 안 나오네."

그 말을 듣고서 카나도 검색 엔진에 단어를 입력했다. 처음에 표시된 정보는 아티스트의 악곡, 다음은 외국 블로그, 그다음은 미하엘 엔데가 쓴『모모』라는 아동문학에 등장하는 캐릭터 이름이었다.

"마리는『모모』를 읽어본 적 있어?"

"그 이름 참 정겹다. 초등학교 때 친척한테서 선물로 받았어. 뭐였더라? 시간 도둑의 얘기였지?"

"거기에 등장하는 거북이 이름이 카시오페이아래. 철자도 똑같아."

"그럼 이 가게 점주는 『모모』를 좋아하는지도 모르겠네."

앱과 실제 길을 번갈아 보면서 마리가 무심한 말투로 말했다. 옆에서 걷던 카나가 불현듯 과거를 떠올렸다.

처음에 만났을 적부터 료와 카나는 『모모』나 『어린 왕자』 같은 아동문학을 좋아했다. 료가 「좋아한다고 말하니 조금 부끄럽긴 한데」하고 말해서 신기하게 여겼던 기억이 남아 있었다. 무엇이 부끄러운지 잘 몰랐기 때문이었다.

"왜냐면 문학부 학생들은 더 그럴듯한 책을 읽잖아? 도스토옙스키나 모리 오가이 같은 작가의 책 말이야. 난 그런 작품들이 잘 와닿질 않아서."

기억 속에서 료가 손가락으로 갈색 앞머리를 배배 꼬았다. 료와 만났던 곳은 독서 동아리의 신입 환영회였다. 사회학부인 료는 조금 겉돌았다. 원체 독서를 좋아했던 카나는 대학교에 입학하면 마음이 잘 맞는 친구를 사귈 수 있을 만한 동아리에 들기로 결심했다. 이 독서 동아리에 발걸음을 한 이유도 입학식 때 받았던 홍보지에 「서로 친하고, 분위기가 화기애애한 동아리입니다」라고 적혀 있어서였다.

봄에 열린 신입 환영회에는 서른 명쯤 참석했고, 그중 열 명은 1학년이었다. 자신의 지식에 자신이 있는 1학년들은 선배 부원들과 신나게 토론을 벌였고, 카나와 료는 멀리서 그 광경을 바라봤다. 카나는 본격 미스터리를 거의 읽어본 적이 없는지라 엘러리 퀸이나 반 다인은 들어본 적도 없는 단어였다.

이자카야 한편에서 어색함을 느끼던 카나와 료는 자연스럽게 큰 테이블의 구석으로 도망쳤다. 그 시절에 료는 지금보다 머리카락이 조금 길었고, 헤어스타일에도 공을 너무 많이 들였다. 보더셔츠에 치노팬츠를 갖춰 입은 말쑥한 옷차림에서는 양산형 남자 대학생 같은 분위기가 물씬 풍겼다.

"모두 책인 건 매한가지이니 상관없다고 생각해. 명작 고전도, 유행하는 책도, 라이트노벨도, 아동문학도 전부 그냥 책이잖아? 어떤 장르를 좋아하든 평범하다고 생각해."

카나가 말하자 료의 눈이 살짝 휘둥그레졌다. 그가 눈썹을 아래로 늘어뜨리며 살며시 웃었다.

"그런가?"

"적어도 나는 그렇게 생각하는데."

"그럼 나카나이 씨는 어떤 책을 좋아하지?"

"『구리와 구라』."

바로 대답했다. 카나가 가장 좋아하는 책은 어렸을 적부터 변하지 않았다. 밤에 자기 전에 엄마가 여러 번이나 읽어줬던 상냥한 이야기.

"『구리와 구라』라면 그림책?"

"그래. 팬케이크를 굽는 거야. 프라이팬으로 폭신폭신하게."

"정겨워라. 나도 그거 읽었어."

우롱차가 든 맥주잔이 그의 손안에서 크게 기울어졌다. 당시에 둘

다 미성년자였기에 술맛을 아직 몰랐다.

료가 이쪽을 힐끗 쳐다봤다. 술을 마시지 않았는데도 그 얼굴이 빨갰다.

"저기, 나카나이 씨는 남자친구 있어?"

"왜?"

"없으면 좋겠다 싶어서."

갈색 음료의 수면에 눈썹이 늘어진 자신의 얼굴이 비쳤다.

이 사람은 그런 말을 누구에게나 하나? 만약에 자신에게 연애 경험이 있었다면 이런 발언에도 적절히 대응할 수 있을 텐데. 현실 속 자신은 애교도 떨지 못하고 그저 찌푸린 얼굴로 고개만 숙였다.

"미안. 나, 이런 얘기는 별로라서."

"별로라는 말은 연애에 흥미가 없다는 뜻?"

"그게 아니고 연애 이야기가 나오면 성별을 의식하잖아? 동성인지 이성인지 신경 쓰지 않고 책 얘길 나누는 건 괜찮지만, 그게 아닐 때는 긴장한다고 해야 하나……. 나, 여태껏 누군가와 사귀어본 적도 없고, 사카하시 씨처럼 여자한테 익숙해 보이는 사람이랑 대화를 잘 못하겠어."

아아, 싫다. 이렇게 말하면 자의식이 과잉인 사람처럼 비칠 거 아냐? 상대는 화제를 가볍게 던져봤을 뿐인지도 모르는데 진지하게 받아들이다니 바보 같다.

어색한 분위기를 무마하고자 차가운 우롱차를 입에 머금었다. 손가락이 덜덜 떨릴 것 같았지만, 맥주잔을 쥐어서 애써 숨기려고 했다.

"이러는 나 역시 여태껏 누군가와 사귄 적이 없어."

진지한 목소리가 들리자 카나는 숙이고 있던 고개를 들었다. 오른쪽 옆에 앉아 있는 료가 정면을 향한 채로 아직 따끈한 닭튀김을 가만히 쳐다봤다. 그는 손가락으로 갈색 앞머리를 집어 올렸다.

"이 머리카락도 대학생이 되고서 큰마음을 먹고 물들였을 뿐이고. 나, 패션 같은 것도 진짜로 통 모르거든. 고등학교 때는 공부만 한지라 여자와의 접점도 거의 없었고. 오늘 이 옷도 마네킹이 입고 있었던 걸 그냥 산 거야. 일단 내가 촌스러운 녀석이라는 걸 감추고 싶어서."

"촌스럽다니 전혀 안 그래. 그런 타입으로는 안 보여."

"그럼 성공했나? 대학교 데뷔."

료는 왠지 자조적으로 입꼬리를 올렸다. 카나는 뺨에 닿은 자신의 검은 머리를 만졌다. 오늘 아침에 고데기로 열심히 만 머리였다. 안쪽으로 말리도록 최선을 다했건만 지금은 곱슬기가 거의 다 빠졌다.

대학교에 입학하자마자 귀여운 주변 여자애들에게 압도당했다. 카나는 화장은커녕 눈썹을 정리해 본 적도 없어서 허둥지둥거리며 화장품을 갖췄다. 제대로 꾸미지 않으면 창피를 당할 거라고 스스로를 타이르면서도 정작 멋을 부리려니 거부감이 들었다. 예뻐지고 싶다는 생각이 자기 자신과는 어울리지 않는 것 같았다. 멋진 옷으로 치장하는 것도 왠지 꺼려지지만, 타인이 이상하게 쳐다보는 것도 싫어서 어쨌든 주변과 겉돌지 말자는 생각만 했다.

남자도 마찬가지로 외모에 콤플렉스를 느끼리라 상상해 본 적이 없었다. 왜냐면 그들은 언제나 선택하는 입장이라고 생각해서였다.

"아까도 말했지만 나, 남자친구 없어."

용기를 쥐어짜 내어 말하자 료의 두 눈이 커졌다.

"그럼, 저기…… 함께 나갈까요? 『구리와 구라』에 나오는 것 같은 팬케이크를 먹으러 가죠."

"괜찮긴 한데, 왜 갑자기 존댓말?"

"아니, 갑자기 긴장이 돼서. 갑자기 불쑥 다가가면 이상한 녀석이라고 여기지 않을까 무서웠으니까."

"기분 안 나빠. 권해줘서 기뻐."

"정말로?"

"저, 정말로."

카나가 고개를 끄덕이자 료의 두 뺨이 안도감에 스르륵 풀어졌다. 그가 「우와」 하고 이를 보이며 웃었다.

"나, 지금 엄청 두근거려."

"나도."

무심코 후후, 하고 웃음이 흘러나왔다. 이성 앞에서 이런 식으로 자신의 약점을 내보인 것은 이때가 처음이었다.

"오— 다 왔다, 다 왔어."

마리의 스마트폰이 목적지에 도착했습니다, 하고 말하며 안내 종료를 알렸다. 두 사람의 시야에 녹색으로 뒤덮인 작은 건물이 들어왔다. 서양식 건물을 연상케 하는 외관이었다. 벽은 하얀색과 황갈색으로 시크하게 조합되어 있었다. 2층 베란다에서는 나무가 흘러넘쳐서 건물을 반쯤 뒤덮고 있었다. 양철 양동이, 목제 바구니, 귀여운 화분에 심긴 수많은 꽃들이 입구를 화사하게 채색했다. 플랜터에 끈이 달린 행잉 바스켓에서는 초록빛이 흘러나와 2층에서 뻗어 나온 가지와 적절히 얽혀 있었다.

자칫 조잡하다는 인상을 줄 수 있을 만큼 화초들이 어우러져 있었다. 그러나 신기하게도 전체적으로 조화를 이뤄서 근사해 보였다. 입구에 달린 차양막이 위에서 떨어지는 잎을 받아냈다.

"여기 꽃집인가?"

"근데 플레이트는 고양이 모양이야."

"진짜."

문에 걸린 검은색 플레이트는 고양이 모양이었다. 윤곽 안에「OPEN」이라는 글자가 늘어서 있었다. 꽃집인지 펫 숍인지, 아니면 그냥 주인이 고양이를 좋아하는지.

가게 외관에서 빚어내는 멋스러운 분위기에 카나는 주눅이 들었다. 그러나 마리는 겁먹지 않고 문을 열었다. 따라라랑. 청량한 도어벨 소리가 울렸다.

"아."

가게 내부를 본 순간, 카나는 제자리에서 굳어버렸다. 다크 브라운을 기조로 한 인테리어. 중고품을 놔둔 진열대, 라탄 소재의 바구니. 저 안쪽에서 구조가 복잡한 철도모형이 보였다. 양철 기차들이 교차하는 레일 위를 달리고 있었다. 거기에 적힌 글자는―.

『Kassiopeia』.

카나의 입에서 그 단어가 새어 나오자 마리가「달리고 있는데 용케도 읽었네」하고 감탄하며 수긍했다.

"내부를 보니 꽃집보다는 리사이클 숍인 것 같네. 아, 그래도 안쪽에 꽃도 팔아. 신기한 가게야."

마리는 가게 안을 두리번거리면서 아무렇게나 놓인 상품들을 집었다. 그녀가 신은 펌프스가 마룻바닥을 또각또각 두드렸다.

"나, 이 광경을 본 적이 있는 것 같아."

"어?"

마리가 놀란 표정으로 이쪽을 봤다.

"언제?"

마리가 그렇게 묻자마자 카운터 안쪽에 있는 문이 열렸다.

"어서 오세요."

그 목소리가 낮게 울려서 의욕이 없는 듯 들렸다. 빗으로 빗기나 했는지 의심스러울 정도로 부스스한 검은 머리, 검은 테 안경으로도 감출 수 없는 파리한 눈매, 다보록하게 난 수염. 동그랗게 말린 등에서는 생기가 느껴지지 않았다. 검은 폴로셔츠에는 보풀이 나 있었다. 4월인데도 그는 맨발에 갈색 고무 샌들을 신었다. 이른바 화장실용 샌들이라 불리는 그것 말이다.

「멋들어진 외관과는 너무 안 어울려」라는 표정으로 마리가 어이없어했다. 검은 고양이 한 마리가 무뚝뚝하게 생긴 남자의 발치에서 쓰윽 나오더니 달려 나갔다. 고양이는 카나와 마리의 시선에서 몸을 숨기듯 진열대 안쪽에 틀어박혔다.

평소였다면 카나는 귀여운 고양이에 시선이 꽂혔을 테지만, 지금은 그럴 상황이 아니었다. 남자의 얼굴이 왠지 료와 닮아서였다. 분위기는 전혀 다르지만, 우연히 닮았다고 하기에는 얼굴 생김새가 너무나도 흡사했다.

"아, 저기, 사카하시 료라는 사람을 아나요?"

카운터에 두 손을 짚으면서 힘차게 묻자 남자는 어리둥절한 얼굴로 눈을 크게 떴다. 남자가 조금도 대답할 기미가 없자 카나는 답답해서 더 강한 어조로 말했다.

"저기요! 사카하시 료라는 사람을 찾고 있는데요!"

"아— 다 들려."

남자가 시끄럽다고 따지듯 왼손으로 귀를 가볍게 막았다. 그의 약지에서 금색 반지가 빛났다.

가까이서 봤는데도 나이가 얼마나 되는지 전혀 가늠이 되지 않았다. 20대인 것 같긴 하지만, 실은 내용물은 백 살 노인이라고 말하더라도 납득할 수 있을 만큼 묘하게 노숙한 분위기가 감도는 남자였다.

카나가 가만히 대답을 기다리자 남자가 한숨을 깊이 내뱉었다. 성가셔 죽겠다는 속내가 절절히 전해지는 태도였다.

"노코멘트. 노코멘트."

"그 말투, 뭔가 알고 있군요."

"원하는 대로 알아서 받아들여."

"그건 적절한 답이 아니에요. 하, 하다못해 『예』나 『아니오』로 대답해주세요."

"왜."

"왜냐니……."

남자가 퉁명스럽게 대답하자 카나는 무심코 허벅지를 움켜쥐었다. 접객업이니 조금만 더 싹싹하게 대답해줘도 될 텐데.

"오늘 아침에 일어났더니 사카하시 료라는 남자애가 없어져버렸어요. 아, 남자애라고 했지만 스물한 살이지만요. 사진도, 연락처도, 료와 관련한 모든 단서들이 사라져버렸어요. 그래서 만약, 료에 관해 무언가 알고 있다면 도와줬으면 좋겠어요."

"내 알 바 아닌데."

"그, 그래도 당신은 사카하시 료랑 닮았어요. 혈연관계 아닌가요? 예를 들어 형제라거나."

카나가 물고 늘어지자 남자가 귀찮다는 얼굴로 머리를 가로저었다. 흥, 하고 코웃음을 쳤다.

"형제? 그거 상당히 지독한 비아냥이야. 네 눈에는 내가 그 녀석이랑 가족으로 보여?"

"역시 당신은 사카하시 료를 알고 있네요."

"대답할 생각은 없어. 그보다 중요한 건 그쪽이야. 손님, 초대를 받았지?"

남자가 손가락으로 가리킨 사람은 카나의 뒤에 서 있는 마리였다. 남자가 느닷없이 지명하자 마리의 입에서 「어?」 하고 당혹스러운 목소리가 흘러나왔다.

"거기 소파에 앉아줘. 지금 차를 내올 테니."

남자가 다시 카운터 안쪽 문으로 들어갔다. 카나와 마리는 서로 마주보고는 진열대 옆에 있는 소파 쪽으로 시선을 돌렸다.

로코코풍 2인용 소파 두 개가 마주보듯 배치되어 있었다. 윤기가 흐르는 목제 프레임에는 정교한 조각이 새겨져 있었다. 심녹색 천에 꽃무늬가 수놓아져 있어서 전체적으로 고상함이 풍겼다. 사이에 놓인 테이블은 얼핏 봐도 고급품임을 알 수 있었다. 그 가장자리에 「280,000엔」이라 적힌 종이가 달려 있었다. 보아하니 소파와 테이블 모두 파는 물건인 듯했다.

마리는 소파 왼쪽에, 카나는 오른쪽에 앉았다. 데님팬츠 너머에서 딱딱한 쿠션감이 전해졌다. 옆에 앉은 마리가 카나의 팔을 가볍게 두드렸다.

"아까 그 점원 말이야. 꿈속에서 봤던 사람이야."

"똑같은 얼굴이었어?"

"아마도."

"아마도?"

카나가 무심코 인상을 찌푸리자 마리는 정색하면서 가슴을 활짝 폈다.

"꿈이란 원래 또렷하게 기억나질 않는 법이잖아. 그보다 카나는 여길 본 적이 있다고 했는데 정말이야?"

"아, 아마도."

"너야말로 자신이 없네. 무슨 위화감이라도 들어?"

"가게 바깥은 전혀 기억이 없어. 만약에 여길 온 적이 있다면 그건 말이 안 되겠지."

"확실히 그거 묘하네."

마리는 손가락으로 안경테를 누른 채로 험악한 눈빛으로 카운터 안쪽 문을 쳐다봤다. 바로 그때 남자가 쟁반을 한 손에 들고서 문에서 모습을 드러냈다. 그가 준비한 세 잔의 찻잔들은 하나같이 호화롭게 장식되어 있었다. 명백히 고급스러워 보였다.

남자가 정중한 손놀림으로 마리와 카나 앞에 찻잔을 내려뒀다. 아름다운 호박색 액체에 오렌지색 장미잎이 떠 있었다. 또한 밑바닥에는 별을 연상케 하는 반짝거리는 무언가가 침전되어 있었다.

"별사탕이야."

카나가 눈빛을 반짝이자 마리가 「정말이네」 하고 냉정하게 말했다.

"설탕 대용으로 쓰고 있지. 그리고 난 점원이 아니라 점주야."

남자는 그렇게 못을 박고서 2인용 소파에 털썩 주저앉았다. 방금 전 대화를 들은 듯했다.

"손님은 무슨 용건으로 왔어?"

"저는―."

카나가 입을 열자 남자가 제지하듯 손을 저었다.

"그쪽은 손님이 아냐. 초대받지 않았잖아."

"아까 전에도 그랬는데 『초대받았다』는 건 무슨 의미인가요?"

마리가 묻자 남자는 찻잔을 들면서 새침한 얼굴로 대답했다.

"이 가게는 그런 곳이야. 날 만날 수 있는 건 적절한 절차를 밟은 인간뿐. 너는 꿈속에서 이 가게의 존재를 알았을 터. 실감이 확실히 나는 꿈이었지?"

"그 꿈에 나온 사람은 당신인가요?"

"글쎄? 나일지도 모르고, 내가 아닌 나일지도 몰라. 진지하게 생각하지 마. 이런 우스갯소리 같은 상황에서는 말이야. 애당초 손님은 용케도 그런 꿈을 믿어보자고 마음을 먹었군."

"과학으로 아직 해명할 수 없는 신기한 현상은 얼마든지 있다고 생각하니까요."

"흐으음. 뭐, 난 찾아온 손님을 대접하기만 할 뿐이지만."

찻잔에 입을 대고서 남자가 입꼬리를 올렸다. 마리는 찻잔을 받침 접시에 내려두고서 숨을 조용히 들이마셨다.

"이 가게는 원래는 절대로 만날 수 없는 사람과 만날 수 있게 해 주는……『기적이 일어나는 가게』라고 들었습니다."

"기적이라. 그런 거창한 호칭이 어울릴지는 수상쩍군. 내가 봤을 때 여긴『자기만족을 파는 가게』야."

그가 내뱉은 목소리에는 비아냥거림이 번져 있었다. 카나는 메마른 입술을 허브티로 적시고서 입을 열었다.

"결국 여긴 뭐 하는 가게인가요?"

"이 가게는 평행 세계의 교차점. 내가 해줄 수 있는 일은 손님이 바라는 상대와 만나게 해주는 것. 다만 그 상대는 이곳이 아닌 다른 세계에 사는 녀석으로만 한정되지만."

"평행 세계?"

만화나 영화에서 자주 들어서 익숙한 단어였지만, 현실 세계에 적용되어 듣게 될 줄은 몰랐다. 카나가 되묻자 남자가 어리석다는 눈빛을 보냈다.

"이른바 패럴렐 월드지. 이 세계에는 무한한 선택지가 있고, 무한한 자기 자신이 있어. 예를 들어…… 그렇지, 여기에 화가를 꿈꾸는 남자가 있다고 치자."

남자가 그렇게 말하고서 검지와 중지를 세웠다.

"이 남자는 자신의 미래를 선택할 수 있어. 화가를 계속 지망하는 미래와 화가를 관두는 미래가 있지. 손님들이 있는 세계에서는 남자가 화가를 계속 지망한다고 치자. 만약에 손님이 이 남자와 만나고 싶다고 생각한다면 화가를 꿈꾸는 이 세계의 남자와는 만날 수가 없어. 하지만 평행 세계의— 그림을 포기한 남자와는 만나게 해줄 수가 있지."

남자가 말을 한 번 끊고서 다시금 설명을 이어 나갔다.

"물론 손님이 만나는 남자는 이 세계의 남자와는 원재료가 동일할 뿐 전혀 별개의 인물이야. 손님과 동일한 세계에 사는 남자를 A, 평행 세계의 남자를 B라고 치자면 이 가게에서 손님이 남자B한테 사랑을 속삭이든 죽이든 간에 손님의 세계— 즉 현실 세계에 사는 남자A한테는 아무런 영향도 미치질 않아. 다시 말해 무의미한 행위라는 거지."

"의미가 없다고 생각하지만, 어째서 이 가게를?"

마리가 묻자 남자는 어깨를 가볍게 들먹였다. 많이 들어봐서 익숙하다는 낌새가 엿보이는 자세였다.

"평행 세계의 인간과 만나는 건 무의미하고 무가치한, 그저 자신을 위로하는 행위일 뿐임을 모두가 알아. 하지만 그래도 수요는 의외로 많아. 나는 그런 사람들의 수요에 조금이나마 맞춰주고 있을 따름이야."

"만약에 제가 만나고 싶은 사람이 있다면 평행 세계에서 사는 그 사람과 만날 수 있다는 말이죠?"

"그보다도 만나야 할 사람이 있기에 손님은 이 가게에 초대를 받은 거야. 다만 이 가게를 이용하려면 대가를 지불해야만 해."

"대가라면 돈인가요?"

"아니, 그런 거창한 건 아냐. 손님과 상대를 잇는 추억의 물건이야."

무릎에 올려놓은 마리의 손가락이 흠칫 떨렸다. 아무것도 칠해지지 않은 그녀의 손톱에는 세로선이 희미하게 나 있었다.

"그런 걸 왜 원하는 건가요?"

"딱히 내가 원하는 건 아냐. 단지 이 가게는 그런 이치로 움직이고 있어. 이 조건을 받아들인다면 난 손님을 그 누구와도 만나게 해 줄 수 있지."

"받아들이겠습니다."

마리가 즉답하자 카나는 적잖이 놀랐다. 마리에게 그렇게까지 만나고 싶어 하는 상대가 있을 줄은 몰랐기 때문이었다.

"뭐, 이 가게에 도착한 시점에 이미 결심을 굳혔겠지. 오늘 24시 전에 이 가게에 추억의 물건을 갖고 와. 문제는…… 예외적으로 온 사람이로군."

남자가 그렇게 말하고서 턱으로 카나를 가리켰다. 갑자기 화제에 오르자 카나는 스푼으로 허브티를 휘젓던 손을 멈췄다.

"저 말인가요?"

"자각하지 못했는지도 모르겠지만, 너는 원래 여기에 들어올 예정이 없던 사람이야. 더는 가타부타 따지지 않겠어. 이 가게를 깨끗이 잊어버려. 그리고 그 사카하시 료라는 남자도 말이야."

머리가 왈칵 뜨거워졌다. 평소였다면 이성으로 억눌렀을 충동이 카나를 벌떡 일어서게 만들었다.

"저는 료를 절대로 잊을 수 없고, 료를 찾는 것도 포기하지 않아요."

"젊은이 특유의 미련이로군. 몇 년 지나면 잊길 잘했다고 생각하는 날이 올 거야. 애당초 네가 사카하시 료와 재회하는 날은 영원히 오지 않아."

"어째서."

그렇게 단언하는 건가요? 그렇게 이어 나가려고 했던 카나의 말을 가로막은 것은 마리의 냉정한 물음이었다.

"여기가 아닌 다른 세계에 사는 사카하시 씨와 카나가 만나는 건 불가능한가요?"

두 사람의 시선이 마리에게 쏠렸다. 그녀는 검은 머리를 귀 뒤로 넘기고서 남자의 얼굴을 가만히 쳐다봤다.

"카나도 대가를 치를 테고, 현 사태가 개선될 수 있다면 그보다 나은 일은 없을 텐데요."

"무리야."

"어떻게 그렇게 말할 수 있죠? 카나 역시 어떤 의미에서 이 가게에 초대받은 거잖아요? 이 친구도 저와 마찬가지로 이렇게 당신과 만났어요. 친구의 의지를 꺾어버리는 것이야말로 이상하다고 생각하는데요."

마리가 담담하게 반론하자 남자가 한숨을 깊이 내뱉었다. 안경을 벗더니 오른손으로 파리한 눈가를 비볐다.

"애당초 이 가게에서 날 만나려면 혼자 오는 게 조건이야. 둘이서, 그것도 꿈에서 초대하지 않았는데도 가게 안에서 내가 보인다는 건 예외 중의 예외야. 내가 편의를 봐줄 만한 이유는 없지."

"어째서 그런 결론이 나오는 건지 납득이 안 되는데요. 카나는 제 친구입니다. 손님으로서 이 가게 안에 들어왔다면 카나도 그렇게 대우받을 만한 권리가 있다고 생각하는데요."

"하지만 가게에는 손님을 선택할 권리가 있어."

남자가 바로 딱 잘라 말하자 마리는 불쾌한지 이맛살을 찌푸렸다. 흉흉한 분위기가 가게 안에 감돌았다. 정해진 레일을 계속 돌아다니는 양철 기차의 주행음이 몹시도 요란하게 들렸다.

카나는 제자리에 선 채로 주먹을 쥐었다.

"그, 그럼 손님이 아니면 되는 거죠?"

"손님이 아니면?"

남자가 한쪽 눈썹을 치올리자 카나가 고개를 힘껏 숙였다.

"여기서 일하게 해주세요!"

자신이 이토록 뻔뻔스럽게 행동할 수 있을 줄은 어젯밤까지는 상상조차 하지 못했다. 그러나 료와 이어질 단서를 갖고 있는 사람은 눈앞에 있는 남자밖에 없었다. 료와 다시금 만날 수 있다면 카나는 뭐든지 할 작정이었다.

남자는 얼굴을 찡그리더니 연기하듯 거창하게 하늘을 우러러봤다.

"이봐, 제발 뜻을 좀 꺾어줘."

"급료는 안 받아도 돼요. 다만 제가 여기에 올 수 있는 이유를 주세요. 청소든 요리든 빨래든 뭐든지 돕겠습니다."

"그런 도우미는 구하지 않아. 어서 고개 들어."

"좋다고 할 때까지 들지 않을 거예요!"

고개를 숙이고 있으니 자신이 신은 스니커즈만이 눈에 들어왔다. 아이보리색 스니커즈는 료와 산책할 때 즐겨 신었다. 그렇게 생각한 순간, 시야가 점점 뿌예졌다. 오늘 아침에 워낙 경황이 없어서 몸단장을 하면서 신발까지는 미처 신경을 쓰지 못했다. 닳고 닳은 밑창이 지금껏 함께 해왔던 시간을 말해줬다.

그런데 이곳에 료만이 없다.

눈물을 참으려고 눈을 깜빡인 순간, 신발에 얼룩이 툭 생겼다. 속눈썹을 타고 떨어지는 눈물이 한 방울 두 방울 얼룩을 늘려갔다. 카나는 뜨거워진 눈시울을 손등으로 눌렀다.

이런 데서 눈물을 보이다니. 자기 자신이 너무 한심해서 분했다.

"아— 알겠어. 귀찮아 죽겠네."

남자가 한숨과 함께 내뱉은 목소리는 말과는 달리 왠지 당황한 기색이 담겨 있었다. 고개를 드니 남자가 떨떠름한 표정으로 자신의 머리를 난폭하게 헝클어뜨리고 있었다.

"보수는 없으니 그리 알아."

그가 말한 말의 의미를 이해하기까지 몇 초쯤 시간이 필요했다. 카나는 눈물 자국을 지우고자 눈가를 마구 훔쳤다.

"괘, 괜찮아요."

"조수로 삼도록 하지. 손님도 이제 납득했어?"

마지막 물음은 마리에게 던지는 것이었다. 그녀는 찻잔을 우아한 몸짓으로 기울이며 두 눈을 반달 모양으로 일그러뜨렸다.

"점주님이 착한 분이라서 다행입니다."

"아— 살벌한 손님한테 걸렸네."

"참고로 조수는 뭘 하면 되죠?"

"그렇지. 마침 잘됐군. 저 손님을 도와줘야겠어."

남자가 그렇게 말하자마자 마법처럼 마리 앞에 종이 한 장이 나타났다.

"마술인가요?"

마리가 물었다.

"뭐, 그런 거지."

남자가 퉁명스럽게 대답했다.

마리의 옆에서 카나는 종이 내용을 들여다봤다.

Kassiopeia(이하 「갑」이라고 한다)와 도이 마리(이하 「을」이라고 한다)는 기적(이하 「본건 상품」이라고 한다)과 관련하여 아래와 같은 계약(이하 「본 계약」이라고 한다)을 체결한다.

제1조(목적)

갑은 을에게 아래 조항에 따라 본건 상품을 제공하고, 을은 그 대가를 지불한다.

제2조(납입)

갑은 개별 계약에 따라 납기까지 본건 상품을…….

"정식 계약서야!"

문장을 중간까지 훑어보고서 카나가 무심코 목소리를 높였다. 조항 속에 기적이라는 단어가 섞여 있는 것에 비해 문체는 너무나도 딱딱했다.

계약서는 제5조까지 있고, 가장 아래쪽에는 서명란도 마련되어 있었다. 갑 부분에는 이미 『Kassiopeia』의 주소와 서명이 적혀 있었다.

"이런 계약서에는 보통 가게 경영자의 이름을 적지 않나요?"

모든 조항을 다 읽고서 마리가 수상쩍다는 표정으로 가게명이 적힌 서명란을 가리켰다.

"그게 맞아."

남자가 대답했다.

"이건 어디까지나 가게와 손님이 맺는 계약이야. 내 의사가 아냐."

"그 말투는 마치 이 가게에 의사가 있는 것처럼 들리는데요."

"있어. 가게에도, 이 세상에도, 무언가를 바라는 의사가 말이야."

남자가 숨을 깊게 후유— 내뱉었다. 폐 속에 담긴 공기를 모조리 빼내는 것 같은 묵직한 한숨이었다.

"손님이 거기에 서명을 하면 계약은 성립돼. 기적의 납기일은 오늘 24시, 납품 장소는 바로 이 가게야. 오늘 그 시간까지 손님은 이 가게에 올 것."

"혼자서 말인가요?"

"저기 조수랑 와도 돼. 그리고 조수는 오늘 밤 납기까지 손님이 갖고 있는 추억의 물건에 얽힌 이야기를 추억의 장소에서 듣고 와줘."

"어째서요?"

"그런 계약이니까. 원래는 자그마한 도구로 점주가 손님의 머릿속을 직접 들여다보게 되어 있는데, 다들 거부감이 심한 것 같더라고. 조수가 있으니 수고를 덜 수 있어서 좋군."

"직접 들여다보다니 마치 매드 사이언티스트 같군요."

"사실이니 어쩔 수 없지. 그보다도 손님, 이 조건을 들었는데도 계약을 할 건가?"

그 말의 뒷부분은 카나가 아닌 마리에게 향하는 것이었다.

어느새 테이블 위에 볼펜이 출현했다. 「280엔」이라고 가격표가 붙어 있었다. 이 남자는 평소에도 태연하게 상품을 사용하는 듯했다.

마리는 오른손으로 움켜쥐듯 볼펜을 들더니 각진 글씨체로 자신의 이름을 기입했다.

"계약이 성립됐군."

남자가 손가락을 딱 튕기자 계약서가 그의 손안에 저절로 들어왔다. 카나는 테이블 위에 놓인 컵을 내려다봤다. 바닥에 깔린 별사탕은 표면이 녹아서 삐죽한 부분이 사라져가고 있었다.

"저기, 점주님의 이름을 물어봐도 될까요?"

카나가 묻자 남자가 인상을 팍 구겼다. 그러고는 어중간한 앞머리를 손가락 끝으로 집어 올리면서 작게 말했다.

"미츠루."

"아, 제 이름은―."

"딱히 안 말해줘도 돼. 조수라 부르면 충분하겠지."

자신의 말을 딱 잘라버리자 카나는 입술을 삐죽 내밀었다. 아주까칠한 남자다. 그래도 료를 찾을 수 있는 실마리를 붙잡았으니 커다란 진보였다.

적어도 미츠루는 료의 존재를 알고 있다.

고양감을 감추지 못하는 카나를 구석에 있는 검은 고양이가 물끄러미 쳐다봤다. 기다란 꼬리를 흔들며 마룻바닥을 여러 번 때렸다.

"신기한 가게였어."

가게에서 나오자마자 마리와 카나는 동시에 역으로 향했다. 손목시계를 보니 아직 13시였다.

긴장해서인지 어깨 근육이 무척이나 뻐근했다. 카나는 두 손으로 자신의 뺨을 주물렀다.

"그 미츠루라는 사람, 료랑 어떤 관계일까?"

"잘 모르겠지만, 일단 수염은 깎는 편이 좋을 것 같아."

"마리, 수염 난 사람을 싫어했지."

"전 남친이 떠올라서 속이 부글거려. 고등학생 때 남친."

마리는 귀에 걸린 검은 머리를 손가락으로 꼬면서 진저리가 난다는 얼굴로 숨을 내뱉었다. 지금껏 마리와 연애 이야기를 여러 번 나눈 적이 있었다. 겉모습은 어른스럽게 생겼는데도 마리는 연애 경험이 거의 없었다. 유일한 교제 상대는 그녀가 열일곱 살 때 사귀었던 이노우에라는 당시 열아홉 살 재수생이었다. 불과 2주쯤 사귀었는데, 키스할 때의 긴장감을 견디지 못하고 줄행랑을 쳤다고 했다.

그 이후로 마리는 누군가와 사귀는 것을 포기했다. 이 세상에는 연애보다 소중한 개념이 있다는 것이 그녀의 지론이었다.

"마리, 전 남자친구를 싫어하는구나."

"싫다고 해야 하나, 진도 빼는 걸 너무 서둘렀거든. 난 처음이라고 했는데도."

"그래도 처음에는 서로 좋아했잖아?"

"뭐, 정말로 처음에만. 근데 결국 난 연애에는 맞질 않나 봐. 이성을 이길 수 없어."

"이성이라니?"

"응석을 부리거나 애교를 떠는 나? 누군가랑 사귀어 연인처럼 굴려는 자기 자신을 두고 볼 수가 없어. 대체 뭘 하는 거냐는 생각이 든다니까. 스스로를 지나치게 객관적으로 보는 것 같아."

몸 실루엣을 아름답게 드러내는 검은색 셔츠 원피스. 귓불에 달려 있는 은색 귀걸이. 윤기가 흐르는 흑발, 조금 값비싼 화장품. 마리는 세련된 아이템으로 몸을 치장했지만, 이성을 기쁘게 하려는 목적은 없었다. 마리 본인을 만족시키기 위한 것이었다.

카나가 옆얼굴을 조용히 쳐다보는 눈빛을 느꼈는지 나란히 걷던 마리가 속도를 늦췄다.

"그나저나 괜찮겠어? 무보수로 일하겠다고 약속하다니."

"괜찮아. 집에서 보내주는 돈으로도 생활을 꾸려나갈 수 있고, 언젠가 아르바이트도 해 보고 싶었던 참이었고."

"카나네 집, 부자구나."

"아냐, 전혀. 정말로 평범해."

"그래도 월세나 생활비도 전부 부모님이 보내준 돈으로 충당할 수 있잖아? 우리 집은 그럴 형편이 안 되는걸."

"고맙긴 하지만, 걱정이 조금 많아서 말이야. 우리 가족."

애당초 카나가 도쿄에 소재한 대학교에 진학하고 싶다고 바랐던 이유도 친가에서 떨어져 홀로서기를 하기 위해서였다. 엄마, 아빠, 본인으로 구성된 3인 가족으로 관계는 양호하지만, 그만큼 너무나도 편안해서 위기감을 느끼곤 했다.

따뜻한 물에 몸을 계속 담그면 빠져나갈 계기를 잃고 만다. 이대로는 안 되겠다 싶어서 불량소녀가 되진 않고, 수험, 합격, 자취 생활 순서대로 과정을 밟아서 이 도시에 살기 시작했다.

개표구를 지나 두 사람은 들어온 전철에 탔다. 대학교까지 세 정거장을 지나는 동안에 직사각형 창문에 비치는 거리 풍경이 왼쪽에서 오른쪽으로 흘러갔다.

잡담이 끊어지고 두 사람 사이에 침묵이 내려앉았다. 전철 천장에 달린 광고에 교복 차림의 학생들이 청춘을 구가하는 것 같은 포즈로 찍혀 있었다.

카나는 옆을 힐끗 봤다. 마리가 스마트폰을 만지작거리고 있었다.

"마리는 누굴 만나고 싶니?"

마리는 고개를 움직이지 않고 시선만을 돌렸다.

"만나야 할지 잘 몰라서 고민 중이야."

"그 전 남친?"

"아냐. 만약에 만날 수 있다면 난 고등학교 시절 사람을 만나고 싶어."

역에 도착하자 둘은 동시에 일어섰다. 카나가 「어디 가?」 하고 묻자 마리가 「도서관」 하고 즉답했다.

"그곳이 내게 추억의 장소이니까."

대학교에 있는 도서관은 넓었다. 제1캠퍼스에 있는 도서관은 3층짜리고, 지하에는 서고가 조성되어 있었다. 1만 엔을 웃도는 전문 서적도 갖춰져 있어서 리포트 작성에 열중하는 대학생들의 든든한 아군이었다.

유리 벽 너머에 보이는 작업용 공간에 수많은 학생들이 모여 있었다. 도서관 안에서는 사담이 금지됐기에 마리와 카나는 도서관 근처 벤치에 앉기로 했다. 캠퍼스 통로는 붉은 벽돌로 정비되어 있고, 길 양쪽에 서 있는 가로수들이 멋들어진 분위기를 연출하는 데 일조했다.

편의점에서 산 커피는 표면이 꺼끌꺼끌한 종이컵에 담겨 있었다. 플라스틱 뚜껑에는 구멍이 뚫려 있어서 그곳을 통해서 김이 넘쳐흘렀다. 부드러운 컵 측면을 누르니 모양이 쉽게 변형됐다.

마리는 손안에 있는 종이컵을 쳐다봤다. 그녀의 입술에서는 말로 표현하는 것을 망설이듯 어중간한 숨이 새어 나왔다.

그녀가 마음을 정리할 때까지 카나는 묵묵히 기다리기로 했다. 다리를 쭉 펴고서 스니커즈 앞코를 하늘로 올려봤다. 스니커즈가 조금 지저분했다.

이 대학교 도서관에는 카나도 추억이 있었다. 료와 여러 번이나 이용했으니까.

결국 그 신입 환영회 후에 카나와 료는 독서 동아리에 들어가지 않았다. 술자리 분위기가 예상보다 시끌벅적했던 것이 원인일지도 모르고, 혹은 여러 사람들과 독서 경험을 공유하는 것이 썩 내키지 않았는지도 모르겠다.

료와의 첫 데이트는 카페에서 했다. 팬케이크를 먹고서 두 시간쯤 영화나 책, 만화 이야기를 나눴다. 그대로 식사를 하러 갔으면 좋았을 텐데, 왠지 수줍어서 용무가 있다는 핑계를 대고서 도망치듯 돌아갔다. 남자와 둘이서 시간을 함께 보내는 현실을 자의식이 견뎌내질 못했다.

집에 돌아간 뒤 카나는 자신의 행동을 후회했다. 어째서 솔직해지질 못할까? 상대에게 호감이 있는데, 아니, 호감이 있기에 함께 있으면 심장이 두근거려서 숨이 답답할 지경이었다. 자신이 상대에게 끌리고 있음을 들키고 싶지 않았다. 특별히 의식하고 있다는 게 들통나서 조롱거리가 될까 봐 무서웠다.

도서관 한편. 구석진 곳 책상에서 스마트폰을 물끄러미 쳐다봤다. SNS 계정으로는 사카하시 료와 분명 이어져 있건만 선뜻 거리를 먼저 좁힐 용기가 나질 않았다. 내가 먼저 연락해야 하나? 아니, 앞으로 하루쯤 더 기다릴까? 책상 위에 손으로 직접 써야 하는 리포트 용지가 펼쳐져 있었다. 내일이 마감일이건만 한 글자도 채워 넣질 못했다.

"하아."

카나가 한숨을 내뱉었을 때 누군가가 볼펜 끝으로 팔을 두드렸다. 화들짝 놀라서 고개를 돌리니 료가 자료용 도서를 세 권쯤 안은 채로 이쪽을 향해서 손을 살랑살랑 흔들고 있었다.

"우연이네."

그는 거의 속삭이는 목소리로 말했다. 도서관 안에서는 사담이 금지되어 있어서였다. 소리를 최대한 낮춰서 대답하려고 하니 카나는 자연스레 료 쪽으로 밀착할 수밖에 없었다.

"리포트?"

"맞아. 나카나이 씨도?"

"응."

료는 허락도 구하질 않고 자연스럽게 옆자리에 앉았다. 카나는 백지 리포트 용지를 내려다봤다. 눈을 마주치는 게 부끄러웠다. 무슨 문장을 쓸지 거의 궁리하지도 않았는데, 아무 생각도 없이 멍하니 있었다고 여길까 봐 샤프펜슬을 놀렸다. 심이 부드럽게 닳아가는 광경을 보면서 요즘 시대에 굳이 자필 리포트 과제를 내준 교수를 향한 불만도 샘솟았다. 복사 & 붙여놓기를 막기 위한 조치임을 머리로는 알면서도.

옆자리에서 료가 자료용 도서를 훌훌 넘기는 소리가 들려왔다. 그의 손가락이 불현듯 뚝 멎었다.

"다음은 어디 가?"

"어?"

그것이 자신에게 하는 말임을 이해하는 데 몇 초쯤 걸렸다. 료는 조금 어색한지 손가락으로 앞머리를 빗고 있었다. 그것이 그가 멋쩍을 때마다 보이는 버릇임을 눈치챈 순간은 교제를 시작한 뒤였다.

"나, 소설을 쓰고 있어."

그 목소리가 카나를 회상에서 현실로 되돌렸다. 종이컵 너머에서 느껴지는 커피 열기가 손가락을 서서히 데웠다.

마리는 입술을 가볍게 깨물고는 카나의 눈치를 살폈다. 마리가 신중하게 내뱉은 떨리는 숨소리가 그녀의 긴장을 드러냈다.

"그랬구나. 몰랐어."

"이거, 말하려니 용기가 제법 필요하네."

마리가 그렇게 말하고서 객쩍은지 눈을 내리깔았다.

"우리 대학교에 말이야. 문예 동아리가 있어. 정기적으로 간행물을 내고, 서로의 작품을 평가하기도 해. 나, 입학하고 최초 3개월 동안은 그 동아리에 들어갔어."

"어머, 식도락 동아리 말고 거기에도 들어갔던 거야?"

"문예 동아리를 그만둔 뒤에 식도락 동아리에 들어간 거야. 뭐라고 해야 할까, 가치관이 잘 맞질 않아서. 독서 동아리에도 들어갈까 고민했는데 말이야. 저기, 카나가 결국 들어가지 않았던 곳."

"그 동아리, 글을 쓰는 사람은 별로 없었지."

"맞아. 그래서 관뒀어. 혼자서 집필하는 편이 더 잘 맞는 것 같아서 글과 전혀 관련이 없는 동아리에 들어간 거지."

카나와 마리가 친해진 계기도 식도락 동아리에서 활동하던 중에 책 이야기로 의기투합을 해서였다.

마리는 라이트노벨이나 엔터테인먼트 소설 등 대중적인 작품을 좋아했다. 장르를 가리지 않고 책을 많이 읽는 애인 줄 알았는데, 설마 실제로 본인도 글을 쓰고 있는 줄은 몰랐다.

"더 일찍 말해줬으면 좋았을 텐데. 소설을 쓰고 있다는 얘길."

"무섭고, 창피하잖아?"

"그래? 소설을 쓴다는 건 굉장한 것 같은데."

"쓰는 것 자체가 목적이라면 그렇지. 하지만 그렇지 않다면 글을 쓰는 행위는 그저 참가 조건에 불과해."

마리는 뺨에 들러붙은 머리카락을 손가락으로 떼어냈다.

"나, 작가가 되는 게 꿈이었어. 중학생 시절부터 줄곧. 고등학생이 된 뒤에는 여러 상에도 응모를 해 봤어. 고등학교 2학년 때는 3차 전형까지 올라갔지."

"굉장하네."

"팬도 있었어. 고등학교 때 문예부에서 간행물을 출간했거든. 거기에 실린 작품을 읽고서 누가 팬레터를 보내준 거야. 내 인생의 첫 팬. 동아리 담당 선생님이 가져다주고는 『이제 어엿한 작가가 다 됐네』하고 말해줬고. 나, 많이 기뻤어. 그 아이한테 답장을 쓰고 싶었지만, 보낸 이의 이름도 주소도 아무것도 적혀 있질 않아서."

"그럼 그 아이가 누군지 모르는 거야?"

"응. 그래도 꿈속에서 『원래는 절대로 만날 수 없는 사람과 만나게 해주는 가게』라는 소리를 듣고서 맨 먼저 그 편지를 보냈던 상대가 떠올랐어. 나, 그 사람한테 하고 싶은 말이 있거든."

마리의 무릎 위에는 가녀리고 보들보들한 왼손이 놓여 있었다. 그녀는 그 손등을 자신의 뺨에 댔다.

"작가가 되는 거 포기하려고."

그 말을 듣고서 카나는 숨을 삼켰다. 뭐라고 말해야 좋을지 모르겠다.

"소설을 쓰는 데 이제 지쳤어."

"그, 그래도 포기하기에는 아깝지 않아?"

마리가 고개를 좌우로 저었다.

"최근에 내가 착각했다는 걸 깨달았어. 난 소설을 쓰고 싶었던 게 아니라 작가가 되고 싶었다는 걸."

"그게 뭐가 다른 거야? 같은 거잖아?"

"아니. 전혀 달라. 난 말이야. 자신과 타인을 손쉽게 차별화하고 싶었어. 난 다른 녀석들과는 달라. 왜냐면 작가를 지망하고 있으니까, 하고 생각하면서. 정말로 소설을 쓰고 싶었는지, 아니면 타인이 책을 쓰는 날 치켜세워주길 바랐는지 이제는 잘 모르겠어. 여기 도 서관에 말이야. 노트북을 갖고 와서 자주 원고를 썼어. 책을 쓰는 나 자신에 취한 것 같기도 해."

그녀의 입술이 부자연스럽게 벌어졌다. 안경테 너머에서 마스카 라로 쭉 늘린 기다란 속눈썹이 보였다.

"고등학생 시절에 응모했을 때 결과가 더 잘 나왔어. 대학생이 되 고 소설 신인상에 여러 번 응모했는데 결과가 점점 나빠졌어. 1차 전형이나 2차 전형 통과는커녕…… 1차 전형조차 떨어지는 경우가 늘었어. 문장 역시 구성력이 늘었을 텐데도 고등학생 시절의 나 자 신을 넘을 수가 없어. 그래서 깨달은 거야. 아아, 감성의 소비 기한 이 다 됐구나."

"감성에도 기한이 있어?"

"있어. 고등학생 작가나 대학생 작가라고 적어두는 책 띠지를 자 주 보잖아. 젊음에는 희소가치가 있어. 감성도 그래. 무딘 감성을 갖고 있는 젊은이들 대부분은 나이를 먹으면 그에 맞게 가치관이 점점 바뀌어. 어지간히도 굉장한 사람이 아닌 한 감성의 희소가치 는 나이를 먹을수록 줄어들어. 인간은 늙을 수는 있어도 절대로 다 시 젊어질 수는 없으니까."

왠지 스스로에게 저주를 걸고 있는 같다고 카나는 생각했다. 사람 은 모두 동등하게 늙어가건만 그것을 두려워하는 건 아깝다는 기분 이 들었다.

"그래도 나이를 먹고서 등단하는 작가도 많지 않아?"

"그런 사람들은 뛰어난 기술을 체득했어. 오랫동안 소설을 쓸수록 기술이 갈고 닦여서 문장도 더 잘 쓰게 돼. 그래서 젊은 사람이 그런 사람들을 이기려면 감성에 승부를 걸 수밖에 없는 거야."

"마리도 그렇게 기술을 서서히 습득해나가면 안 돼?"

"난……."

마리는 그 대목에서 말을 끊고는 손안에 있는 종이컵을 내려다봤다.

"인내할 수가 없어."

학생들이 담소를 나누면서 정비된 통로를 걷고 있었다. 그들이 실없이 주고받은 대화는 불어 나가는 봄바람에 빨려들었다. 카나가 흐트러진 앞머리를 오른손으로 살며시 눌렀다.

"뭘?"

"줄곧 평가받지 못했어. 아까도 말했잖아. 난 소설을 쓰고 싶었던 게 아니고, 작가가 되고 싶었던 거라고. 몇 개월이나 쏟아부은 소설이 1차 전형에서 떨어진다. 그때마다 재능이 없다고 지적하는 것 같았어. 정말로 정열이 있다면 계속 노력할 거 아냐? 난 분명 재능과 각오, 정열까지 모든 게 다 부족해."

마리가 등을 쭉 펴더니 피로에 젖은 것 같은 미소를 머금었다.

"그래서 내 유일한 팬한테 사과하고 싶어. 기껏 응원해줬는데 꿈을 포기하게 돼서 미안하다고."

심장이 꾹 오므라들었다. 목구멍을 옥죄는 것 같은 기분이 들어서 카나는 입술을 악물었다. 사과할 필요가 없다고 말하고 싶었다. 그러나 자신이 말하는 것도 결례인 듯해서 카나는 마리의 등에 팔을 살며시 둘렀다. 원피스 너머에서 척추를 더듬듯 그 등을 어루만져

줬다.

"그렇게 소중한 이야기를 들려줘서 고마워."

"그 점주도 얘기하는 편이 좋다고 그랬잖아. 게다가 카나도 오늘 아침에 남한테 들려주기 어려운 얘기를 해줬고."

"근데 평행 세계에 사는 사람이라도 괜찮겠어? 설령 만나더라도 이쪽 세계의 그 사람과는 별개의 인물이라고 했어."

"그래서 좋아. 본인한테 말하면 실망하겠지만, 다른 세계의 사람한테는 뭐라고 말하든 괜찮잖아? 어쩌면 다른 세계의 난 지금의 나와 달리 작가로서 재능이 있을지도 모르고."

마리가 머리를 기울이더니 몸을 카나에게 기댔다. 마리가 이렇게 누군가에게 응석을 부리는 건 드물다.

"……정말로 만날 수 있을까?"

그녀가 중얼거렸지만 목소리가 잠겨서 거의 들리지 않았다. 그래도 카나는 고개를 힘차게 끄덕였다.

"만날 수 있어."

근거 따윈 없었다. 그러나 카나는 어느새 그 신기한 가게를 믿어보고 싶어졌다.

과학으로 해명할 수 없더라도 이 세계에 기적이 존재한다는 걸 누군가에게 보여줬으면 싶었다.

그날 23시. 마리와 카나는 둘이서 『Kassiopeia』로 향했다. 24시 30분이 지나면 전철이 끊기니 돌아갈 때는 택시를 타거나 걸어야겠지. 조각이 섬세하게 새겨진 출입문에는 「OPEN」이라 적힌 검은 고양이 플레이트가 걸려 있었다. 그러고 보니 이 가게는 그 어디에도 영업시간이 적혀 있지 않았다.

창문에서 새어드는 불빛이 바깥에 늘어선 식물들을 희미하게 비췄다. 카나는 세 번 노크하고서 문을 열었다. 미츠루는 이미 안에 있었고, 2인용 소파에 버릇없이 드러누워 있었다.

"벌써 왔어?"

그는 몸을 일으키고서 기지개를 크게 켰다. 낮에 만났을 때와는 달리 수염을 말끔하게 깎았다. 검은 머리도 정돈돼서 후줄근한 복장 이외에는 행색에서 그럭저럭 청량감이 풍겼다. 테이블 위에서 장식이 된 상자가 입을 쩍 벌리고 있었다. 영화 속에서 해적이 보물을 넣어둘 것 같은 상자였다.

"왠지 분위기가 달라졌네요."

카나가 말하자 미츠루가 하품을 하면서 대답했다.

"그땐 깨어나고서 막 나왔으니까. 어서 앉아."

그가 권하자 카나와 마리는 소파에 앉았다. 한밤중 가게 안은 낮과 다른 독특한 분위기가 있었다. 천장에 달린 펜던트 라이트가 발하는 따뜻한 빛이 가게 안을 충만히 채웠다.

"그래서 대가는?"

"이거예요."

마리가 가방에서 꺼낸 것은 사용감이 있는 편지지 세트였다. 투명한 나일론으로 포장되어 있지만, 입구가 반쯤 뜯어져 있었다. 편지지 구석에 세잎클로버와 꽃이 그려져 있었다.

"내 추억의 물건은 『부칠 수 없었던 편지』입니다."

"흐으음?"

"고등학생 때 팬레터를 받았는데, 보낸 이한테 답장을 쓰고 싶었어요. 하지만 그게 누군지 알 수가 없어서. 언젠가 내가 프로가 된다면 그 아이가 다시금 편지를 써주지 않을까? 만약에 그날이 온다면 난 이 편지지로 답장을 써야지, 하고 벼르며 줄곧 갖고 다녔는데…… 뭐, 이제 필요가 없어졌지만."

"손님이 만나고 싶어 하는 상대는 익명인가?"

미츠루가 이맛살을 찌푸렸다. 마리가 「안 되나요?」하고 묻자 그가 고개를 가로저었다.

"성가실 뿐 불가능하진 않아. 이름도 얼굴도 모르는 상대와 만나고 싶다고 요청하는 녀석은 의외로 많아."

카나는 옆에서 듣다가 그런가? 하고 놀랐다. SNS가 널리 보급됐으니 정체를 모르는 사람과 인연을 키워나가는 경우가 흔할지도 모르겠다.

만약에 카나가 누군가와 만날 수 있다면 무조건 료를 그 상대로 선택하리라. 그런데 그 이외에 만나고 싶은 사람이 있을까? 그것도 다른 세계에 사는 사람을.

"요청 내용을 확실히 접수했다."

미츠루의 목소리를 듣고서 카나는 자신이 깊은 생각에 잠겼음을 깨달았다. 제정신을 차렸을 때 미츠루는 이미 그 편지지 세트를 보물함 속에 넣었다.

"자, 이동할까?"

"이 가게에서 하는 게 아닌가요?"

"장소는 이 가게야. 하지만 여긴 아냐."

미츠루는 식물 코너 안쪽에 있는 묵직한 문으로 안내했다. 창고인 줄 알았는데 아닌 듯했다.

24시가 되자 카운터 옆에 걸려 있는 괘종시계가 단조로운 소리로 봉봉 거듭 울어댔다. 그것을 신호로 미츠루가 문을 단숨에 열었다.

그 순간, 세계가 새하얀 빛에 휩싸였다.

"어?"

눈을 뜬 순간, 카나는 말을 잃었다. 문 너머에는 아무리 봐도 가게의 크기와 어울리지 않는 거대한 온실이 펼쳐져 있었다. 천장이 높은 돔 형태였다. 새하얀 기둥이 격자 형태로 배치되어 있고, 그 사이에 수천 장이나 되는 투명한 유리가 박혀 있었다.

중앙에는 거대한 나무가 서 있고, 그 줄기에는 검은 문이 박혀 있었다. 주변에 화초들이 빽빽이 자라나고 있어서 정글을 방불케 했다. 거대한 양치식물의 잎이 카나의 뺨을 여러 번이나 간질였다.

마리가 곤혹스러워하며 한 걸음 뒤로 물러서자마자 힐 굽이 무언가를 밟은 소리가 들렸다. 발치를 자세히 보니 땅바닥에는 흙이 깔려 있지 않았다. 하얀— 어쨌든 새하얀 모래알이었다. 어렸을 적에 가족과 오키나와로 여행을 갔을 때 봤던 별모래와 조금 닮은 듯했다.

"파란 세계야."

미츠루가 그렇게 말했지만, 파란 세계라기보다 하얀 세계라고 부르는 편이 딱 어울린다고 카나는 생각했다. 유리 너머에 보이는 천장은 눈부셔서 지금이 도저히 밤인 것 같지 않았다.

"여긴 평행 세계의 합류 지점. 파수꾼 말고는 이 문을 열 수 없어."

"미츠루 씨가 파수꾼이라는 말인가요?"

"맞아."

미츠루는 망설이지 않고 곧장 거대한 나무 쪽으로 나아가더니 검은 문의 손잡이를 잡았다. 보면 볼수록 신기한 문이었다. 줄기와 일체화된 것처럼 보이건만 표면이 섬세하게 장식되어 있었다. 성도(星圖)를 연상케 하는 디자인이었다.

"이 문 너머에는 『해후의 방』이 있지. 모든 세계로부터 독립된 공간. 지금부터 이곳에 손님과 다른 세계에 사는 사람을 불러낼 거다."

미츠루가 다시금 확인하듯 마리를 쳐다봤다.

"지금부터 손님은 혼자서 이 안에 들어간다. 해후의 방에는 이미 손님이 바라는 상대가 있겠지. 그 녀석은 해후의 방에서 겪은 일들을 전부 꿈이라고 여기게 되어 있어. 손님은 만족할 때까지 상대와 실컷 얘기하도록. 저 안쪽에서는 손님도 문을 열 수 있어. 나와 조수는 여기서 손님이 돌아오길 기다리도록 하지. 다만……."

미츠루가 검지를 세웠다.

"딱 하나만 약속해. 문 너머에 있는 것을 절대로 이쪽으로 갖고 오지 마. 그 어떤 사소한 사물일지라도 이쪽 세계에 들여서는 안 돼. 세계의 이치에서 벗어나고 말아."

세계의 이치? 어마어마한 울림이 느껴지는 말이었다. 카나가 그 의미를 곱씹는 동안에 마리는 「알겠습니다」하고 진지하게 수긍했다.

미츠루가 문을 열었다. 맞은편이 전혀 보이지 않았다. 어둡고 흐릿한 막 같은 것이 이쪽과 저쪽을 차단하고 있었다. 한밤중에 보는 연못의 수면을 고스란히 문에 붙여둔 것 같았다.

"언제든지 가도 좋아."

그 말을 듣고 마리는 침을 꿀꺽 삼켰다. 그녀의 손이 머뭇머뭇 막에 닿았다. 그것은 마리의 손을 튕겨내지 않고 진입을 순순히 받아들였다. 마리의 모습이 안으로 사라지고서 이내 미츠루가 문을 닫았다.

쾅.

그것이 신호인지 발치에 깔린 새하얀 모래알들이 기묘한 빛을 띠면서 흔들리기 시작했다. 카나는 당황하여 오른발을 들어 올린 데 반해 미츠루는 나무 밑동에 앉았다.

"지금부터 오래 기다려야 할 거야."

흔들리는 하얀 모래에 영상이 어렴풋하게 투영됐다. 윤곽선이 서서히 명확해지더니 이윽고 영화 스크린처럼 해후의 방의 내부 광경을 또렷하게 비쳤다.

그곳은 교실이었다.

어느 학교의 지극히 흔한 방과 후 교실. 창문에서 석양이 새어 들고, 그 맞은편에서는 쌀알만 한 새 떼가 노을빛에 물든 하늘에 악센트를 가미했다. 심녹색 칠판에는 아무것도 적혀 있지 않았다. 쭉 배열된 책상 옆에는 드문드문 짐이 걸려 있었다. 맨 앞줄 좌석에 한 여성이 앉아 있었다.

머리의 색은 거멓고, 눈 바로 위까지 내려오도록 다듬어진 앞머리는 숱이 많았다. 그녀의 왼쪽 눈 아래에는 눈물점이 있었다. 눈에는 짙은 색 아이섀도를, 입술에는 붉은색 립스틱을 발랐다. 체격은 작고, 베이지색 스타킹으로 다리를 감쌌다. 카나와 마리와 동년배로 보이는 그녀의 교복 차림에서는 왠지 언밸런스한 인상이 풍겼다.

"미오……."

언제부터 그곳에 있었는지 교실 앞문 앞에 마리가 서 있었다. 미오라고 부른 것으로 보아 아마 두 사람은 지인이겠지. 아까 전 미츠루의 말에 따르면 이곳에 있는 미오는 마리가 아는 미오와는 다른 세계에 사는 사람이다. 평행 세계. 카나는 공상 같은 단어를 혓바닥 위에 굴렸다.

상대는 블레이저에 치마를 입고 있었다. 흔한 고등학교 교복이었다. 마리는 문에 들어가기 전과 동일한 차림이었다. 셔츠 원피스에 해외 브랜드가 제작한 가죽제 숄더백을 메고 있었다.

마리가 이름을 부르자 미오가 그녀 쪽으로 고개를 돌렸다. 길게 째진 두 눈이 스르륵 가늘어졌다.

"아, 이거 꿈이구나."

미오가 그렇게 말했다. 천진난만하게 웃고 있었다.

"왜냐면 마리랑 이렇게 말을 섞는 건 있을 수 없는걸."

"있을 수 없다니 과장이 너무 심해."

"아하하, 신기해. 꿈속인데도 대화를 제대로 나눌 수가 있구나. 근데 나, 대학교가 마음에 들어서 교복을 또 입고 싶다고 바랐던 적이 없었던 것 같은데. 욕망이 꿈속에서 폭발해버렸나?"

꺄르륵 웃은 그녀의 귓불에는 은색 귀걸이가 달려 있었다.

마리는 미오의 바로 옆 의자를 당겨서 앉았다.

"고등학교 때 이후로 오랜만이야."

"정확히는 고등학교 2학년 때 이후로 처음이지? 근데 마리는 아직도 화났어?"

"화났다니 뭘."

"남친 험담을 해서."

예상치 못한 말이었는지 마리의 눈이 동그래졌다.

"험담이라니?"

"저기, 그딴 남자랑은 헤어지라고 했잖아. 가스라이팅 기질이 있고, 몸만 노리는 쓰레기라고. 그랬더니 마리가—."

"그 녀석이 바람피운 걸 알고서 헤어졌어."

"아냐, 아냐. 그 녀석의 애가 생겼다면서 학교를 그만뒀잖아."

"아이?"

어지간히도 놀랐는지 마리의 목소리가 뒤집어졌다. 미오는 등받이에 몸을 기대고는 유쾌한지 목을 껄껄 울리며 웃었다.

"왜 자기 일인데 깜짝 놀라는 거니."

"나, 아이가 있어?"

"그래. 난 차단을 당해서 정보가 들어오지 않지만 말이야. 트위터에『지켜야 할 게 생겨서 꿈 따윌 좇을 수 없어』라고 썼다고 다른 친구한테서 들었어. 그 소식을 듣고서 충격을 꽤 먹었는데."

"아이……."

상상하기조차 어려운지 마리가 망연히 중얼거렸다. 다른 세계에 사는 마리는 카나가 아는 마리와는 전혀 다른 인생을 보내는 듯했다. 어쩌면 여기에 있는 미오도 마리가 아는 미오와 무언가 다른지도 모르겠다.

미오는 교복 치맛자락을 잡아당기면서 고개를 창문 쪽으로 돌렸다.

"마리의 소설을 줄곧 좋아했거든. 글을 쓰는 걸 그만뒀겠구나 싶어서."

"혹시 그때 편지를 줬던 사람이 미오였어? 나, 동아리 담당 선생님을 통해서 받았는데, 보낸 이가 적혀 있지 않아서."

"편지?"

미오가 의아해하며 고개를 갸웃거렸다. 마리가 눈을 내리깔았다.

"팬레터 말이야."

"어— 안 보냈어."

"거짓말."

미오 말고는 있을 수가 없다. 왜냐면 마리가 만나고 싶다고 바랐던 상대는 편지를 보낸 이였으니까.

카나에게도 마리의 초조함이 전해져왔다. 그러나 정작 당사자인 미오는 고개를 갸우뚱거렸다.

"음— 정말로 안 보냈는데. 하지만 지금 돌이켜보면 보낼 걸 그랬어. 마리가 그 이후에 바로 고등학교를 그만뒀으니까."

그때 카나는 비로소 깨달았다. 다른 세계의 마리는 미오에게서 편지를 받지 않았다. 그녀는 연상의 남친 사이에서 아이가 생겼고, 결국 작가가 되겠다는 꿈을 포기했다.

마리도 그 사실을 깨달았겠지. 손으로 입을 가린 채 무언가를 골똘히 생각하고 있었다.

"그 무렵에 마리는 남친한테 푹 빠져서 내 얘기 따윈 귓등으로도 듣지 않는 느낌이었어. 그래서 익명으로 편지를 건네는 게 가장 좋겠구나 싶었어. 그래서 간행물에 적혀 있던 수신인한테 보내기로 마음을 먹고서 편지를 쓰긴 했는데…… 결국 용기가 나질 않았어. 나 같은 게 편지를 써 본들 무슨 의미가 있을까 싶어서."

"그게 이 편지?"

마리가 숄더백에서 낡은 봉투를 꺼냈다. 수없이 읽었는지 가장자리가 해져 있었다. 하늘색을 기조로 한 심플한 봉투였다. 미오의 눈이 휘둥그레졌다.

"어떻게 마리가?"

"난 받았어. 뭐라고 해야 할지 모르겠는데, 여기 있는 난 패럴렐 월드에서 살아가는 나야. 고등학교도 관두지 않았고, 아이도 없고, 미오와는 지금도 친구야. 반년에 한 번, 술잔을 나누곤 하는 친구."

"하하, 역시 이상한 꿈이야. 기쁜 내용들로만 가득해."

미오는 검은 머리카락 끝을 가볍게 잡아당기고는 왠지 자조적으로 눈을 내리깔았다.

"그럼 그쪽 세계에서 나랑 마리는 아직도 친구야?"

"응, 평범한 친구. 그보다 난 미오가 내 소설을 읽은 줄 몰랐어. 책 애긴 하지 않았잖아."

"왜냐면 나, 책 같은 걸 읽지 않거든. 마리가 쓴 이야기라서 읽었을 뿐."

미오가 몸을 서서히 기울이더니 이윽고 책상에 엎드렸다. 팔을 베개 삼아서 마리를 힐끗 올려다봤다. 창문에서 새어 드는 석양이 하얀 뺨을 붉게 물들였다.

"재밌었어. 굉장히, 재밌었어."

드리워진 그림자가 실내를 두 색으로 나눴다. 적색과 흑색. 마리는 명확히 구분된 경계선을 눈으로만 좇았다. 그녀의 목이 꿀꺽 울렸다.

"난 말이야. 소설 쓰는 걸 관두려고 해."

미오의 입술 틈새에서 숨을 삼키는 소리가 들렸다.

"미오가 보낸 편지를 받고서 기뻤어. 그래도 실은 내게는 재능 따윈 없었어."

"그건 말이 안 돼."

"말이 돼. 미안해. 나 같은 녀석한테 그토록 멋진 말을 선사해줬는데. 그토록 응원해줬는데. 그토록…… 그토록 내가 쓴 이야기를 좋아한다고 써줬는데. 미안해. 열심히 하질 못해서, 미안해."

마리가 눈을 깜빡이자 눈물이 흘러나왔다. 눈물방울이 붉은빛을 반사하면서 음영이 드리워진 뺨을 따라 조용히 미끄러졌다. 카나는 아름답다고 생각했다. 울고 있는 마리가 몹시도 아름다웠다.

미오는 몸을 일으키더니 등을 가볍게 말았다. 그녀는 몸을 기울이며 마리의 팔을 향해 선뜻 손을 뻗었다.

"영문을 모르겠네. 왜 사과를 받아야 하는지."

미오가 마리의 손목을 부드럽게 쥐었다. 마리는 고개를 떨군 채로 조용히 오열했다.

"하지만 기뻤어. 이 편지가 있으면 평생 소설을 쓸 수 있겠다고 그땐 진심으로 믿었는데. 무리였어. 무리였다고."

미오가 마리의 팔을 살며시 잡아당겼다. 그녀는 그대로 팔을 뻗어서 본인보다 키가 큰 마리를 끌어안았다.

"내 편지가 마리를 그토록 다그쳤다면 역시 건네지 않는 게 정답이었을지도 모르겠네."

"아냐. 건네줘서 기뻤어. 그래서 슬픈 거야. 내가 너무 한심해서 보답을 해주질 못했으니까."

"스스로를 한심하다고 말하지 마. 난 마리의 소설이 정말로 재밌다고 생각하니까."

"하지만 1차 전형에서 떨어질 만한 수준인데도?"

"애당초 난 그게 뭔지 잘 몰라. 난 소설 작가한테 어떤 식으로 상을 주는지 잘 모르겠지만, 마리의 소설의 장점을 몰라주다니 오히려 심사위원들이 이상한 거 아냐? 보는 눈들이 너무 없어!"

그것은 너무나도 꾸밈없는 목소리였다. 마리의 두 눈이 더욱 글썽였다. 매달리듯 미오의 어깨에 눈을 비볐다.

"그렇게 상냥하게 말하지 마. 응석을 부리고 싶어지잖아."

"그러면 안 돼? 난, 마리랑 이렇게 다시 친하게 대화를 나눌 수 있어서 기뻐. 앞으로도 마리의 소설을 읽고 싶고, 수다도 더 떨고 싶어. 아, 상 같은 건 신경 쓰지 말고, 날 위해서 소설을 써보는 건 어때? 감상문도 많이 써줄 거야. 마리가 원한다면 얼마든지."

"왜 그렇게까지……."

"왜냐면 꿈에서만은 하고 싶은 말을 다 쏟아내고 싶은걸. 현실 속 마리한테는 그럴 수 없으니까."

미오의 등에 마리의 손가락이 걸렸다. 마리는 움켜쥐었다고 하기에는 너무나도 연약하게 손을 오므렸다. 미오의 블레이저에 주름이 살짝 졌다.

겁을 먹은 듯 입술을 떨면서도 마리는 확실히 말했다.

"꿈이라도 기뻐."

"나도."

그렇게 두 사람은 한동안 몸을 맞댔다.

해가 지고 세상이 거멓게 칠해졌는데도 줄곧.

콰앙.

문이 열렸다가 닫혔다. 그 순간 발밑에 퍼져 있던 영상이 끊어졌다. 환한 온실 속으로 술렁이는 소리가 되돌아왔다. 자신이 영상에 몰입했다는 것을 깨닫고서 카나는 코로 숨을 들이마셨다. 왠지 달짝지근한, 물과 풀이 뒤섞인 냄새가 풍겼다.

파란 세계로 되돌아온 마리의 두 눈은 펑펑 울어서인지 붉게 부어 있었다. 그녀는 치미는 오열을 억누르지 못하고 여러 번 흐느꼈다.

카나는 급히 그녀의 곁으로 걸어갔다. 미오와의 대화는 그녀에게 꼭 일어나야만 했던 기적이었을까? 두 사람의 해후를 단순히 꿈이라고 치부하기에는 시간의 밀도가 너무나도 농밀했다. 어쩌면 마리는 돌아오고 싶지 않았는지도 모르겠다. 카나는 문득 그런 생각이 들었다.

"괜찮아?"

"미안, 아까부터 눈물이 멈추질 않아서."

"만나길 잘했어?"

"잘했어, 정말로."

마리는 눈시울을 훔치고서 어색하게 미소 지었다. 그럼에도 불구하고 등을 당당히 쭉 펴고 있는 게 그녀의 강점이었다.

"점주님도 감사합니다."

마리가 감사를 표하자 미츠루는 차가운 눈빛을 보냈다. 보는 사람이 당혹스러울 만큼 분위기에 맞지 않는 태도였다.

"미츠루 씨?"

카나가 무심코 이름을 부르자 느닷없이 무언가가 무너져 내리는 소리가 들렸다. 고개를 돌리니 아까 전까지 평온하게 서 있던 마리가 제자리에 무릎을 털썩 꿇었다.

마리의 가녀린 목에서 바람이 빠져나가는 소리가 새어 나왔다. 그녀가 기다란 열 개의 손가락으로 자신의 목을 마구 긁었다.

"마리, 왜 그래?"

등에 손을 댔지만 대답이 없었다. 목에 막힌 무언가를 빼내려는 듯 마리는 오직 땅을 기면서 기침을 격렬하게 해댔다. 머리를 조금이라도 들어 올려서 기도에 막힌 무언가를 제거하려고 필사적이었다.

"자기만족의 시간은 끝이야."

미츠루는 그렇게 내뱉었다. 그러나 몸부림을 치고 있는 마리에게는 그 목소리가 닿지 않은 듯했다.

카나는 황급히 무릎을 대고 자세를 낮추어 마리의 등을 세게 두드렸다. 목에 이물질이 걸렸을 때 이렇게 하라고 고등학교 응급조치 수업 때 배운 적이 있었다.

마리는 격렬하게 기침을 하다가 이윽고 입에서 무언가를 뱉어냈다. 침 범벅이 된 그것을 카나는 아주 최근에 본 적이 있었다.

"삐죽삐죽이야."

유리 세공품을 연상케 하는, 밤송이 같은 수수께끼의 물체. 카넬리안 같은 오렌지색을 띠는 그 물체가 새하얀 땅바닥에 굴러다녔다.

카나는 조심스럽게 손을 뻗었다. 손가락이 끝에 닿은 순간, 머릿속으로 탁류처럼 영상이 흘러들었다. 마리와 카나가 둘이서 이 가게를 방문했을 때의 영상과 점주가 내준 허브티를 마시는 영상, 마리와 미오가 교실 안에서 대화를 나누는 영상이 뒤섞여 있었다.

고통에 겨워하다가 마리는 그대로 땅바닥에 쓰러졌다. 죽은 줄 알고 간담이 서늘해졌으나 맥박이 정상적으로 뛰고 있었다.

"의식을 잃었어……."

"〈씨앗〉을 뱉어낸 반동이야. 곧 눈을 뜰 거다."

미츠루는 전혀 동요하지 않고 땅바닥에 굴러다니는 삐죽삐죽을 관찰했다.

"〈씨앗〉?"

"알아듣기 쉽게 말하자면 기억의 덩어리야."

"이렇게 작은데 마리의 기억이 담겨 있다는 말인가요?"

"그래. 이 가게에 얽힌 모든 기억들이 말이지. 체외에 배출되면 해당 부분의 기억을 잃어."

가게에 얽힌 모든 기억들. 그 말인즉슨.

"이 삐죽삐죽 속에 아까 마리와 미오 씨가 대화를 나눴던 기억도 담겨 있다는 건가요?"

"그래. 이 손님은 눈을 떴을 때 모든 걸 잊어버린다."

"그, 그럼 대체 무엇 때문에 이런 짓을? 마리는 미오 씨와 만나서 그토록 기뻐했는데."

"처음에 말했잖아."

미츠루가 그렇게 말하고서 오른발을 들어 올렸다.

"여긴『자기만족을 파는 가게』라고."

그의 신발이 〈씨앗〉을 짓밟았다. 아름다운 결정이 순식간에 처참하게 깨지더니 이윽고 색깔을 잃어갔다. 부서진 파편은 광택을 잃고서 허옇게 말라가기 시작했다. 그 빛깔과 질감은 온실 땅바닥을 구성하는 모래알과 아주 흡사했다.

카나는 반사적으로 비명을 내질렀다.

"여기 깔려 있는 게 전부 누군가의 기억이었다는 말인가요?"

"그래. 잔해야, 기억의 잔해."

"미츠루 씨는 무얼 위해서 이런 짓을 하는 거죠? 기껏 계약을 맺고 기적을 부여했건만, 정작 당사자는 전부 잊어버린다니."

"어쩔 수 없지. 그게 파수꾼의 일이야."

미츠루는 무뚝뚝하게 말하고서 기절한 마리의 팔을 자신의 어깨에 둘렀다. 친구를 부축하는 장면을 보고도 모른 체 하자니 껄끄러워서 카나는 반대쪽에서 그녀의 몸을 지탱했다.

미츠루가 야유하듯 말했다.

"도와주려고?"

"마리는 제 친구이니까요."

온실로 이어지는 문을 빠져나오자 고요한『Kassiopeia』가게 안으로 되돌아왔다. 놀랍게도 아직도 괘종시계가 울고 있었다. 시침은 여전히 12시를 가리켰다. 점주가 돌아오길 애타게 기다렸던 검은 고양이가 진열대 위에서 하품을 했다.

"시간이 흐르질 않았어……."

카나가 당혹해하든 말든 미츠루는 마리를 소파에 눕혔다.

"불쾌하다면 얼른 이 가게를 나가도록. 현재 손님의 머릿속에는 너와 이 가게에 왔던 기억은 남아 있지 않아. 너도 어서 잊어버려. 이 가게도, 사카하시 료도."

"그 말은 뭔가요? 저는 잊을 생각이 없거든요."

"성가신 녀석이로군. 기억 따위에 집착하지 마."

미츠루가 어이가 없다는 얼굴로 한숨을 깊이 내뱉었다. 카나는 그를 쩨려봤다.

"왜 그렇게 말하는 거죠?"

"너를 위해서 해주는 말이야."

"저를 진정 위해줄 생각이라면 료에 관해 아는 걸 알려주세요."

"싫어."

"어째서죠?"

"그럴 만한 의리가 없어."

영문을 모르겠다. 그렇다면 어째서 그는 카나를 조수로서 고용해준 거지? 묻고 싶었다. 그러나 괜히 긁어 부스럼을 만들까 봐 무서웠다. 지금 카나에게는 미츠루 말고는 단서가 될 만한 사람이 없었다.

"……미츠루 씨는 그 〈씨앗〉을 보면 반드시 파괴하나요?"

"뭐, 그게 일이니."

그렇다면 카나가 오늘 아침에 토해냈던 〈씨앗〉은 비밀로 숨겨야만 하나?

어쩌면 그 〈씨앗〉 속에 료가 없어진 이유와 관련한 기억이 담겨 있을지도 모른다. 카나 자신이 잊었다는 것조차 잊어버린 중요한 기억이.

미츠루가 파괴해버리면 단서를 영영 잃고 만다. 그것만은 절대로 피해야만 했다.

"만약에 제가 조수로서 계속 일한다면 그런 신기한 현상들을 더 자세히 알려줄 건가요?"

"신기한 현상이라니?"

"아까 그 〈씨앗〉이 어떻게 만들어지는지, 미츠루 씨는 어째서 그걸 파괴해야만 하는지, 그런 궁금증이요."

미츠루는 소파에 앉아 다리를 꼬았다. 그는 눈꺼풀을 살짝 내리고는 신음하는 목소리로 말했다.

"뭐, 일을 잘하면 알려줄 수도 있겠지."

"그럼 저도 열심히 하겠어요. 료를 찾아내기 위해서."

"쓸데없는 발버둥을……."

미츠루가 자신의 앞머리를 꽉 움켜쥐었다. 그때 의식을 잃었던 마리가 「으음」 하고 몸을 꿈틀거렸다. 그녀는 이맛살을 찌푸리고는 몸을 벌떡 일으켰다.

"앗! 여긴 어디야!"

생각보다 큰 목소리에 미츠루가 손가락을 귀에 꽂았다. 카나는 황급히 그녀의 눈을 들여다봤다. 초점도 확실했다. 몸 상태는 나쁘지 않은 듯했다.

"마리, 정신을 잃었어."

"거짓말."

"친구랑 술을 너무 많이 마셔서 쓰러졌어. 과음도 정도껏 해야지."

미츠루가 연기 투로 말했지만, 마리는 혼란스러워서 의심조차 하지 않는 듯했다. 황급히 옷매무새를 추스른 뒤 「죄송합니다, 죄송합니다」 하고 연거푸 사과했다.

"어머, 술에 취하다니. 아이참, 진짜로 죄송합니다. 민폐를 끼쳐서."

그녀가 얼굴을 붉히자 카나가 참지 못하고 물었다.

"저기, 마리. 소설은 아직도 써?"

"뭐? 지금 그런 얘길 할 때가 아니잖아. 그보다 나, 소설을 쓴다는 얘기까지 카나한테 한 거야? 진짜로 만취했나 봐."

아까 전 미츠루가 설명했듯이 마리는 카나에게 과거 이야기를 들려줬다는 사실을 기억하지 못하는 듯했다. 기억을 잃었다는 사실이 새삼스레 카나의 마음을 무겁게 짓눌렀다.

"그, 그래. 고등학생 때 팬레터를 받고서 기뻤는데, 지금은 어떻게 할지 고민하고 있다고 했어. ……난, 마리가 소설을 계속 쓰는 게 좋을 것 같아."

카나가 절절히 말하자 마리는 입을 헤 벌렸다. 안경 너머로 엿보이는 눈동자가 서서히 눈웃음을 지으며 가늘어졌다.

"아하하."

"어, 내가 무슨 웃긴 말이라도 했어?"

"아니, 미안, 미안. 뭐라고 해야 할까. 줄곧 그만두려고 생각했는데, 지금은 다시 쓰고 싶은 기분도 드네. 상 같은 거 신경 쓰지 말고."

그렇게 말하는 마리의 표정은 왠지 후련했다. 어쩌면 기억은 없어졌을지라도 감정은 어딘가에 남아 있을지도 모르겠다. 「폐를 끼쳐서 죄송합니다」 하고 미츠루에게 사과를 거듭하는 마리를 바라보면서 카나는 자신의 왼쪽 가슴을 가볍게 매만졌다. 피부 속에서 두근두근 울리는 심장 소리가 살아 있다는 사실을 알려줬다.

　"자, 카나. 계속 눌러앉아 있으면 미안하잖아. 어서 돌아가자."

　마리가 채비를 다 마치고서 카나의 팔을 억지로 잡아당겼다. 미츠루는 가볍게 인사를 하고서 「조심히 돌아가」 하고 끝까지 무뚝뚝하게 말했다. 조금 더 싹싹하게 대하면 어디가 덧나나? 하고 카나는 생각했다.

　마리가 출입구 문을 열었다. 빛에 이끌린 날벌레들 몇 마리가 가게 안으로 들어왔다.

　"곧 막차 시간이니 뛰어야겠네."

　마리가 웃으면서 말하자 카나는 아직 막차를 탈 수 있는 시간임을 깨닫고서 새삼스레 놀랐다. 상당히 오랫동안 저 가게 안에 있었는데.

　"과학으로 해명할 수 없는 현상이라."

　카나가 불쑥 중얼거리자 마리가 고개를 갸웃거렸다.

　"무슨 말 했어?"

　"아무 말도."

　오늘 이 가게에서는 분명 기적이 일어났다. 그러나 그 사실을 아는 사람은 단둘이어도 충분할지도 모르겠다.

제 2 화

너와는 화해할 수 없어

이튿날 아침이 밝았지만 여전히 이 세상에서 사카하시 료는 사라져 있었다.

액자에 담긴 사진에는 여전히 카나 혼자만이 찍혀 있었다. 그래도 카나의 마음은 어제에 비해 진정됐다. 『Kassiopeia』라는 가게의 존재를 안 덕분에 상황이 조금 진전됐다고 여겼기 때문이었다. 정말로 조금이지만.

원룸의 침대 위에서 몸을 뒤척이다가 카나는 이불에 얼굴을 묻었다. 표면이 딱딱하고 왠지 건조했다. 그대로 팔을 뻗으니 협탁에 놔뒀던 작은 상자가 손가락에 닿았다. 백화점 지하에서 샀던, 조금 비싼 쿠키가 담겨 있던 상자였다. 귀여워서 버리지 못했는데, 지금 그 안에는 다른 물건이 들어 있었다.

뚜껑을 열고서 안에서 파란색 결정 같은 **그것**을 꺼냈다. 미츠루는 〈씨앗〉이라고 불렀다. 밤송이만 한 크기로 빛을 쬐면 투명하게 빛났다. 대단히 딱딱하지만, 바닥에 떨어지면 쉽사리 깨질 것 같은 연약함도 느껴졌다. 이 안에 기억이 담겨 있다고 했는데, 그 기억을 어떻게 되돌릴 수 있는지 미츠루는 알려주지 않았다.

어째서 나는 이것을 토해냈을까? 내가 잃어버렸던 기억은 무엇일까?

모르겠다. 카나는 모르는 것투성이야, 하고 생각하면서 팔을 침대 위에 내던졌다. 그래도 해는 떠오르고, 새로운 오늘이 시작된다.

"카나는 울지 않아[#1]."

그렇게 나직이 중얼거렸다. 어렸을 적에 할머니로부터 들었던 말 중에서 가장 싫어하는 말이었다. 그러나 지금 카나는 그 말로 스스로를 계속 타이르고 있었다. 료는 대체 어디로 사라져버렸을까? 지금 당장 만나고 싶었다. 속마음이 새어 나오려고 하자 카나는 어금니를 악물며 가까스로 참아냈다.

오늘 대학교 강의는 2교시부터 시작하므로 준비에 여유가 있었다. 졸린 눈을 비비면서 강의실로 향하니 이미 마리의 모습이 보였다. 「좋은 아침」 하고 인사하자 마리가 이내 옆자리에 놔뒀던 자신의 가방을 치워줬다. 카나는 순순히 그 자리에 앉았다.

"어제 말이야. 진짜로 커다란 추태를 보여서 침울해."

"커다란 추태?"

"나, 길바닥에서 술에 취해서 뻗었잖아. 아— 요즘에 술 때문에 실수한 적이 없었는데."

마리는 안경을 벗고서 눈구석을 주무르고 있었다. 역시 마리의 기억 속에서 어젯밤은 그렇게 남았구나. 카나는 24시간 전에 벌어졌던 일을 떠올렸다.

마리는 어젯밤에 『Kassiopeia』에서 기적을 체험했고, 그 대가로 가게에 얽힌 모든 기억을 잃어버렸다.

"정말로 창피해. 카나한테는 작가를 지망하고 있다는 사실도 다

#1 카나는 울지 않아 카나의 성인 나카나이는 일본어로 울지 않는다는 뜻도 가지고 있다.

말해버렸고."

"뭐 어때? 난 그렇게 꿈을 가진 사람을 멋지다고 생각하는데."

"아…… 이것만은 당사자가 아니면 몰라."

"그래?"

"왜냐면 자작 소설이나 시에 빠졌다는 걸 들키면 창피하잖아."

"그래도 고등학생 때 문예지에 실렸잖아?"

"그건 말이야. 창피한 감정과 보여주고 싶다는 감정이 서로 다퉜던 결과야. 이른바 『소극적 자존심』이라는 거지."

"『산월기』#2네."

"다음 일본문학 리포트 과제가 나카지마 아츠시래."

마리가 손에 쥔 샤프펜슬을 빙글 돌리고서 한숨을 작게 내뱉었다.

"카나, 어제 신세를 졌던 그 가게의 위치를 아니? 그 있잖아, 꽃집 같은 곳. 점주가 잘생겼고."

"저, 점주가 잘생겼다고……?"

"왠지 훤칠한 것이 멋있었잖아? 안경이 잘 어울리고."

틀림없이 미츠루를 가리키는 거겠지. 그러나 마리가 그를 그런 식으로 바라봤다니 놀라웠다.

"나, 선물용 과자를 들고서 오늘 아침에 그 가게에 가려고 했어. 근데 찾아봐도 도저히 나오질 않더라."

"선물용 과자라니…… 여전히 마리는 진지하네."

"엄마가 예절에 워낙 민감하거든. 『민폐를 끼쳤다면 사과해야지. 그러지 않으면 다음에는 도움을 받질 못해』하고."

#2 산월기 나카지마 아츠시가 지은 작품으로 인간의 열등감을 다뤘다.

"정론이네. 어? 그러고 보니 마리, 그 가게 주소를 메모했지? 수첩에."

"메모?"

마리가 가방에서 수첩을 꺼내서 홀홀 넘겼다. 그런데 어제 보여줬던 그 페이지에 아무것도 적혀 있지 않았다. 새하얬다. 글자를 썼던 흔적조차 없었다.

미츠루가 없애버린 것은 마리의 기억뿐만이 아니었다. 그녀가 가게에 왔던 흔적까지도 지웠던 것이다.

"적혀 있지 않은데?"

마리가 페이지를 보여주듯 내밀고는 의아해하며 고개를 갸웃거렸다. 카나는 황급히 말을 얼버무렸다.

"미안, 잘못 기억했나 봐."

"애당초 주소를 메모했다면 확실히 갈 수 있었겠지. 아, 과자는 카나가 받아주지 않을래?"

"어, 왜?"

"카나한테도 폐를 끼쳤잖아? 안에 구운 도넛이 들었어. 오래 두고 먹을 수 있으니 간식으로 즐겨."

그녀가 내민 종이봉투를 보니 호라역 인근에 있는 케이크 가게의 상호가 적혀 있었다. 거절하는 것도 경우가 아닌 것 같아서 카나는 순순히 받았다.

『Kassiopeia』에 가면 미츠루에게 건네주자. 카나는 거기까지 생각하다가 문득 목덜미가 오싹해졌다. 나는 다시 그 가게에 갈 수 있을까?

"이런 때에는 어떤 과자를 사가지고 갈지 고민돼. 화과자를 사는 게 더 나을까 싶어서 이리저리 생각했다니까."

"선물용 과자를 산다는 발상이 장해. 마리는 정말로 착실해."

"뭐, 카나보다는 착실하다고 자각은 하고 있어."

"전혀 부정할 수 없어."

"그치?"

책상에 올려뒀던 마리의 스마트폰이 딩동, 하고 진동했다. LINE 메시지가 온 모양이었다. 잠금을 해제하고서 바로 글을 훑어봤다.

"누가 보냈어?"

"고등학교 2학년 때 친구. 이번에 친했던 동창들끼리 술 한 잔 하지 않겠냐고."

"거기에 미오라는 애도 있어?"

"미오? 있긴 한데 왜? 공통된 친구라도 있어?"

마리가 고개를 갸웃거리자 카나는 머리를 굴려 얼버무릴 말을 어떻게든 쥐어짜 냈다.

"아니. —그런 건 아니지만 궁금해서 말이야. 저기…… 아, 맞아, 마리가 취했을 때 그 이름을 중얼거렸거든."

"미오는 그냥 좋은 애이긴 하지만, 취미 같은 게 영 맞질 않아서."

"책 이야기 같은 건 안 해?"

"걘 그런 타입이 아닌걸. 책 같은 건 전혀 읽지 않고."

마리가 웃으면서 손사래를 치자 카나는 몸을 앞으로 내밀었다.

"그럴지도 모르겠지만, 이번 술자리에서 그 얘기를 해봐."

"왜?"

"의외로 분위기가 무르익을지도 모르잖아. 저기, 실은 취미가 잘 맞을지도 모르고 말이야."

"뭐, 그렇긴 하네. 대학교에 들어간 후로 책을 읽기 시작했을 가능성도 있으려나?"

마리가 납득한 얼굴로 고개를 응응 끄덕이자 카나는 남몰래 가슴을 쓸어내렸다. 『해후의 방』에서 미오와 나눴던 대화는 비록 마리의 기억에서 지워졌지만, 그래도 카나는 그 소중한 말들을 없었던 것으로 덮어버리고 싶지 않았다.

카나는 친구가 건네준 종이봉투를 쥐면서 숨을 살며시 들이마셨다. 손가락에 힘을 너무 많이 줬는지 봉투 가장자리가 구겨졌다.

"얘, 마리. 사카하시 료를 알아?"

두 번째로 묻자 마리가 어리둥절해하며 눈이 동그래졌다.

"몰라. 혹시 배우 이름이니? 미안, 나 텔레비전을 별로 보질 않아서."

친구의 답변이 귀에 익었다. 카나는 눈을 내리깔고서 아무 일도 없었다는 듯 고개를 가로저었다.

"됐어. 아무것도 아냐."

그 우려는 기우였던 듯했다. 카나의 머릿속에 『Kassiopeia』까지 가는 길이 확실히 저장되어 있었다. 호라역 2번 출구에서 나와 도보로 15분. 상점가를 빠져나와 주택가를 지나니 그 가게는 확실히 존재했다.

가게 문 앞에서 검은 고양이가 몸을 동그랗게 만 채로 자고 있었다. 기분 좋게 볕을 쬐고 있는지 검은 털에 하얀 햇살이 번졌다. 어제도 가게에 있었던 고양이였다. 미츠루가 키우는 고양이일까?

"얘— 고양이야."

쪼그려 앉아서 불러보니 검은 고양이가 왼눈만을 떴다. 보름달을 연상케 하는 금색 눈동자 중앙에서 동공이 세로로 길어졌다. 검은 고양이는 크게 하품을 하고 기지개를 켜고는 문 앞에 다시 앉았다.

「야옹」하고 짧게 울더니 무언가 할 말이 있다는 듯 이쪽을 쳐다봤다.

"혹시 열어달라는 거야?"

"야옹."

"대답까지 하네. 똑똑한 고양이구나."

검은 고양이가 카나의 발치에 들러붙더니 꼬리를 살랑 흔들었다. 카나는 손잡이에 손을 대고는 「실례합니다」하고 양해를 구하며 문을 열었다. 검은 고양이가 열린 문 사이로 미끄러지듯 안으로 들어갔다.

안으로 발을 내딛으니 마침 미츠루가 실내에 장식된 식물들에 물을 주고 있는 참이었다. 그가 들고 있는 물뿌리개는 투명한 유리 재질이었다. 주둥이는 길쭉하고 물 안에서는 작은 불이 타닥타닥 터지고 있었다.

"뭐야. 안 왔으면 했는데."

미츠루가 고개만 이쪽으로 돌리고서 담담히 말했다. 수염을 다듬기만 했을 뿐인데 확실히 이목구비가 단정하게 보였다. 조금 긴 흑발, 덥수룩한 앞머리. 안경 너머에 보이는 눈 밑에 진 다크서클이 왠지 건강하지 않은 인상을 풍겼다.

그의 왼손 약지에는 여전히 금색 반지가 빛나고 있었다.

"전 조수이니 민폐라 해도 옵니다. 그보다도 마리가 주는 과자예요."

"마리?"

"어제, 저와 함께 있었던 애 말이에요. 안경을 쓴."

"아아, 그 손님?"

미츠루가 물뿌리개를 내려두고서 카운터에 올려뒀던 수건으로 손을 닦았다.

"이 가게에 한 번 더 오려고 마음먹었는데, 좀처럼 찾을 수가 없다고 했어요."

"그 손님한테는 이제 이 가게가 필요 없으니까. 어떤 이유가 없는 한 이 가게에는 올 수 없어."

"그렇다면 오늘 이렇게 가게에 왔으니 절 어엿한 조수로서 인정했다는 뜻이겠네요?"

카나가 말하자 미츠루는 벌레라도 씹은 표정을 지었다.

"뭘 해주길 원하나요? 뭐든지 할게요!"

"돌아가 줘."

"그거 빼고요."

카나가 되받아치자 미츠루는 아니꼽다는 표정으로 한숨을 내쉬었다.

"그럼 저기 바구니 안에 있는 내용물들을 닦아줘."

미츠루는 진열대 밑에 놓인 라탄 바구니를 턱으로 가리켰다. 괴수 피규어와 야구공, 물고기 인형, 고양이 모양이 수놓아진 손수건, 기타 등등. 여하튼 각양각색의 물건들이 난잡하게 담겨 있었다. 그 안에서 카나는 낯익은 편지지를 발견했다. 마리가 대가로서 지불했던 쓰다 남은 편지지 세트였다. 투명한 필름 표면에 「140엔」이라고 적힌 가격표가 붙어 있었다.

"이거, 마리가 지불한 추억의 물건이네요. 혹시 여기에 있는 상품들은 전부 누군가의 추억의 물건인가요?"

"맞아."

"엄청난 숫자네요. 대체 얼마나 많은 사람들의 의뢰를 받아야 이렇게……."

늘어서 있는 바구니는 한두 개가 아니었다. 진열대에 놓인 상품들까지 포함하면 그 숫자는 천 개를 훌쩍 넘을 듯했다. 카나가 넘겨받은 걸레로 피규어를 닦자 먼지를 뒤집어쓰고 있던 괴수가 찬연한 색깔을 되찾았다.

걸레가 팔락팔락 흔들리는 광경이 재밌는지 검은 고양이가 카나 옆에 자리를 잡고는 그녀의 손을 물끄러미 쳐다봤다. 아까 전에는 한쪽 눈밖에 보지 못했는데, 오른쪽 눈이 아름다운 푸른빛을 띠고 있었다.

"이 고양이, 가게에서 키우는 건가요?"

"어, 쿠로이 씨 말이로군."

"쿠로이 씨?"

"그 고양이의 이름이야. 검은 고양이라서 쿠로이(黑井) 씨. 옛날부터 이 부근에서 줄곧 살았는지 가게에도 멋대로 들어오곤 하지."

"우와. 귀엽네요."

머리를 쓰다듬어주자 쿠로이 씨가 기쁜지 실눈을 지으며 그르렁거렸다. 사람을 잘 따르는 고양이였다.

"이 가게의 도어 플레이트가 고양이 모양이던데. 고양이를 좋아하나요?"

"그건 선대 점주의 취미야."

"전 주인이 있어요?"

"뭐, 내가 하고 싶어서 하는 가게가 아니라는 것만은 분명하지."

카나가 쓰다듬다가 중단하자 쿠로이 씨가 불만스럽게「야옹」하고 울었다. 그녀는「미안해」하고 말하면서 상품을 닦는 작업을 재개했다. 잡다하게 담긴 상품들에는 하나 같이 노란색 가격표가 붙어 있었다.

"이 가격, 미츠루 씨가 정한 건가요?"

"아니, 가게가 정해."

"무슨 소리예요?"

미츠루가 소파에 앉더니 테이블 위에 고양이 귀가 달린 오뚝이를 올려뒀다. 아메리칸 쇼트헤어의 무늬가 그려져 있고, 푸른 눈은 한쪽만 뜨고 있었다.

"이건 어제 받았던 대가인데."

"어제? 마리 전에 말인가요?"

카나가 지적하자 미츠루가 한쪽 눈썹을 능숙하게 치올렸다.

"아…… 뭐, 그렇군. 이 세계에서는 **전**이라고 할 수 있겠어."

"일부러 어려운 표현을 쓰는 거죠?"

"그럴 의도는 없어. 다만 이 가게는 모든 평행 세계와 이어져 있어서 어느 세계에 있느냐에 따라 시간이 바뀌어. 네가 있는 동안에 이 가게는 네가 사는 세계하고만 이어져 있지. 기왕 말이 나왔으니 『현재 세계』라고 부를까. 네가 이 가게에 있는 동안에 다른 세계의 사람과 맞닥뜨릴 일은 없어. 세계A와 세계B는 섞이지 않아."

"복잡하네요. 즉 미츠루 씨는 현재 세계 이외의 사람과도 이 가게에서 거래를 하고 있다는 뜻인가요?"

어제의 사례를 떠올려보면 자신의 머리도 더 쉽게 받아들일 수 있지 않을까? 현재 세계에서 살아가는 미오와 다른 세계에서 살아가는 미오. 어제 마리는 다른 세계의 미오와 해후의 방에서 대화를 나눴다. 그러나 카나는 이 가게에서 그 미오와 만날 일이 없다. 현재 세계에 있는 사람은 현재 세계의 미오이니까.

"음— 이럴 줄 알았으면 판타지 영화 같은 걸 봐둘 걸 그랬어요. 머리가 터질 것 같아요."

"평행 세계는 그렇게 특이한 개념은 아니잖아."

"아니, 아니, 당연히 특이하고말고요. 드라마나 영화에 등장하는 신기한 가게의 점주는 보통 요괴나 몬스터 등 사람이 아닌 생명체인 경우가 많죠."

"뭐, 나도 사람이 아니니."

미츠루가 선뜻 말하자 카나는 걸레를 움직이던 손을 멈췄다.

"그거, 농담이죠?"

"진담인데."

"미츠루 씨, 사람이 아닌가요?"

"난 파수꾼이야."

"파수꾼은 꾼은 인간을 가리키는 의미잖아요?"

"문을 **지키는 역할**을 맡은 **인간 형태**를 띤 존재라는 의미야."

어지간해서는 놀라지 않을 생각이었으나 동요를 감출 수가 없었다. 손에서 미끄러진 피규어가 바구니 속에 떨어졌다.

"그럼 미츠루 씨의 정체는 뭔가요? 몬스터?"

"그러니까 파수꾼이라고 했잖아. 그런 생명체야."

"에엥…… 뜬금없이 그런 말을 해도『아, 그래요?』하고 받아들일 수 있을 리가 없잖아요. 아, 그럼 미츠루 씨는 몇 살이죠? 설마 백 살이라고 말하지는 않겠죠?"

"몇 살로 보이지?"

"음— 젊게도 보이고, 나이를 상당히 먹은 것처럼도 보여요."

카나가 진지하게 대답하자 미츠루는 어이없다는 얼굴로 등받이에 몸을 기댔다. 그는 천장을 올려다보고는 숨을 깊이 내뱉었다. 휘어진 목에서 울대**뼈**가 도드라졌다.

"농담이야."

"어, 뭐가요?"

"그러니까 몇 살로 보이느냐는 질문이."

"어떻게 그게 농담이 되는 건가요?"

"나보고 해설하라고?"

"아니, 무슨 뜻인지 모르는데……."

"성가신 녀석이군."

"아, 예……."

성가신 건 바로 당신이라고 되받아치고 싶었지만, 꾹 참았다. 곰곰이 생각해 보니 이렇게 가게 안에서 단둘이 있는 것은 오늘이 처음이었다. 괜히 말다툼을 벌였다가 어색해지고 싶지 않았다.

카나를 동정했는지 쿠로이 씨가 다리에 들러붙고는 「야옹」 하고 울었다. 새카만 털이 뒤덮인 쿠로이 씨의 몸은 빛이 내리쬐는 각도에 따라서 반들반들 빛나는 듯 보였다. 털이 가지런한 이유는 살뜰한 보살핌을 받고 있다는 증거일까?

카나가 테이블 위에 여전히 놓인 오뚝이를 가리키며 물었다.

"그래서 그 고양이 오뚝이는?"

"아아, 가격이 매겨지는 광경을 보여줄까 해서."

미츠루가 떠올랐다는 얼굴로 말하고서 손가락을 딱 튕겼다. 어디선가 노란색 종이가 출현하더니 오뚝이 표면에 착 달라붙었다. 그 순간 고무도장으로 찍은 것 같은 숫자가 종이 위에 떠올랐다. 「1,290엔」이라고 적혀 있었다.

"이거 누가 구매해요?"

"평범하게 손님이 훌쩍 들어와서 사가지. 뭐, 동일한 세계선(線)에 없으면 존재 자체를 알 수가 없으니 네 눈에 그 손님이 비치지 않을지도 모르겠지만."

미츠루가 오뚝이의 머리를 쥐고서 진열대 위에 휙 올려뒀다. 다시금 진열대를 보니 어젯밤에 봤던 라인업이 몇몇 바뀌었다. 없어진 상품도 있고, 새롭게 늘어난 상품도 있었다.

"왠지 마법사의 가게 같네요."

"마법이라기보다 저주겠지. 선대 주인은 기적의 가게라는 웃기는 호칭으로 불렀지만."

"선대가 있다는 말은 파수꾼은 교대제인가요?"

"뭐, 그렇지. 나도 일찍 후계자를 찾아내서 편해지고 싶어."

"은퇴하기에는 너무 젊은 것 같은데."

"그런 사고방식은 이 가게에서는 의미가 없어. 나이를 먹는 건 생명체가 지닌 특권이니까."

"파수꾼은 예외라는 말인가요?"

"그런 셈이지."

"으음……."

이 가게가 어떤 원리로 돌아가는지 이해하는 것은 꽤나 벅적지근할 듯했다. 생각에 잠긴 뇌를 내버려 두고서 카나는 묵묵히 상품들을 닦았다. 무심하게 바구니 속 내용물들을 하나씩 닦고 있으니 테이블 쪽에서 덜컹 소리가 났다. 고개를 돌리니 쟁반에 티 세트가 차려져 있었다. 뜨거운 허브티 향기가 실내에 사르르 감돌았다.

"쉬었다가 하지. 너는 그 손님이 사준 과자나 먹도록 해."

미츠루가 2인용 소파에 앉고서 거들먹거리듯 다리를 꼬았다. 카나는 맞은편에 놓인 소파에 얕게 걸터앉았다. 찻잔에는 파란색 액체가 가득 담겨 있고, 그 색깔과 동일한 장미잎이 떠 있었다. 바닥에는 설탕을 대신하여 별사탕이 가라앉아 있었다.

"감사합니다."

"뭐가?"

"저기, 차를 끓여주셔서."

"뭐, 무일푼으로 노동을 시키고 있으니."

미츠루는 말하고서 찻잔을 약간 기울였다. 침묵이 갑자기 드리워지자 카나는 어색해져 마리가 건네준 종이봉투 속 내용물을 꺼냈다. 작은 상자 안에 도넛 6개가 들어 있는데 각각 포장되어 있었다. 맛은 플레인, 시나몬, 초콜릿 세 종류였다.

"미츠루 씨는 뭘 드실래요?"

"난 됐어. 네가 다 먹도록 해."

"혹시 단 걸 싫어하나요?"

"뭐, 그렇다고 해두지."

미츠루의 말대로 카나는 초콜릿 맛 도넛을 들었다. 료는 달콤한 것을 좋아했으니 미츠루와는 역시 전혀 달랐다. 얼굴 생김새는 닮았지만, 두 사람 사이에 공통점은 거의 없는 듯했다.

"이건 가설인데요."

카나가 그렇게 운을 띄우자 미츠루가 눈짓으로 재촉했다.

"혹시 미츠루 씨는 내가 사는 현재 세계와는 전혀 다른 세계의 주민이잖아요?"

"그래서?"

"나, 처음에는 미츠루 씨와 료는 형제가 아닐까 생각했어요. 근데 료한테서 형제가 있다는 얘기는 들어본 적이 없어요. 그러니 어쩌면 미츠루 씨는 료한테 형제가 있는 세계의 주민이 아닐까 싶어서. 내가 아는 료의 형제가 아니고, 다른 세계에 사는 료의 형제라고 해야 하나……"

자신이 이야기를 하는데도 머릿속이 뒤죽박죽이었다. 그림으로 보여줄 수 있다면 더 간단히 설명할 수 있을 텐데, 말로 표현하려니 번거로웠다.

불안해져서 말꼬리가 점점 기어들었다. 카나는 구운 도넛을 깨물었다. 미츠루는 실눈을 뜬 채 도발적인 시선을 보냈다.

"그럼 어쩔 건데?"

"어쩌다니요?"

"조수를 관둘 건가?"

미츠루가 투명한 안경 렌즈에 덮인 눈동자로 쳐다봤다. 거멓고 명도가 낮은 눈동자였다. 유리구슬처럼 표면이 매끈했다.

료의 눈동자는 어땠더라? 불현듯 그런 생각이 들었다. 지근거리에서 여러 번이나 봤을 터였다. 그런데 그의 두 눈이 어떻게 빛나는지 잘 떠오르질 않았다.

"왜 그 대목에서 관두겠다는 발상으로 이어지는 건가요? 오히려 료를 찾을 수 있는 단서로 이어질 테니 오기로라도 버틸 겁니다."

"너는 정말로 남자친구를 좋아하는군."

"좋아합니다."

미츠루가 코웃음을 치자 카나는 즉답했다. 그녀가 달려들듯 대답하자 미츠루는 살짝 질린 듯했다. 거북한지 눈을 한 번 내리깔고는 카나의 컵에 허브티를 더 따라줬다.

"낯부끄러운 말을 태연히 내뱉는 녀석이군."

미츠루가 한숨을 내뱉자 카나는 가지런히 모은 발끝을 안으로 집어넣었다. 왠지, 정말로 왠지 미츠루와의 거리가 가까워진 것 같은 기분이 들었다.

"후후."

무심코 웃음을 흘리자 미츠루가 「뭐가 우스워?」 하고 인상을 찡그렸다. 소파의 빈 공간으로 뛰어넘어온 쿠로이 씨가 「야옹」 하고 한

번 울고서 몸을 말았다. 그 목에는 목걸이가 채워져 있지 않았다.

　그로부터 카나는 한 주에 세 번 정도 『Kassiopeia』에 다녔다. 실은 매일 출퇴근하고 싶었지만, 미츠루가 학생 생활을 우선하라며 거절했다.

　카나가 『Kassiopeia』에서 도울 일은 별로 많지 않았다. 애당초 손님이 가게에 거의 오지 않았다. 가끔 오더라도 미츠루는 접객을 하려고 하질 않았다. 손님은 그 태도에 불편해하고서 나가버리기 일쑤였다. 「손님을 가려서 받는 건 옳지 않아요」 하고 넌지시 조언도 해 봤지만 미츠루에게는 쇠귀에 경 읽기였다.

　미츠루의 거처는 카운터 안쪽 문 뒤에 있었다. 내부를 본 적은 없지만, 부엌 같은 생활시설이 병설되어 있는 듯했다. 그는 곧잘 허브 티를 끓여줬는데, 그때마다 문 안으로 들어갔다.

　어떤 찻잎을 쓰는지는 알 수 없었다. 물어봐도 얼버무릴 뿐이었다. 뭘 마시고 있는지는 모르겠지만, 맛있다는 것만은 틀림없었다. 훌륭한 차와 장미잎, 그리고 별사탕. 그것이 미츠루가 늘 대접해주는 3종 세트였다.

　미츠루는 카나가 다과용으로 지참해온 과자에는 손을 댄 적이 없어서 결국 맨날 카나만 먹었다.

　"비가 내리는군."
　카나가 가게를 드나든 지 2주일쯤 지난 어느 금요일이었다. 그날은 공교롭게도 비가 내려서 소파에 앉아 있던 미츠루가 창밖을 바라보고는 실눈을 지었다.

오늘 대학교 강의는 세미나뿐이었기에 카나는 16시에 가게에 도착했다. 4월도 하순에 접어들어서 4학년들은 취업을 하느라 바쁜 듯했다.

카나도 미래를 대비하여 여러모로 준비는 하고 있었다. 졸업한 뒤에는 학예사 자격을 취득하려고 하고, 구직 사이트에도 등록했다. 그러나 그러한 행동들이 왠지 남의 일 같아서 장래에 자신이 무슨 일을 하고 있을지 구체적으로 상상되지 않았다.

카나는 허공에 둥실둥실 떠다니는 곰 인형을 바라보면서 그런 생각을 했다. 자신의 장래보다도 눈앞에 펼쳐진 기이한 현상이 더 신경이 쓰였다.

"미츠루 씨, 이건 뭔가요?"

"아아, 비를 좋아해. 가만히 내버려 둬."

"저절로 움직이는 인형이 뭐냐고 묻는 건데요."

"이상할 게 뭐 있어? 그냥 인형이잖아."

미츠루가 태연히 말하자 카나는 「하아」 하고 한숨밖에 나오지 않았다.

인형은 창틀에 앉더니 바깥 풍경을 물끄러미 바라봤다. 계속 내리는 빗방울에 외관을 장식한 녹색이 더욱 짙어졌다.

바로 그때, 도어벨이 딸랑딸랑 울렸다.

카나가 돌아보자 인근 중학교 교복을 입은 소년이 서 있었다. 숨을 헉 삼킬 만큼 예쁘장하게 생겼다. 방문객의 기척을 느끼고서 쿠로이 씨는 진열대 한구석에 자리를 잡고서 소년을 관찰했다.

업 뱅으로 정돈한 검은 머리 사이로 소년의 이마가 훤히 드러났다. 쌍꺼풀은 또렷하고 콧날은 오뚝하며 입술도 잘생겼다. 그것들이 전부 샤프한 윤곽 안에 담겨 있었다. 상당히 인기를 끌 것 같다고 카나는 생각했다.

"여기가 그 가게인가요?"

변성기를 맞이하지 않은 소년 특유의 청아한 목소리였다. 소년의 키는 카나보다 크고, 미츠루보다는 작았다.

"그 가게라니?"

소파에 앉은 채로 미츠루가 나직이 되물었다. 소년이 미츠루를 똑바로 쳐다봤다.

"원래는 절대로 만날 수 없는 사람과 만날 수 있게 해주는……『기적이 일어나는 가게』."

"저마다 입맛대로 해석하는 그 기적이 벌어질지는 잘 모르겠고, 만날 수 없는 녀석과 만날 수는 있는 건 맞아. 차를 끓여올 테니 이 소파에 앉아."

미츠루는 그렇게 말하고서 소파에서 일어섰다. 아마도 그를 정식 손님으로 인정한 듯했다.

점주가 카운터 안으로 사라지자 카나는 황급히 소년에게 수건을 건넸다.

"가방, 젖었네. 이걸로 닦아."

"아, 죄송합니다. 수고를 끼쳐드려서."

남자 중학생답지 않은 정중한 말투에 카나는 내심 감탄했다. 소년은 가죽 가방 겉을 훑고서 그대로 물방울이 묻은 블레이저를 닦았다.

입을 다물고 있으면 손님이 어색해할 것 같아서 카나는 무난한 화제를 슬쩍 던져봤다.

"귀가하는 길이니?"

"7교시까지 수업이 있어서 그대로 이 가게에 왔습니다. 마침 부활동도 쉬어서."

"무슨 부에서 활동해?"

"테니스부요. 경식 테니스."

"공식? 공식이 아닌 테니스가 있어?"

"연식도 있어요. 공 종류가 다른데, 연식은 공이 부드럽습니다."

"우와, 몰랐어. 그럼 연식을 치는 사람은 공식이 아니라는 말이지? 대회 같은 게 없어?"

"네?"

"응?"

"너희들, 대화가 맞물리고 있는 거 맞아?"

미츠루가 어이없다는 얼굴로 쟁반을 들고서 문에서 돌아왔다. 그는 2인용 소파에 앉더니 「손님도 어서 앉아」 하고 소년에게 재촉했다. 그는 수건을 든 채로 재빨리 맞은편 소파에 앉았다.

카나는 뭘 해야 좋을지 몰라서 일단 미츠루의 뒤에 서 있기로 했다. 이런 때 드라마에 나오는 비서들이 의자 근처에서 대기하곤 한다.

"서 있을 건가?"

미츠루가 이해할 수 없다는 얼굴로 이쪽을 돌아봤다. 의리 있게 세 사람이 마실 허브티를 전부 끓여온 듯했다. 미츠루의 찻잔 옆에 컵이 하나 더 놓여 있었다. 이것은 옆에 앉으라는 뜻일까? 카나는 쭈뼛쭈뼛 2인용 소파 구석에 앉았다. 미츠루는 전혀 괘념치 않는 눈치였다.

"손님, 이름은?"

"사사이 미나토입니다."

"몇 살?"

"중학교 1학년입니다. 최근에 막 진학했는데."

미츠루와 미나토가 대화를 나누는 동안에 카나는 무료해서 찻잔을 들어 올렸다. 빨간 장미잎이 떠 있는 허브티는 꽃잎과 색깔이 동일했고, 바닥에 가까울수록 어둑했다. 티스푼으로 내용물을 휘저으니 별사탕이 반짝였다. 맛은 로즈힙차와 비슷해서 산미가 강했다.

"맨 먼저 이 가게를 설명하지. 여긴 평행 세계의 교차점. 내가 해줄 수 있는 건 손님이 바라는 상대와 만나게 해주는 것뿐이야."

미츠루는 마리 때와 마찬가지로 그런 식으로 가게 시스템에 관해 설명했다. 뜬금없는 이야기였으나 미나토는 순순히 받아들인 듯했다.

"평행 세계든 뭐든 좋습니다. 전 그 녀석이랑 만나고 싶어서."
^{패럴렐 월드}

"그 녀석이라니?"

"소꿉친구요."

미나토는 즉답하고서 찻잔에 입을 댔다. 이내 얼굴을 찡그리고서 「으아」 하고 작게 신음했다. 예의범절이 덕지덕지 코팅된 행동이 아니라 순수한 반응이었다. 아마도 입에 맞지 않는 듯했다.

카나의 시선을 느꼈는지 미나토가 겸연쩍어하며 얼버무리듯 헛기침을 했다.

"죄송합니다. 익숙지 않은 맛이라서."

"아니, 괜찮아. 입에 맞지 않으면 남겨도 돼."

"괜찮습니다. 마실게요."

미나토는 그렇게 우기고서 찻잔 속 내용물을 입 안으로 흘려 넣었다. 카나와 미츠루는 무심코 얼굴을 마주했다. 완고한 태도가 오히려 어리게 보인다는 것을 어린애들은 의외로 잘 모른다.

미나토가 찻잔 속 내용물을 모조리 마시길 기다렸다가 미츠루가 입을 열었다.

"그래서 손님은 어째서 그 소꿉친구와 만나고 싶어 하지?"

"흠씬 패주고 싶어서요."

카나는 놀란 나머지 무심코 「뭐?」 하고 목소리를 높였다. 미나토가 이맛살을 가볍게 찡그렸다.

"제가 엄청 화가 났다는 걸 말해주지 않고서는 직성이 풀리질 않을 것 같아요."

"그 감정을 평행 세계의 사람한테 토로할 거야? 본인이 아닌데?"

카나가 끼어들자 미나토가 「그건……」 하고 말을 흐렸다. 중학생이 뭐라고 대답해야 할지 고민하자 미츠루가 가볍게 웃어넘겼다.

"뭐, 그렇게 활용하는 것도 나쁘진 않아. 현실에서는 절대로 화낼 수 없는 상대일지라도 평행 세계의 다른 사람이라면 분노를 표출할 수 있어. 옛날에 구박을 받았던 한 직장인이 평행 세계의 상사한테 발길질을 했던 적도 있었거든. 그거참 걸작이었어."

"그렇게 써도 용납이 되는 건가요?"

"어차피 여긴 『자기만족을 파는 가게』이니까."

아무래도 카나가 상상했던 것 이상으로 이 가게의 사용법은 다양한 듯했다. 미츠루가 등받이에 몸을 기대자 분위기를 읽은 것처럼 계약서가 어디선가 홀연히 나타났다. 마리 때와 마찬가지로 기적에 관한 계약서다.

"조항을 이해하고 납득했다면 서명해줘."

"여기 적힌 추억의 물건이라는 건 뭘 가리키는 거죠?"

"그 상대와 관련이 있으면서도 감정이 서려 있는 물건이지."

"꼭 깨끗하지 않아도 되나요?"

"상관없어. 손님이 바로 이거라고 생각하는 물건을 가져오면 돼. 차마 내놓기가 아깝다고 해서 물건을 선별하는 데 타협하지 마."

"알겠습니다."

미나토는 진지한 얼굴로 수긍하고서 문서에 쓱쓱 서명했다. 글씨체가 단정하고 깨끗했다.

"자, 조수는 이 손님의 추억의 장소에서 추억 이야기를 듣고 오도록. 그렇게 이루어진 계약이야."

"그러고 보니 이 계약을 어기면 어떻게 되나요?"

"딱히 별일 없어. 그저 실패할 뿐이야. 문을 열더라도 해후의 방에는 이어지지 않고, 블랙홀행 『어디로든 문』으로 탈바꿈하지. 그리고 이건 드문 경우인데, 만나고 싶어 하는 녀석이 어떤 사정 때문에 절대로 만날 수 없는 존재일 경우에도 마찬가지로 실패하지. 뭐, 어둠과 대면하는 걸 바란다면야 실패하는 걸 굳이 말리지는 않겠지만."

"……미츠루 씨, 도라에몽을 아는군요."

"너는 날 뭐라고 생각하는 거야."

미츠루가 입술을 삐죽 내밀었다. 판타지 세계의 주민도 유명 애니

메이션을 아는 듯했다.

"아니, 좀 의외라서."

카나가 변명을 하든 말든 아랑곳 않고, 미나토의 시선은 다른 곳에 향했다.

"저 인형, 호라호라 군이죠?"

미나토가 창틀에 앉아 있는 인형을 가리켰다. 아이보리색 곰 인형은 하얀 티셔츠에다가 데님 소재의 멜빵바지를 착용했다.

"호라호라 군?"

"호라 유원지의 마스코트 캐릭터예요. 가본 적 없어요?"

미나토가 말한 곳은 호라 지역에 있는 소규모 유원지였다. 스마트폰으로 검색하니 금방 공식 사이트가 나왔다. 오래된 목제 제트 코스터가 유명한 듯했다.

근처에 있지만 카나는 한 번도 가본 적이 없었다. 그러고 보니 1년쯤 전에 마리가 가보자고 권했던 기억이 있었다. 그때는 분명 비가 내려서 결국 일정을 중단했다.

"제 추억의 장소는 바로 그 유원지입니다. 소풍 갔을 때 타이치랑 같은 그룹에 편성됐거든요."

"혹시 소꿉친구가 남자?"

"맞아요. 이름은 키무라 타이치. 동갑내기 남자애인데……."

무언가 떠올랐는지 미나토의 말이 부자연스럽게 끊겼다. 곰 인형은 창틀에서 꿈쩍도 하지 않고 창밖을 물끄러미 쳐다보고 있었다. 최근에 쾌청한 날들이 많았는데, 오늘부터 비가 쭉 이어진다고 했다. 그렇다면 저 곰 인형은 한동안 창문에 딱 붙어 있을까?

침묵한 미나토를 기다리다가 지쳤는지 미츠루가 미간을 찡그렸다.

"그럼 내일은 조수와 손님은 그 유원지에 갔다 와줘. 조수는 거기서 손님의 이야기를 들을 것."

"저기, 전 괜찮지만 중학생 용돈으로 유원지 입장료를 내기에는 빠듯하지 않을까요?"

"전 괜찮습니다. 세뱃돈을 저축해놨거든요."

"그렇다는군. 너야말로 돈은 괜찮아?"

"아무리 그래도 유원지에 갈 돈은 있어요. 대학생이라서."

그러나 그 자금 출처는 부모님이 보내준 생활비. 중학생 앞에서 자랑스럽게 가슴을 활짝 펼 수는 없었다.

"그리고 가게를 방문하는 시각인데, 내일 24시 전에 와줘."

"전 괜찮지만, 미나토 군이 24시에 이 가게에 오는 건 어렵지 않을까요? 아직 미성년자예요."

"아뇨, 전 괜찮아요. 집에서 몰래 빠져나오면 되니까."

미나토의 강한 어조에서 어딘가 허세 같은 것이 느껴졌다. 중학교 1학년은 불과 얼마 전까지는 초등학생이었다. 한밤중에 가출하게 만들다니 양심의 가책이 느껴졌다.

카나가 다시 생각하라며 미츠루를 쳐다봤지만, 그는 그럴 생각이 전혀 없는 듯했다.

"그토록 걱정된다면 네가 손님을 집까지 데리러 가면 되지."

"밤길을 걷는 건 저도 위험해요. 미츠루 씨가 데리러 가야 하지 않나요?"

"아, 그럼 제가 누나를 데리러 갈게요."

"중학생한테 어떻게 그런 걸 시키니. 그쵸, 미츠루 씨?"

"이건 이미 결정된 사항이야."

"전 한밤중이라도 혼자서 괜찮으니 데리러 올 필요 없어요."

"본인도 그렇게 말하는군."

"아— 진짜. 알겠어요. 나 참, 누가 애인지."

카나가 투덜거리자 미츠루가 고개를 홱 돌렸다.

"내일 낮 12시에 역에서 모이기로 하죠."

약속을 매듭짓는 미나토는 중학생이라고는 느껴지지 않을 만큼 의젓했다. 그런 그가 때려주고 싶어 하는 소꿉친구는 대체 어떤 사람일까? 상상해 보려고 했지만, 카나에게는 소꿉친구가 없어서 조금 어려웠다.

이튿날에도 비가 내렸다. 물방울이 비닐우산을 때릴 때마다 빗소리가 투둑투둑 터졌다. 레인 부츠를 신은 발로 일부러 얕은 물웅덩이를 밟으니 수면에 비친 거리의 풍경이 크게 일그러졌다.

"죄송합니다. 기다리셨죠."

역 출구에서 달려온 미나토는 심플하게 회색 파카에 데님팬츠를 입고 있었다. 복장이 화려하지 않은데도 주변 사람들이 주목하는 이유는 그가 잘생겼기 때문인지도 모르겠다. 그는 검은색 륙색을 메고 왔는데, 학생들 사이에서 유행하는 브랜드 로고가 구석에 작게 그려져 있었다.

"하나도 안 기다렸어. 괜찮아."

"그렇게 말씀해주시니 한숨이 놓이네요. 죄송해요, 긴장해서."

미나토가 수줍어하듯 웃었다. 그러나 카나의 눈에는 그조차 계산된 것처럼 비쳤다. 미나토는 아마도 스스로를 드러내는 법을 숙지하고 있으리라.

"오늘은 비가 와서 유원지가 한산할 것 같네."

"그렇겠네요."

카나가 말하자 미나토가 수긍했다. 그는 버튼식 우산을 펼치고서 하늘을 올려다봤다.

"지인이 누나랑 함께 있는 모습을 본다면 오해할지도."

"오해라니?"

"연상의 애인이냐고요."

카나가 웃음을 푸핫 터뜨리자 「가능성은 있잖아요?」 하고 미나토가 새침한 얼굴로 말했다. 옆으로 나란히 걸어 나가자 소년이 살며시 차도 쪽으로 위치를 잡았다. 중학생임에도 매너가 상당히 좋았다.

"미나토 군, 인기 많지?"

"그렇지 않아요."

"여자친구 없어?"

"없어요. 타이치 때문에."

타이치. 그 이름을 발음한 그의 목소리에 약간 거친 기색이 서려 있었다. 달달한 우정 따윈 터럭만큼도 느껴지지 않는, 한밤중의 고독을 응축시킨 것 같은 목소리였다.

단순한 친구가 아니었음을 카나는 은연중에 느꼈다. 미나토는 분위기를 바꾸려는 듯 일부러 웃었다.

"뭐, 애당초 전 여자친구를 갖고 싶지도 않아요. 고백도 많이 받으니 사귀려고 마음만 먹으면 언제든지 사귈 수 있지만."

"역시 인기가 많네. 뭐가 그 소꿉친구 때문이라는 거야?"

"뭐가요?"

"타이치 군 때문에 애인이 없다고 아까 말했잖아."

카나가 지적하자 미나토가 발걸음을 한 번 멈췄다. 그의 발을 하
얗게 채색한 스니커즈가 비를 맞아 얼룩이 졌다.

"누나는 소꿉친구가 없어요? 어렸을 적부터…… 철이 들기 전부
터 함께 있었던 상대요."

"없는데. 현재 친한 친구들은 전부 초등학교 이후에 사귄 친구들
이니까."

"저랑 타이치는 양쪽 부모님부터가 친구 사이였어요. 집도 가깝
고, 유치원도 같이 다녔고."

"정말로 줄곧 함께였구나."

카나가 말하자 미나토의 눈빛이 한순간 의기양양하게 빛났다. 그
는 속내를 지워버리듯 일부러 인상을 찡그렸다.

"함께 지내는 게 당연하다는 분위기가 조성돼서."

"형제 같은 느낌이었을까?"

"글쎄요? 다만 만약에 우리가 형제였다면 제가 형이에요. 타이치
는 손이 많이 가는 동생 같은 느낌이고."

문득 료와 미츠루는 무슨 관계일까? 하고 생각했다. 만약에 두 사
람이 형제라면 어느 쪽이 형이고 어느 쪽이 동생일까? 카나는 외동
이라서 형제라는 존재를 완벽하게 이해하지 못했다.

"아, 도착했네요."

미나토가 손가락으로 가리킨 쪽을 보니 『호라 유원지에 오신 것을 환영합니다!』라고 적힌 플레이트가 걸려 있었다. 철문 주변에 사람들이 드문드문 보였다. 딱 봐도 혼잡하지 않다는 걸 알 수 있었다.

두 사람은 당일권을 구입하고서 게이트를 지났다. 통로를 나아가는 어린애들은 비옷을 입고서 신나게 까불고 있었다. 눈이 번쩍 뜨일 만큼 선명한 노란색이 물이 괸 땅바닥에 비쳤다.

빨강, 파랑, 검정, 초록. 활짝 핀 우산 꽃들이 우중충한 유원지 안에 색깔을 더했다.

"누나는 어떤 놀이기구를 좋아해요?"

"회전목마나 관람차 정도? 미나토 군은 뭘 좋아하니?"

"전······."

미나토는 안내판 앞에 서더니 오래된 지도를 쳐다봤다. 색이 바랜 지도를 보니 세월이 엿보였다. 분수 앞 공원 쇼라고 적힌 안내판 아래에는 『※우천 취소』라고 간략하게 적힌 알림이 붙어 있었다.

"제트 코스터를 좋아해요, 실은."

미나토는 조금 곤혹스러워하며 실눈을 지었다. 습기를 머금은 파카 소매를 손으로 털어내고서 그는 한숨을 내쉬며 말했다.

"타이치는 심장이 약했어요, 옛날부터. 그래서 우리 엄마가 『타이치 군이랑 함께 있어줘』하고 당부했죠. 그래서 전 타이치를 보살펴주는 걸 당연하다고 여겼어요."

"타이치 군은 어떤 아이였어?"

"바보 같은 녀석이었죠. 맨날 실실거리고, 주변에서 바보라고 놀려대도 눈치채질 못했어요. 『미나토가 곁에 있으면 괜찮아』하고 진지한 얼굴로 말하더라고요. 자연학습 때도, 수학여행 때도 전 늘 타이치랑 같은 조에 편성됐어요."

우산 손잡이를 쥔 그의 손가락에 힘이 들어가는 게 보였다. 우산이 기울어지자 한 지점에 괴어 있던 빗물이 땅바닥에 주르륵 흘러내렸다.

"타이치는 제트 코스터를 탈 수가 없었어요. 심장에 악영향을 줄지도 몰라서요. 그래서 전 수학여행 때도, 친구랑 놀러 갔을 때도 제트 코스터를 탈 수 없었습니다. 타이치 곁에 붙어 있어야만 했으니까."

"그럼 오늘은 제트 코스터를 타볼까?"

카나가 가리킨 방향에 포물선을 그리는 레일이 깔려 있었다. 비가 내리는데도 아랑곳하지 않고, 손님들이 비명인지 환호성인지 구분할 수 없는 소리를 내질렀다.

날씨 때문에 방문한 손님이 적어서인지 예상 대기 시간은 약 5분이었다. 로프로 구획된 통로를 따라서 두 사람은 고등학생 무리 뒤에 섰다. 미나토가 「잠깐 죄송해요」 하고 양해를 구한 뒤 스마트폰을 만지작거렸다. 아마도 친구가 연락을 해온 듯했다.

카나는 무료한 시간을 주체하지 못하고 니트 소매를 잡아당겼다. 부드러운 천 속으로 물방울들이 스며들고 있었다.

그러고 보니 료에게서 고백받은 때는 이렇게 제트 코스터를 기다리던 시간이었다.

그날은 세 번째 데이트였고, 료와 카나는 교외 유원지에 놀러 갔다. 두 사람은 카페, 영화, 유원지 순서대로 단계를 밟아나가며 데이트를 했는데, 카나는 이 관계의 종착지를 알고 싶었다.

스마트폰 검색 기록에는 만나기 전에 검색했던 단어들이 나열되어 있었다.

「데이트, 몇 번째에 고백, 대학생」이라고 검색.

검색 엔진에 질문 사이트의 문답과 인터넷 기사들이 쭉 올라왔다. 그 내용들을 쫙 훑어보니 세 번째 데이트에서 고백하는 경우가 많다고 했다. 즉, 오늘이 판가름이 나는 날이라는 뜻이었다.

료와는 이미 스스럼없이 SNS를 주고받는 사이였다. 그러나 그가 자신에게 얼마나 호감을 품고 있는지 카나는 판단할 수가 없었다. 만약에 자신이 고등학생 때 이러한 밀당을 경험했다면 더 적절히 처신했을지도 모르겠다.

하트 이모티콘은 써도 될까? 답장을 바로 보내야 좋을까? 아니면 시간을 더 끌어야 할까? 료가 「좋은 아침」이라고 보내는 인사에도 카나는 늘 휘둘렸다.

"나카나이 씨는 유원지 같은 곳에 자주 와?"

"친구랑은 가끔 가긴 해. 다 함께 팝콘 같은 거 먹으면서."

"무슨 맛을 좋아해?"

"캐러멜."

"나도."

료가 활짝 웃었다. 카나는 「이따가 사러 갈까?」 하고 말했다.

두 사람의 대화는 언제나 한가로웠다. 빠르지도 않고, 느리지도 않고. 페이스가 매우 편안해서 카나는 이런 느낌을 상성이 좋다고 표현하는 건가, 하고 생각했다. 둘이서 가만히 기다리기만 하는 시간조차 전혀 고역스럽지 않고, 오히려 즐거웠다.

"나, 사카하시 씨랑 시간을 함께 보내니 행복한 것 같아."

입에서 속마음이 불쑥 흘러나왔다. 료가 제자리에서 굳어버리자 카나는 자신이 민망한 말을 내뱉었음을 알아챘다. 「어, 저기」 하고 바로 얼버무리려고 했으나 말이 나오질 않았다. 화끈거리는 뺨에 손등을 대보니 차가웠던 살갗이 달궈졌다.

료가 앞으로 기울어진 카나의 어깨를 붙잡았다.

"나 말이야."

그가 목이 멘 것 같은 목소리로 내뱉고서 침을 한 번 삼켰다. 눈과 눈이 마주쳤다. 그의 손에 붙잡힌 어깨가 몹시도 뜨거웠다.

"나……."

"응."

"난…… 나카나이 씨를 좋아해. 사귀어줬으면 해."

카나는 엉겁결에 손으로 입을 가렸다. 숨이 떨렸다.

"기뻐. 나도, 사카하시 씨를 좋아하니까."

"진짜?"

"진짜. 진짜로!"

카나가 덥석 대답하자 료가 하얀 이를 드러내며 웃었다. 그의 입에서 「후유―」 하고 안도의 숨이 깊이 새어 나왔다.

"진짜로 기뻐. 나, 어제 너무 긴장해서 잠도 못 잤어."

"그랬어?"

"실은 더 그럴싸한 장소에서 고백할 생각이었어. 근데 왠지 지금밖에 없을 것 같다고 해야 할까. 아— 근데 정말로 다행이야. 잘돼서."

료는 얼굴을 붉힌 채로 머리를 이리저리 헝클어뜨렸다. 그 몸짓에 가슴이 뭉클해져서 카나는 충동적으로 료의 손을 잡았다.

"이제부터 사카하시 씨의 여자친구가 된 거네."

"모처럼 사귀게 됐으니 호칭을 바꾸자. 날 료라고 불러도 돼."

"그럼 난 카나라고 불러줄래?"

"응."

"왠지 이름으로 부르려니 긴장되네."

두 사람은 손가락을 얽매고서 그대로 손을 붙잡았다. 손가락과 손가락이 교차하여 굳게 이어졌다.

"료."

"왜, 카나."

"……후후."

카나는 참지 못하고 웃었다. 료도 덩달아서 웃었다. 기쁨과 멋쩍음이 뒤섞여서 가슴속이 괜스레 간지러웠다.

"누나는 남자친구가 있어요?"

미나토가 질문을 던지자 카나는 회상에서 깨어났다. 미나토는 륙색 주머니에 스마트폰을 넣고는 「대학생이 되면 많이들 누군가와 교제하곤 하니까」 하고 변명하듯 말을 덧붙였다.

"있어. 하지만 지금은 만나기가 어려워."

"원거리 연애인가요?"

"음— 그런 건 아니지만. 갑자기 만나는 게 어려워져서."

"차인 건가요?"

직구 같은 그 말에 숨이 막혔다. 표현이 지나쳤다고 생각했는지 미나토가 「죄송합니다」 하고 이내 사과했다.

"여러 일들이 있죠, 인생에는."

미나토가 달관한 사람처럼 말했다.

"그러게."

카나는 그렇게 대답할 수밖에 없었다.

카나는 딱히 료에게 차인 것이 아니었다. 미움을 산 것도 아니었다. 그저 존재가 홀연히 사라졌을 뿐이었다.

제트 코스터가 레일을 서서히 올라갔다. 경사가 길어서 정상 너머의 풍경이 보이지 않았다.

야외 놀이기구라서 카나와 미나토를 빗줄기로부터 지켜줄 것이 전혀 없었다. 쏟아지는 비가 카나의 뺨에 부딪치고, 잘 가꾼 머리를 적셨다. 카나는 설치된 손잡이를 쥐고서 발바닥에 힘을 꾹 줬다. 심장이 두근거렸다. 이제 곧 떨어진다는 건 알았다. 그러나 그게 엄밀히 언제인지는 몰랐다.

"누나, 혹시 제트 코스터 잘 못 타요?"

옆에 앉은 미나토가 이쪽 얼굴을 들여다봤다. 그의 앞머리가 비에 젖어서 뺨에 들러붙었다.

"조금. 좋아하긴 하지만 무섭다고 해야 하나."

"억지로 타게 했나 봐요."

"오늘은 미나토 군의 추억을 더듬어가는 날이니 난 신경 쓰지 마."

카나가 애써 웃음을 짓자 미나토는 인상을 가볍게 찌푸렸다. 손잡이에 걸려 있는 손가락 끝에 힘이 들어갔다.

"만약에 타이치가 제트 코스터에 탔다면 똑같은 말을 했을지도 모르겠네요."

"어?"

"『난 신경 쓰지 마』하고."

그 순간 위장이 뒤집어지는 것 같은 부유감이 카나를 엄습했다. 급강하한 제트 코스터가 신나게 승객들의 몸을 휘둘렀다. 격렬한 맞바람에 뒤섞인 빗방울은 차가움을 넘어서 아플 지경이었다. 고막을 고고고고 울릴 만큼 풍압이 거세서 카나는 실눈을 뜨면서 앞을 봤다. 제트 코스터가 기세를 몰아 크게 회전했다. 천지가 뒤집어졌을 때 가장 커다란 환호성이 터져 나왔다. 옆에 앉은 미나토의 입에서.

"하하핫."

그는 허공에 팔을 내밀고서 크게 소리 내어 웃었다. 카나는 손잡이에 매달려 연달아 몰려드는 부유감을 버텨냈다. 반고리관이 뒤흔들려서 상하좌우 감각이 교란됐다.

격렬한 급강하가 차츰 잦아들더니 이윽고 제트 코스터가 내리는 곳에 도착했다. 빗물과 회전에 엉망으로 흐트러진 머리를 손으로 빗으면서 카나는 휘청거리는 발걸음으로 제트 코스터에서 내렸다.

"괜찮아요?"

먼저 내린 미나토가 걱정스레 이쪽을 엿봤다. 물에 젖으니 그의 피부에서 싱그러움이 느껴졌다.

카나는 흠뻑 젖은 자신의 옷을 내려다봤다. 니트는 물을 튕겨내는 소재이므로 속옷이 거의 비칠 일이 없다. 더욱이 비치더라도 브래지어와 캐미솔이 일체화된 속옷을 입고 있어서 문제는 없었다.

"완전 괜찮아. 미나토 군, 상당히 즐거워 보이던데?"

"그건…… 타이치가 없으면 이런 기분이구나 싶어서."

"실컷 즐겼다?"

"그보다는 저도 별수 없는 사람임을 깨달았다고 해야 할까요."

미나토는 왠지 개운해하며 말하고서 출구 쪽을 가리켰다. 그의 손가락은 아름다웠다. 손톱이 반들거렸다.

"수건, 사러 갈까요? 온몸이 다 젖었으니."

"그러게. 미나토 군은 춥지 않아?"

"그 정도까진. 오히려 빗속에서 제트 코스터를 탔더니 흥이 올라요. 왠지 멋지다고 해야 하나."

미나토는 거기까지 말하고서 화들짝 놀란 듯 손으로 입을 가렸다. 카나가 「왜 그래?」 하고 묻자 그가 헛기침을 했다. 귀가 조금 붉어졌다.

"저기, 뭐라고 해야 할까. 꼬맹이 같은 소릴 내뱉은 것 같아서요."

"뭐? 그렇게 안 들렸는데."

"누나, 중학생은 아직 어린애라는 표정을 짓고 있어요."

"그런 생각 안 했어."

그렇게 말하면서도 마음 한구석에서는 미나토를 보호 대상으로 보고 있음을 카나는 부정할 수 없었다. 스무 살을 넘긴 카나의 시선에 열두 살은 그냥 어린애다. 사춘기 혹은 반항기에 접어든 연령대.

아무리 어른스럽게 굴더라도 그 안에서 불안정한 내면이 살짝 엿보였다.

"빨리 어른이 되고 싶어요."

가게에 가면서 미나토가 그렇게 말했다.

"장하네. 내가 미나토 군만 했을 때는 줄곧 어린애였으면 좋겠다고 생각했는데."

"하지만 어린애는 자기 결정권이 없잖아요? 전 빨리 스스로 뭐든지 정할 수 있는 사람이 되고 싶어요. 아무도 깔보지 않는 대학교에 가고, 깔보지 않는 회사에 취직하고. 잔뜩 벌어서 여자친구도 만들어서…… 그래서."

그 대목에서 미나토가 눈을 내리깔았다. 비닐우산 너머에서 빗소리가 훤히 들렸다.

"타이치를 잊고 싶어."

메마른 목소리가 힘없이 젖은 땅바닥에 굴러 내려갔다. 타일을 뒤덮은 물웅덩이에 일루미네이션 불빛이 희미하게 비쳤다. 멀리서 보니 아름다웠다. 가까이서 봐도 아름다울지도 모르겠다. 그러나 미나토는 눈길조차 주지 않고, 스니커즈 바닥으로 수면을 밟았다.

"그런데 평행 세계에 사는 타이치 군과는 만나고 싶어?"

"만나면 결심이 설까 해서요. 지금 품고 있는 이 떨떠름한 기분을 떨쳐낼 수 있지 않을까 해서."

우산을 쓴 채로 미나토는 능숙하게 한쪽 가방끈을 벗었다. 그러고는 륙색을 정면으로 휙 돌리고는 키홀더처럼 생긴 호라호라 군 인형을 두 개 꺼냈다.

상당히 옛날에 구입했는지 양쪽 모두 거뭇거뭇했다. 귀 가장자리에는 손때가 묻어 있고, 착용한 멜빵바지는 군데군데 뜯어져 있었다.

"이게 추억의 물건이에요. 저랑 타이치의."

"꽤 오래된 것 같네."

"초등학교 3학년 때 가족끼리 왔다가 샀던 거예요. 타이치, 무척 기뻐했어요. 늘 단짝처럼 서로 달고 다녔습니다."

"서로 달고 다녔다고?"

그렇다면 소년이 키홀더 두 개를 다 갖고 있는 건 이상했다. 카나의 물음에 담긴 의도를 헤아렸을 텐데도 미나토는 대답을 얼버무렸다.

"타이치, 초등학생 때는 운동 금지였어요. 심장이 약해서 무슨 일이 벌어질지 모른다는 이유에서. 근데 중학생이 된 뒤에는 상태를 보면서 운동해도 좋다고 의사가 말했대요. 그래서 부활동을 해도 좋다고 허락을 받았어요."

미나토는 그 대목에서 눈을 내리떴다. 무서우리만치 기다란 속눈썹에 물방울이 살짝 들러붙었다.

"저, 다퉜어요. 타이치랑."

흠씬 때려주고 싶다고 말했을 정도이니 그랬으리라 짐작했다. 미나토는 륙색을 부둥켜안고는 입술을 떨었다.

"중학교 입학식 때 우리 엄마랑 타이치의 엄마가 함께 있었어요. 전 중학교에 올라가면 테니스부에 들어갈 생각이었어요. 근데 타이치는 축구부에 들어가고 싶었어요. 그 소릴 듣고서 우리 엄마가 『타이치 군 혼자서 활동하면 걱정되니 너도 걔랑 같은 부에 들어가면 되겠네』하고 제게 말했죠. 전 도저히 용납할 수가 없었어요."

그가 숨을 들이마시는 소리가 빗소리에 빨려들었다. 우산 겉면을 타고서 빗방울이 뚝뚝 계속 떨어졌다.

"왜 맨날 타이치만 챙겨야 하냐고. 저, 타이치가 있는 앞에서 말했어요. 난 타이치의 뒤치다꺼리나 하려고 태어난 게 아니라고. 왜냐면 정말로 그렇게 생각했으니까. 난 제트 코스터를 타고 싶었다. 테니스부에 들어가고 싶었다. 속에 담긴 불만을 그저 입으로 표현했어요."

"그래서 타이치 군은 뭐라고 말했니?"

"그 녀석은 그냥 『알겠어』하고 말했죠. 타이치는 늘 그런 식으로 본인이 가장 불쌍한 존재처럼 굴어요. 그래서 전 맨날 악역이 되고요."

"만약에 그게 사실이라면 다른 세계의 타이치 군이 아니라 이 세계의 타이치 군과 말을 나누는 게 맞지 않을까? 미나토 군한테 진정 필요한 건 타이치 군을 잊는 게 아닌 것 같은데."

"그건……."

미나토는 입술을 지그시 깨물고서 고개를 떨어뜨렸다. 정론을 너무 들이댔나 싶어서 카나는 황급히 달래는 말을 덧붙였다.

"아, 그래도 다 털어놓고서 후련해질 수 있다면 그건 그것대로 필요하다고 봐. 다만, 저기, 앞으로 쭉 함께 할 사이라면 당사자한테 직접 전하는 편이 낫지 않을까 싶어서."

"하지만 그런 생각을 해도 의미가 없어요."

"어째서?"

"이 세상의 타이치는 절대로 저와 만나주지 않아요. 저도 딱히, 실은 타이치를……."

목소리가 기어들더니 미나토가 얼굴을 감추듯 오른손으로 두 눈을 뒤덮었다. 카나는 말을 끝내 잇지 못한 그의 등을 어루만지듯 살며시 두드려줬다.

"역시 수건이 필요하겠네. 사러 가자."

"죄송해요. 저, 지금 무지 어린애 같았죠?"

"어린애다운 게 나쁘다고 생각하지 않아."

"그건 누나가 어른이라서 그렇게 생각하는 거예요."

"후후, 어른스럽게 보이려고 애써 까치발을 든 보람이 있네?"

카나는 짓궂게 미소를 지으면서 의도적으로 입꼬리를 올렸다. 미나토는 륙색을 다시 등에 메고는 연약한 내면을 숨기듯 본인의 특기인 완벽한 웃음을 지어 보였다.

그날 밤, 23시 30분에 카나와 미나토는 역 앞에서 합류했다. 비가 그치고, 가로등이 물에 젖은 도로를 비추고 있었다. 뻗어 나온 빛줄기가 어중간한 지점에서 끊겼다.

"가족들 몰래 나온 거야?"

"네. 은밀히 뒷문으로."

미나토는 위아래 모두 운동복 차림이었다. 검은색에다가 가슴에 스포츠 브랜드 로고가 박혀 있었다. 카나의 시선을 느꼈는지 미나토가 「부활동 때 자주 입는 옷이에요」 하고 바지 곁을 잡아당겼다.

"미나토 군은 경찰의 눈에 띄면 주의를 받을지도 모르겠네."

"그땐 남매끼리 편의점에 가는 길이라고 둘러대죠 뭐."

그런 논의까지 했으나 결국 경찰과 맞닥뜨리지 않고 두 사람은

『Kassiopeia』에 도착했다. 창문에서 새어드는 조명이 밖에 장식된 식물 위에서 빛줄기를 이루었다.

현관문을 여니 미츠루가 평소처럼 2인용 소파에 누워 있었다. 도어벨 소리를 듣고서 그는 몸을 서서히 일으켰다.

"아슬아슬했군. 24시를 넘기는 줄 알았어."

"넘기면 어떻게 되나요?"

"계약 파기로 간주되어 이 가게에 올 수 없게 되지."

"올 수 없게 된다? 출입 금지를 당한다는 뜻인가요?"

미나토가 고개를 갸웃거리자 미츠루가 고개를 천천히 가로저었다.

"말 그대로야. 하지만 이 가게에 와서 계약까지 맺은 녀석이 지각하는 일은 없지. 반드시 와야만 했기에 애당초 이 가게를 찾아온 것이니."

미츠루는 테이블에 놓은 보물함 뚜껑을 두드렸다. 마리 때와 동일한 상자였다.

"대가를."

"이겁니다."

미나토가 내민 것은 낮에 유원지에서 카나에게 보여줬든 키홀더 두 개였다. 얼핏 봐도 낡았음을 알 수 있는 두 물건을 미츠루는 상자 속에 담았다.

"확실히 받았어. 그럼 시간도 없으니 얼른 가도록 하자."

미츠루가 일어서서 가게 안으로 나아갔다. 미나토는 당혹스러운 얼굴로 이쪽을 쳐다봤지만, 카나는 어서 뒤따르라고 재촉하듯 신중한 발걸음으로 전진했다. 식물 코너를 지나 미츠루가 그 안에 있는 문에 손을 댔다.

봉, 봉. 괘종시계가 24시가 도래했음을 알렸다. 미츠루는 주저 없이 문을 열었다.

그리고 세계가 새하얀 빛에 휩싸였다.

"뭐, 뭐예요, 여긴?"

느닷없이 눈앞에 온실이 나타나자 미나토가 당혹스러워하며 외쳤다. 유리로 뒤덮인 온실 천장을 올려다보니 햇빛이 눈부시게 새어들고 있었다. 열대우림을 연상케 하는, 거대한 잎이 달린 식물이 세 사람을 환영하듯 몸을 흔들었다.

오늘 온실은 비에 젖은 것처럼 물 냄새가 강하게 풍겼다. 신발창이 지면을 찰 때마다 모래가 자라락 움직이는 소리가 났다.

"여긴 파란 세계야."

미츠루가 안경을 닦으면서 대답했다.

"지금부터 손님은 저 문 안에 들어간다. 그럼, 손님이 바라는 상대가 거기서 기다리고 있겠지. 『해후의 방』에 있는 사람은 손님이 만나길 바라는 상대야. 뭐, 평행 세계의 인간이긴 하지만."

"제가 아는 타이치랑 문 너머에 있는 타이치는 엄밀히 따지자면 다른 사람이라는 소리군요."

"맞아. 상대는 저 해후의 방에서 벌어졌던 일을 단순한 꿈으로밖에 인식하지 않아. 그러니 뭐, 마음대로 해."

"네."

"다만 딱 하나만 약속해. 문 너머에 있는 걸 무엇이든 가져오지 마."

"가져오면 어떻게 됩니까?"

"세계의 이치에서 벗어나고 말아."

미츠루와 대면하고 있는 미나토가 동요했는지 목을 위아래로 꿀렁였다. 그는 주먹을 쥐고는 눈웃음을 지었다. 단정한 얼굴에 어울리는 완벽한 미소였다.

"알겠습니다. 약속할게요."

"그럼 됐어."

온실 중앙에는 거대한 나무가 서 있었다. 실물은 본 적이 없지만, 『어린 왕자』에 등장하는 바오바브나무가 이렇게 생겼던 것 같았다. 줄기가 두껍고, 뻗어 나온 가지가 많았다. 유성의 꼬리를 연상케 하는 삐죽한 잎이 땅바닥에 흩어져 있었다.

미츠루는 줄기에 박혀 있는 문을 열었다.

"언제든지 들어가."

미나토는 주저하지 않고 맞은편으로 발을 내디뎠다.

그의 등이 시야에서 사라지자 문이 닫혔다. 그 순간 새하얀 모래로 뒤덮인 지면이 영화 스크린처럼 영상을 투영했다. 미츠루는 나무 밑동에 앉아 한쪽 무릎을 세웠다.

"너도 앉아서 봐."

"이 영상은 어떤 원리로 나오는 건가요?"

"글쎄? 이렇게 되어 있으니 이렇게 되는 거겠지."

"아무런 설명도 안 되는데요."

카나는 어깨를 들먹이고는 미츠루 근처에 머뭇머뭇 앉았다. 두 사람 사이는 사람 하나가 들어갈 수 있을 만큼 띄워져 있었다.

"손님이 만나고 싶어 했던 소꿉친구가 쟨가?"

미츠루가 땅바닥에 투영된 영상을 보면서 마치 드라마를 감상하듯 중얼거렸다. 카나는 두 무릎을 감싸 안고는 문 너머의 세계에 의식을 집중했다.

미나토가 들어간 그곳은 작은 조립식 건물인 듯했다. 창문에서는 운동장이 보였다.

좁은 실내 벽에는 축구 선수 포스터가 붙어 있고, 선반에는 축구공이 꽉 채워져 있었다. 쭉 늘어선 로커에는 이름들이 제각기 적혀 있고, 하얀 화이트보드에는 연습 메뉴와 눈을 부릅뜬 고양이가 낙서되어 있었다. 그 고양이의 입 쪽에『요시다한테 여친이 생기다니……』라고 적힌 말풍선이 달려 있었다.

이곳은 학교 축구부 부실이겠지.

우두커니 서 있는 미나토의 시선을 따라 눈을 움직이니 안쪽에 설치된 벤치에 이르렀다. 높이 달린 창문에서 새어드는 햇빛을 등지고서 소년이 홀로 다리를 모아 앉아 있었다. 몸집이 작고 인상이 귀여운 소년이었다. 분명 저 아이가 타이치겠지. 카나는 바로 확신했다.

동갑인 미나토와 비교하여 성장이 두드러지게 늦었다. 유니폼인 반바지에서 뻗어 나온 다리는 가냘팠고, 무릎까지 올라오는 양말로도 그 앙상함을 감출 수 없었다. 햇빛을 투과한 머리카락에서 갈색기가 감돌았다. 그는 얇은 속눈썹을 크게 흔들며 내리뜨고 있던 눈을 미나토 쪽으로 향했다. 그 소년의 홍채는 색깔이 옅어서 해바라기의 갈색을 연상케 했다.

"미나토구나."

타이치가 활짝 웃었다. 그 입술에서 응석이 배어 있는 목소리가 흘러나왔다. 미나토는 미동조차 하지 않았다. 만나면 흠씬 소꿉친구를 때려주겠다고 선언했던 그는 눈을 크게 뜬 채로 제자리에서 굳어버렸다. 미나토는 하하, 하고 얕게 호흡하며 어깨를 위아래로 희미하게 들썩였다.

타이치가 일어서서 미나토의 팔을 가볍게 만졌다. 아주 거리낌이 없었다. 다툼의 흔적 따위 느껴지지 않는 몸짓이었다.

"꿈에서까지 미나토를 보다니 나, 어지간히도 신이 났나 봐."

표정만 봐도 호감을 뚝뚝 흘러내리는 사람을 카나는 처음 봤다. 생기로 가득한 두 눈이, 위로 올라간 입술이, 살짝 홍조를 띠는 뺨이, 온몸에서 호의와 신뢰가 흘러넘쳤다.

"부활동은 처음이라서 긴장했는데 어떻게든 돼서 다행이야. 엄마도 안심했어."

타이치가 일방적으로 말을 쏟아내는 데도 미나토는 대답 한번 하지 않고 조용히 팔을 뻗었다. 떨리는 손가락으로 타이치의 팔을 붙잡았다. 타이치는 저항하지 않았다. 미나토가 타이치를 끌어당겨 부둥켜안았다.

"미나토?"

미나토의 두 팔에 갇힌 타이치가 의아해하며 이름을 불렀다. 미나토의 팔에 힘이 점점 실렸다. 타이치가 「답답해」 하고 웃으면서 말했다. 어린애를 어르는 것 같은 온화한 목소리였다.

미나토가 숨을 들이마셨다. 그 입술이 부들부들 떨렸다.

"난 널 용서하지 않아!"

미나토는 매달리는 것 같은, 겁을 먹은 것 같은 표정으로 타이치의 어깨에 이마를 댔다.

"난!"

미나토가 입을 열었지만, 그 이후에는 갈라진 숨소리밖에 이어지질 않았다.

"난⋯⋯."

미나토가 다시 한번 같은 말을 되풀이했다. 타이치는 눈을 내리깔고서 그의 뒤통수에 손을 뻗었다.

"나, 무슨 실수를 저질렀어?"

앳된 티가 남아 있는 자그마한 손가락이 미나토의 검은 머리카락을 부드럽게 쓸어내렸다. 한동안 두 사람은 찰싹 달라붙어 있었다.

미나토는 어금니를 악물고서 고개를 서서히 들었다. 두 팔에서 타이치를 놔주고는 소꿉친구를 똑바로 응시했다.

단정했던 그의 얼굴이 팍 일그러졌다.

"⋯⋯왜 멋대로 죽어버린 거야."

비통한 목소리였다. 무심코 귀를 막고 싶어질 만큼 심장을 격렬하게 뒤흔드는 목소리였다.

미나토의 말을 듣고서 타이치는 어리둥절한지 눈이 동그래졌다. 그는 눈만 계속 껌뻑이고는 상냥하게 미소 지었다.

"난 죽지 않아. 여기에 분명 있잖아."

"⋯⋯나의 타이치는 죽었어. 난, 타이치가 죽은 세계에서 왔어."

"흐으응?"

믿은 건지 믿지 못한 건지 모르겠지만, 타이치가 벤치에 다시 앉았다. 그는 다리를 쭉 뻗고서 발끝을 쳐다봤다.

"병으로 죽었어? 그 세계의 난?"

"아니, 교통사고."

"아아…… 그렇구나. 그렇게 죽을 수도 있겠구나. 나, 내가 죽는다면 필시 병 때문일 거라고 굳게 믿었어."

"나도."

미나토가 힘없이 고개를 끄덕였다. 두 사람의 대화를 들으면서 카나는 오늘 유원지에서 나눴던 대화를 머릿속으로 곱씹었다.

어째서 그때 잔인한 말을 내뱉고 말았을까. 제대로 만나서 대화를 나눴어야 했다는 말을. 그러길 가장 바랐던 사람은 미나토 본인이었을 텐데.

"미안해. 그쪽의 내가 미나토를 슬프게 해서."

"사과하지 마. 네 잘못이 아닌데."

"그래도 그 어떤 세계의 나도 미나토한테 상처를 주길 원치 않을 거야. 미나토가 행복하길 바라니까."

타이치가 두 눈썹을 늘어뜨리며 왠지 당혹스럽게 웃었다. 미나토는 그의 곁으로 걸어가 손목을 붙잡았다.

"그렇게 생각한다면 함께 가자. 나랑 함께 살아줘."

"그건…….."

"싸우고서 화해도 하지 못하고 끝나버리다니 용납할 수 없어."

"싸웠다고?"

타이치가 의아해하며 고개를 갸웃거렸다.

"나랑 미나토가?"

그는 자신과 상대를 번갈아 가리켰다.

"입학식 때 다퉜잖아."

"하지만 그건 미나토의 잘못이 아냐. 주변 어른들이 날 과보호했기 때문이야. 그때도 미나토한테 그동안 큰 신세를 져서 미안하다고 반성했어. 그래서 사과해야겠다 싶었는데."

"그래. 넌 우리 집에 혼자 오려다가, 사고로—."

"하지만 내가 미나토네 집에 가기 전에 미나토가 내 곁에 돌아와 줬잖아."

미나토가 숨을 헉 삼켰다. 그 사실을 깨닫지 못하고 타이치는 온화한 웃음을 머금은 채로 말을 이어 나갔다.

"미나토, 같이 축구부에 들어가자고 했어. 난 주변 애들보다 운동을 많이 할 수 없었지만, 그래도 공을 찼어, 미나토랑 함께. 기뻤어."

미나토가 휘둥그레진 눈으로 신음하듯 말을 흘려냈다.

"그게, 분기점이었구나."

카나는 말문이 막혔다.

그곳에 있는 타이치는 미나토가 축구부에 들어가기로 선택한 세계에 사는 타이치였다.

미나토가 테니스부를 택하지만 않았다면 타이치는 지금도 이렇게 살 수 있었다. 미적지근하게 가능성을 따지는 것이 아니었다. 자신의 선택이 초래한 결과를 이렇듯 눈앞에서 목도하고 말았다.

이 얼마나 잔혹한 일인가. 존재하는 또 하나의 세계가 과거의 회한을 정면에서 꿰뚫고 있었다. 테니스부에 들어가고 싶다는 미나토의 마음도 존중받아야 마땅한데도.

이런 기적은 미나토에게 상처만 될 뿐이잖아?

"타이치."

미나토가 이름을 불렀다. 꽉 쥔 손목을 놓지 않은 채로 그는 억지로 타이치의 팔을 잡아당겼다. 그는 성큼성큼 문 쪽으로 향했다.

"야단났군."

카나 옆에서 영상을 보고 있던 미츠루가 중얼거렸다.

"데리고 나올 작정이야."

그 목소리는 미나토를 나무라면서도 걱정하는 것처럼 들렸다. 그러나 그의 검은 눈동자 속에서 정체 모를 빛이 꿈틀거렸다. 미츠루가 긴장을 억누르듯 혀로 입가를 핥았다.

카나의 눈에는 그 모습이 미나토가 그러길 고대하는 것처럼 비쳤다.

"타이치, 나랑 가."

미나토가 문을 열었다. 막으로 막혀 있어서 저쪽이든 이쪽이든 문 너머가 잘 보이지 않았다. 카나는 자신의 발치에 펼쳐진 영상을 쳐다봤다. 타이치는 움직이려고 하지 않았다.

"야."

미나토의 목소리가 거칠어졌다. 경계가 모호해진 호의와 집착이 그 목소리에 철썩 들러붙었다.

타이치는 비어 있는 다른 손으로 자신의 손목을 쥔 미나토의 손등을 살며시 어루만졌다. 사나운 동물을 달래듯 부드러운 손길이었다. 허를 찔렸는지 미나토의 손에서 힘이 빠졌다. 구속에서 해방된 타이치의 팔이 스르륵 내려갔다.

"네 마음은 기뻐. 하지만 미안해. 난 갈 수 없어."

"어째서."

타이치가 웃었다. 자애로움이 넘쳐흐르는 아름다운 미소였다.

"왜냐면 넌 나의 미나토가 아냐."

타이치의 작은 손이 미나토의 가슴을 툭 밀었다. 미나토는 균형을 잃고서 문 바깥쪽으로 엉덩방아를 찧었다. 부실에서 온실로. 미나토의 몸이 막을 지나서 이쪽으로 방출됐다. 주저앉은 미나토의 눈앞에서 무정하게도 문이 닫혔다.

"야, 타이치! 잠깐."

미나토는 손잡이를 쥐고서 문을 연거푸 열려고 했다. 그러나 문은 열리지 않았다.

기적은 이미 일어났고, 두 번은 반복되지 않는다.

문에 매달렸던 미나토가 그대로 땅바닥에 스르르 무너졌다.

"젠장, 젠장."

욕설을 계속 내뱉으면서 주먹으로 하얀 땅바닥을 세게 내려쳤다. 그 모습이 어찌나 비통한지 카나는 무슨 말을 건네야 좋을지 찾아내질 못했다.

미나토가 추억의 물건으로서 건넸던 키홀더 두 개.

원래 그 둘 중 하나는 타이치가 갖고 있어야 했다. 미나토가 그것을 모두 갖고 있는 이유는 타이치가 사고로 사망해서일까? 그렇다면 미나토는 어떤 심정으로 그 물건을 계속 갖고 있었을까.

하염없이 오열을 쏟아내는 미나토 곁으로 다가간 사람은 미츠루였다. 그는 서럽게 울어대는 소년을 싸늘하게 내려다보고서 온도를 느낄 수 없는 목소리로 말했다.

"살았군."

미타노가 눈을 비비고서 미츠루를 째려봤다.

"살다니 뭐가."

"손님, 상대를 이쪽으로 끌고 올 작정이었지? 하마터면 세계의 이치에서 벗어날 뻔했어. 어떤 의도였든 간에 그 아이가 손님을 지켜준 거야."

"난 딱히 보호받고 싶지 않았어!"

미나토가 벌떡 일어서서 그대로 미츠루에게 덤벼들려고 했다. 카나가 무심코 「미나토 군!」 하고 큰 소리로 제지했으나 이내 그럴 필요가 없음을 깨달았다. 미나토가 격렬하게 기침을 해대기 시작했기 때문이었다.

몸을 기역 자로 구부리고는 미나토가 가슴을 쥐어뜯었다. 답답해하는 소리를 흘리다가 이윽고 새빨간 삐죽삐죽한 결정을 토해냈다. 피를 연상케 하는 심홍색 돌이었다.

미츠루는 익숙한 동작으로 〈씨앗〉을 짓밟았다. 이내 삐죽삐죽했던 형상이 부서지고, 자그마한 파편으로 바뀌었다.

루비 같았던 아름다움은 사라지고, 하얀 모래알이 되어 주변에 흩어졌다.

미나토 쪽을 보니 고통에 겨워하다가 기절했다. 이마에 번진 식은땀이 얼굴 윤곽을 타고서 검은 머리카락에 흡수됐다. 기다란 속눈썹이 눈물에 흠뻑 젖었다.

"가엾어라."

카나가 중얼거리자 미츠루는 고개를 조용히 가로저었다.

"가엾다고 여기는 게 오히려 결례야."

"그래도 아직 어린데."

"아이인지 어른인지는 상관없어. 이별은 나이를 따지지 않으니까."

미츠루는 쓰러져 있는 미나토의 팔을 어깨에 두르고는 억지로 일으켰다. 카나는 반대쪽에서 부축했다. 미나토의 몸은 타오르듯 뜨거웠다.

"아까 그 대화도 미나토 군은 잊게 될까요?"

걸을 때마다 발바닥이 모래에 빠지는 감촉이 느껴졌다. 수많은 사람들의 기억의 잔해가 이렇게나 축적되어 있었다.

"잊는 게 더 나을 때도 있지."

미츠루는 그렇게 말하고서 가게로 이어지는 문을 열었다. 문턱을 넘자 괘종시계가 여전히 24시가 도래했음을 알리고 있었다.

소파에 눕혔던 미나토는 그로부터 30분쯤 뒤에 눈을 떴다.

미나토가 눈을 살짝 뜨고는 몽롱한 표정으로 주변을 둘러보고서 다시금 눈꺼풀을 감았다. 그리고 몇 초 뒤에 제정신을 차렸는지 소파에서 벌떡 일어났다. 소파 아래에 꼭 붙어서 자고 있던 쿠로이 씨가 화들짝 놀라「야옹」하고 울었다.

"여긴, 어디지?"

미나토가 주변을 두리번거리자 관엽식물에 물뿌리개로 물을 주고 있던 미츠루가「일어났나?」하고 손을 멈췄다. 소파에 앉아 있던 카나가 미나토의 몸에서 스르륵 떨어진 담요를 주웠다.

미츠루는 물뿌리개를 카운터에 올려두고서 이쪽으로 걸어왔다.

"비행 소년, 빨리 집으로 돌아가."

"비행 소년이라니 저 말인가요?"

"너 말고 여기에 누가 또 있어. 아무리 반항기라고 해도 한밤중에 남의 가게 앞에서 자는 건 바람직하지 않은 것 같다."

"예? 제가 그런 짓을⋯⋯."

기억이 없어서인지 미나토는 고개를 연신 갸웃거렸다. 그의 눈시울이 붉게 부어 있었다.

"민폐를 끼쳐서 죄송합니다."

확신이 없는데도 착실히 사과하는 모습이 미나토다웠다.

"자자. 사춘기이니 그럴 때도 있는 거죠."

카나가 두둔하자 미나토는 민망해하며 「죄송합니다」 하고 고개를 숙였다. 타인을 대하는 것 같은 거리감에 이미 소년의 머릿속에 자신의 기억이 없음을 카나는 실감했다.

"미츠루 씨, 기왕 왔으니 이 아이한테 차를 끓여주지 않겠어요? 지금 이대로 돌아가면 몸이 식을 거예요."

"아뇨, 배려는 됐습니다. 오히려 얼른 돌아가지 않으면 민폐인걸요."

"아이는 사양하지 않아도 돼."

미츠루는 그렇게 말하고서 카운터 안쪽 문으로 사라졌다. 미나토가 소파에 앉은 채로 조금 어색한지 몸을 곧추세웠다. 그의 시선이 정처 없이 헤매다가 창틀에 앉아 있는 곰 인형에서 멈췄다.

"호라호라 군이죠?"

"좋아하니?"

"전 흥미가 없지만, 소꿉친구가 좋아했어요."

정겨운 듯 미나토의 눈이 살짝 가늘어졌다. 그는 검은색 운동복을 움켜쥐고는 뱉어내는 한숨 속에 거짓말을 섞었다.

"전 그 녀석이 뭘 좋아했든 별생각이 없지만요."

"그렇구나. 오랫동안 함께 해온 소꿉친구인데도?"

"함께 지낸 시간이 길었던 것뿐이에요."

미나토는 그렇게 말하고서 입술을 가볍게 깨물었다. 카나는 소파 등받이에 몸을 기댔다. 부드러운 감촉이 느껴지자 그만큼 조금 안심됐다.

"자, 다 됐다."

카운터 안쪽 문이 열리더니 달짝지근한 향기가 가게 내에 퍼졌다. 미츠루는 티 세트가 실린 쟁반을 테이블 위에 놓고는 당연하다는 태도로 카나 옆에 앉았다. 투명한 잔에 새빨간 허브티를 따랐다.

"아, 그러고 보니 다과도 있었죠."

카나는 선반에 넣어뒀던 마들렌이 든 상자를 미나토에게 내밀었다. 카나가 가져와도 미츠루는 손을 일절 대지 않는 간식이었다.

"여러모로 죄송합니다. 감사합니다."

미나토는 그렇게 말하고서 낱개로 포장된 비닐을 뜯어서 과자를 베어 물었다.

"미츠루 씨도 들죠?"

"난 차만 있으면 충분해."

"전 사양 않고 먹을 거예요."

"밤에 먹으면 살찐다."

"무례하네요."

카나는 오렌지 맛 마들렌을 꺼내서 한입 가득 넣었다. 산미가 강한 허브티와 궁합이 좋았다. 차를 마실 때마다 오렌지의 여운이 코 속을 간질였다.

"어우 셔."

미나토가 허브티를 입에 머금고는 무심코 중얼거렸다. 자신이 실언을 했음을 깨달았는지 황급히 입을 막았다.

"아, 죄송합니다. 익숙지 않은 맛이라서."

"입에 맞지 않으면 마시지 않아도 돼."

"아뇨, 맛이 별로라는 건 아니고…… 어딘가에서 마셔본 적이 있는 것 같아요."

미나토는 따뜻한 잔을 두 손으로 감싸듯 들고서 숨을 서서히 내뱉었다. 그가 눈꺼풀을 감았다. 괴어 있던 눈물이 눈가를 따라서 밀려나더니 주르륵 떨어졌다.

미성년자를 언제까지고 가게에 붙잡아둘 수는 없는 노릇인지라 카나가 미나토를 바래다주기로 했다. 그러자 미나토 본인이 크게 반대했다.

"제가 집에 도착한 후에는 누나는 홀로 밤길을 걸어야만 하죠? 위험해요."

"괜찮아, 괜찮아. 어른이니까."

카나가 웃자 미나토는 더욱 마뜩잖은 표정을 지었다. 그러고는 잘생긴 두 눈으로 나무라듯 미츠루를 쳐다봤다.

"무슨 일이 벌어지면 후회하는 사람은 형이에요."

"네가 말하니 무게감이 있군."

"제가 어떤 사람인지 하나도 모르잖아요."

"외모에서 풍기는 인상 말이야. 의젓할 것 같은 얼굴이야."

미츠루는 가볍게 대꾸해주고서 카나와 미나토의 등을 밀었다. 그는 문턱을 넘은 두 사람을 가게 안에서 배웅하려고 했다. 그의 발끝은 결코 바깥 세계와의 경계선을 넘으려고 하지 않았다.

"감사했습니다."

미나토가 공손히 고개를 숙이자 미츠루가 「조심해서 돌아가」하고 내쫓듯 손을 휘저었다. 그대로 문을 닫으려고 하자 카나가 반사적으로 발을 들이밀었다. 미츠루의 눈이 동그래졌다.

"왜 악덕 세일즈맨 같은 짓을?"

"아뇨, 좀…… 너, 잠깐만 기다려줄래?"

"물론이죠. 저런 남자친구한테는 화를 내주는 게 당연해요."

"아니, 남자친구는 아닌데."

중학생쯤 되는 아이는 남녀가 둘이서 있으면 금세 붙여주려고 하니 곤혹스럽다. 뭐, 카나의 머릿속에도 선생님들을 멋대로 짝지어 줬던 기억이 남아 있지만.

미나토가 가게 앞에서 스마트폰을 만지작거리며 기다리는 모습을 확인한 뒤 카나는 가게에 들어가 문을 닫았다. 쿠로이 씨가 카운터 위에서 졸린 얼굴로 하품을 했다.

미츠루가 인상을 찡그리고는 가게로 되돌아온 카나를 경계하듯 내려다봤다.

"뭐 하는 거야? 손님을 기다리게 하지 마."

"그 전에 딱 하나, 확인하고 싶은 게 있어요."

미츠루의 등 너머로 계속 달리는 철도 모형이 보였다. 레일이 복잡하게 교차되어 있지만, 열차는 절대로 얽히지 않는다.

"이건 추측인데요. 미츠루 씨는 혹시 세계의 이치에서 벗어났던 거 아닌가요? 해후의 방에서 무언가를 갖고 나와서."

"……."

"줄곧 이상하다 싶었어요. 미츠루 씨가 차 말고 다른 걸 입에 대는 모습을 본 적이 없고, 음식을 밖에 사러 나가는 낌새도 없죠. 혹시 미츠루 씨는 이 가게에서 나갈 수 없는 게 아닌가요?"

미츠루는 입을 다물고 있다가 이윽고 자조적인 웃음을 지었다. 그의 손가락이 안경테를 가볍게 올렸다.

"그렇다면?"

"어……."

자신이 먼저 이 화제를 꺼냈으면서 카나는 무엇을 말해야 좋을지 알 수 없었다. 나무랄 일은 아니었다. 그러나 그것을 태연히 받아들이는 것 역시 이상한 것 같았다.

미츠루가 침묵한 카나의 등을 밀었다. 의외로 손길이 부드러웠다.

"난 신경 쓸 거 없어. 그보다 저 아이를 바래다주고 와. 지금 홀로 내버려두면 감정을 주체하지 못할 거야."

카나의 눈에 상처 입은 어른의 옆얼굴이 비쳤다. 그가 약한 면을 훤히 드러내자 카나는 심장이 꽉 옥죄는 것 같은 느낌이 들었다. 지켜주고 싶다, 도와주고 싶다. 그런 감정을 불러일으키는 목소리였다.

"바래다주질 못해서 미안."

미츠루가 느닷없이 사과하자 카나는 「돼, 됐어요」 하고 고개를 가로저었다. 남의 상처를 들쑤시고 말았다는 죄책감에 카나의 혀가 꼬였다.

미츠루가 문을 열자 미지근한 밤바람이 가게 안에 불었다. 비구름이 떠나간 밤하늘은 맑았다. 별 하나하나가 또렷하게 보였다.

어렴풋한 조명을 의지하여 카나는 가게 문턱을 넘었다. 스마트폰을 만지고 있던 미나토가 고개를 들었다.

"미안, 기다렸지?"

"괜찮아요. 저야말로 이렇게 폐를 끼쳐서 죄송합니다."

"미안해할 거 없어."

두 사람의 대화를 차단하듯 등 뒤에서 미츠루가 문을 닫는 소리가 울렸다. 미나토는 미련이 남았는지 뒤를 힐끗 쳐다봤지만, 카나는 절대로 돌아보지 않았다.

제 3 화

친애하는 그대에게

창문에서 가게 안을 들여다보고서 카나는 후회했다.

유리창 너머로 미츠루의 검은 머리가 보였다. 안경 렌즈 맞은편에 존재하는 어두운 밤 같은 눈동자에 감상을 머금은 빛이 번져 있었다. 그는 외톨이였다. 발치에 뻗어 나온 그림자에서 고독한 분위기가 감돌았다.

그날 미츠루가 가게 밖으로 나올 수 없음을 알게 되고서 카나는 그가 자꾸만 신경이 쓰였다. 그에게는 친구가 없나? 가족은? 여자친구는? 저 가게에 줄곧 혼자 있다니 너무 외로울 것 같았다.

카나는 쥐었던 주먹을 펴고서 자신의 손을 물끄러미 쳐다봤다. 손바닥에 난 얕은 손금이 종횡무진으로 뻗어 나가며 교차했다. 중지 밑에서 뻗어 나가는 운명선이 도중에 두 갈래로 나뉘었다.

"카나?"

창문 맞은편에서 미츠루가 이름을 불렀다. 그 순간, 눈앞에 있는 사람이 진짜 미츠루가 아님을 카나는 깨달았다.

이건 꿈이다.

그렇게 인식한 순간, 세계가 일그러졌다. 머나먼 의식 바깥에서 스마트폰 알람 소리가 들려왔다.

"으음."

뻗은 손이 침대 옆 협탁에 콩 부딪쳤다. 손등에 고통이 일자 몽롱했던 의식이 각성했다. 하품을 하자 생리적으로 맺힌 눈물이 뺨을 타고 미끄러졌다. 창밖에서는 빗소리가 들렸다. 저기압이라서 아침 기분은 최악이었다.

장마철에 접어들면서 최근에 비만 계속 내렸다. 료가 없어진 지 거의 두 달 가까이 지났다. 이상은 일상이 됐고, 위화감은 점점 옅어져갔다. 소중한 사람의 존재가 결락됐음에도 점점 익숙해지는 자기 자신이 무서웠다.

카나는 드러누운 채로 협탁에 놓인 작은 상자를 손으로 더듬어서 잡았다. 뚜껑을 여니 안에서 파란 〈씨앗〉이 드러났다. 엄지와 검지 사이에 끼우고서 형광등 불빛에 비쳐봤다. 피부에서 두근거리는 박동이 느껴져 숨을 삼켰다. 카나는 무심코 몸을 일으키고는 다시금 손바닥 안에 있는 그 물체를 관찰했다.

왠지 처음에 비해 크기가 커진 것 같았다. 삐죽삐죽한 유리 세공품 같은 질감. 그 중앙 부분이 볼록 부풀어 있었다. 이것은 예술 작품입니다! 하고 주장하더라도 납득할 법한 형태를 띠고 있었다.

미츠루는 〈씨앗〉을 파괴하는 것이 자신의 역할이라고 했다. 그렇다면 이 녀석의 존재를 미츠루에게 말해야만 하겠지.

머리로는 잘 안다, 머리로는.

"그래도 말이지."

입에서 미련 섞인 말이 넘쳐흘렀다. 〈씨앗〉 속에는 당사자가 잊어버렸던 기억이 담겨 있다. 여태껏 『Kassiopeia』에 왔던 손님들이 그랬다. 미츠루가 〈씨앗〉을 파괴하자 가게에 관한 기억들을 빼앗겼다.

그럼 이 안에 들어 있는 기억은 무엇일까? 자신이 모르는 곳에서 자신이 모르는 기억이 사라지는 것은 딱 질색이다. 이 안에 료를 찾을 단서가 있을지도 모르는데.

카나는 상자에 넣기가 점점 버거워지는 〈씨앗〉을 억지로 안에 밀어 넣었다. 조금만 더, 조금만 더. 카나는 입 속으로 아무도 듣지 않는 변명을 되풀이했다.

가게를 드나들기 시작한 지 2개월이나 되니 조수라는 역할에도 익숙해졌다. 미츠루가 아무 말도 하지 않아도 청소를 완벽하게 끝마치고, 최근에는 가게 앞에 놓인 관엽식물도 보살폈다.

"미츠루 씨는 가게 밖에 나갈 수 없죠? 제가 오기 전에 바깥에 있는 꽃들을 어떻게 돌봤나요?"

카나는 흙이 묻은 문을 닦고서 가게 안으로 돌아왔다. 보통은 석양이 눈부시게 빛나는 시간대이건만 비 때문에 왠지 어둑했다. 바깥에 가득한 물 냄새가 실내에까지 섞여들었다.

미츠루는 2인용 소파에 누워서 무료하게 신문을 넘기고 있었다. 그 무릎 위에서 쿠로이 씨가 배를 드러낸 채로 자고 있었다. 꿈을 꾸는지 이따금씩 수염이 꿈틀꿈틀 떨렸다.

"딱히. 보살피지 않아도 알아서들 피더라."

"멋대로 필 리가 없죠. 꽃도 분갈이가 되어 있고요."

클레마티스, 아가판투스, 수국, 치자꽃, 포테리카. 흙을 채워 넣은 양동이와 플랜터, 가게 앞 화단에 심긴 그 꽃들이 싱그럽게 피어 있었다. 외관을 채색하는 식물들의 종류는 매일 교체돼서 가게 인상이 크게 바뀌었다.

"애당초 그것들은 내가 심지 않았다. 이어받았을 때부터 그랬어. 아마 이 가게를 시작했던 사람이 식물을 키우는 걸 좋아했나 봐. 내가 아무것도 하지 않아도 가게 밖 식물은 손님이 있는 시간축에 상응하는 종류로 저절로 바뀌어. 네가 있는 현재 세계는 6월이라서 바깥 식물도 6월이 제철인 종류가 심겨져 있지만, 다른 손님이 있는 세계는 2월인 경우도 있어. 그땐 그 손님의 눈에 2월에 맞는 식물이 자라나고 있는 것처럼 보여."

"으응? 그렇다면 나랑 그 손님이 보는 식물이 다르다는 말인가요?"

"그렇긴 하겠지만 생각해 봤자 의미가 없겠군. 전에도 말했지만 네가 이 가게에서 만나는 손님들은 너와 동일한 현재 세계에 사는 사람이야. 계약하여 기적을 일으키지 않는 한 다른 세계의 사람과 만날 수 없어. 난 어느 세계의 손님과도 만나지만."

평행 세계 이야기만 나오면 늘 머리가 혼란스러워졌다. 그래도 조수로서 경험을 쌓아나가다 보니 조금은 이해할 수 있게 됐다.

즉, 카나가 여태껏 만나왔던 손님들은 카나와 동일한 세계에 사는 사람들이겠지. 그리고 문의 파수꾼이라는 일은 세계의 구분을 초월하는 역할을 맡고 있다.

현재 세계에 카나가 있다면 다른 세계에는 카나B나 카나C가 있다는 뜻이었다. 분기된 선택지 너머에 또 다른 자신이 있다고 상상하려니 어려웠다.

카나에게 나카나이 카나는 이 세계에서 오직 한 사람뿐이다.

"미츠루 씨는 어째서 다른 세계의 사람과도 만날 수 있나요?"

"난 파수꾼이니까. 자, 여기 반지가 있지."

미츠루는 그렇게 말하고서 자신의 왼손 약지를 내보이듯 쓱 흔들었다. 약지 밑동에 금색 반지가 끼워져 있었다.

깊이 파고들어도 될까? 묻는 것이 두려워서 쭉 미뤄왔다. 그의 왼손 약지에 얽힌 비밀을.

"그거, 결혼반지 아닌가요?"

"설마."

평범한 발상인데도 어째선지 미츠루는 상처를 조금 입은 표정이었다.

"이건 파수꾼이라는 증표야. 내가 내 의사로 낀 게 아냐. 정신을 차려보니 끼워져 있었고, 빠지질 않더라."

"그런 신기한 일이 있을 수 있어요?"

"이 가게에서는 신기하지 않은 현상이 더 적겠지."

"화, 확실히 그러네요. 그럼 미츠루 씨는 결혼하지 않았나요?"

"안 했어."

뭐야……. 그렇게 안도하는 감정이 솟으려고 하자 카나는 황급히 스스로를 경계했다. 미츠루가 기혼자이든 아니든 자신과는 관계가 없는데.

켕기는 기분을 얼버무리듯 카나는 화제를 급히 바꿨다.

"그러고 보니 가게 안에 있는 꽃들은 계절이랑 관련이 없네요. 미츠루 씨가 늘 보살피고 있는데, 그 꽃들도 어느 세계에 있느냐에 따라 바뀌나요?"

"아니, 저건 파는 상품이야. 계절과는 거의 관련이 없어. 기본적으로 꿈을 꾼 손님한테 기적을 제공하는 게 우리 가게의 역할이지만, 그것과 관계없이 평범하게 꽃을 사러 오는 손님도 있지. 손님이 불쑥 들어와 꽃을 사가지고 간 적도 있고."

"우와, 꽃집 같은 일도 하는군요. 그에 비해 평상시 접객 태도는 나쁘지만."

"딱히 그렇지도 않을 텐데? 그 정도가 보통이야."

"보통이 아닌데요. 그래도 꽃을 사고 싶어지는 마음은 알 것 같기도. 미츠루 씨가 키우는 꽃은 아름다우니까."

"꽃은 늘 수요가 있어. 특별한 선물이야, 어느 시대든."

미츠루가 일어서더니 신문을 원통 모양으로 둘둘 말았다. 자세히 보니 구석에 어제 날짜가 적혀 있었다. 일기 예보 부분에 그려진 태양 마크를 보고 카나는 고개를 갸웃거렸다.

"어제도 비가 내렸죠?"

"이게 맞아. 네가 있는 세계의 신문이 아니니까."

미츠루가 동그랗게 말았던 신문을 다시 펼쳤다. 1면에는 현재 버라이어티 쇼를 들썩이는 정치인의 접대 문제에 관한 여러 기사들이 실려 있었다. 그다음 기사는 사흘쯤 계속 타오르고 있는 산불을 다뤘다. 또한 작은 칸에는 지역에서 일어났던 사건에 관해 적혀 있었다.

행방불명됐던 노인이 발견됐다. 이튿날에 결혼식을 앞둔 남자가 전 여자친구에게 찔렸다. 물에 빠졌던 아이를 구출해낸 대학생 2인조가 경찰에게 표창장을 받았다. 그리고, 그리고……. 끝없이 눈으로 기사를 읽어도 소용이 없기에 카나는 의식을 전환했다. 걸레를 양동이 안에 두고서 미츠루의 정면에 있는 소파에 앉았다. 테이블 위에는 여전히 허브티가 놓여 있었다.

"미츠루 씨는 고양이를 좋아하나요?"

"뜬금없이 뭐야?"

"아뇨, 쿠로이 씨가 상당히 잘 따르길래."

미츠루의 무릎 위에서 자고 있는 쿠로이 씨가 행복한지 목으로 그르렁거렸다. 카나와 료 모두 단연코 고양이파였다. 개와 달리 달라붙지 않아서 좋다.

"쿠로이 씨는 이 가게에서 키우는 고양이가 아니라고 했죠?"

"어느새 눌러앉았더군. 가게 밖에도 훌쩍 나가곤 하니 아마 길고양이일 테지만."

"안 키울 건가요? 고양이는 실내에서 키우는 게 좋다고 하잖아요? 이 부근은 도로도 좁고, 가끔 교통사고도 벌어지고."

"만약에 쿠로이 씨가 여기서 살아야만 하는 사정이 생긴다면 나도 각오할 거야. 근데 이런 요상한 가게에 붙들어두는 건 별로 내키질 않아. 무엇이 쿠로이 씨한테 바람직한지도 모르겠고 말이야."

"쿠로이 씨를 정말로 소중히 여기네요."

"뭐, 날 자주 만나러 와주는 생명체는 이 녀석 정도이니까."

"저도 있잖아요?"

"너는 어디까지나 기간 한정 조수야. 어차피 사카하시 료에 관한 정보를 모으면 발길을 끊겠지."

"멋대로 단정 짓지 말아요. 저, 이 가게 분위기를 좋아하니까요."

카나는 몸을 내밀어 테이블에 올려뒀던 바구니에서 낱개로 포장된 피낭시에를 집었다. 카나가 선물로 들고 온 다과에 미츠루가 손을 댄 적은 한 번도 없었다. 그럼에도 질리지 않고 과자나 화과자를 들고 오는 이유는 카나 본인이 먹고 싶다는 이유도 컸다.

인근 케이크 가게에서 파는 피낭시에는 버터 풍미가 강했다. 이로 씹으니 입 안에서 사르르 무너졌다.

"미츠루 씨, 전에 말했잖아요? 본인은 사람이 아니라고."

"말했지."

"정말로 아무것도 안 먹어도 괜찮아요?"

"괜찮아."

"차 말고 다른 음식을 마시거나 먹고 싶다고 생각한 적은 없나요?"

"딱히. 차도 딱히 좋아해서 마시는 게 아냐."

"그럼 왜 마시는 건데요?"

"파란 세계에 커다란 나무가 자라나고 있지? 그 나무에는『시작의 나무』라는 이름이 붙어 있어."

"그 바오바브나무처럼 생긴 녀석 말인가요?"

무심코 가게 안쪽에 있는 문을 힐끗 쳐다봤다. 저 문 너머에는 온실 같은 공간이 펼쳐져 있었다.

"난 정기적으로 그 잎을 섭취해야만 해. 그래서 차를 마시는 거야. 허브티를 끓여서 대접하는 게 가게의 전통이라고 선대 점주가 그러더라고."

"꽃잎은 왜 넣는 거죠?"

"그야 뭐, 취미로."

"취미?"

"차만 끓이면 질리잖아? 그래서 차 색깔에 맞춰서 꽃잎을 넣고 있지."

"오호라."

의외로 평범한 이유였다. 허브티가 담긴 찻잔을 내려다보니 그릇 안쪽에 얇은 꽃잎이 달라붙어 있었다.

두 번째 피낭시에의 포장을 뜯으면서 카나는 「그러고 보니」 하고 입을 열었다.

"아까 역에서 미나토 군이랑 만났어요."

"그게 누구야?"

"그 있잖아요. 소꿉친구를 만나고 싶어 했던 애요."

"아아, 그 손님 말이군."

호라호라 군 키홀더가 카나 앞을 두둥실 떠돌아다녔다. 허공을 떠다니는 두 키홀더는 요즘에 인형과 함께 자주 창틀에 나란히 앉아 있곤 했다. 물건이 날아다니는 건 이미 익숙해졌다. 그런 현상에 일일이 놀라서야 이 가게에서 일할 수 없다.

"전국 대회를 목표로 열심히 노력하고 있대요. 테니스가 재밌대요."

전철에서 내려 승강장을 걷고 있으니 누가 「누나」 하고 불렀다. 오늘 저녁 무렵에 있었던 일이었다. 인근 중학교 체육복을 입은 미나토는 멋들어진 옷으로 치장하지 않았는데도 주변 사람들의 시선을 끌었다.

솔직히 말해서 미나토가 자신을 기억해서 의외였다. 둘이서 유원지에 갔던 기억이 남아 있다면 모를까, 그에게 카나는 그리 특별한 존재가 아닐 텐데.

"부활동을 마치고 돌아가는 길?"

"맞아요. 대회가 얼마 안 남아서요."

미나토는 검은색 테니스 가방을 짊어지고 있었다. 측면에 새겨진 은색 로고는 카나가 모르는 브랜드였다.

"비가 내리는데도 연습이 있구나."

"우리 중학교에는 실내 연습장이 있어서요. 누나는 중학생 때 무슨 부였어요?"

"필드 워크부였어."

"뭐예요 그게?"

"테마를 정한 뒤 현지까지 가서 둘러보고 조사하는 부활동. 절이나 유적이나 산이나 하천 등 다양한 곳에 가서 즐거웠지."

"우리 중학교에는 없네요, 그런 부활동은."

"나도 특이하다는 이유로 들어간 건데 말이야. 그래도 의외로 그때 경험이 현재로 이어졌는지도."

IC 카드를 터치하고서 미나토가 개표구를 빠져나갔다. 대화가 흐지부지 끊어져서 이대로 헤어질 줄 알았는데, 미나토가 착실히 발걸음을 멈췄다. 약속 장소로 이용되는 기둥 앞에 서서 그가 고개를 가볍게 갸웃거렸다.

"현재로 이어졌다는 게 무슨 뜻인가요?"

설마 깊이 파고들 줄은 몰랐기에 카나는 조금 당황했다. 중학생 상대로 자신의 이야기를 하고 있으니 긴장을 풀면 온갖 말들을 다 풀어낼 것만 같았다.

"나, 대학교에서 학예사 자격을 따려고 하거든. 장래에 박물관이

나 미술관에서 일하고 싶어서."

"오호, 누나랑 잘 어울릴 것 같아요."

"그런가?"

카나는 눈을 내리뜨고서 모호하게 웃었다. 고등학생 때부터 학예사가 되고 싶다고 생각했다. 그러나 대학생이 된 뒤에는 취직의 문이 좁다는 것을 알았다.

급여. 복리 후생. 연차. 어렸을 적에 미래의 꿈을 그렸을 때는 그런 조건들은 붙지 않았다. 그러나 지금 카나에게 직업이란 꿈이 아니라 바로 눈앞에 있는 현실을 가리켰다.

료는 카나가 학예사가 되는 것을 응원해줬다. 그는 출판사에 취직하고 싶다고 했다. 아동서와 관련한 일을 하고 싶단다. 만약에 료가 도쿄에서 취직한다면 카나도 고향으로 돌아가지 않고 도쿄에서 직장을 찾아야만 할까? 원거리 연애를 할 바에는 함께 살까? 그 시절에는 막연하게나마 둘이서 미래 예상도를 그렸는데.

"저기, 누나한테 물어보고 싶은 게 있는데요."

미나토가 한쪽 팔을 문지르면서 쭈뼛쭈뼛 입을 열었다. 료를 생각하던 카나는 그 목소리에 제정신을 차렸다.

"물어보고 싶은 게 뭔데?"

"저, 그날 키홀더를 가게에 떨어뜨리지 않았나요? 호라 유원지의 마스코트 캐릭터 키홀더요."

"호라호라 군?"

"그거요. 맞아요."

미나토가 고개를 끄덕이자 카나는 반사적으로 손으로 입을 막았다. 미나토가 일부러 자신에게 말을 걸었던 진짜 이유는 혹시 이것일지도 모르겠다.

"으—음, 미안해. 떨어뜨리지 않은 것 같아. 가게 안에서는 못 봤거든."

자신의 입이 매끄럽게 거짓말을 내뱉었다. 미나토는 대가로서 그 키홀더를 냈다. 설령 본인은 잊어버렸을지라도 그 사실은 변함이 없었다.

"그래요?"

애써 태연한 척 굴고 있지만 그의 눈빛에서 낙담한 기색이 엿보였다. 어쩌면 가게를 떠난 후부터 미나토는 키홀더를 계속 찾았는지도 모르겠다.

발견될 리가 없는, 소꿉친구와의 추억의 물건을.

한쪽 팔을 문지르던 미나토의 손에 힘이 꾹 들어가는 게 보였다. 체육복에 깊이 새겨진 주름에 음영이 얇게 졌다.

"그럼 됐어요. 죄송합니다. 시간을 빼앗아서."

"나야말로 도움이 되질 못해서 미안해."

그 후에 사교적인 인사를 나누고서 두 사람은 헤어졌다. 중학교 1학년치고는 키가 큰 뒷모습이 어른들의 인파에 섞여 사라질 때까지 카나는 조용히 지켜봤다.

"만약에 그때 미나토 군이 다른 세계의 타이치 군을 현재 세계로 끌고 왔다면 어떻게 됐을까요?"

다시 2인용 소파에 팔꿈치를 대고서 엎드려 있는 점주에게 카나는 순수한 의문을 던졌다. 피낭시에 조각이 목에 들러붙어서 사레가 들리자 카나는 부랴부랴 토트백에서 페트병을 꺼냈다. 근처 자판기에서 샀던 우롱차였다.

"세계의 이치에서 벗어나 이상해졌겠지."

"애당초 그 세계의 이치라는 건 뭔가요?"

"글쎄?"

"글쎄라니."

무책임한 말투에 무심코 시선이 날카로워졌다. 미츠루는 엄지로 검은 안경테를 가볍게 밀어 올렸다.

"확실히 존재한다는 건 알아. 하지만 말로 설명하기는 어려워."

"그렇게 모호한 개념이 있을 수 있나요?"

"너도 왜 사냐고 묻는다면 답하기가 난감하겠지? 심장이 움직여서, 혹은 숨을 쉬고 있어서, 라는 답변은 살아 있다는 상태를 가리킬 뿐, 삶 그 자체의 이유는 설명하지 못해. 생명이란 무엇인지 아무도 몰라. 그거랑 동일해."

납득이 되는 것 같으면서도 잘 안됐다. 청바지에 감싸인 두 다리를 꼬아서 힘을 꾹 줬다. 장딴지와 정강이가 부딪치면서 뼈의 감촉이 서서히 전해졌다.

고개를 젓고 생각을 떨쳐낸 뒤 카나는 소파에서 일어섰다. 새 걸레를 꺼내서 라탄 바구니 안에 담긴 물품들을 평소처럼 닦아 나갔다.

미츠루는 아무 말도 하지 않았다. 자고 있는지도 모르겠고, 창 너머에 내리는 비를 바라보고 있는지도 모르겠다.

단둘이 있을 때 침묵이 내려앉더라도 거북스럽지 않게 됐다. 대체 언제부터 그렇게 됐을까? 상품을 척척 닦고서 다시 바구니 안에 넣었다. 같은 작업을 반복했지만 바구니 속 내용물은 날마다 늘거나 줄어들었다.

"아."

카나는 바구니 안에 담긴 여러 권의 책들을 발견하고서 손을 멈췄다. 생텍쥐페리의 『어린 왕자』. 안데르센의 『그림 없는 그림책』. 오스카 와일드의 『행복한 왕자』. 하나같이 오래된 문고본들이었다. 노란색 가격표에는 「100엔」이라고 적혀 있었다.

"이 가게, 고서점도 시작했어요?"

"시작한 적 없어. 세 권 모두 동일한 손님이 지불한 대가야."

"바구니에 넣어두면 뒤죽박죽이 되잖아요?"

"그럼 적당히 꺼내서 진열대에 놔줘."

그 지시에 따라 카나는 진열대 구석에 책을 깔았다. 세 권 모두 읽어본 적은 있지만, 세세한 내용까지는 기억나지 않았다. 특히 『행복한 왕자』는 어렸을 적에 그림책으로 읽었던 이후로 처음이었다.

『행복한 왕자』의 책장을 훌훌 넘겨보니 표제작 말고도 동화 여덟 편이 수록되어 있었다. 와일드 동화집이라고 부르는 편이 정확하지 않을까?

"『나이팅게일과 장미』."

"네?"

가까이에서 목소리가 들리자 카나는 뒤를 돌아보려고 했다. 그러나 그보다 먼저 팔이 쭉 뻗치더니 손가락으로 문고본 책장이 넘어가지 않도록 막았다. 어느새 등 뒤에 미츠루가 서 있었다.

"두 번째 동화. 짧은 동화야."

"아, 그래요?"

너무 가까워서 카나는 당황했다. 자신은 침을 삼키는 것조차 의식할 지경이건만 미츠루는 딱히 괘념치 않는 눈치였다. 뒤에서 뻗어 나온 미츠루의 팔이 카나의 오른쪽 팔에 닿았다.

"사카하시 료는 장미를 좋아했어."

느닷없이 그 이름이 나오자 숨이 멎었다. 카나가 동요했음을 다 알 텐데도 미츠루는 담담히 말을 이어 나갔다.

"『어린 왕자』에도 나오지, 빨간 장미가."

그 내용이라면 카나도 기억하고 있었다.

어린 왕자는 작은 별에 살면서 빨간 장미 한 송이를 키웠다. 그 별에는 언젠가 거대하게 성장하여 별을 쪼개고 말 바오바브나무의 싹도 나있었다. 어느 날 어린 왕자는 장미와 다투고서 다른 별로 여행을 떠난다. 그리고 어린 왕자는 지구에 도착하여 장미 군락을 발견한다. 특별하다고 믿었던 장미가 흔하다는 사실을 알고서 어린 왕자는 낙담한다.

"여우가 말하지. 장미가 흔한 식물이든 아니든 실은 아무 관계가 없다고. 빨간 장미가 어린 왕자한테 특별한 존재가 된 이유는 그것에 많은 시간을 쏟았기 때문이라고."

"들인 시간이 흔한 것을 특별하게 만든다……."

전에 료가 해줬던 말이었다. 미츠루는 숨을 가볍게 내뱉었다. 단순한 호흡 같기도 했고, 한숨처럼 들리기도 했다.

그의 길쭉한 손가락이 문고본 책장을 넘겼다. 종이가 사락 스치는 메마른 소리가 가게 안에 울렸다.

"『나이팅게일과 장미』는 사랑에 푹 빠져서 빨간 장미를 찾는 남자를 위해서 작은 새가 분투하는 이야기야."

카나는 눈으로 글을 훑었다. 『행복한 왕자』로 유명한 오스카 와일드는 아일랜드 출신 작가다.

『빨간 장미를 갖고 와주신다면 춤을 춰드리죠. 그 사람은 그렇게 말했어.』

동화는 어린 학생의 외침으로부터 시작된다.

학생은 내일 밤 무도회에 여자를 청하기 위해서 빨간 장미를 갖고 싶어 하지만, 시기가 안 좋은지 찾아내질 못 했다.

작은 새인 나이팅게일은 매일 사랑에 관해 노래했다. 그러나 나이팅게일 자신은 사랑이 무엇인지 몰랐다. 그런 때에 비탄에 잠긴 학생을 보고서 나이팅게일은 그의 사랑을 성취시켜 주고 싶어졌다. 그러기 위해서는 빨간 장미가 필요하다!

나이팅게일은 빨간 장미를 찾아 헤매다가 마침내 장미나무에 이른다. 그러나 서리와 폭풍 때문에 올해는 꽃이 없다고 한다.

『빨간 장미를 원한다면 달빛 속에서 노래로 만들어내어 네 자신의 가슴의 피로 물들여야만 해.』

장미나무가 그렇게 말하자 나이팅게일이 대답했다.

『사랑은 목숨보다도 귀한 거예요. 게다가 사람의 심장에 비해 작은 새의 심장 따윈 별 거 아니지요?』

그리고 장미나무가 말한 대로 나이팅게일은 밤새 노래를 계속 불렀다. 가시가 심장을 찌르자 고통이 나이팅게일의 작은 몸을 꿰뚫었다. 그래도 나이팅게일은 노래를 멈출 수 없었다.

피어난 파르께한 장미는 서서히 분홍색으로 번져갔고, 이윽고 진홍색으로 물들었다. 그리고 원하는 장미를 손에 넣었을 즈음에 나이팅게일의 숨은 끊어졌다.

이튿날 낮에 빨간 장미를 발견한 학생은 크게 기뻐하며 여자 곁으로 향했다. 그러나 여자는 이미 부자 남자에게서 보석을 받아서 빨간 장미에는 눈길도 주지 않았다. 학생의 사랑은 성취되지 못했다.

『사랑이란 정말이지 어리석은 짓이구나.』

학생은 그렇게 내뱉고서 그 자리에서 떠나버렸다. 학생이 던져버린 장미는 도랑에 빠졌고, 짐마차에 짓밟히고 말았다.

이야기를 다 읽고서 카나는 숨을 깊이 내뱉었다. 아무도 보답 받지 못하는 무거운 이야기였다.

"미츠루 씨, 이 이야기를 좋아하나요?"

"좋아하는 건 아냐. 다만 현실도 이러하겠구나, 라고 생각은 해."

"무슨 뜻이죠?"

"자의적인 자기희생은 보답 받을 수 없는 결과를 초래하는 법이야. 장미를 버렸던 학생은 아무 잘못도 없어. 이 녀석은 나이팅게일의 존재도, 빨간 장미가 어떻게 피어났는지도 모르니까. 나이팅게일은 멋대로 사랑을 신격화하고서는 스스로를 희생하는 길을 선택했을 뿐."

코로 숨을 들이마시자 달콤한 향이 희미하게 코 속을 간질였다.

허브티와 생화의 향기가 섞인 미츠루의 냄새였다. 카나는 심장이 꽉 죄어드는 것 같은 느낌이 들었다. 어째선지 료에게 안겼을 때가 떠올랐다.

"이 가게에서는 장미를 파나요?"

"일단은. 장미는 종류가 다양하긴 하지만, 색이나 개수에 따라 꽃말이 바뀌어서 선물용으로 구입하는 개체는 편중되어 있지. 빨간 장미나 하얀 장미가 잘 팔리지만, 난 노란 장미나 검은 장미도 나쁘지 않다고 생각해."

"검은 장미도 있어요?"

"파랑, 초록, 오렌지색도 있지. 희귀할수록 가격도 오르지만."

불현듯 미츠루의 냄새가 옅어졌다. 카나는 감쌌던 그림자가 없어지자 미츠루의 기척이 멀어졌다.

카나는 다시 책장을 쳐다봤다. 달빛 아래에서 나이팅게일이 사랑에 관해 노래하고 있었다.

"미츠루 씨는 어째서 료가 좋아하는 꽃을 아는 건가요?"

"왜일 것 같아?"

요즘 들어서 미츠루에게는 대답하고 싶지 않은 질문에는 질문으로 대꾸하는 버릇이 있음을 깨달았다. 자신이 발을 들이도록 허용된 범위. 그와의 사이에 그어진 눈에 보이지 않는 경계선을 카나는 혀끝으로 신중히 찾아나갔다.

"둘이 친했기 때문?"

"안타깝지만 사이가 좋다고는 할 수 없어."

"그럼 사이가 나빴나요?"

"그렇다고도 할 수 없어. 하지만 상대는 날 미워하겠지."

"미츠루 씨, 료한테 심한 짓을 했나요?"

소파 위에서 미츠루가 다리를 꼬았다. 쿠로이 씨는 자는 게 질렸는지 소파에서 나와 진열대에 장식된 항아리에 고개를 집어넣으며 놀고 있었다. 덜컹덜컹, 불온한 소리가 들렸지만 두 사람은 신경도 쓰지 않았다.

유리창 너머에 울리는 빗소리를 배경음으로 삼아 미츠루가 평상시와 달리 진지한 목소리로 말했다.

"심한지 심하지 않은지 정의할 권리는 내게 없어."

"무슨 뜻인가요?"

"......"

미츠루가 입을 다물자마자 말의 캐치볼은 끝났다. 일방적으로 던진 말의 공은 누구에게도 받아들여지지 않은 채 바닥을 굴러다녔다.

침묵이 드리워지자 카나는 한쪽 눈썹을 치올렸다. 치사하다. 그렇게 말해줄까도 생각했다. 그러나 결국 카나는 더는 추궁하지 못하고 바구니 속에 든 물품들을 다시 닦기 시작했다. 공을 한 번 더 던졌다가 무시당할까 봐 두려웠다.

가게 안에 어색한 공기가 가득해졌다.

그 분위기를 타파한 것은 힘차게 벌컥 열린 문이 울리는 벨 소리였다.

"여기『기적이 일어나는 가게』맞아요?"

그렇게 말한 여성은 석양이 비추는 가게 내부와는 겉도는 화사한 파란색을 몸에 두르고 있었다. 실루엣이 아름다운 포멀 원피스는 쇄골부터 소매에 이르는 부분이 시스루로 되어 있었다. 그녀의 어깨에는 검은 케이프가 걸려 있었다. 곱슬한 갈색 머리 사이로 엿보이는 귓불에서는 진주 귀걸이가 빛났다.

결혼식에서 돌아온 길임을 척 봐도 알 수 있었다. 여성은 습기를 머금은 앞머리를 손가락으로 쓸어 넘기면서 「비는 참 싫죠?」하고 카나에게 웃었다. 웃을 때 눈가에 지는 주름이 그녀의 성숙한 인상을 더욱 강조했다. 30대 초반쯤 됐을까? 아름다운 사람인 것 같았다.

"저기, 이걸 쓰세요."

"고마워요. 잘 쓸게요."

카나가 내민 수건을 여성이 받았다. 그녀의 시선이 공손히 앉아 있는 쿠로이 씨에게로 빨려들었다.

"어머 고양이가 귀여워라. 여기서 키우는 거예요?"

"키우는 건 아닌 것 같은데 곧잘 머물곤 해요."

"비를 피할 곳이 있어서 잘됐구나―."

쿠로이 씨는 꼬리를 휘릭 흔들고는 여성에게서 숨듯 수납대 뒤쪽으로 도망쳤다. 갑자기 손님이 다가와서 놀랐는지도 모르겠다.

그리고 점주인 미츠루는 이미 카운터 안에 들어갔다. 아마 허브티를 끓이고 있겠지.

여성은 소파에 앉더니 비즈가 달린 파티백을 무릎 위에 올려뒀다.

"당신, 이름은 뭔가요?"

"나카나이 카나입니다."

"어머, 이름 좋네요. 어떤 한자를 쓰죠?"

"으음, 카는 사람인변에 흙토 자가 두 개 쌓인 글자(佳)이고, 나는 도시 나라의 나(奈)입니다.”

“근사하네요. 카나 씨는 여기서 일해요? 아르바이트?”

“네. 대학교 강의가 없으면 이 가게에 와요. 아르바이트라고 해야 하나, 조수라고 해야 하나.”

질문이 연거푸 쏟아지자 카나는 조금 당황했다. 방금 전에 미츠루와 나눴던 대화와는 정반대로 이번에는 상대가 송구를 멈추지 않았다.

“이 가게, 분위기가 참 좋네요. 나도 학생이었다면 아르바이트를 했을지도. 아, 이름을 밝히는 걸 잊었네요. 내 이름은 스즈키 후미카입니다. 문장의 문(文) 자에, 향수의 향(香) 자를 써요. 두 달 전까지는 보험 영업을 했는데 지금은 관두고서 이직 활동 중이에요. 그래서 뭐, 까놓고 말하자면 백수죠. 좋게 말하면 충전 기간 중.”

“그렇군요…….”

“계속 서 있으면 대화하기가 어렵잖아요. 앉아요, 앉아.”

속사포처럼 터져 나오는 말에 압도당하면서도 카나는 후미카의 정면 소파에 앉았다. 그러는 사이에 미츠루가 쟁반을 들고서 이쪽으로 돌아왔다. 찻잔 가장자리를 따라서 감돌던 김이 공기 속에서 길게 피어올랐다.

“향이 좋네요, 서비스?”

후미카가 앉은 채로 자세를 고쳤다. 미츠루는 당연하다는 듯 카나 옆에 앉더니 사람들 앞에 각각 잔을 내려뒀다.

“손님의 입에 맞으면 좋겠는데.”

“비가 내려서 몸이 좀 식었어요. 근사한 가게네, 여기.”

후미카가 우후후, 하고 고상한 웃음을 흘리고는 잔에 입을 댔다.

투명한 노란색 액체 표면에 장미잎이 떠 있고, 바닥에는 별사탕이 가라앉아 있었다. 카나가 스푼으로 휘젓자 별 모양 사탕이 노란색 바다 속에서 빙글빙글 춤췄다.

"저기, 후미카 씨는 결혼식에서 돌아오시는 길인가요?"

"그래요. 6월의 신부는 행복하다는 말이 있긴 하지만, 비 내리는 날에 결혼식이라니 성가시네요. 애써 매만진 머리도 다 헝클어졌고. 게다가 말이죠. 오늘 결혼식은 답례품이 최악이었는데…… 이걸 좀 봐요. 신랑신부의 사진이 들어간 접시라니. 언제 적 센스인지 모르겠다니까요?"

후미카가 들고 온 봉투에서 꺼낸 상자에는 하얀 접시가 한 장 들어 있었다. 그 중앙에는 예복 차림으로 찍힌 부부 사진이 인쇄되어 있었다. 온화하게 생긴 남성과 작은 동물을 연상케 하는 자그마한 여성이 행복을 곱씹듯 수줍은 얼굴로 이쪽을 보고 있었다. 차분한 분위기가 감도는 잘 어울리는 부부였다.

"이런 건 무난하게 카탈로그에서 고르거나, 음식으로 주는 편이 더 나은데."

"그런가요?"

"카나 씨는 나이가 나이이니 아직 결혼식 같은 행사에 참석해 본 적이 없나요? 난 맨날 축의금을 건네는 쪽이라서 지출이 줄어들 새가 없어요. 결혼이 끝나면 다음에는 출산 축하 러시. 시간이 아무리 지나도 돌아오는 게 없어요."

후미카는 뺨에 손을 대고는 과장되게 한숨을 내뱉었다. 그녀가 눈을 내리뜰 때마다 눈꺼풀에 칠해진 파란색 아이섀도가 반짝반짝 빛났다. 눈 가장자리는 짙고 눈썹에 가까울수록 옅었다. 경계선이 없는 매끈한 그라데이션이 그녀의 외모를 세련된 성인 여성으로 보이게 했다.

"정말로 말이 많군."

미츠루가 기가 막힌다는 얼굴로 어깨를 들먹였다.

"그래요?"

후미카가 고개를 살짝 갸웃거렸다.

"오히려 당신이야말로 말수가 적은 편 아닌가요? 아, 이름은 뭔가요? 카나 씨한테는 자기소개를 했는데, 저는 스즈키 후미카. 문조(文鳥)의 문 자에 향료의 향 자를 쓰는데—."

"아까 들었어."

후미카의 말을 가로막듯 미츠루가 한쪽 손을 들어 허공에서 저었다.

"난 여기 점주야."

"이름은 뭔가요?"

"손님이 알 필요는 없지."

"어머, 이름은 상대를 아는 데 필요해요. 이름은 이 세계에 태어나면서 처음으로 붙은 상표잖아요? 그 사람이 자신의 이름을 어떻게 대하는지 알 수 있다면 그만큼 상대를 더 깊이 이해할 수 있죠."

미츠루가 째려봤지만 후미카는 웃음을 거두지 않았다. 카나는 긴장감을 참지 못하고 찻잔 속 내용물을 입 안에 흘려 넣었다. 알싸하면서도 풋내가 뒤에 남는 맛이었다.

이윽고 체념한 표정으로 미츠루가 자신의 이름을 밝혔다.

"미츠루."

"한자는 뭔가요?"

"더는 알 필요 없잖아? 가게에서 거래를 할 뿐이니 그것까지 알 필요는 없어."

"확실히 그러네요. 그럼 미츠루 씨, 단도직입으로 이 가게가 어떤 곳인지 설명해줄 수 있을까요? 꿈속에서 이 가게를 소개받았는데 설마 정말로 있을 줄은 몰랐거든요. 솔직히 말해서 지금도 조금 동요하고 있어요."

"그렇게는 안 보이는데요."

카나가 무심코 솔직한 감상을 밝히자 후미카의 두 눈이 호를 그렸다.

"어머 그래? 성인이 되면 연기에 능해지나 봐요."

"꿈에서 초대를 받았으니 이 가게가 인정한 정식 손님이야. 이 가게는 평행 세계의 교차점. 난『자기만족을 파는 가게』라고 부르지만."

그러고는 미츠루는 평소처럼 가게 설명을 했다. 기적을 일으키려면 대가가 필요하다는 점, 바라는 상대와 만날 수는 있으나 이 세계의 사람이 아니라 평행 세계의 주민만으로 한정되어 있다는 점.

"재밌는 발상이네요. 평행 세계라니."

후미카의 말투에서는 왠지 빈정거리는 울림이 담겨 있었다. 여태껏 겪어왔던 손님과 비교하여 열의나 필사적인 태도가 명백히 다른 듯했다.

"조건에 납득했다면 계약서에 서명해줘."

미츠루가 말하자 후미카 앞에 계약서 한 장이 출현했다. 기적에 관한 계약서였다. 갑이니 을이니 적혀 있는 문장들을 훑어보고서 후미카가 등받이에 몸을 기댔다.

"서명 안 할 건가?"

"보통은 계약서에 쉽게 서명하면 안 되잖아요? 연대 보증 계약서면 큰일 나잖아요? 혹은 당신이 사기를 치고 있을 가능성도 배제할 수 없고요."

"이 계약서는 내가 꺼낸 게 아니라 가게의 의지에 따라 저절로 솟아난 거야. 아무리 내가 계약서를 꺼내고 싶더라도 가게가 인정하지 않는 한 나오지 않아."

"입으로야 뭐든 말할 수 있죠. 의심을 하는 게 보통이라고 생각하는데."

"마음에 들지 않는다면 돌아가도 좋아."

"그렇게 시비를 걸 필요는 없잖아요? 저를 자극해서 서명시켜야만 하는 이유라도 있나요?"

"딱히, 순조롭게 진행되어야 편하니까. 이유는 그뿐."

"그쪽 사정 때문에?"

"그런데?"

"음— 납득할 수 없어요."

"뭐?"

미츠루가 안경을 고쳐 썼다. 그러고는 습기 때문에 평소보다 더 달라붙는 검은 머리카락 끝을 홱 잡아당겼다.

"뭐가 납득할 수 없다는 거야?"

"저만 과하게 이득을 보잖아요? 추억의 물건을 건네기만 하면 기적이 일어난다니 이런 먹음직스러운 계약을 믿어도 될까 싶어서요."

"손님이 득을 보니 상관없잖아?"

"그럼 이 가게는 무엇 때문에 존재하죠? 부자의 심심풀이? 아니면 봉사 활동?"

미츠루가 이맛살을 찡그리고는 대놓고 입을 일그러뜨렸다.

"가스 빼기."

"가스 빼기?"

"이 세계 말이야. 사람이 무언가에 지나치게 집착하면 세계 그 자체를 왜곡시켜. 그런 녀석들이 이 가게에 와서 다른 세계의 누군가와 만나 어떤 형태로든 매듭을 짓고서 현실로 돌아오지. 꿈에서 이 가게에 초대를 받은 손님은 방치했다가는 세계의 균형을 무너뜨릴 수도 있는 존재야. 난 그저 그걸 관리할 뿐."

"저, 그렇게 집착이 강한 여자로 보이나요?"

"보이든 말든 아무 상관없어. 다만 실제로 손님은 어떤 수단을 동원해서든 만나고 싶어 하는 상대가 있을 터. 그렇지 않다면 꿈속에서 이 가게를 봤을 리가 없어."

카나는 두 사람의 대화를 조용히 지켜봤다. 지금껏 『Kassiopeia』에 여러 손님들이 왔지만, 이런 식으로 핵심을 추궁했던 사람은 없었다.

더 질문해줬으면 좋겠다는 마음을 담아서 카나는 후미카 쪽을 쳐다봤다. 그러나 그녀는 미츠루의 대답에 어느 정도 만족한 눈치였다.

그녀는 어느새 테이블에 출현한 펜을 들고서 그 끝을 휘리릭 돌렸다.

"여기에 서명하면 돼요?"

"그래, 이름이면 충분해."

종이에 사락사락 적힌 글씨는 둥그스름해서 귀여웠다. 어른스러운 외모와 갭이 있어서 무심코 호감이 들었다.

"대가는 그 상대와 관련됐고, 감정이 가장 많이 담긴 물건이야."

"그럼 이거겠네요."

후미카는 당장 자신의 왼손 약지에서 은색 반지를 빼냈다.

"자."

그녀가 손가락으로 집어서 내밀자 카나는 황급히 두 손을 모아 접시처럼 만들었다. 카나의 손바닥 위에 아무렇게나 놓인 그 반지는 별을 연상케 하는 작은 보석이 박혀 있는 심플한 디자인이었다.

"대가를 잊어버리면 곤란하니 먼저 받으세요. 마음에 든다면 카나 씨가 가져도 좋아요."

"아, 마음에 들고 안 들고를 떠나서 저기……."

"아아, 가격이 마음에 걸리나요? 애인이 준 물건이긴 한데, 썩 대단찮은 건 아니에요. 한 5만 엔쯤 하려나?"

"아뇨, 가격이 마음에 걸리는 게 아니라."

"아, 모르는 여자가 썼던 물건이니 당연히 싫겠네요. 저도 인터넷 경매에 올릴지 말지 고민했어요. 하지만 역시 오늘까지는 끼자고 생각했죠. 이렇게 써먹을 수 있으니 마침 잘됐네요."

그녀가 생긋 웃자 카나는 입을 가볍게 다물었다.

반지 안쪽에는 네 자리 숫자가 새겨져 있었다. 아마도 1년 전 서력(西曆)을 가리키는 듯했다.

"그럼 손님은 조수한테 추억의 장소에서 추억 이야기를 해줘."

"전 지금 일을 하지 않아서 언제든지 괜찮지만, 카나 씨는 대학교에 다니잖아요? 그렇게 갑자기 일정을 잡아도 괜찮겠어요?"

"괜찮습니다. 내일은 강의가 15시까지 있어서 그 이후라면."

"그럼 둘이서 데이트네요. 저, 해변공원에 가고 싶어요. 멋 부리고 나올 테니 카나 씨도 귀엽게 나와요."

"귀여운 복장……."

난도가 높은 주문에 당황했다. 옆에 앉은 미츠루를 보니 그는 눈길을 돌리고서 「뭘 입든 상관없잖아」 하고 퉁명스럽게 말했다.

"내일 24시까지 이 가게에 와줘. 대가는 이미 받았으니 몸만 와도 돼."

"정말로 그거면 돼요? 돈은?"

"필요 없어. 이 가게에서 돈벌이를 할 생각은 아무도 하질 않으니까."

"미츠루 씨는 상당히 훌륭하네요. 세상을 위해서 일하다니 저라면 절대로 불가능."

"대단하다느니 별로라느니 그렇게 평가할 수 있는 문제가 아냐. 어쩔 수 없이 하고 있을 뿐인지라."

"그렇다고 해도 자신의 역할을 다하고 있는 사람이 훌륭하다는 사실은 변함없잖아요. 젊었을 적에는 아무나 할 수 있는 일은 하고 싶지 않다고 생각했는데, 어른이 되고 보니 아무나 할 수 있는 일을 성실히 해주는 사람이 얼마나 고마운지 깨닫게 됐죠."

뒷부분은 미츠루 씨가 아닌 자기 자신에게 하는 혼잣말처럼 들렸다. 후미카는 일어서서 손가락 끝으로 원피스 자락을 털었다. 속이 들여다보이는 천에서 예쁜 쇄골이 도드라졌다.

후미카는 검은 케이프를 걸치고서 발치에 놔뒀던 답례용 선물이

든 종이봉투를 팔에 걸었다. 파란색 펌프스는 높이가 6센티미터는 되는 듯했다. 그녀가 발을 내딛을 때마다 경쾌한 소리가 울렸다.

"그럼 카나 씨, 내일 역 북쪽 개표구에서 16시에 봐요."

"예, 지각하지 않도록 조심할게요."

후미카가 문을 열자 도어벨이 딸랑딸랑 울렸다. 그녀가 처마 아래에 놓인 우산꽂이에서 자신의 우산을 들었다. 버튼식 투명한 비닐 우산은 한 번의 터치만으로 간단히 펼쳐졌다. 척 봐도 싸구려인 그 우산은 멋지게 차려입은 후미카와는 어울리지 않았다.

투명한 비닐우산 너머에서 성인 여성이 미소를 지었다.

"내일 또 만나요."

후미카는 손을 살랑 흔들고서 가게를 떠났다. 멀어져가는 그녀의 뒷모습은 가녀렸다. 카나가 눈을 깜빡하는 사이에 어둑한 밤공기 속으로 녹아들 것만 같았다.

일정한 간격으로 쭉 늘어서 있는 가로등들이 아스팔트로 포장된 도로에 몽환적인 빛을 뿌렸다. 처마 끝에 매달린 행잉 바스켓에서 흘러넘친 덩굴에 작은 잎들이 매달려 있었다. 처마에서 뚝뚝 떨어지는 물방울이 얇은 잎맥을 따라 미끄러졌다.

"뭘 멍하니 있는 거야?"

계속해서 우두커니 서 있는 카나가 이상하게 보였는지 미츠루가 이쪽으로 걸어왔다. 터벅터벅 걸어오는 발소리에 카나는 황급히 문을 닫았다.

"미안해요. 그냥 바깥 풍경을 보고 있었어요."

"흐—음."

미츠루는 카나와 세 걸음쯤 떨어진 위치에서 멈춘 뒤 거추장스럽다는 듯 검은 머리카락을 마구 헝클었다. 주름투성이 셔츠를 보니 두 번째 단추가 떨어질락 말락 했다.

"그러고 보니 아까 그 반지를 넘겨줘. 상자에 넣어둬야지."

"앗."

오른쪽 손바닥에서 금속이 파고드는 감촉이 느껴졌다. 반지를 줄곧 움켜쥐고 있었음을 깨달았다.

후미카는 이 반지를 왼손 약지에서 빼냈다. 그렇다면 이것은 약혼반지일까?

"왜 그래? 그 대가를 갖고 싶어졌어?"

"그런 건 아니고, 후미카 씨가 어떤 심정으로 이 반지를 제게 넘겼을까 궁금해서요."

카나는 미츠루 옆을 지나 소파로 이동했다. 방금 전까지 후미카가 앉아 있던 소파에 걸터앉으니 달콤한 월하향의 잔향이 풍겼다.

미츠루는 탄식을 뱉고서 카나의 정면에 있는 소파에 앉았다. 테이블 위에는 찻잔 세 개가 남아 있었다. 후미카가 입을 댔던 컵 테두리에는 붉은 립스틱 자국이 희미하게 남아 있었다.

"저기, 줄곧 말하지 못했는데요."

"뭐야."

"저, 처음에 왔을 때 이 가게가 낯이 익었어요."

"네가 착각한 거 아냐?"

"그건……."

아니라고 단언하기에는 시간이 너무 많이 흘렀다. 그 기억을 가장

의심하는 사람은 카나 본인이었다.

"마리랑 이 가게에 왔을 때 온 적이 있는 것 같다는 느낌을 받았어요. 열차에 적힌 『Kassiopeia』라는 글자도 기억했고요. 근데 전에 어떻게 이 가게에 왔느냐고 묻는다면 모른다고 해야 할까요? 그 부분이 모호하다고 해야 할까."

"단순한 기시감이겠지. 뇌의 정보처리의 문제야."

미츠루가 화제를 얼렁뚱땅 넘기려고 하자 카나가 째려봤다.

"그럴 리 없어요. 그래서 전 생각했어요. 전 꿈속에서 이곳에 오지 않았을까……."

"……."

"이 세계에서 료를 기억하는 사람은 미츠루 씨밖에 없다는 것과 제가 이 가게에 온 것은 무슨 관계가 있나요?"

카나는 결코 시선을 돌리지 않도록 양쪽 눈 근육에 힘을 줬다. 미츠루는 목덜미에 손을 대고는 난폭하게 비볐다. 체념했는지 그 입에서 큰 한숨이 새어 나왔다.

"솔직히 말해서 몰라."

"모른다?"

"이 가게에는 손님 말고는 누구도 들어올 수 없도록 되어 있어. 그런데 너는 꿈에서 초대받지 않았는데도 이 가게에 들어왔지. 비정상적인 일이야, 정말로."

"저 같은 사람이 지금까지 없었나요?"

"적어도 내가 파수꾼이 된 이후에는 없었어. 차라리 네가 손님이 되어준다면 얘기가 빠를 텐데 말이야. 바라는 상대와 만나서 그대로 이 가게에 관한 기억을 지워버리는 게 가장 좋아."

"하지만 이 가게에서 료와 만나게 해주지 않을 거잖아요?"

"불가능하니까. 안 되는 걸 된다고 말할 수는 없어."

"어째서인가요?"

카나가 묻자 미츠루의 표정이 평소와 달리 굳어졌다. 그 목소리에서 빈정거리는 기색이 싹 가셨다.

"그 녀석은 잊어버려."

만약에 그 목소리에 조금이라도 악의가 담겨 있었다면 카나도 평소처럼 반론했겠지. 그러나 검은 머리 아래에 엿보이는 그의 눈빛은 너무나도 진지했다.

미츠루가 팔을 뻗어 카나의 손목을 잡았다. 손가락에 힘이 별로 실리지 않아서 거의 아프지 않았다.

"너는 열심히 했어. 설령 없어져버린 사람을 잊더라도 아무도 탓하지 않아."

"어째서 지금 그런 말을 하는 거죠?"

미츠루의 손이 한순간 카나의 손에 포개졌다. 그의 손가락이 구부러지더니 카나에게서 반지를 살며시 빼앗아갔다.

"들인 시간이 흔한 것을 소중한 것으로 바꾸는 거야."

"『어린 왕자』네요."

"없어져버린 장미에 집착하여 불행해질 바에야 새로운 장미를 찾으면 돼. 시간을 또 들여서 특별한 장미로 가꾸면 돼. 네게는 미래가 있으니까."

나와 달리……. 머릿속에서 그 말이 저절로 덧붙여졌다. 목이 뜨거워지더니 꾹 죄어들었다. 정신을 놓으면 오열이 새어 나올 것 같아서 카나는 입술을 지그시 깨물었다. 앞니가 아랫입술에 살짝 파고들었다. 송곳니처럼 세우면 피가 나올 것 같았다.

미츠루는 어디선가 보물함을 꺼내 평상시처럼 반지를 안에 넣었다. 정중한 손놀림으로 뚜껑을 닫고서 단단히 잠갔다.

"난 네가 행복해졌으면 좋겠어."

절실한 목소리였다. 빗소리가 울리는 실내에서 그의 말이 데구루루 떨어졌다. 보물함은 이미 잠기고 말았다. 카나는 이제 그 안에 담긴 내용물을 만질 수 없었다.

"어떻게 행복해질 수 있겠어요."

입에 담을 생각이 없었던 말이 목 틈새에서 스르륵 빠져나왔다. 시야가 축축하게 젖을 것 같아서 카나는 눈을 질끈 감았다.

"료가 없는데 저만 행복해지라니 무리예요."

"그렇지 않아."

미츠루의 입가가 풀어지는 게 보였다. 체념이 밴 미소였다. 그의 눈가에 주름이 팍 졌다. 눈썹이 살짝 내려갔다. 손등에는 파란색 혈관이 살짝 불거졌다. 그 모든 것이 어째선지 료와 겹쳐졌다.

"그 녀석도, 네가 행복해지길 바라고 있어."

그렇게, 미츠루는 말했다. 위로가 가득 담긴 목소리였다.

스마트폰으로 대학교 안내서를 보니 강의 내용이 빼곡히 적혀 있었다. 대학교를 졸업하는 데 필요한 단위 수는 처음부터 정해져 있고, 이 숫자를 채우지 않으면 졸업할 수 없다. 그리고 문학부 세미나 활동을 통해 졸업논문도 필수로 제출해야 한다. 카나도 내년에 4학년이 된다. 논문 주제를 여러모로 고민해야만 했다.

침대에 드러누워 두 다리를 천장을 향해 올렸다. 료와 사건 뒤부터 다리가 붓지 않았는지 신경 쓰게 됐다. 이렇게 매일 자기 전에 다리를 들어 올리는 습관이 생겼다. 근육이 부족하기에 금세 허벅지가 떨리기 시작해서 벽에 발끝을 댔다. 힘이 없어서 다리조차 자신의 힘으로 지탱하질 못했다.

장래.

그 단어가 머릿속에서 깜빡였던 이유는 오늘 미나토와 대화를 나눴기 때문인지도 모르고, 어쩌면 미츠루가 던진 말 때문일지도 모른다. 카나는 이내 옆에 놔뒀던 스마트폰을 들고는 검색 엔진에 문자를 입력했다.

「연인, 줄곧 좋아한다, 장래」라고 검색.

검색 결과에는 질문 사이트의 문답과 연애상담소의 칼럼 기사 등이 쭉 나열되어 있었다. 그중 하나를 선택하자 낯선 누군가의 불안이 화면 가득히 표시됐다.

[Q 20대 초반 여성입니다. 동거하던 남자친구가 갑자기 짐을 꾸려서 나가버렸습니다. 공통된 지인들한테 연락을 돌려봤는데 종적을 알 수가 없습니다. 장래 약속을 확실히 해둔 것은 아니지만, 언젠가 아이가 있었으면 좋겠다는 얘기도 둘이서 나눈 적이 있습니다. 전 차인 걸까요? 줄곧 좋아했던 상대였는데 어쩌면 좋을지 모르겠습니다. 하루 종일 울고 있습니다.]

네 건의 대답이 올라와 있었다.

[A 버림을 받았네요. 그딴 남자는 빨리 잊어야죠.]

[A 애당초 결혼할 생각이 없었겠지. 처음부터 이용당했을 뿐.]

[A 남녀 사이는 그런 겁니다. 아직 젊으니 다음 인연을 찾죠!]

[A 아주 행복했군요. 질문자님의 심정을 생각하니 마음이 아파옵니다. 없어져버린 남친한테도 어떤 사정이 있었을지도 모릅니다. 당신을 위해서 물러섰는지도. 좋아한다는 감정을 억지로 없애는 건 어려우니 우선은 냉정하게 자신의 감정과 한번 마주해 보세요. 갑자기 없어져버리면 그만큼 미련이 샘솟아서 상대를 더욱 특별하게 여기기 마련입니다. 다른 답변자님들이 말했듯이 그가 아닌 다른 남자한테 눈길을 돌리는 것을 추천합니다.]

답변 아래에 질문자의 글이 적혀 있었다.

[답변해주신 모든 분들께 감사드립니다. 하지만 제 마음에 와닿았기에 이 답변을 BA로 선택하겠습니다. 괴로워서 잠 못 드는 나날이 이어졌지만, 최근에 새로운 사람이 생겼습니다. 없어져버린 그를 잊게 할 만큼 소중히 대해주겠다고 말해줬습니다. 지금 행복해요!]

느낌표가 참 천진난만하게 보였다. 그 글에 딸린 날짜를 보니 4년 전을 가리켰다.

카나는 어깨 힘이 쭉 빠져서 침대에 스마트폰을 떨어뜨렸다. 이게 뭐야? 행복하다고 말하지 마, 하고 익명의 사람에게 푸념을 내뱉을 뻔했다.

눈꺼풀을 감고서 침대 위에서 몸을 동그랗게 말았다. 오른손 안쪽에 미츠루에게 닿았던 감각이 되살아났다. 피부를 통해 전해진 그의 낮은 체온이 카나의 손바닥에 미끄러져갔다.

심장이 세차게 한 번 콩닥 뛰었다. 파자마 옷깃을 잡아당기고는 쇄골의 움푹 들어간 지점에 손톱을 가볍게 세웠다. 그럼에도 고통이 누그러지지 않아서 카나는 몸을 더더욱 동그랗게 말았다. 심장이 아팠다. 두근거렸다.

그때 침대 옆 협탁에서 종이가 찢어지는 소리가 들렸다. 화들짝 놀라 고개를 드니 과자 상자가 터졌다. 안에 넣어뒀던 〈씨앗〉이 비좁아진 상자를 뚫고서 옆으로 삐져나왔다. 유리를 연상케 하는 삐죽삐죽이 계속 박동하는 게 보였다. 마치 생명체 같다고 생각하면서 카나는 손으로 잡아서 앞으로 가져갔다.

지금까지도 〈씨앗〉은 나날이 커져갔다. 그러나 요즘에는 성장 속도가 부쩍 빨라져서 지금은 카나가 한 손으로 쥘 수 있을 만큼 커졌다. 미츠루에게 언제까지고 계속 숨길 수는 없겠지. 카나가 그렇게 생각한 순간, 〈씨앗〉이 크게 박동했다. 크기가 방금 전보다 조금 커진 것 같았다.

"……혹시 트리거가 미츠루 씨?"

카나의 혼잣말에 호응하듯 손안에서 〈씨앗〉이 부르르 떨렸다.

이튿날은 드물게 쾌청했다. 뉴스에서 「오랜만에 우산이 필요 없는 하루가 되겠네요」 하고 일기도를 가리키며 기쁘게 말했다.

후미카 옆에 나란히 서려면 나름 화려하게 꾸밀 필요가 있겠다 싶어서 옷장에 걸려 있는 원피스들을 죄다 꺼내서 이리저리 음미했다. 료와 데이트를 할 때도 물론 옷차림에 신경을 쓰지만, 여자와 함께 놀러 갈 때는 다른 신경을 쓰는 것 같은 느낌이었다. 판에 박힌 귀여운 여자보다는 센스 좋은 여자로 인식되고 싶었다.

결국 카나는 황록색 원피스를 골랐다. 커다란 장미 무늬가 박혀서 커튼 같다고 엄마가 말한 적이 있었다. 돌아가신 할머니가 대학교 입학 축하선물로 사줬던 조금 값비싼 원피스였다.

브라운 펌프스를 신고서 스마트폰과 지갑과 티슈밖에 들어가지 않는 자그마한 플랩백을 한손에 들었다. 이토록 한껏 멋을 부린 것은 크리스마스에 료와 함께 야경이 보이는 레스토랑에 갔던 이후로 처음이었다. 즉, 반년 전 이야기였다.

고데기로 만 머리를 손가락으로 돌리면서 해변공원 인근 역 개표구에서 후미카를 기다렸다. 카나는 약속시간 10분 전에 도착했고, 후미카는 5분 후에 왔다. 종종걸음으로 다가온 후미카는 새하얀 원피스를 입고 있었다. 몸매가 훤히 부각되는 7부 소매 디자인으로, 무릎 부근이 훤히 비쳤다. 머리는 느슨한 시뇽 스타일인데 옆으로 땋아 올렸다. 치장하는 데 품이 많이 들었음을 한눈에 알 수 있었다. 실은 지금 친구 결혼식에 참석해야 한다고 말하더라도 납득할 만한 모양새이었다.

"어머, 원피스가 예쁘네요. 카나 씨의 분위기랑 잘 어울려요. 아주 근사해, 정말로 귀여워요."

후미카가 입을 열자마자 솔직하게 칭찬해줬다. 빈말임을 알면서도 이런 식으로 정면에서 칭찬을 받으니 기뻤다. 붉어진 뺨을 두 손으로 누르듯 가리면서 카나는 「감사합니다」 하고 간신히 감사를 표했다.

해변공원으로 가는 동안에도 후미카는 계속 말했다. 날씨 이야기와 좋아하는 탤런트, 예전에 가본 적이 있는 맛있는 프렌치 레스토랑, 인터넷에서 구입했던 화장품까지. 그녀의 화젯거리는 종잡을 수 없었지만, 에너지가 가득 넘쳤다. 카나가 조금 건성으로 말장구를 치더라도 거의 괘념치 않았다.

어제 후미카는 보험 영업일을 했다고 했다. 그녀가 손님에게 상품을 파는 모습이 쉬이 상상됐다. 실제로 손님을 상대하는 사람은 모두 비슷한 말투를 구사한다. 시원시원 또박또박. 자신의 감정이 읽히지 않도록 감추면서 상대의 기분을 북돋으려고 한다.

"카나 씨는 대학교에서 무슨 공부를 해요?"

"저기…… 일본 문학이랑 일본 미술인데요."

"그럼 대학교에서 논문 같은 걸 읽느라 힘들겠네요? 저는 대학교에 가지 않아서 대학생 애들이 뭘 하는지 잘 몰라서요."

"논문이나 자료도 읽긴 하지만, 좋아하는 분야라서 힘들다고 생각한 적은 없어요. 그래도 이게 미래에 도움이 될까 싶어서 불안해지곤 해요. 취직하는 데 유리한 분야도 아니고."

"대학교는 그런 지식을 얻고 싶어 하는 사람들이 가는 곳 아닌가요? 실용적인 지식만이 유익하다고 여기는 사회는 너무 팍팍해서 전 싫어요. 카나 씨가 대학교에서 배우는 내용이 설령 취직에는 도움이 되지 않더라도 앞으로 살아가면서 자신이 공부해왔던 것을 의지하는 순간이 올 거예요. 적어도 전 대학교에 진학했으면 좋았겠다, 하고 후회하죠."

"그런가요?"

후회. 이 두 글자는 후미카에게는 어울리지 않았다. 카나가 눈빛을 반짝이자 후미카가 어깨를 가볍게 들먹였다.

"지금은 공부를 제대로 해 보고 싶다고 생각해요. 어렸을 적에는 공부를 강제로 시키잖아요? 그래서 무슨 벌 같은 느낌도 들었지만, 지금은 고마운 시간이었구나 싶어요."

그런가? 스무 살이 넘으면 성인의 관문에 들어선다고 말들 하는데, 카나는 아직도 자신이 성인이라는 실감이 없었다.

카나의 속내를 짐작했는지 후미카가 「카나 씨는 아직 젊어요」 하고 부언했다.

"그럴까요?"

카나는 모호하게 말을 흐렸다. 뭐라고 해야 좋을지 모르겠다.

16시가 지난 해변공원은 아이를 동반한 행락객들로 북적였다. 때마침 장미가 개화한 시기라서 둘이서 꼭 붙어서 걷는 연인들이 여기저기서 보였다. 세심히 가꿔놓은 가드닝 스폿은 결혼사진 촬영장소로도 인기였다.

카나는 자신의 오른손을 내려다봤다. 료와 데이트를 하러 왔을 때 역에서 줄곧 손을 잡고 걸었다. 밤에 통화를 하다가 갑자기 장미를 보러 가자는 이야기가 나왔다. 공원에는 3천 송이의 장미가 심겨 있고, 그 개화 시기는 초여름이었다.

"빨간 장미가 흐드러지게 핀 광경을 보면 말이야. 언제나 『어린 왕자』가 떠올라."

료가 손을 잡은 채로 정겹게 말했다. 그의 갈색 머리카락이 햇빛을 받아 반짝거렸다.

카나는 스니커즈로 땅을 딛고서 심긴 장미들을 쳐다봤다. 품종을 알려주는 플레이트에는『엉클 월터』라고 적혀 있었다.

"난『미녀와 야수』가 떠오르는 것 같아. 디즈니 애니메이션."

"아— 유리 주전자처럼 생긴 데에 담겨 있던 그거?"

"어렸을 적에 말이야. 엄마한테 장미를 갖고 싶다고 했더니 집 탁자에 장식해주셨어. 근데 집에 근사한 꽃병이 없어서 그냥 빈 병에 꽂았어."

"꽃을 집에 장식해 본 적이 없네. 그런 건 밖에서 보는 거라고 생각했어."

"가꾸는 것도 힘드니까."

가시를 두른 장미 덩굴에 카나는 코를 가까이 댔다. 장미잎에서 생화 특유의 싱그러운 냄새가 풍겼다.

"그 원피스 잘 어울려."

료가 말하자 카나는 조용히 미소를 지었다. 할머니가 사줬던 원피스는 평상시 카나였다면 데이트 복장으로 고르지 않았겠지. 반들반들한 황록색 천에 빨간 장미 무늬가 그려져 있다. 고풍스러운 디자인은 카나의 취향이 아니었다. 그러나 할머니는 이 원피스를 대단히 마음에 들어 했다.

병실에서 마지막에 봤던 할머니의 손등에는 굵은 관이 꽂혀 있었다. 파란색 파자마에 가려졌음에도 몸이 상당히 수척하다는 걸 알 수 있었다. 옛날에는 가족들이 포동포동하다고 입을 모아 말했는데, 카나가 철이 들었을 즈음에 할머니는 이미 야위었다.

어렸을 적에 카나는 할머니를 꺼려했다. 젓가락질 등 예의범절에 엄격해서 자주 혼났다. 카나가 눈물을 보이려고 하면 그녀는 꼭 「카나는 울지 않아!」 하고 말했다.

고등학생이 되고 나서는 할머니가 혼을 내지는 않게 됐지만, 카나가 성장했기 때문이라기보다 할머니의 몸에 여러 문제가 벌어졌기 때문인 것 같았다. 쭉 올곧았던 허리는 동그랗게 말렸고, 입원하는 횟수도 늘었다. 할머니는 그 무렵부터 가족들에게 옷을 사주기 시작했다.

카탈로그를 훑어보고서 자신이 좋아하는 옷이 실린 페이지를 발견하면 구석을 접어뒀다. 점찍은 양복에는 빨간색 매직으로 동그라미를 쳤고 가족에게 깜짝 선물했다. 병문안을 왔을 때 자신이 주문했던 옷을 누군가가 입고 있으면 할머니는 몹시 기뻐했다.

이 원피스도 병원에 갈 때 몇 번이나 입었는지 모를 정도였다. 할머니는 만날 때마다 「잘 어울린다」고 똑같은 말만 되풀이했다. 「카나도 벌써 어른이 다 됐구나」 하고.

"1년 전에 할머니가 사줬던 옷이야."

카나는 원피스 자락을 붙잡고서 료에게 내보이듯 흔들었다. 반들반들한 천은 매끈해서 착용감이 좋았다.

카나의 반응을 살피듯 료는 그녀의 옆얼굴을 물끄러미 쳐다보고 있었다. 그 눈썹이 살짝 내려갔다.

"장례식이 지난주였지? 어땠어?"

"전화로 말했잖아? 걱정하지 않아도 괜찮다고."

"그래도 명백히 기운이 없었던걸."

할머니가 돌아가셨다는 부고를 일주일 전에 받았다. 그로부터 친가는 갈팡질팡했다. 할머니는 여든을 넘겼기에 언제 세상을 떠나더라도 이상하지 않다고 전부터 가족끼리 말하곤 했다. 그래도 그녀의 죽음은 충격이었다. 심장이 뻥 뚫려버린 것 같은 기분이었다. 바람이 드나들어 마음의 틈새가 헛헛했다.

"울어도 되는데."

카나의 손을 쥔 료의 손에 힘이 꾹 들어갔다. 피부와 피부가 꼭 달라붙자 서로의 경계선이 흐려졌다.

"왜? 난 울지 않아."

"쭉 참기만 하다 보면 약한 소리를 내뱉는 게 어색해지니까."

"료도 그래?"

"나도 남 앞에서 우는 건 꺼려져. 부모님한테서 남자는 우는 게 아니라는 소릴 누누이 들으며 컸거든."

"우리 할머니의 가르침과는 정반대네."

카나는 이어져 있는 손을 끌어당기고는 료에게 웃음을 내보였다. 그의 어깨 너머로 보이는 하늘은 맑은 파란색으로 가득했다. 누군가가 없더라도 세상은 하나도 바뀌지 않는다. 애써 태연한 척 구는 자기 자신이 그 사실을 증명하는 것 같아서 싫었다.

료는 미간을 찡그리고는 묵묵히 카나의 등에 팔을 둘렀다. 카나는 그의 품속에 순순히 안기고는 그의 어깨에 이마를 댔다. 입술이 떨렸다. 웃는 얼굴을 유지하려고 힘을 바짝 줬는데도 입꼬리가 저절로 내려갔다. 눈시울이 뜨거워지자 그에 반응하여 코 속이 찡 아려왔다.

"역시, 누군가가 없어지니 쓸쓸하네."

겨우 쥐어짜 낸 목소리는 갈라져 있었다. 료가 「응」 하고 차분히 말장구를 쳤다.

료의 그런 상냥한 면모를 좋아했다.

"카나 씨, 뭐 먹고 싶어요?"

후미카의 명료한 목소리가 회상에 빠져 있던 카나를 현실로 되돌렸다. 가게에 들어간 뒤 두 사람은 3층 테라스석으로 안내를 받았다. 투명한 유리 지붕 아래에 흰색 파라솔이 동일한 간격으로 세워져 있었다. 그 전부가 소파 좌석이라서 느긋하게 심신을 쉴 수 있도록 되어 있었다.

경치가 잘 보이도록 후미카는 상석을 카나에게 양보해줬다. 카페 메뉴판에는 케이크 사진들이 쭉 실려 있었다. 후미카는 무화과타르트를 주문했다. 카나는 체리타르트를 골랐다.

따뜻한 차와 타르트가 테이블에 나오자 후미카는 우선 스마트폰으로 사진을 찍었다.

"인스타그램에 올린 건가요?"

카나가 묻자 그녀는 「스스로를 위한 기록용」이라고 마치 비밀을 털어놓는 듯 젠체하는 말투로 말했다.

"타인한테 자랑할 만한 수준에는 못 미치는 소소한 행복을 앨범에 담아주는 거예요. 밤에 혼자서 보면서 이거 맛있었지, 하고 되새기면 재밌지 않겠어요?"

"저도 사진을 보는 건 좋아했는데……."

그럴 작정은 아니었는데 말꼬리가 저절로 기어들었다. 언제부터 앨범을 보는 게 무서워졌을까? 료의 흔적이 소실됐음을 인식할 때마다 낙담하고 만다.

"사진을 좋아했는데 싫어하게 됐나요?"

후미카가 산뜻한 말투로, 그러나 적확하게 카나의 급소를 찔렀다. 카나가 눈을 크게 뜨자 후미카가 조금 득의양양해져 입꼬리를 올렸다. 은색 나이프가 무화과타르트에 파고들었다. 그녀는 한 입 크기로 잘라낸 뒤 포크로 찍었다.

"그런 기분을 저도 느낀 적이 있어요. 좋아했던 남친과의 사진이 헤어진 뒤에는 흑역사가 되기도 하니까. 젊었을 적에는 엄청났죠. 울면서 찢기도 하고, 가스레인지로 태우기도 하고."

"가, 가스레인지."

"젊었을 적 이야기예요, 젊었을 적."

카나의 뺨이 어색하게 굳어지자 후미카가 왠지 재밌어하는 말투로 손사래를 쳤다. 금색 와이어 팔찌가 가느다란 손목에서 흔들렸다.

"후미카 씨는 지금도 젊잖아요?"

"어머, 카나 씨 빈말도 참 잘하네요. 하지만 전 20대 시절보다 지금의 제가 더 마음에 들어요. 인생이 원만하다고 해야 하나? 나이를 먹으니 어느 정도 자기 자신의 윤곽이 또렷해진 기분이 들어요. 제 돈으로 갖고 싶은 걸 사고, 맛있는 걸 먹고, 가고 싶은 델 가고."

"후미카 씨는 근사한 어른 같은 느낌이 풍기네요."

"젊은 애들한테 한창 『나이를 먹어가는 건 최고 캠페인』을 벌이는 중이니 그렇게 보인다면 성공했다고 봐야 할까요?"

"뭔가요, 그 캠페인은."

카나가 말하자 후미카가 테이블 위에서 두 손을 포갰다. 예쁘게 손질된 손톱에 펄이 장식되어 있었다.

"10대 때는 나이를 먹어가는 게 무서웠어요. 그저 숨만 쉬고 있을 뿐 제 가치가 점점 떨어지는 것 같아서……. 근데 사람이 자연스레 나이를 먹으면서 그런 식으로 생각하는 건 정말로 바보 같잖아요? 그래서 즐겁게 살아감으로써 나이를 먹어가는 게 근사하다는 사실을 10대였던 자기 자신한테 증명해볼까 싶어서요."

타르트 위에 수북이 깔린 붉은 체리는 나파주가 발라져 더 휘황하게 빛났다. 포크로 한 알만 떠서 입 안에 넣었다. 어금니로 씹으니 얇은 껍질이 톡 터지는 감촉이 느껴졌다.

후미카는 새끼손가락 끝을 뺨에 대고는 입술을 부드럽게 구부렸다.

"제가 만나고 싶은 사람은, 애인이에요."

애인이라는 두 글자에 가슴이 철렁했다. 어제 받았던 반지의 존재가 뇌리를 스쳤다.

"하지만 그 가게에서 만날 수 있는 건 평행 세계에 사는 사람인데요? 굳이 다른 사람과 만나려는 건가요?"

"다른 인생을 걷고 있는 애인을 보고 싶다는 생각, 이상할까요?"

"이상하진 않지만……."

그저 공감할 수는 없었다. 현 세상에서 애인과 만날 수 있다면 그것만으로도 충분히 행복하지 않을까?

거기까지 생각하다가 카나는 헉했다. 혹시 후미카가 언급한 사람은 더는 만날 수 없는 상대를 가리키는지도 모른다. 미나토가 타이치를 완고하게 소꿉친구라고 계속 불렀듯이 그녀 역시 사망한 상대를 애인이라고 계속 부르는 게 아닐까?

카나의 속마음은 터럭만큼도 알아차리지 못했을 후미카가 왠지 유쾌해하며 목을 떨었다.

"카나 씨는 지금 사귀는 사람 있어요?"

"일단은……."

"그 사람, 혹시 그 점주?"

그 점주? 음성과 말뜻이 맞물리질 않았다. 포크를 움직이던 손이 멈췄다. 후미카는 뺨에 손을 대고서 「근데 그 사람, 반지를 끼고 있었지. 기혼자는 포기하는 편이 나아」하고 지레짐작했다.

"아, 아니에요!"

"아니에요?"

"제 남자친구는 다른 사람이에요. 여러 사정이 있어서 한동안 만나지 못했지만."

"원거리 연애? 뭐, 하지만 요즘 시대에는 SNS 같은 것도 있으니까요."

사실은 그렇지 않지만, 자세히 설명하는 것도 성가셨다.

"그래요."

카나는 그렇게 말을 맞추고서 타르트의 생지 부분을 입에 넣었다.

"남자친구, 이름은 뭐예요?"

"료입니다."

"오호, 무슨 한자를 써요?"

"제갈량의 량(亮) 자를 쓸 텐데요. 저기, 후미카 씨는 왜 이름을 물어볼 때마다 한자까지 함께 묻는 거죠?"

"왜냐면 이름은 한자까지 포함해서 한 세트잖아요. 그 아이의 부모가 어떤 심정으로 지었는지, 유래는 무엇인지 상상해 보는 게 재밌거든요."

아까 전에는 억지로 얼버무렸는데, 미츠루의 이름에는 어떤 한자가 쓰일까? 여태껏 타인의 이름에 무슨 한자가 들어가는지 조금도 흥미가 없었는데, 후미카의 이야기를 들으니 호기심이 무럭무럭 싹텄다.

"후미카 씨의 애인은 어떤 분인가요?"

"이름은 이소즈미, 두 살 연하의 남자예요. 한자가 신기한데, 숫자 오십의 오십(五十)에 서식의 서(棲) 자를 쓰고 이소즈미라고 읽어. 같은 회사 직원이었는데 어쨌든 진지하고 말이 지루한 게 결점이에요. 외모도 촌티를 벗지 못해서 영 이상형이 아니었죠."

"근데 사귀었나요?"

"근데 사귀었어요. 왠지―. 지금까지 화려한 남자하고만 사귀었는데, 결혼을 염두에 둔다면 이런 사람이 좋지 않을까 싶었거든요. 옷차림과 머리 모양에 무신경하지만, 제가 어떻게든 해주면 나아지지 않을까 싶었고. 회사 내규상 사내 연애가 금지돼서 다른 사람들 몰래 사귀기 시작했는데……. 실제로 제 힘으로 꽤 멋있어졌어요. 지금까지는 여자들이 눈길조차 주지 않았다고 했는데, 저랑 사귀게 된 후부터는 인기를 끌게 됐죠."

후미카는 손을 살랑살랑 흔들며 말했다. 그 손짓이 나비처럼 나긋나긋했다. 나이프에 반사된 태양빛 파편이 그녀의 뺨에서 반짝반짝 빛났다.

"이 가게도 1년 전에 이소즈미 씨랑 함께 왔어요. 여기서 반지도 줬고."

"추억이 담긴 반지인데 대가로서 건네도 되나요?"

"괜찮아요."

카나의 나이프가 접시와 달그락 부딪쳤다. 은색 날이 커스터드 부분에 쑤욱 파고들더니 그대로 생지를 두 조각으로 쪼갰다. 타르트를 먹을 때면 꼭 이런다. 말끔하게 썩둑 잘리질 않아서 칠칠치 못한 모습을 내보인다.

"죄송해요."

카나가 바로 사과하자 후미카가 「괜찮아요」 하고 부드럽게 웃었다.

"카나 씨는 지금의 남자친구랑 사귀어서 행복해요?"

"그건……."

카나는 즉답하지 못하고 후미카의 어깨 너머에 펼쳐진 해 질 녘 공원을 내려다봤다. 멀리서 보이는 바다가 오렌지빛으로 물들어갔다. 낮에서 밤으로 이행되어가는 잠깐의 유예, 그 찰나의 아름다움이 그곳에 있었다.

"연애를 할 때면 늘 기분이 즐겁지만은 않은걸요."

"어떻게 해야 좋을지 알 수 없을 때가 있어요. 제 감정조차 어떤지 보이질 않아서 이대로 괜찮을까 불안해지기도 하고. 그래도……."

망설임이 카나의 입을 막았다.

"그래도 추억에 매달리고 있어요."

접시 위에서 볼품없이 쪼개진 타르트 조각은 생지와 크림이 분리되어 있었다. 보석 같은 체리의 밑바닥이 달짝지근한 커스터드크림에 더럽혀졌다.

후미카는 종이 냅킨을 집어서 우아하게 입가를 닦았다. 하얀 종이 구석에 붉은 립스틱 자국이 남았다.

"그래도 되지 않을까요? 엉망진창이 되더라도, 비참해지더라도, 도저히 상대를 잊을 수 없다. 이대로는 행복해질 수 없다는 걸 알면서도 상대한테 집착하고 만다. 연애란 그런 거겠죠."

"그럴까요?"

"적어도 제게는 그래요. 피곤하고, 싫어지는 때도 있어요. 돈을 벌 힘은 있고, 스스로 살아갈 수 있다는 것도 알아요. 그래도 그렇기에 쭉 함께 하고 싶은 상대가 생긴다면 놓쳐서는 안 돼요. 앞으로 인생을 살면서 그런 상대와 두 번 다시 만날 수 없을지도 모르니까요."

새어든 햇빛이 후미카의 날씬한 몸의 윤곽을 희미하게 드러냈다. 속이 비치는 하얀 원피스는 웨딩드레스를 연상케 했다. 백어(白魚) 같은 그녀의 왼손 약지에는 아무것도 끼워져 있지 않았다.

"후미카 씨는 그 이소즈미 씨 말고 결혼하고 싶다고 생각했던 상대가 있었나요?"

"그야 물론이죠. 제가 결혼하고 싶다고 재촉했더니 상대가 꺼리는 패턴도 있고. 반대로 상대가 끈질기게 결혼해달라고 재촉해서 싫어졌던 패턴도 있어요."

"그럼 그때 결혼할 걸 그랬다고 생각했던 적도 있나요?"

"없어요."

즉답이었다. 담백한 대답을 들으니 어째선지 마음이 후련해졌다.

"왜냐면 다른 사람이랑 결혼하면 지금의 전 여기에 없는 거잖아요? 저는, 사람이란 선택이 켜켜이 쌓여서 만들어졌다고 생각해요. 하나라도 다른 무언가를 선택했다면 그건 이미 다른 사람이에요."

"다른 사람……."

"전 지금의 제가 좋아요. 그래서 지금까지 했던 선택도 후회하지 않아요."

그렇게 단언한 후미카에게는 같은 또래 친구에게서는 느껴본 적이 없는 당찬 힘이 있었다. 자기 자신에게 만족하는 사람은 그만큼 강한 파워가 있다.

이런 어른이 되고 싶다고 카나는 생각했다. 순수하게 누군가를 동경한 것은 오랜만이었다.

그 후로 두 사람은 해변공원을 산책하고서 레스토랑에서 저녁을 먹었다. 음주는 피하는 편이 좋지 않을까요? 하고 떠들었으면서도 결국 카나는 와인을 두 잔이나 시켰다. 후미카는 술이 센지 네 잔을 마셔도 안색 하나 바뀌지 않았다.

『Kassiopeia』에 도착한 시각은 24시 15분 전이었다. 거나하게 취한 카나를 보고서 미츠루는 미간을 찡그렸다.

"약하면 술을 마시지 마."

"괜찮아요, 안 취했으니까. 두 잔밖에 안 마셨고요."

"그건 주정뱅이들이 늘 하는 말이잖아."

"자자, 점주 아저씨는 귀여운 카나 씨를 걱정한 거죠?"

후미카가 카나의 두 어깨에 손을 올리고서 미츠루의 얼굴을 들여다봤다. 평소와 다름없이 주름투성이 셔츠를 입은 미츠루는 검은

테 안경 속 눈을 게슴츠레 뜨고서 이쪽을 째려봤다.

"별로 걱정하지 않았어."

"조금 더 솔직해도 좋다고 봐요. 소중한 상대한테는 표현도 소중히 잘 골라야 해요."

"……그보다 손님은 준비가 다 됐어?

"물론이죠."

미츠루가 대놓고 얼버무리자 후미카는 추궁하지 않았다. 미츠루는 가게 안쪽을 턱으로 가리키고는「슬슬 시간이 됐군」하고 신음하듯 말했다.

쿠로이 씨는 바닥에 엎드린 채로 졸린 눈을 끔뻑거렸다. 카나가 쪼그려 앉아 턱을 만져주자 쿠로이 씨가 기분 좋은지 실눈을 지었다.

"다녀올게."

그렇게 인사했지만 쿠로이 씨는 엎드려 있기만 했다.

카운터 옆에 있는 식물 코너를 지나 세 사람은 가게 안쪽에 이르렀다. 문손잡이에 손을 대고서 미츠루가 괘종시계를 힐끗 봤다. 긴 바늘과 짧은바늘이 겹쳐지면서 자정을 알리는 종이 울렸다.

봉, 봉.

반복되는 소리를 끊어내듯 미츠루가 문을 열었다. 그 순간, 세계가 새하얀 빛에 휩싸였다.

발치에 순백의 모래알이 펼쳐졌다. 그곳에 뿌리를 단단히 뻗은 나무들이 바람 없는 공간에서 가지와 잎을 사락사락 흔들고 있었다. 내리쬐는 열기에 카나는 원피스 소매로 목을 훔쳤다. 이마에 번진

땀이 관자놀이를 타고서 뺨 위에 미끄러졌다.

오늘 온실은 휘황하게 밝았다. 손으로 빛을 가리며 후미카는 유리 천장을 올려다봤다.

"엄청난 햇빛이네. 타버릴 것 같아요."

"여긴 파란 세계야."

"그래요? 정글처럼 생겼으니 초록 세계라고 하는 편이 낫지 않나요?"

후미카가 묻자 미츠루는 움직이던 발을 멈췄다. 자욱한 열기 때문인지 뒤를 돌아본 그의 안경 렌즈가 뿌옜다.

"전환하는 타이밍에 파래져."

"전환한다?"

"가게에 철도 모형이 있었지? 각 열차들이 부딪치지 않도록 일정한 타이밍에 레일 경로를 전환하도록 되어 있어. 이 장소는 그와 비슷한 역할을 수행하고 있지. 어떤 계기로 세계가 부서질 것 같으면 운명이 전환돼. 그렇게 모든 세계가 소실되는 걸 막는 거야."

"으—음, 설명을 들어도 운명을 전환한다는 게 어떤 의미인지 모르겠어요."

"손님이 알 필요는 없지."

미츠루가 안경을 벗고서 입고 있는 셔츠의 배 부분으로 렌즈를 닦았다. 다시 투명해졌는지 확인하고서 안경을 다시 썼다.

취기가 돌아서인지 카나의 뇌는 알딸딸했다. 떨어지는 눈꺼풀을 필사적으로 뜨면서 미츠루의 발자국을 눈으로 좇았다. 얕게 파인 그 발자국을 밟으니 간단히 카나의 펌프스 형태로 바뀌었다.

이윽고 세 사람 앞에 거대한 나무가 나타났다. 시작의 나무다. 줄기에 박혀 있는 문을 힐끗 보고서 후미카가 「동화 속 나라 같네」 하고 농담 투로 말했다.

"지금부터 손님은 저 문에 들어간다. 해후의 방에서 손님이 만나고 싶어 하는 상대가 기다리고 있겠지. 얼굴이나 겉모습은 같을지라도 어디까지나 다른 세계의 존재이지만. 상대는 해후의 방에서 겪었던 일을 꿈으로만 인식해."

"그건 다시 말해서 문 너머에서 뭘 하든 현실 세계와는 관계가 없다는 뜻?"

"손님의 현실에서는 말이지. 다만 하나만 약속해. 저쪽에 있는 사물을 절대로 갖고 돌아오지 마. 세계의 이치에서 벗어나게 돼."

"벗어나면 어떻게 돼요?"

"그걸 알려줄 의무는 없지만, 만약에 벗어난다면 손님은 필시 후회하겠지."

"어머 무서워라. 굳이 쓸데없는 짓을 벌여서 불쾌한 일을 겪고 싶진 않은데요?"

후미카가 작은 가죽 가방을 카나에게 내밀었다.

"맡아줄래요?"

그녀가 부탁하자 카나는 순순히 두 팔로 감쌌다. 안에 지갑과 스마트폰 정도밖에 들어있지 않은지 상당히 가벼웠다.

"그럼 갔다 올게요."

후미카는 선선히 말하고서 문 안으로 사라졌다. 미츠루가 이내 문을 닫았다. 경첩이 삐걱거리면서 새끼 쥐의 비명 같은 소리가 울렸다.

새하얀 모래로 구성된 땅바닥 위에서 빛이 어렴풋이 물결쳤다. 낡은 스크린에 투영된 영화처럼 빛바랜 색조의 영상이 바닥에 띄워졌다.

미츠루는 나무 밑동에 한쪽 무릎을 세운 채 앉았다. 그가 「안 앉을 거야?」 하고 묻기 전에 카나는 그 옆에 쪼그려 앉았다. 두 사람 사이에는 거리가 없었지만, 미츠루는 지적하지 않았다.

카나는 가방을 안고 있는 두 팔에 힘을 주고서 땅바닥을 들여다봤다. 후미카의 가방에서는 월하향 향기가 희미하게 풍겼다.

후미카가 들어간 곳은 허름한 부엌이었다. 조명이 일부만 켜졌는지 어둑한 공간에 싱크대만이 붕 떠오른 듯 보였다.

가스레인지 위에는 음식물이 눌어붙은 냄비가 아무렇게나 놓여 있고, 그 안쪽에 달린 불투명 창문을 보니 밤이라는 사실밖에 알 수가 없었다. 작은 선반에는 조미료들이 늘어서 있고, 싱크대에 달린 바구니에는 설거지를 마친 그릇들이 놓여 있었다. 색깔이 다른 접시와 컵들이 각각 두 개씩. 생활감이 넘쳐나는 공간에서 원피스 차림의 후미카는 겉돌았다.

"오지 마!"

어둠 속에서 목소리가 들리자 카나는 응시했다. 자세히 보니 부엌 구석에 남자가 서 있었다. 목욕을 하고 막 나왔는지 머리 위에 수건이 얹혀 있었다. 헐렁한 티셔츠와 반바지를 입고 있는 것으로 보아 저 남자가 집 주인임을 짐작할 수 있었다. 그의 왼팔에는 붕대가 감겨 있었다.

"다가오지 마."

남자가 말하고서 수중에 있던 무언가를 휘둘렀다. 그것이 스마트폰이라는 것을 카나는 몇 초 늦게 알아챘다. 어둠 속에서 길쭉한 블루 라이트가 훤히 보였다. 그곳에는 「110」이라는 전화번호가 표시되어 있었다.

"조금이라도 더 다가오면 신고할 거야."

남자가 그렇게 말하고서 부엌 쪽으로 슬슬 다가갔다. 조명이 그 옆얼굴을 비춘 순간, 카나는 숨을 삼켰다. 그 얼굴을 보니 낯이 익었다. 후미카가 가게에 왔을 때 보여줬던 답례용 접시에 인쇄됐던 신랑이었다.

남자는 노골적으로 경계하는 데 비해 후미카는 제자리에서 깍지만 끼고 있었다. 그녀가 느긋하게 서 있는 모습을 보니 남자의 태도가 우스꽝스럽게 비쳤다.

"이소즈미 씨."

그렇게 후미카가 남자의 이름을 불렀다. 많이 불러본 이름이라는 게 느껴지는 가벼운 목소리였다.

"미쿠 씨는 어딨어? 함께 살잖아?"

"미쿠는 건드리지 마!"

"그렇게 겁먹지 마. 이건 단순한 꿈인데. 아아, 그렇구나. 꿈이라서 미쿠 씨가 없구나. 평소에는 같이 자겠네."

후미카의 입술에서 숨이 후후 흘러나왔다. 비웃음이 담긴 웃음이었다.

그녀의 펌프스가 바닥을 또각또각 두드렸다. 실내인데도 후미카는 신발을 여전히 신고 있었다. 맨발로 서 있는 이소즈미보다 후미카가 머리 위치가 높았다.

"꿈이라니?"

이소즈미는 스마트폰을 쥔 채로 목소리를 쥐어짜 냈다.

"그게 당연하잖아?"

후미카가 어이가 없다는 표정으로 말했다. 그녀가 치장된 손톱으로 그의 왼팔을 가리켰다.

"그 팔, 누구한테 찔렸어?"

"너, 너한테."

"그럼 내가 지금 여기에 있을 리가 없잖아."

"그래. 넌 지금 경찰한테 붙잡혔을 테니."

"그치?"

두 사람의 거리가 가까워졌다. 이소즈미는 뒷걸음질 치다가 그대로 뒤로 쓰러졌다. 그는 꼬부라진 혀를 필사적으로 놀리며 꼼짝도 하지 않는 다리를 어떻게든 일으키려고 했다.

후미카가 무릎을 굽혀 이소즈미와 눈높이를 맞췄다. 그녀가 새끼손가락으로 그의 귓불에 달려 있는 피어싱을 튕겼다.

"이상한 피어싱이네. 미쿠 씨가 준 선물?"

"너하고는 관계없잖아."

"뭐 어때, 알려주면. 이건 단순한 꿈. 이소즈미 씨가 꾸는 악몽이야."

후미카의 손가락이 그의 목을 살며시 매만졌다. 덜덜 떠는 이소즈미의 손에서 스마트폰이 스르르 미끄러졌다. 그의 왼손 약지에는 은색 반지가 확실히 존재했다.

이소즈미가 당황하여 황급히 주우려고 하자 후미카가 먼저 스마트폰을 방구석으로 차버렸다. 스마트폰이 무기질적인 빛을 발하며 바닥에 미끄러졌다.

"얘기를 하자. 나, 그러려고 일부러 여기까지 온 거야."

"할 얘긴 없어."

"그렇지 않잖아? 이런 꿈을 꿀 정도로 내게 죄책감을 품고 있으면서."

"죄책감? 내가?"

"그렇지 않으면 내 꿈을 왜 꾸겠어? 버린 여자의 꿈 따윌."

이소즈미의 목이 꿀렁였다. 아이섀도로 채색된 눈꺼풀이 후미카의 안구를 부드럽게 쓸어내렸다. 새하얀 원피스 자락이 그의 다리에 내려앉았다.

이건 무슨 상황이지? 카나는 영상을 보면서 침을 삼켰다. 후미카가 애인이라고 했던 이소즈미는 그녀에게 찔렸다고 주장했다. 눈앞에 보이는 이소즈미와 이쪽 세계의 이소즈미는 대체 무엇이 다른가?

"저 손님, 살벌하군."

지금껏 가만히 영상을 보기만 했던 미츠루가 기가 찬다는 듯 눈썹 끝을 늘어뜨렸다. 그는 자신의 목덜미에 손을 대고는 하품을 크게 했다. 남 일처럼 여기는 태도에 화가 치밀었다. 카나는 가방을 안고 있는 팔에 힘을 줬다.

"무슨 사정이 있을 거예요. 후미카 씨는 좋은 사람이니까."

"어떻게 그걸 알지?"

"왜냐면 대화를 많이 나눴는걸요. 좋은 사람인지 아닌지 정도는 알 수 있어요."

"좋은 사람이 사람을 찌르기도 하나?"

"그건…… 그건 아마도 무슨 착오일 거예요."

"착오가 아냐. 신문기사에도 실렸잖아."

"신문?"

카나가 고개를 갸웃거리자 미츠루가 한숨을 성대히 내뱉었다. 그는 바지 주머니에서 구깃구깃하게 말린 기사를 끄집어냈다. 신문 일부를 잘라낸 것이었다. 날짜는 이틀 전. 일기예보가 틀리다고 카나가 지적했던 그 신문이었다.

"이튿날에 결혼식을 앞둔 남자가 전 교제 상대한테 찔렸다는 기사야. 현행범으로 체포된 여성의 이름은 스즈키 후미카."

카나는 무심코 미츠루의 손에서 신문기사를 빼앗았다. 작은 기사에는 더 이상의 정보는 실려 있지 않았다. 『회사원』이라는 세 글자가 후미카의 이름 위에 덧붙여져 있을 뿐이었다.

"뭐, 그 기사에 나온 여자는 어디까지나 평행 세계의 사람이고, 여기 있는 손님과는 별개의 인물이긴 하지. 손님 본인은 체포되지 않았고."

"그럼 저 문 너머의 세계에 있는 사람은 다른 세계의 후미카 씨한테 찔렸던 이소즈미 씨라는 말인가요?"

"그런 셈이지. 손님이 남자를 찔렀느냐 안 찔렀느냐에 따라 세계가 분기됐겠지."

카나는 다시 땅바닥으로 시선을 되돌렸다. 후미카가 빈틈이 없는 웃음을 짓고는 손가락으로 이소즈미의 팔을 어루만졌다.

"결혼식 날에 이 원피스를 입고 갈까 했어. 디자인이 근사하지? 이소즈미 씨한테 보여주고 싶어서."

"하얀 옷을 입는 건 매너 위반이야."

"그래서 결국 입고 가지 않았어. 왜냐면 미쿠 씨가 가여운걸. 모처럼 같은 직장의 존경하는 선배를 결혼식에 초대했는데 실은 남편의 불륜 상대였으니. 임신 중인 신혼부부를 괴롭히려니 나 역시 괴롭더라."

그러고 보니 후미카는 레스토랑에서 사내 연애는 금지됐다고 했다. 그래서 모두에게 비밀로 사귀기 시작했다고.

"내가 전부 나쁘다?"

이소즈미의 목소리가 갈려졌다. 그의 이마에 번진 식은땀을 후미카가 손가락으로 떠냈다.

"자기 자신이 잘못했다고 생각하고 있지? 나랑 사귀지 않았다면 미쿠 씨는 이소즈미 씨한테 끌릴 일도 없었을 거야. 아─ 생각만 해도 속이 부글부글 끓어. 『실은 사귀는 애가 임신했어. 나도 남자라서 책임을 져야만 해. 그러니 헤어져줘』라고? 3년을 사귀었던 상대한테 그런 말을 하다니 낯짝도 참 두껍네."

"그건……."

"미쿠 씨한테서 『실은 결혼 퇴사해요』라는 말을 들었을 때 내가 어떤 심정이었는지 알아? 『후미카 선배를 줄곧 좋아했고 존경했습니다. 결혼식에 와주실 수 없을까요?』하고 초대까지 받았다고."

"거절하면 됐잖아. 부하의 결혼식에 불참하는 상사는 얼마든지 있어."

"그건 네가 원하는 바잖아? 당연히 부아가 치밀 거라는 생각은 안 해 봤어? 축의금 3만 엔을 준비할 때는 역시 구역질이 나긴 했지만.

그나저나 왜 돈을 종이로 쌀 때 번거롭게 한자를 써야 하는 건지 모르겠네. 매너는 결국 그걸 아는 쪽이 우위를 점하기 위한 도구에 불과하다는 생각이 들어."

잡담하듯 종잡을 수 없이 바뀌는 화제는 지금 이 분위기와 겉돌고 있었다. 이소즈미가 발하는 긴박감이 좁은 부엌을 가득 채웠다.

"축의금 봉투 얘길 꺼내긴 했지만, 결국 넌 결혼식에 갈 마음 따윈 없었어. 날 찌르고서 체포됐고……. 미쿠는 충격을 받았어."

"내가 너를 찔러서? 아니면 네가 양다리를 걸쳐서?"

"둘 다. 하지만 성심성의껏 설명했더니 알아줬어. 너랑은 달라. 미쿠는 상냥하고 착한 여자야."

그 순간 후미카의 얼굴에서 표정이 쑥 빠져나갔다. 기다란 다리를 뻗어 이소즈미의 왼팔을 짓밟았다. 예리한 핀 힐이 붕대에 파고들자 이소즈미는 비명을 짧게 내질렀다.

"본인의 입맛대로 행동해준 걸 상냥하다고 평가하지 마. 그럼 헤어지자고 했을 때 순순히 받아들였던 난 착한 사람? 널 찔렀던 난 나쁜 사람?"

"아파, 치워줘."

"이건 꿈이라고 했잖아. 너도 다 아니까 반격하지 않는 거야. 이렇게 책망을 받으니 실은 안도하고 있지. 이런 지독한 꿈을 꿀 만큼 내가 마음 아파하고 있다는 걸 아니까."

반론할 여유조차 없는지 이소즈미가 몸부림을 쳤다. 다리를 치우고자 손을 뻗었지만, 힘이 거의 들어가지 않는 듯했다. 발목에 들러붙은 다섯 개의 손가락을 후미카는 손가락 끝만으로 간단히 벗겨냈다.

"일방적으로 스토킹을 당했다고 설명했겠지? 찔렸던 너는 완전히 피해자인 척 행세할 수 있는걸. 이소즈미 씨, 내게 말했지. 후미카는 혼자서도 행복해질 수 있다고."

"그런 의도로 말했던 게 아냐. 오해를 샀다면 미안해."

"아니, 사과할 거 없어. 난 말이야, 확인하러 여기에 온 거야. 몇 번이고 생각했어. 만약에 너를 찔러서 인생을 엉망진창으로 만들었다면 지금쯤 어떻게 됐을까, 하고. 그러나 결국 내가 너를 찌른다면 너는 그 상처를 발판으로 삼을 뿐임을 알았어. 그러니 이제 됐어. 난 너를 찌르질 않길 잘했어. 결혼식에 가길 잘했어. 네가 없는 인생을 선택하길 잘했어."

짓밟았던 발을 떼고서 후미카가 펌프스를 바닥에 내디뎠다. 그녀는 턱을 들어 올리고는 도발적으로 웃었다.

"난, 날 행복하게 할 수 있어."

고개를 올린 채로 이소즈미를 힐끗 내려다본 뒤 후미카는 발걸음을 돌렸다. 그녀는 문에 손을 댄 뒤에 한 번도 돌아보지 않고 좁은 부엌을 뒤로 했다.

카나는 일어서서 돌아온 후미카에게로 달려갔다. 무언가 말해야만 한다고 생각했다. 그러나 적절한 말이 떠오르지 않았다.

카나가 어찌할 바를 모르자 후미카가 미소를 살며시 보냈다. 머리를 느슨하게 묶고 있던 머리끈을 풀고서 그녀가 무언가를 털어내듯 고개를 크게 좌우로 흔들었다.

"이소즈미 씨가 겁먹은 모습을 보고 금세 깨달았어요. 아아, 평행 세계의 내가 그를 찔렀구나, 하고. 결혼식에 갈 준비를 하면서 줄곧 생각했으니까요. 그 녀석의 행복을 박살내주자고."

카나는 신문기사를 꽉 쥐었다. 종이가 구겨지는 소리가 귀에 몹시 거슬렸다.

"아까도 찔러버릴까 생각했어요. 붙잡히지 않으니 가치는 있지 않을까 싶어서. 하지만 못 했어요. 결국 여기에 있는 전 이소즈미 씨를 찌르지도, 결혼식에 하얀 원피스 차림으로 갈 수도 없었어요. 제가 이러쿵저러쿵 떠들어도, 결국 상대는 절 그저 말귀를 잘 알아먹는 사람이라고 받아들였겠네요. 뭐라고 해야 할까…… 한심하죠?"

"아뇨."

카나는 엉겁결에 입 밖으로 나온 말을 다시금 머릿속으로 반추했다. 주머니에 쑤셔 넣은 종이 쪼가리는 쓰레기인 주제에 묵직하고 아주 메말랐다. 그래도 해야 할 말은 아까와 동일했다. 카나는 다시금 강하게 말했다.

"아뇨. 한심하지 않아요."

실은 옷 속에 가려진 그녀의 손목을 손으로 감싸주고 싶었다. 손을 잡아서 조금이라도 그녀의 마음에 다가가고 싶었다. 그러나 연상의 여성에게 그렇게 해줄 만한 용기가 부족해서 카나는 그저 속만 태우며 오른손을 쥐었다가 폈다.

후미카는 응어리가 풀어진 듯 후후 웃었다.

"카나 씨는 상냥하네요."

"상냥해서 이러는 게 아니에요. 전 후미카 씨가 멋지다고 생각해요. 후미카 씨 같은 어른이 되고 싶어요. 정말로."

후미카가 카나의 얼굴을 물끄러미 쳐다봤다. 속눈썹이 도드라진 두 눈에는 투명한 수막이 맺혀 있었다. 속눈썹이 만들어낸 그림자가 음영을 빚어내어 그 눈빛에 깊이감을 조성했다.

가볍게 다문 후미카의 입술이 반달처럼 올라갔다. 엄지로 붉은 립스틱을 훔치고서 새하얀 원피스에 문댔다. 더러움을 몰랐던 순백의 천에 빨간색이 거칠게 칠해졌다.

"그렇게 말해준다면 캠페인은 성공했네요."

원피스 밖으로 뻗은 그녀의 다리는 베이지색 스타킹에 감싸져 있었다. 탄탄한 장딴지에서 발목에 걸쳐서 한줄기 선이 나 있었다. 후미카는 그것을 아랑곳하지 않고 당당히 두 다리로 섰다. 가느다란 핀 힐이 지면에 힘차게 박혔다.

"지켜봐줘서 고마워요."

후미카가 웃으며 말하자 카나는 묵묵히 고개를 끄덕였다. 무슨 말을 해야 좋을지 모르겠다.

"그런 표정 짓지 마세요."

카나의 머리를 쓰다듬으려고 했던 후미카의 상태가 갑자기 급변했다. 표정에서 여유가 사라지더니 목에서 메마른 겨울바람처럼 휴우휴우, 하는 소리가 새어 나왔다.

고통을 견뎌내듯 몸을 기역 자로 구부리더니 그녀는 그대로 땅바닥에 쓰러졌다. 그러고는 예쁘게 꾸며진 손가락 끝을 목구멍에 집어넣었다.

기침을 격렬하게 해대는 후미카를 내려다보고서 미츠루는 냉정하게 말했다.

"자기만족의 시간은 끝났어."

후미카는 땅바닥에 두 손과 두 무릎을 댄 채로 고통스럽게 여러 번이나 구역질을 했다. 그녀의 입에서 타액으로 범벅이 된 결정이 주르륵 토해졌다. 옐로 토파즈처럼 생긴 〈씨앗〉이었다. 경련이 정점에 달한 뒤 온몸에서 힘이 스르륵 빠졌다. 기절한 것이 명백했다.

미츠루는 그 광경을 지켜보다가 익숙한 동작으로 〈씨앗〉을 짓밟았다. 반짝이던 결정이 금세 빛이 바래더니 하얀 모래 안에 섞여 사라졌다.

"미츠루 씨."

"왜?"

"만약에 이 〈씨앗〉을 파괴하지 않으면 대체 어떻게 되나요?"

미츠루가 쓰러진 후미카의 몸에 손을 끼워 넣고는 팔을 어깨에 둘러서 일으켰다. 카나도 황급히 거들었다. 브라운 펌프스에 죽어버린 기억들이 들러붙어 있었다.

미츠루는 한동안 침묵하다가 이윽고 온실에 있는 가장 큰 나무를 턱으로 가리켰다. 문이 박혀 있는 시작의 나무였다.

"성장해서 언젠가 꽃이 펴. 여기 있는 시작의 나무처럼 말이야."

"이렇게 나무가 예쁜데 키우면 안 되나요?"

"아……. 이 시작의 나무는 『성정화(星晶花)』라는 식물이야."

"성정화?"

"꽃을 좀처럼 피우지 않지만, 꽃잎이 유리 같아서 그런 명칭이 붙었어. 그리고 이 성정화 나무는 골치 아프게도 『어린 왕자』에 등장하는 바오바브나무 같은 존재야. 그 나무가 성장하면 별을 확실히 파괴한다는 설정이었지? 성정화 나무는 각 세계마다 한 그루까지는 어떻게든 감당할 수 있지만, 더 이상 늘어나면 아주 큰일이 나."

"큰일이라뇨?"

미츠루는 바로 대답하지 않고 가게로 이어지는 문을 열었다.

가게로 돌아가자마자 자정을 알리는 괘종시계 소리가 귓구멍에 달려들었다. 종소리가 계속 울리다가 1분도 채 지나지 않아 멎었다. 미츠루는 허리를 굽혀 소파 위에 후미카를 눕혔다. 숨소리가 평온했다. 한동안은 눈을 뜨지 않을 듯했다.

"물고기들을 비좁은 수조에 몽땅 넣으면 영역 다툼을 벌이다가 죽어버리지? 그와 마찬가지로 성정화 나무를 키우려면 그에 상응하는 공간이 필요해. 공간이 부족하면 뻗어 나온 뿌리가 세계를 파괴해 버려."

그 말이 아까 전 물음에 대한 답임을 깨닫기까지 몇 초가 걸렸다. 카나는 가방을 테이블 위에 놔뒀다. 가방 바닥에 달린 쇠 부분이 표면을 가볍게 긁었다.

"세계를 파괴하다니 너무 장대해서 상상이 안 되는데."

"뭐, 아주 많은 세계 중 하나가 멸망할 뿐이지. 대수로운 문제는 아냐."

아니, 아니, 대수로운 문제잖아요. 그렇게 말하지 못한 이유는 뒤가 켕겼기 때문이었다. 손바닥에서 땀이 흥건히 나오자 카나는 허벅지에 문질러서 닦았다. 빠르게 두근두근 뛰는 심장을 무시하고는 결심을 굳히고 입을 열었다.

"미츠루 씨 실은—."

꿈쩍. 카나가 고백하려고 하자 후미카가 몸을 뒤척였다. 그녀의 몸이 소파에서 떨어지려고 하자 미츠루가 대충 밀었다.

"뭐야?"

뒤를 돌아본 미츠루와 안경 렌즈를 통해 눈이 마주쳤다. 그 순간에 카나는 입 안이 바짝 말라서 고개를 가로저었다. 자신이 〈씨앗〉을 보관하고 있다고 시원하게 말하면 될 텐데 막상 밝히려고 하니 겁이 났다.

"저기, 그러고 보니 미츠루 씨의 이름은 어떻게 쓰나요?"

"뭐야, 뜬금없이. 그 손님 같은 말을 다 하고."

"좀 궁금해서. 이름의 유래가 뭘까 해서."

미츠루는 안경을 벗고서 눈구석을 주물렀다. 또 얼버무릴 줄 알았는데 뜻밖에도 그가 대답을 해줬다.

"내가 태어났을 때 원래는 『아키미츠(亮充)』라고 지을 예정이었어. 충족할 때의 충 자를 쓰고, 미츠라고 읽어. 근데 어머니가 관청에 출생 신고서를 낼 때 글자를 하나 빼먹었어. 우리 어머니는 꽤나 낙관적인 사람이라서 『어머, 이것도 괜찮네?』 하고 선선히 좋아했지. 그래서 그대로 이 이름이 됐어."

"어? 그럼 제가 전에 말했던 료와 형제가 아니냐는 설이 맞는 거 아닌가요? 량(亮) 자와 충(充) 자를 둘이서 하나씩 나눠 가졌다거나?"

"아쉽지만 틀렸어. 너는 탐정으로서 낙제점이군."

"괜찮은 가설이라고 생각했는데."

입술을 삐죽 내민 카나를 힐끗 보고서 미츠루가 한숨을 크게 내뱉었다.

"그건 아무렇든 상관없어. 일단 이 손님은 시간이 더 지나야 일어나겠지. 오늘은 너도 지쳤을 테니 그만 돌아가도 좋아."

"하지만 지금 제가 돌아가면 미츠루 씨랑 후미카 씨가 단둘이 남잖아요?"

"그게 뭐?"

"그게 뭐냐니……."

미츠루가 의아해하며 쳐다보자 카나는 비로소 자신이 말실수를 했음을 깨달았다. 얼굴이 저절로 빨개졌다. 카나는 속내를 속이기 위해서 소파 구석에 힘껏 앉았다.

"어, 어쨌든 저도 후미카 씨가 일어날 때까지 여기에 있을 거예요!"

"흐―음."

미츠루는 마음대로 하라고 말장구를 치고서 카운터 안으로 사라졌다.

고요해진 가게 안에서 후미카의 숨소리만이 울렸다. 카나는 눈을 감고서 입 안에서 침묵을 핥았다. 괘종시계의 바늘이 시간을 계속 새겨나갔다.

코끝에서 달콤한 향기가 감돌자 카나는 고개를 홱 들었다. 미츠루가 쟁반을 들고서 이쪽으로 돌아왔다. 그는 당연하다는 태도로 옆에 앉더니 카나 앞에 찻잔을 내밀었다.

"마실 거야?"

찻잔에는 선명한 파란색 액체가 담겨 있었다. 서향처럼 청아한 향기가 풍겼다. 카나는 「감사합니다」 하고 받고는 찻잔에 입을 댔다. 스푼으로 가볍게 휘젓자 별사탕과 장미잎이 액체 속에서 휘돌았다.

"미츠루 씨가 끓여준 차는 매번 색깔이 신기하네요."

"뭐, 누굴 위해 끓이느냐에 따라 색이 달라지니까."

"색깔마다 무슨 의미가 있나요?"

"글쎄."

"글쎄라니."

카나가 무심코 인상을 찡그리자 미츠루가 어깨를 들먹였다.

"색깔이 멋대로 바뀌어. 분석할 필요성도 느끼질 못해."

"그럼 미츠루 씨가 자신을 위해서 끓인 허브티는 무슨 색을 띠나요?"

"끓여본 적이 없어."

"네?"

"난 날 위해서 차를 끓이지 않아. 자신을 위해서 무언가를 할 필요가 없으니까."

"……그거 왠지 쓸쓸하네요."

무의식이었다. 머리로 생각하기에 앞서 카나는 미츠루의 뺨에 걸린 검은 머리카락을 만지고 있었다.

그 순간 미츠루가 카나의 손을 뿌리쳤다.

"아."

새어 나온 그 목소리는 대체 누구의 것이었을까? 뿌리쳐진 손을 거두지도 못하고 카나는 그 자리에서 경직됐다. 투명한 렌즈 너머에서 미츠루의 눈동자가 꾹 수축되는 게 보였다. 어째선지 뿌리쳐진 카나보다 미츠루가 더 상처를 입은 것 같은 표정이었다.

"미안해요. 부주의했어요."

카나가 사죄하자 미츠루는 아무 말도 하지 않았다. 당황했음을 드러내듯 찻잔 속 내용물을 휘저었다. 별사탕이 투명한 파란색 안에서 경쾌하게 춤췄다. 하얗게 피어오르는 김이 공기에 녹아드는 광경을 눈으로 좇다가 미츠루가 중얼거리듯 말했다.

"내 차를 끓여올게. 여기서 기다려."

카나가 괜찮겠어요? 하고 말하기 전에 미츠루는 자리에서 일어났다. 카나는 그대로 옆으로 드러누워 2인용 소파를 점령했다.

방금 전에 뿌리쳐졌던 오른쪽 손등을 손으로 천천히 어루만졌다. 불거진 뼈, 잘록한 손목, 매끈한 팔. 신체의 윤곽을 하나씩 더듬어가다 보니 동요가 가라앉는 게 느껴졌다.

"끓여 왔다."

찻잔 내용물이 완전히 식었을 즈음에 미츠루가 다시 찻잔을 들고서 나타났다. 카나는 부랴부랴 몸을 일으키고는 흐트러진 머리를 손으로 정돈했다.

미츠루는 충분한 공간이 생긴 것을 확인하고는 난폭하게 털썩 앉았다. 테이블에 놓인 찻잔 속 내용물을 보고서 카나는 어색함을 잊고서 눈이 동그래졌다.

그것은 투명한 검은색을 띠고 있었다. 어둠이 반짝반짝 휘황하게 빛났다. 블랙홀을 실제로 목도한다면 저렇게 생겼을지도 모르겠다. 액체 속을 떠다니는 장미잎은 짙은 붉은색이 감도는 검은색이었다.

미츠루는 왠지 쑥스러운 표정으로 찻잔을 든 채로 굳었다. 그러나 이윽고 각오를 굳혔는지 내용물을 마셨다. 스르릅, 하고 라면을 빨아들일 때와 비슷한 소리가 났다. 찻잔을 받침 접시에 내려놓자 미츠루의 미간 주름이 2밀리미터쯤 깊어졌다.

"더럽게 맛없어."

그 과장된 감상평을 듣고서 카나도 조심스럽게 잔에 입을 댔다. 한 모금 들이키니 뭐라 형언할 수 없는 신기한 맛이 났다. 깊이가 있고, 달콤한 것 같으면서도 씁쓸했다. 그리고 왠지 시큼했다. 불쾌하기도 했지만, 기적처럼 상쾌한 풍미도 감돌았다.

카나는 찻잔을 든 채로 미츠루의 얼굴을 올려다봤다. 왠지 눈동자가 불안하게 흔들리는 상대의 두 눈을 가만히 응시했다.

"전 좋아해요."

"……그래?"

그의 목소리는 희미하게 떨렸다. 카나는 더 이을 말을 찾지 못한 채 입을 다물었다. 불쾌하지 않은 편안한 침묵이었다.

불현듯 미츠루가 손을 뻗어 카나의 어깨를 끌어안았다. 카나는 저항하지 않고 그의 어깨에 기댔다. 평범한 사람처럼 그 체온은 따뜻했다.

결국 후미카는 이튿날 아침에 깨어났다. 카나는 푹 잠들어서 줄곧 미츠루의 어깨에 기댔던 모양이었다. 미츠루가 「일어나」 하고 몸을 흔들자 눈을 떴다. 카나가 침을 흘리지 않았는지 부랴부랴 확인하는 동안에 소파에서 몸을 일으킨 후미카가 우아하게 기지개를 켰다. 그녀는 가게 안을 두리번거리고서 장난이 들통 난 아이 같은 표정을 지었다.

"혹시 저, 실수했나요?"

술에 취해서 실수를 많이 저질렀던 어른의 말투였다.

"쓰러져 있길래, 가게 안으로 옮겨서 눕히기만 했어요. 만취한 것 같아서."

카나가 주저 없이 대답했다. 손님을 속이는 데에도 익숙해졌다.

후미카는 흐트러졌던 원피스를 매만지고서 미츠루와 카나의 얼굴을 번갈아 봤다. 미안해하는지 그녀의 눈썹이 축 늘어졌다.

"미안해요. 커플이 알콩달콩 즐기는 시간을 방해해서."

"커플이 아니에요!"

카나가 바로 부정하자 후미카가 손을 입에 대고서 농담하듯 웃었다.

"어머, 더 복잡한 관계였나요?"

"실없는 소리 그만하고 얼른 돌아가 줘. 영업 방해야."

"가게에 폐를 끼치고 말았네요. 저, 옷 같은 거 더러워지지 않았어요? 두 사람한테 세탁비를 물어줘야 할 만한 짓을 저지르진 않았나요?"

"정말로 괜찮아요. 조용히 잠만 잤어요. 괘념치 마세요."

"왜 그걸 네가 말해. 점주는 나야."

"지금은 그런 세세한 걸 따지지 않아도 되잖아요."

두 사람이 언쟁을 벌이자 후미카가 어깨를 들썩이며 키득키득 웃었다.

"사이가 좋네요. 젊다는 건 정말로 근사해요. 당신은 대학생인가요?"

"네."

"실은 저도 이제부터 대학교에 다닐까 하거든요. 그 나이에? 라고 생각할지도 모르겠지만, 공부를 제대로 해 보고 싶어져서. 그래서 지금은 일을 관두고서 대학교 수험에 대비하여 공부하는 중이에요."

"우와! 대단해요."

초면인 상대에게 보이는 반응치고는 너무나도 목소리가 들떴다. 그러나 후미카는 거슬리지 않았는지 기뻐하며 눈웃음을 지었다.

"그렇게 말해주다니 상냥하네요. 황폐해진 마음이 치유돼요."

"참고로 어느 학부에 들어가려고요?"

"문학부요. 러시아 문학을 연구하고 싶어서."

"저도 문학부예요."

"어머— 진짜 우연이네요!"

두 사람이 꺅꺅거리며 신바람을 내자 미츠루는 냉담한 눈으로 바라봤다. 말로 표현하진 않았지만, 얼른 돌아가라고 호소하는 게 분위기로 느껴졌다. 역시나 눈치챘는지 후미카가 가방을 들고서 일어섰다.

"답례는 추후에 다시 하도록 하죠. 아침까지 돌봐줘서 고마워요."

"아, 역까지 바래다줄게요. 취해서 길을 잘 모르죠?"

카나가 억지로 핑곗거리를 내세우면서까지 일어선 이유는 후미카와의 이별을 아쉬워해서였다. 마리나 미나토와 마찬가지로 그녀 역시 분명 이 가게에는 두 번 다시 올 수 없으리라.

"역시 그건 너무 미안하죠. 스마트폰으로 검색하면 되니까요."

"아뇨, 조금만 더 같이 있고 싶어서요."

카나가 강하게 주장하자 후미카가 수줍어했다. 그녀의 입술 사이에서 가지런한 치열이 슬쩍 엿보였다.

"어머 기뻐라. 그럼 점주 아저씨, 그녀를 잠깐만 빌릴게요."

"이제 술에 취하지 마."

미츠루가 쫓아내듯 손을 젓자 후미카가 우스운지 키득키득 웃었다.

후미카는 카나에게 얼굴을 가까이 대고는 「부정하지 않은 걸 보니 가능성이 있네?」 하고 즐겁게 귓속말을 했다. 그 말을 듣고 자신의 심장이 솔직하게 콩닥콩닥 날뛰기 시작하자 카나는 조금 기가 막혔다.

제 4 화

상냥한 거짓말쟁이

인생을 살면서 명백히 위험한 상황임을 본능으로 감지하는 순간이 몇 번쯤 있다.

예를 들어 자다가 깨서 앞으로 5분 안에 집을 나가야만 하는데 머리가 엄청 부스스할 때. 혹은 냄비에 간장을 살짝 뿌리려고 하다가 대량으로 들이부었을 때. 보기에는 몸에 맞을 것 같아서 가게 탈의실에서 상의를 입어봤는데, 사이즈가 작아서 도저히 벗을 수가 없을 때. 초밥 가게에서 먹은 한치가 목에 턱 걸려서 넘어가질 않을 때. ─그리고 상자 안에 보관했던 〈씨앗〉이 터무니없는 크기로 성장했음을 발견했을 때.

"우와아아······."

입술 사이로 뒤집어진 목소리가 흘러나왔다. 흐리멍덩했던 의식이 각성하여 카나를 현실로 되돌렸다. 구깃구깃한 침대 시트. 발치에 굴러다니는 베개. 잠버릇이 나빠서 발로 차버린 이불이 바닥에서 처참한 형태로 나뒹굴고 있었다. 자는 동안에 자신이 얼마나 몸부림을 쳤는지는 제쳐두고, 침대 옆을 보니 과자 상자가 뜯어진 상태로 떨어져 있었다. 안에 담겨 있던 〈씨앗〉이 부풀면서 상자를 파괴했겠지.

두근두근 맥동하는 〈씨앗〉은 중앙 부분이 물 풍선처럼 비대해졌다. 크기는 작은 수박 정도, 수입 가구점에서 볼 수 있는 간접조명처럼 생겼다. 가시 크기는 거의 변하지 않았기에 상대적으로 가시가 작아진 것 같은 착각이 들었다. 가시 끝에 손바닥을 대보니 감촉이 단단했다. 아마 이대로 손에 힘을 주면 피부에 간단히 구멍이 뚫리겠지.

이미 한계인지도 모르겠다.

카나는 눈꺼풀을 감고서 숨을 깊이 뱉었다. 설령 이대로 쭉 감출 수 있다고 쳐도 무슨 소용이 있을까. 료와 얽힌 단서를 붙잡을 기미가 없었다.

자신이 지금 벌이는 행동은 단순한 도피가 아닐까? 질병의 초기 증상을 알아차리지 못한 척 무시하는 것과 마찬가지로 현실과 마주하는 것을 과도하게 두려워하고 있다. 사정을 똑바로 말한다면 미츠루도 〈씨앗〉을 부수지 않을지도 모른다. 이 안에 담겨 있는 것이 실은 카나에게는 무가치한 걸지도 모른다. 차라리 파괴해야만 사태가 호전될지도 모른다.

모른다, 모른다, 모른다. 쌓여가는 가정이 초조함을 부추겼다.

"미츠루 씨랑 만나고 싶어?"

장난삼아 물어봤더니 〈씨앗〉은 마치 의사를 가진 생명체처럼 안쪽에서 파랗게 반짝거렸다.

블루 플래시 현상.

몇 개월 전에 들었던 단어가 뇌리에 찰나적으로 스쳤다.

7월에 접어드니 대학교 리포트 과제도 늘었다. 도서관 안은 자료를 찾는 학생들로 가득 메워졌고, 캠퍼스를 오고 가는 학생들의 얼굴에는 어딘가 피로가 번져 있었다.

"오늘 점심 어떻게 할래?"

카나를 쳐다보는 마리의 표정은 방금 전에 끝난 강의 때 리포트를 막 제출해서인지 후련해 보였다. 카나가 「음—」 하고 작게 신음했다.

"딱히 먹고 싶은 게 떠오르질 않네. 굳이 말하자면 기름진 음식?"

"기름진 음식의 예를 들어봐."

"중국요리."

대학교 정문을 나가자마자 햇볕을 차단해주는 것이 사라졌다. 태양이 내리쬐는 도로를 째려보고서 마리는 이마에 손을 대고는 차양을 만들었다.

"그럼 역 앞 중국요리점은 어때? 얌차$^{\#3}$ 런치 먹자."

"거기 맛있더라. 가자, 가자."

대학교에서 역으로 이어지는 도로는 넓은 4차선이었다. 울타리로 자전거 구역과 인도를 구별해 걷기 편하지만, 두 명 이상이 나란히 서면 길을 점거해버리기에 여럿이서 나란히 걷지 않도록 대학교 측에서 몇 번이나 주의를 권고했다.

"근데 짐이 많지 않아? 강의가 일교 II 밖에 없었는데 뭘 들고 온 거야?"

일반교양, 줄여서 『일교』. 마리가 발음하니 『이겨』라고 말하는 것 같아서 조금 엉뚱한지라 귀엽게 들렸다.

마리의 시선에서 숨기듯 카나는 어깨에 멘 커다란 토트백을 감싸 안았다. 안에는 〈씨앗〉이 들어 있었다. 수업을 마친 뒤 미츠루에게

#3 얌차 중국 광동성. 홍콩. 마카오를 중심으로 퍼져나간 식문화로 아침과 점심 사이에 차를 마시면서 딤섬 등을 먹는 것을 가리킨다.

보여주려고 일부러 대학교까지 들고 왔다.

"이따가 가게를 도우러 갈 예정인데, 그 짐이야."

"아아, 그 가게? 카나도 용케 계속 일하네, 자원봉사로. 뭐, 그래도 점주가 잘생겨서 나 같아도 열심히 해볼 것 같기도."

"잘생겼는지는 제쳐두고, 존경할 만한 사람인 건 틀림없어."

〈씨앗〉을 파괴당한 마리는 『Kassiopeia』에 관한 기억이 거의 없었다. 결여된 기억은 전후 기억에 맞춰서 정합성을 갖춘 형태로 복구되는지 마리는 그 가게를 술에 취했을 때 신세를 졌던 잡화점으로밖에 인식하지 않았다. 자신이 무엇을 잊어버렸는지조차 마리는 잊어버렸다.

조수라고 말하면 상황이 귀찮아질 가능성도 있기에 그녀에게 가게에서 자원봉사를 하고 있다고 둘러댔다. 아르바이트 경험조차 없었던 카나가 갑자기 그렇게 설명하자 처음에 마리는 「사기 아냐?」하고 걱정했다. 그러나 지금은 응원해주고 있었다.

"존경할 만한 사람이라. 흐―음."

"그 말투는 뭐야?"

"연애의 기운이 감도나 싶어서."

"안 돼, 안 돼. 감돌면 안 돼."

카나가 곧바로 부정하자 마리는 재밌는지 입꼬리를 올렸다. 마리에게는 단순히 야유였겠지만, 카나에게는 심각한 문제였다.

"어머, 카나 씨."

자신을 부르는 소리에 카나는 제자리에 멈춰 섰다. 주변을 두리번거리니 횡단보도 맞은편에서 이쪽으로 달려오는 후미카가 보였다.

빨간 상의에 발목까지 내려오는 스트레치 팬츠. 그녀가 걸을 때마다 힐이 경쾌하게 또각또각 거렸다.

"이런 데서 다 만나다니 우연이네요. 강의 마치고 돌아가는 길?"

"네. 강의가 끝나서."

"고생했네요. 그쪽은 친구인가요?"

"예. 같은 동아리에서 활동해요."

본인이 화제에 오르자 마리가 가볍게 인사를 했다. 후미카는 손에 들고 있던 종이봉투를 흔들고는 겉치레인지 진심인지 알 수 없는 목소리로 말했다.

"캠퍼스 라이프, 기대되네요."

"후미카 씨는 왜 여기에 계시나요?"

"이사를 해서 관청에 주소 변경을 하러 왔어요. 경찰서에도 가야 하니 이사를 하면 성가신 일이 한두 가지가 아니네요. 아, 카나 씨는 자취한다고 했던가요?"

"네. 대학교에 입학했을 때는 부모님이 이사할 곳을 정해줬지만, 사회인이 되어 이사를 할 때는 스스로 찾아야 하지 않을까 싶어서요."

"만약에 이 근방에서 집을 구할 때 의지할 만한 사람이 없다면 저에게 연락해요. 집 둘러보는 거 엄청 좋아하니까 함께 따라가 줄게요."

"가, 감사합니다."

"그럼 난 헬스장에 가는 길이라서 이만. 둘 다 다음에 만나요."

후미카는 손을 살랑살랑 흔들고서 그 자리를 씩씩하게 떠났다. 잠자코 있던 마리가 「무슨 관계?」 하고 물으며 고개를 갸웃거렸다.

"봉사 활동을 하는 곳에서 만났던 사람이야. 가을에 대학교에 입학하기 위해 공부하는 중이래."

"우와. 성인이 돼서도 하고 싶은 걸 하다니 멋있네."

"그치!"

자신의 친구가 자신이 동경하는 사람을 칭찬해주니 기뻐졌다. 자신이 좋아하는 것을 폄훼하면 슬퍼지는 법이니 타인이 좋아하는 것을 공격하지 말자고 다짐했다. 기왕에 살 거라면 다양한 사람들의 다양한 기호가 공존할 수 있는 세상이 좋다.

"아, 도중에 우체국에 들러도 될까?"

"괜찮은데 왜?"

카나가 되묻자 마리가 왠지 쑥스러워하며 눈길을 돌렸다. 그녀가 어깨에 메고 다니는 가죽 가방은 여름이나 겨울이나 형태가 똑같았다. 견실한 마리는 뭐든지 들고 다니고 싶어 하기에 가방 크기도 컸다. 노트북도 여유롭게 들어간다.

마리는 가방 지퍼를 열고는 안에서 두꺼운 갈색봉투를 꺼냈다. A4 크기의 봉투에는 내용물이 다 담기지 않는지 A3 크기였다.

"응모 원고를 보내려고."

받는 이에 출판사 이름이 적혀 있었다. 카나도 이름만은 아는, 청춘 소설을 많이 출간하는 출판사였다.

"소설, 쓴 거야?"

마리가 민망해하며 뺨을 긁적였다.

"카나가 말이야. 전에 미오랑 대화를 나눠보라고 조언해줬잖아? 그래서 술자리에서 말을 섞어봤더니 고등학교 시절에 익명으로 내게 팬레터를 보내줬다는 사실을 알게 됐어. 그래서 걔가 즐겁게 읽

어주길 바라는 마음으로 글을 써봤더니 쓸데없는 힘이 빠졌다고 해
야 하나, 슬럼프에서 벗어날 수 있었거든."

"그, 그럼 얘기하길 잘했네."

"응, 정말 그래. 카나 덕분이야. 고마워."

천만에, 하고 대답하려고 했는데 어째선지 목이 메어서 잘 나오지
않았다.

"왜 울 것 같은 표정이야?"

마리가 웃으면서 카나의 어깨를 두드렸다. 블라우스 너머에서도
그 힘이 느껴지자 카나는 「아파」 하고 농담 투로 말했다.

마리가 갈색봉투를 들어 올려 머리 옆에서 흔들어 보였다.

"나 말이야. 그 팬레터에 답장을 쓸까 생각했어. 줄곧 소중히 간직
했던 편지지 세트가 있거든. 누가 보냈는지도 모르니 써봤자 소용없
다는 걸 깨닫고서 도중에 버리기도 했지. 편지지를 몇 장이나 허비
해버렸는지 몰라. ……그래서 보낸 사람이 미오라는 게 밝혀져서 답
장을 쓰려고 했는데, 집을 아무리 찾아봐도 그 편지지 세트가 보이
질 않는 거야. 낙담했던 시절에 무심코 버렸는지도 모르겠지만."

"버린 게 아니라 그냥 어쩌다가 없어진 거 아냐?"

"그럴지도 모르겠지만. 그 편지지는 반드시 잘 간직하겠다고 다
짐했던지라 충격이 컸어. 꼭 그 편지지에 답장을 쓰려고 마음먹었
으니까. 근데 뭐, 없는 걸 어쩌겠니. 아마 그걸 버리는 편이 내게 더
나았던 거겠지."

그것이 사실이 아님을 지금 이 자리에서 카나만이 알고 있었다.
마리의 편지지 세트는 기적의 대가로서 『Kassiopeia』에 냈다. 그러

나 카나는 그 진실을 전하려고 하지 않았다. 그녀는 가게에 관한 기억을 모조리 잃었기에 설령 알려준들 실감이 나지 않겠지.

"편지지 세트가 사라졌다면 미오한테 직접 고맙다고 인사하면 되니까. 게다가 신인상에서 결과를 내지 못하거나, 또 실망하여 한동안 집필을 그만두더라도 아까 그 사람처럼 어른이 돼서 또다시 시작하면 되는 거야. 인생은 의외로 어떻게든 되는 것 같더라."

"오오, 왠지 멋있네. 방금 그 말."

"그치?"

어깨에 걸린 검은 머리카락을 손가락으로 털어내며 마리가 왠지 득의양양하게 가슴을 폈다.

점심을 마치고서 마리와 헤어진 시각은 13시 무렵이었다. 그 이후에 전철을 타고서 『Kassiopeia』로 향했다. 이미 익숙해진 길이었다. 녹슨 가드레일을 눈으로 멍하니 좇고 있으니 도중에 찌부러진 지점이 보였다. 지난번에 오토바이가 들이박았다고 했다. 이 길은 시야가 좋지 않기로 유명한데, 지금까지 사고가 여러 번이나 났다. 심각한 피해가 난 적은 없지만, 인근 초등학생 부모들이 관청에 대책을 요구했다고 했다.

오늘은 운이 좋게 날씨가 화창하지만, 비가 내리는 날에는 사고가 더 쉽게 벌어지겠지. 뉴스에서 장마가 다음 주에 끝난다고 예보했다. 그러나 우산을 손에 놓을 수 있는 날이 어서 왔으면 좋겠다.

카나는 평소처럼 가게 문에 손을 댔다. 가만히 서 있기만 해도 화단에 흐드러지게 피어 있는 글라디올러스의 향기가 코 속을 간질였다. 가슴 가득히 공기를 들이마시고서 카나는 문을 서서히 열었다.

이변을 금세 알아차렸다. 평소에는 24시간 조명이 꺼질 일이 없는 실내가 오늘만은 어두컴컴했다. 전등은 켜져 있지 않았고, 시간을 새기는 바늘 소리만이 어둠 속에서 울렸다.

"미츠루 씨?"

경첩이 삐걱거렸다. 발을 들여놓기가 주저돼서 카나는 문 틈새에 상반신만 밀어 넣었다. 눈에 힘을 주니 창 틈새에서 새어드는 파르께한 빛줄기가 마룻바닥을 희미하게 비췄다.

왠지 이상하네? 카나는 금세 위화감을 알아챘다. 아직 대낮인데도 창문에서 쏟아지는 빛이 달빛처럼 수수했다. 커튼이 없는 창밖은 어두워서 마치 밤 같았다.

각오를 굳히고서 문을 열어 실내에 발을 내디뎠다. 그 순간 문이 멋대로 소리를 내며 닫혔다. 문을 열려고 손잡이를 여러 번 비틀었지만 꿈쩍도 하지 않았다. 이곳에 갇혔다고 뇌가 금방 결론을 도출해냈다.

가게에서 벌어지는 기묘한 현상에 익숙해지긴 했지만, 이런 경험은 처음이었다. 공포에 짓눌릴 것만 같은 마음을 달래면서 카나는 토트백에서 스마트폰을 꺼냈다. 라이트 기능을 사용하여 주변을 비췄다. LED가 발하는 무기질적인 하얀빛이 가게 안에 또렷하게 떠올랐다.

한 걸음, 또 한 걸음 가게 안을 나아갔다. 철도모형도 움직이지 않는지 늘 듣던 기차 소리는 들리지 않았다. 카운터 안쪽으로 향하다가 펌프스 끝에 무언가 부드러운 것이 차였다. 「히이익」 하고 무심코 비명을 흘렸지만, 부드러운 물체는 움직일 기미가 없었다. 무섭지 않다고 스스로를 다독이면서 스마트폰으로 쭈뼛쭈뼛 비춰보니 발치에 사람의 다리가 있었다.

더 엄밀히 말하자면 쓰러진 사람의 몸이었다.

"미츠루 씨?"

카나는 당장 쪼그려 앉아 라이트로 그의 상반신을 비췄다. 바닥에 쓰러진 사람은 틀림없는 미츠루였다. 쓰러지면서 충격으로 벗겨졌는지 안경이 바닥에 굴러다녔다. 움찔움찔 경련하는 눈꺼풀이 그가 살아 있음을 명확히 보여주고 있었다.

"미츠루 씨, 괜찮아요?"

뺨을 만져보니 몹시도 뜨거웠다. 카나가 들어온 것도 알아채지 못했는지 그는 눈을 굳게 감은 채로 호흡을 얕게 반복하고 있었다. 고열에 시달리고 있다는 건 분명했다. 원래는 병원에 데려가야만 하겠지. 그러나— 카나는 입술을 가볍게 깨물고서 여전히 닫혀 있는 문을 쳐다봤다. 미츠루는 그 문에서 밖으로 나갈 수 없었다.

카나는 가방을 바닥에 내려두고서 미츠루의 옆구리에 팔을 넣었다. 그가 기절한 손님을 옮길 때 쓰는 방식이었다. 그는 카나보다 몸집이 한 아름쯤 더 크지만, 비대한 편은 아니었다. 힘을 실으니 어떻게든 몸을 들어 올릴 수 있었다. 오른팔로 미츠루의 몸을 받치고, 왼손으로는 스마트폰을 들었다.

"침대로 옮길게요."

말을 걸었지만 반응이 없었다. 셔츠 너머에서 체온이 느껴졌다. 40도 근처까지 올라간 게 아닌가 싶을 만큼 뜨거웠다. 미츠루는 자신이 사람이 아니라고 했지만, 고열이 나면 약해지는 건 마찬가지인 듯했다.

"미츠루 씨."

소용없다는 걸 알면서도 그래도 이름을 부르고 말았다. 자신을 제외하고 움직이는 생명체의 기척이 없는 게 무서웠다.

"쿠로이 씨, 없나요?"

무심코 암흑에 대고서 말을 걸었지만, 늘 가게에 있던 검은 고양이가 하필이면 오늘은 모습을 드러내지 않았다.

한 걸음씩 다리를 움직일 때마다 답답한 정적이 피부에 들러붙었다. 무서워. 무서워. 미츠루가 눈을 뜨지 않을지도 모른다는 가능성이 오로지 무서웠다.

"미츠루 씨, 일어나요."

고막을 흔드는 자신의 목소리가 한심스럽게 굳어 있었다. 가게 안을 라이트로 비추자 선명한 붉은 물체가 바닥에 덩그러니 떨어져 있었다. 장미잎이었다.

카나는 왠지 으스스해져서 이내 라이트를 카운터 안으로 돌렸다. 평상시에 미츠루가 허브티를 끓일 때마다 드나드는 이 문.

지극히 평범한 나무 문이고 검은 철제 손잡이가 달려 있었다. 라이트를 카운터에 놓고서 손잡이를 비트니 문이 간단히 열렸다. 잠가 놓지 않은 모양이었다.

「타인의 개인 공간에 무단으로 들어가는 건 옳지 않아요!」

머릿속 천사가 나무랐다.

「긴급사태이니 어쩔 수 없잖아.」

이내 악마가 반론했다. 그래, 지금은 긴급사태. 주저할 여유는 없었다.

"실례합니다……."

형식뿐인 인사를 입에 담고서 카나는 문을 열었다. 맨 먼저 눈에 들어온 것은 사방을 에워싼 유리 벽이었다. 그곳에서 보이는 정원은 어둠에 휩싸여 있고, 쌓인 눈들이 달빛을 하얗게 반사했다. 그래, 눈이다. 7월 초순에 볼 수 있을 리가 없는 물질.

바깥 풍경에 걸맞게 실내 온도도 낮았다. 카나가 숨을 내뱉으니 입술에서 하얀 공기가 새어 나왔다. 반소매 블라우스를 입고 있어서 정신 차려 보니 닭살이 돋아 있었다.

미츠루의 방에도 전등이 켜져 있지 않았다. 그러나 달빛 덕분에 가구 윤곽을 파악할 수는 있었다. 방 면적의 3분의 1 정도를 침대가 차지했고, 4분의 1 정도를 목제 책상이 점했다. 부엌은 일단 있지만 가스레인지와 싱크대밖에 없었다. 꽤 불편할 것 같았지만, 식사를 하지 않는다면 문제는 없을지도 모르겠다.

침대 위에 미츠루를 겨우 눕히고서 두터운 이불을 몸에 덮어줬다. 이마에 난 땀이 뺨을 타고 흐르는 게 보여서 카나는 떨리는 손가락으로 닦았다. 아까 전부터 카나의 몸까지 부들부들 떨리는 이유는 실온 때문이었다. 조금이라도 한기를 누그러뜨리고자 카나는 바닥에 떨어져 있던 한텐[#4]을 멋대로 빌려 입었다.

미츠루가 눈을 뜰 때까지 뭔가 해줄 수 있는 게 없을까? 다행인지 불행인지 가게 문이 닫혀 있으니 손님이 올 일은 없을 듯했다.

#4 한텐 일본의 서민들이 주로 입던 전통 방한복.

우선 카나는 책상 앞에 놓여 있는 진녹색 의자에 앉았다. 다리에 바퀴가 달려 있는 지극히 평범한 사무용 의자였다.

목제 책상에는 서랍이 있고, 전부 잠겨 있었다. 안에는 책 여러 권이 꽂혀 있고, 그 옆에는 낯익은 보물함이 놓여 있었다. 미츠루가 손님에게서 받았던 대가를 집어넣는 상자였다.

무심코 뻗은 손이 상자의 쇠 부분에 닿았다. 튼튼해 보이는 외관과는 달리 잠겨 있지 않았다.

그 안에는 종이 한 장과 드라이플라워 한 송이가 들어 있었다. 수분을 잃은, 아름다운 붉은 장미. 그 꽃잎은 검은색에 가깝게 변색됐고, 말라붙은 잎은 끝이 말려들었다.

그러나 카나의 시선을 빨아들인 것은 그쪽이 아니었다. 두 번 접힌 종이가 낯이 익었다. 미츠루가 손님에게 내미는 계약서였다.

카나는 일단 침대 쪽을 돌아봤다. 미츠루가 눈을 뜰 기미가 없었다.

타인의 개인물품을 멋대로 봐서는 안 된다. 머리로는 알고 있다. 그래도 읽고 싶다는 욕구를 억누를 수가 없었다. 떨리는 손가락으로 종이를 펼쳤다. 낡은 그 종이에는 역시나 낯익은 글자가 쭉 적혀 있었다.

Kassiopeia(이하 「갑」이라고 한다)와 사카하시 료(이하 「을」이라고 한다)는 기적(이하 「본건 상품」이라고 한다)과 관련하여 아래와 같은 계약(이하 「본 계약」이라고 한다)을 체결한다.

제1조(목적)

갑은 을에게 아래 조항에 따라 본건 상품을 제공하고, 을은 그 대가를 지불한다.

제2조, 제3조로 이어지는 조항은 제5조까지 있었다. 그 아래 갑
란에는 『Kassiopeia』의 주소가 적혀 있었다. 그리고 그 아래 을 란
에는 계약자의 서명이 적혀 있었다.

"……사카하시 료."

어렴풋하게 짐작했는지도 모르겠다. 미츠루와 료가 동일인물이
아닐까 하는 가능성을. 머리 색깔과 분위기는 전혀 다르지만, 미츠
루는 료와 몹시 흡사했다.

줄곧 찾았던 상대가 애초부터 여기에 있었잖아. 미츠루가 사카하
시 료라는 존재를 카나에게서 멀리 떼어 놓으려고 했던 이유는 본
인이 료이기 때문이 아닐까? 무슨 사정이 있어서 그 사실을 감췄던
게 아닐까?

손안에 있는 종이에 물방울이 뚝 떨어졌다. 방 안에 비 따윈 내리
지 않건만 종이에 얼룩이 여러 개 생겼다. 스스로도 왜 울고 있는지
모르겠다. 그저 눈물이 멈추지 않았다.

계약서를 상자에 다시 넣고서 뚜껑을 닫았다. 보물함 안에 있는
물건은 분명 미츠루에게는 소중한 것이다. 그 빨간 장미가 무엇을
의미하는지 카나는 짐작도 할 수 없지만.

미츠루가 눈을 뜬다면 그때야말로 확실히 물어보자. 이 계약서가 무
엇을 의미하는지를. 미츠루의 진짜 이름은 사카하시 료가 아니냐고.

눈을 감으니 미츠루가 얕게 호흡하는 소리가 공연히 의식됐다. 이

대로 미츠루가 눈을 뜨지 않으면 어쩌지? 어떤 중대한 이변을 자신이 간과한 바람에 미츠루가 없어져버리지 않을까 상상하니 두려웠다.

책상에 엎어져 있던 카나는 윗몸을 일으킨 뒤 그대로 일어섰다. 왠지. 왠지 모르겠지만, 지금은 미츠루에게서 눈을 떼지 않는 편이 좋을 것 같았다.

카나는 카펫이 깔린 바닥에 주저앉아 팔을 베개 삼아서 미츠루가 자는 침대에 몸을 기댔다. 이불 가장자리를 꽉 쥐고서 눈을 질끈 감았다.

어서 눈을 뜨길. 그것만을 바랐다.

"일어나."

누군가가 어깨가 붙잡더니 흔들었다. 잠을 깨우는 방법 중에서 꽤 나쁜 부류에 속하는 방식이었다.

어느새 잠들었나 보다. 카나는 눈을 비비면서 침대에서 몸을 일으켰다. 비로소 눈앞에 보이는 침대가 텅텅 비었음을 깨닫자 몽롱했던 의식이 각성했다.

"미츠루 씨, 저기, 괜찮아요?"

미츠루는 이미 침대에서 빠져나와 카나의 등 뒤에 떡하니 서 있었다. 안색은 다소 나아졌지만, 부스스한 앞머리에서 엿보이는 두 눈에는 아직도 피로가 짙게 번져 있었다. 날카롭게 치켜 올라간 눈꼬리를 보고서 카나는 「히익」 하고 비명을 짧게 질렀다. 그가 화를 방출하자 카나는 몸을 움츠렸다.

"혹시 화났어요?"

"화났어."

"저기…… 방에 멋대로 들어온 건 사과할게요. 하지만 저기, 미츠루 씨가 쓰러져서 어떻게든 해야 하겠다 싶어서. 그래서—."

"이게 뭐야."

변명을 쏟아내던 혀가 경직됐다. 미츠루가 내민 것은 카나가 갖고 왔던 〈씨앗〉이었다. 미츠루가 쓰러진 것을 보고 동요하여 〈씨앗〉이 든 토트백을 가게에 내버려 두고 말았다. 아마 미츠루는 그것을 발견했겠지.

실내에 충만한 냉기를 느끼고서 카나는 몸을 부르르 떨었다. 창밖은 여전히 겨울이었다. 땅은 눈으로 화장을 했다. 이 방은 여전히 겨울밤이었다.

"저기, 그보다도 몸 상태는—."

"이게 뭐냐고 물었어."

미츠루가 말을 난폭하게 끊자 카나는 자신의 무릎으로 시선을 내렸다. 후줄근한 파란색 한텐 소매가 시야에 들어오니 무단으로 빌려 입었음을 떠올렸다. 커다란 소매를 손가락 끝으로 쥐면서 카나는 우물쭈물 설명했다.

"제 〈씨앗〉이요. 요즘에 상태가 이상해져서 미츠루 씨와 상담하는 편이 좋을 것 같아서. 근데 저기 뭐라고 해야 하나, 차마 입이 떨어지질 않아서."

"언제 뱉었어?"

"저기…… 처음에 가게에 왔던 날 아침에."

"3개월이나 전이잖아."

"아, 저기, 그보다 몸 상태는."

"그게 무슨 대수라고!"

미츠루는 그렇게 내뱉고서 자신의 머리를 마구 헤집었다. 짜증을 노골적으로 드러내는 태도에 카나는 엉겁결에 일어섰다. 계속 앉아 있었더니 발끝이 저렸지만, 감각은 없더라도 발가락 열 개가 땅을 단단히 붙잡고 있었다.

"어쩐지 이상하더라, 젠장. 더 일찍 알아차렸다면."

미츠루가 투덜투덜 중얼거렸지만 명백히 대답을 원하지 않았다. 그는 팔로 안고 있던 〈씨앗〉을 내보이고자 이쪽으로 돌렸다.

"왜 숨겼어? 이 지경이 될 때까지 방치하다니. 너는 날 신용하지 않았어?"

"그건……."

말문이 막혔다. 무슨 말을 하든 변명에 불과하리라 자각했다. 미츠루는 입을 다문 카나를 힐끗 보고서 한숨을 깊이 내뱉었다.

"이제 됐어. 지금 당장 돌아가."

처음 만났던 때로 되돌아간 것 같은 완고한 태도였다. 그 목소리에는 단호한 거절이 담겨 있었다. 카나는 황급히 입을 열었다.

"못 돌아가요. 미츠루 씨의 몸 상태가 걱정돼서."

"그런 걱정 따윈 필요 없어."

"그래도."

"애당초 조수로 삼았던 게 잘못이었어. 처음부터 용납하지 말았어야 했어. 잘 들어, 두 번 다시 이 가게에는 얼씬도 하지 마. 네가 와도 되는 장소가 아냐."

그 말에 인내의 끈이 뚝 끊어졌다. 카나는 책망받을 만한 짓을 했다. 〈씨앗〉의 존재를 숨겼던 것도, 방에 무단으로 들어온 것도 사실이었다. 그러나 카나에게도 할 말이 있었다.

"뭔가요, 아까부터 일방적으로! 미츠루 씨도 제게 비밀로 숨겼던 게 있으면서."

"비밀?"

"책상 위에 있던 상자."

카나가 딱 집어서 지적하자 미츠루는 인상을 노골적으로 찡그렸다.

"봤어?"

"봤어요. 계약서에 적힌 이름, 사카하시 료라고."

이번에는 미츠루가 입을 다물 차례였다. 카나는 손등으로 입술을 훔치고서 그를 똑바로 응시했다.

"미츠루 씨의 진짜 이름은 사카하시 료 아닌가요? 내게 료를 잊으라고 했던 이유도 자기 자신이 료였기 때문이잖아요?"

"무슨 헛소리를……."

"미츠루 씨는 제가 찾고 있는 료 그 자체잖아요."

"……."

"미츠루 씨가 무슨 의도로 여러 가지를 모르는 척 숨겼는지는 모르겠지만, 전 그저 걱정돼요. 이 가게에 들어왔을 때 미츠루 씨가 쓰러져 있던 모습을 보고서 제가 어떤 기분이 들었는지 알아요? 그런 식으로 죄다 속에 담아두기만 하고. 저도 힘이 되어주고 싶은데."

울고 싶지 않은데도 눈물이 저절로 넘쳐났다. 카나는 고개를 돌리고서 한텐 소매로 눈을 난폭하게 훔쳤다. 분했다. 자신의 마음이 상대에게 전해지지 않아서.

카나는 새어 나올 것 같은 오열을 참고자 입술을 세게 깨물었다. 이가 아랫입술에 파고들더니 피부가 뿌득 찢어지는 감촉이 느껴졌다. 카나는 울지 않는다. 카나는 울지 않는다. 할머니의 말버릇을 머릿속으로 자꾸만 되뇌었다.

미츠루가 이쪽을 가만히 쳐다보다가 이윽고 책상 위에 〈씨앗〉을 올려뒀다. 중량감이 느껴지는 쿵 소리가 울렸다.

"카나."

숨이 멎었다. 이름이 불린 순간, 정수리에서 발끝까지 찌릿찌릿한 충격이 일었다. 갈증이 한순간에 채워지는 것 같은 감각.

역시 미츠루는 료였다.

그가 손을 뻗어서 카나의 뺨에 댔다. 엄지로 눈 밑에 흐르는 눈물을 살며시 닦았다. 그가 거리를 좁히자 카나는 눈을 꼬옥 감았다. 키스라도 당하는 줄 알았다.

갑자기 어둠 저편에서 훗, 하고 웃음이 섞인 날숨이 들렸다. 그의 손가락이 카나의 귓바퀴를 따라서 머리카락을 쓸어 넘겼다. 입술이 카나의 귓가로 다가왔다.

"내가, 너의 료를 죽였어."

그 순간, 공기가 얼어붙는 것이 피부로 느껴졌다. 눈꺼풀이 저절로 부릅떠졌다. 지근거리에서 이쪽을 싸늘하게 내려다보는 미츠루와 눈을 마주쳤다. 이 방 안이 몹시도 춥다는 것을 새삼스레 느꼈다. 이리도 가까운데도, 그의 손이 살에 닿았는데도 온기가 조금도 전해지지 않았다.

"무슨 뜻인가요, 그게?"

목소리가 갈라졌다.

"아까 물었잖아. 나 자신이 료가 아니냐고."

"왜냐면 계약서가."

"난 분명 사카하시 료가 맞지만, 네가 찾는 그 료는 아냐. 지금의 너는 이게 무슨 뜻인지 알겠지."

—왜냐면 넌 나의 미나토가 아냐.

그 문 너머에서 타이치가 미나토에게 했던 말이었다. 네가 찾고 있는 료. 방금 미츠루가 입에 담았던 말도 분명 동일한 뜻을 담고 있으리라.

심장이 꽉 찌부러지는 것 같은 심정이었다. 비대해졌던 기대감이 팡 터지자 눈앞이 캄캄해졌다. 다리에 힘이 들어가지 않아서 카나는 제자리에 주저앉았다.

"료가 없어진 이유는 미츠루 씨 때문이었나요? 정말로 당신이 죽인 건가요?"

"그래."

"어째서……"

카나가 두 손으로 얼굴을 가리자 미츠루는 아무 말도 하지 않았다. 무거운 침묵이 두 사람을 감쌌다. 하다못해 밖에 눈이 없었다면. 바깥의 소리가 눈 속에 빨려들지는 않았을 텐데.

카나는 걸치고 있던 한텐을 벗어 구깃구깃 말고는 미츠루에게 내던졌다. 그것이 그의 다리에 부딪치고는 그대로 바닥에 떨어졌다. 차가운 공기가 옷소매 밖으로 훤히 드러난 피부를 찔렀다.

"감기 걸려."

"안 걸려요."

"걸려. 너는 사람이니까."

"그럼 미츠루 씨는 뭔가요?"

"전에도 말했지. 난, 문의 파수꾼이야."

"그건 아무 설명도 되지 않아요. 파수꾼은 뭔가요? 료…… 료를 정말로 이제 만날 수 없나요?"

"만날 수 없어. 그 녀석은 이미 어느 세계에도 존재하지 않아."

카나가 말을 잇지 못하자 미츠루는 고개를 돌렸다.

"더는 소꿉놀이에는 어울려줄 수 없겠군."

소꿉놀이 따위가 아냐! 적어도 저는 줄곧 진지했어요. 그렇게 대꾸하고 싶었지만 말이 잘 나오지 않아서 카나는 주먹을 세게 쥐었다.

그때 나무 문 맞은편에서 도어벨이 딸랑딸랑 요란하게 울렸다. 손님이 왔다는 신호였다. 가게에 있을 때와, 이 방에 있을 때 소리가 전혀 다르게 들렸다.

카나는 재빨리 일어서서 문에 손을 댔다. 뒤에서 「잠깐」 하고 제지하는 목소리가 들렸지만 무시했다. 문을 여니 카운터 너머에는 평상시 광경이 펼쳐져 있었다. 조명이 따뜻하게 실내를 비추고, 철도모형은 끊임없이 움직였다.

그리고 출입문에는 한 남자가 서 있었다. 진남색 양복이 그의 체형에 맞지 않는지 어깨 부분이 조금 남아돌았다.

"허벌나게 근사한 가게구만요. 여기 『기적이 일어나는 가게』 맞아요? 절대로 못 만나는 사람이랑 만날 수 있다고 들었는데."

남자가 그렇게 물었다. 사투리가 짙게 묻어 나오는 말투였다.

방문한 손님은 자신의 이름을 토키와 요시카네라고 댔다.

"요시카네라고 편하게 불러주세요."

그 목소리는 성인 남성치고는 약간 높았다. 짧은 검은 머리에, 가느다란 눈매가 처져 있어서 애교가 느껴졌다. 키는 170센티미터에 못 미치는 듯했지만, 얼굴이 작고 팔다리가 길쭉했다. 입꼬리를 올리며 말을 해서인지 뺨에 난 보조개가 유독 두드러졌다. 입고 있는 양복은 오래돼서 색이 바랬지만, 동안이라서 조금 앳된 인상이 느껴졌다.

"이야, 방금 전까지 갈까 말까 어찌나 고민했던지. 거, 나이깨나 먹은 남자가 『예언 같은 꿈을 꾸고 왔는데요』 하고 허무맹랑한 소릴 내뱉으면 정신이 이상한 사람 취급을 받을지도 모르잖아요? 일을 땡땡이치면서까지 차를 몰고 와 봤더니 꿈에서 봤던 그 가게가 떡하니 실존하더라고요. 어찌나 놀랐던지."

"차는 어디에 세우셨나요?"

"바로 근처 주차장에. 거기 되게 양심적이라서 살았구만요. 경차가 한 시간에 2백 엔이라니. 요즘 같은 시대에는 경차가 참 좋더라고요. 덩치 큰 차로 주택가를 달리면 여러모로 귀찮으니께."

요시카네는 소파에 앉자마자 말을 줄줄 내뱉었다. 정면 소파에 앉은 카나는 말장구를 치면서 카운터 안쪽 문으로 사라져버린 미츠루의 동향을 신경 썼다.

느닷없이 손님이 찾아온 바람에 카나와 미츠루의 말다툼은 임시

휴전에 들어갔다. 미츠루는 평소처럼 「차를 끓여오지」 하고 말하고서 그 자리를 떠났고, 카나는 카나대로 어디에 앉을지 고민했다. 손님 옆에 앉는 것은 무조건 이상하지만, 그렇다고 해서 평상시처럼 2인용 소파에 앉아 있으면 미츠루가 돌아와 그 옆에 앉겠지. 그것은 거북했다. 그러나 계속 서 있는 것 역시 이상했다.

무엇을 선택하든 정답이 아니기에 아무리 고민해 봐도 소용없었다. 카나는 마음을 고쳐먹고서 결국 평소처럼 행동하기로 했다. 다행히도 요시카네는 수다를 즐기는 성격이었기에 가만히 듣기만 해도 그에 관한 정보를 순식간에 모을 수 있었다.

나이는 서른다섯 살. 고등학교를 졸업한 후에 침구류 회사에 취직했고, 현재는 영업직으로서 오사카 지점과 도쿄 본사를 왔다 갔다 하고 있다. 좋아하는 음식은 푸딩, 싫어하는 음식은 피망이었다. 술자리는 좋아하지만, 술을 잘 마시지 못한다고 했다. 초등학생 시절 꿈은 요시모토 흥업 소속의 연예인이 되는 것이었다. 그러나 고등학교 문화제에서 친구와 함께 만담을 선보였으나 냉담한 반응을 받고서 자신과는 맞지 않음을 깨달았다.

"뭐, 몇몇 친구는 정말로 연예인으로 활동하는 녀석도 있긴 하지만요. 그걸로만 먹고 사는 게 빠듯한지 아르바이트도 병행하고 있더라고요. 참 어렵구만요. 20대 때는 꿈을 좇는 모습이 근사하다면서 결혼했는데, 막상 자식이 생기니 지금 꿈이나 꿀 때냐고 바가지나 긁히는 신세라니. 역시 자식이 사람을 바꾸는 건가 봐요."

"자식은커녕 결혼조차 아직 멀어서 별로 상상은 되지 않네요. 요시카네 씨는 결혼을 하셨죠?"

"아, 들켰습니까? 맞아요."

그가 살랑살랑 흔드는 왼손 약지에는 은색 반지가 끼워져 있었다. 표면에 난 여러 흠집이 반지가 새것이 아님을 보여줬다.

"스물여섯 살 때 결혼했고 지금도 러브러브해요. 전 키가 큰 사람을 좋아해요. 우리 아내는 180센티미터나 나가는데, 중학생 때 배구부 주장을 했죠. 하이힐을 신으면 참말로 멋져요. 허리를 숙이지 않으면 키스도 못 해서 곤란하긴 하지만."

요시카네가 핫핫핫, 하고 당당하게 자랑을 늘어놓자 카나는 기가 막혔다. 저런 식으로 아내를 향한 호감을 대놓고 표현하는 사람은 카나 주변에는 별로 없었다.

"아내를 많이 좋아하시네요."

"그야 좋아하지도 않는데 어떻게 결혼하겠소잉? 뭐, 그래도 아가씨 같은 요즘 젊은이들은 결혼하지 않아도 용납이 되는 세대잖아요? 삶의 선택지는 늘어날수록 좋으니 독신이 점점 늘어나도 좋다고 생각하는구만요."

"요시카네 씨도 그렇게까지 차이 나지 않잖아요?"

"아니, 아니, 열 살이니 상당히 차이가 나지요. 제너레이션이라고 허나요? 뭐, 전 일 때문에 서일본과 동일본을 왔다 갔다 해서 세대 차보다는 지역 차를 더 여실히 느끼지요. 아내도 전에는 선물을 잔뜩 사 와서 기쁘다고 해줬는디."

요시카네가 「그나저나 덥구만」 하고 양복 재킷을 벗고는 가방에서 작은 부채를 꺼냈다. 홍보용품인지 회사명이 떡하니 인쇄되어 있었다. 『잠이 안 와? 그럴 때는 NEMURELU에 문의해주세요!』라고 고딕체로 홍보 문구가 적혀 있었다.

아까 전 미츠루의 방과는 달리 가게 내부는 7월 초순에 어울리는 기온이었다. 창밖은 환해서 오늘 날씨가 쾌청하다는 것을 실내에서도 알 수 있었다. 요시카네는 셔츠 소매를 팔꿈치까지 걷어 올리고는 탄탄한 팔을 드러냈다.

"부인은 같은 또래이신가요?"

"동갑입니다. 중학생 때부터 사귀었으니께 만난 지 거의 20년쯤 됐나?"

"우와, 중학생 때부터 줄곧 같은 사람이랑 사귀다가 결혼까지 하셨다고요? 대단해."

"아우, 그렇다고 말할 수 있으면 참 멋지겠지만, 실은 한 번 헤어졌당께요. 중학교 3학년 때 사귀다가 고등학교에 진학할 즈음에 헤어졌어요. 그리고 스물다섯 살 때 동창회에서 재회했고, 저쪽에서 먼저 접근해서…… 근데 정신을 차리고 보니 좋아한다는 말을 내가 더 많이 하고 사니 참 신기해요잉? 어쩌다가 역전됐는지."

"그만큼 사랑을 받으니 부인께서도 행복하시지 않을까요?"

"그러면 좋겠는데."

요시카네가 눈을 내리뜨고서 멋쩍게 웃었다.

"분위기가 상당히 좋군."

미츠루가 허브티가 든 찻잔을 쟁반에 얹고서 두 사람 곁으로 돌아왔다. 그는 테이블에 찻잔을 각각 내려두고는 당연하다는 얼굴로 카나 옆에 앉았다. 얼핏 보면 태도가 평소와 다름이 없었지만, 평소보다 다리를 넓게 벌렸다. 언짢은 감정을 20퍼센트쯤 더 드러냈다고 해야 할까?

"뭐여, 이 차는. 겁나게 향기가 좋구만요. 우리 할머니도 설탕 대신에 별사탕을 넣곤 했는데. 참 정겹구만요."

도기 찻잔에는 투명한 녹색 액체가 담겨 있었다. 가느다란 티스푼으로 휘저으니 녹색 장미잎과 별사탕이 즐겁게 빙글빙글 춤췄다.

카나는 컵을 기울였다. 입에 머금으니 그윽한 봄 향기가 퍼져나갔다. 허브티는 달콤하고 전혀 씁쓸하지 않았다.

"사장님은 달콤한 걸 좋아하나 봐요? 이 차, 굳이 별사탕을 넣지 않아도 원체 달 것 같은데."

"손님의 입맛에 맞게 차가 끓여졌을 뿐."

"와, 사장님은 무슨 초능력자입니까? 전 말이죠. 옛날부터 홍차나 커피가 별로였거든요. 그런데 고객을 방문하면 대체로 그 두 가지 중 하나잖아요? 그래서 숨을 참고서 마시는 기술을 몸에 익혔지요. 근데 이 차는 달아서 얼마든지 마실 수 있겠구만요."

요시카네가 유쾌한지 껄껄대며 말했다. 겉치레 말임을 알았지만 싫지 않았다. 표정이 사근사근해서일까? 아니면 고저 차가 또렷한 억양 때문일까? 목소리가 귀에 편안하게 들렸다.

"상당히 떠든 것 같으니 슬슬 본론에 들어가도 되겠어?"

미츠루가 퉁명스럽게 말했지만, 요시카네는 언짢아하지 않는 듯했다.

"그러시죠."

그가 부채질을 하면서 말했다.

그 이후에 미츠루는 가게를 설명했다. 대가를 지불하면 원하는 상

대와 만날 수 있지만, 그 인물은 평행 세계의 주민이지 이 세계의
사람이 아니다.

"즉, 패럴렐 월드! 겁나게 두근두근거리는 단어구만요."

마치 픽션을 즐기는 것처럼 요시카네는 홀가분한 기분으로 미츠
루의 설명을 받아들였다. 너무나도 선선히 납득해버려서 카나가 더
당황했다.

"믿는 건가요?"

"왜냐면 믿어야 더 재밌을 것 같으니께. 게다가 뭐라고 해야 하
나…… 저도 잘 모르겠지만, 이 가게에 관한 꿈을 꿨을 때부터 신기
한 일이 벌어지더라도 이상하지 않겠다 싶더라구요. 저도 서른다섯
이나 먹어서 사기를 의심하는 마음도 있긴 하지만, 왠지 믿고 싶어
진당께요."

"그건 몸에 자리 잡은 〈씨앗〉의 영향이야."

"씨앗?"

미츠루가 끼어들자 요시카네가 고개를 갸웃거리며 턱을 긁적였
다. 카나는 순간적으로 미츠루의 얼굴을 올려다봤다. 미츠루가 사
전에 〈씨앗〉에 관해 손님에게 말한 것은 처음이었다.

"기생식물이라는 게 있지? 다른 식물에 기생하면서 영양분을 빨
아들여 살아가지. 〈씨앗〉은 처음에는 사람의 체내에서 기생해. 원
래는 쌀알만 한 크기인데, 어느 정도 크기까지 성장하면 기생하는
사람을 유도하려고 하지."

"유도한다니 어디로요?"

"이 가게로. 더 엄밀히 말하자면 이 가게에 있는 시작의 나무로.

손님이 봤던 꿈은 〈씨앗〉이 보여준 거야. 시작의 나무는 생존전략으로써 사람이 〈씨앗〉을 토해내게 하기 위해서 이 가게를 이용하고 있어. 체내에 〈씨앗〉을 방치해두면 이윽고 거대해져서 숙주와 함께 망하지."

"상상을 해 봤더니 징그러운데. 에일리언 알 같은 게 제 배 속에 있다, 이 말입니까?"

요시카네가 우엑, 하고 얼굴을 잔뜩 찡그리고서 자신의 얇은 배를 매만졌다.

"배는 아니지만…… 뭐, 그런 셈이지."

"체내에 남아 있으면 망한다고 방금 말했는데, 그 망한다는 표현은 구체적으로 뭘 가리키는 건가요?"

"죽어."

"와우, 참말로 구체적."

"기생하는 인간한테는 바람이 있어. 무언가를 강하게 집착하고 있어서 세상의 균형을 무너뜨릴 우려가 있지. 여기서 손님과 평행 세계의 사람을 만나게 하는 이유는 손님 안에 자리 잡은 〈씨앗〉에 자극을 주기 위해서야. 감정이 강한 자극을 받으면 〈씨앗〉은 그에 부속된 기억과 함께 체외로 배출되지. 배출된 직후에는 아직 말랑말랑해서 쉽게 파괴할 수 있어."

그러고 보니 예전에 후미카가 질문했을 때 미츠루가 『가스 빼기』라는 표현으로 대답했다. 마리도, 미나토 군도, 후미카 씨도, 그 밖에 다른 손님들도, 모두가 미츠루의 설명을 의심하지 않고 순순히 계약을 맺었다. 그 역시 모두 〈씨앗〉의 영향이었단 말인가? 그들은 자신의 의사라고 굳게 믿은 채로 이 가게에 왔던 걸까?

그럼 나는 어떨까? 카나는 찻잔을 두 손으로 감싼 채 녹색 수면을 쳐다봤다. 미츠루를 돕고 싶다는 이 감정은 정말로 자신의 의사일까?

"그 〈씨앗〉이 체외에 배출되면 어떻게 됩니까? 일부러 이 가게로 숙주를 유도하려고 했으니 뭔가 이점이 있다거나?"

"이 가게에 모여든 〈씨앗〉은 최종적으로 내게 파괴돼. 산산이 부서진 〈씨앗〉은 모래가 되어 시작의 나무의 양분이 돼. 그런 식으로 커다란 한 그루의 나무를 수많은 〈씨앗〉의 힘으로 유지하고 있지."

"음음? 즉 〈씨앗〉은 스스로 파괴되기 위해서 이 가게로 손님을 유도한다는 말입니까?"

"종(種)을 존속시키기 위한 생존전략이야. 그리고 이 가게는 오직 시작의 나무를 관리하기 위해서만 존재하고 있어. 체외에 배출되더라도 〈씨앗〉은 숙주와 이어져 있고, 빼앗긴 기억에 얽힌 특정 감정에 따라 성장해. 자극을 받을 때마다 점점 자라나지. 나무로 자라나는 걸 막으려면 〈씨앗〉을 파괴하는 수밖에 없으니 〈씨앗〉이 체내에 있는 단계에서 얼른 처리하는 게 핵심이야. 절대로 방치해서는 안 된다는 뜻이지."

뒷말은 분명 카나에게 하는 것이었다. 미츠루가 일부러 이렇게 설명한 이유는 손님 때문이 아니었다. 카나에게 들려주기 위해서였다. 〈씨앗〉을 방치하면 어떻게 되는지 에둘러서 빈정거린 듯했다.

빼앗긴 기억에 얽힌 특정한 감정. 카나는 그 말을 머릿속으로 곱씹었다.

"손님이 바라는 상대와 만난 뒤 이 가게에서 일어났던 모든 기억은 사라져. 꿈에서 이 가게를 봤던 사실도, 대가를 지불했다는 사실도, 문 너머에서 누군가와 만났다는 사실도. 이 가게에 얽힌 온갖 것들을 다 잊어버리지."

"마지막에 반드시 모든 걸 잊는다는 사실을 알고서도 만날 의미가 뭐랍니까?"

"그러고 보니 말을 안 했군. 여긴 『자기만족을 파는 가게』야."

요시카네의 미간에 주름이 살짝 졌다. 눈이 처져서인지 인상을 찡그렸는데도 온화한 인상은 바뀌지 않았다.

요시카네는 넥타이에 손을 대고서 느슨히 풀었다. 2인용 소파 등받이에 몸을 기대고서 「후유」 하고 숨을 크게 내뱉었다. 슬랙스 자락이 약간 올라가면서 옅은 복숭아색 양말이 엿보였다.

"복잡한 내용은 잘 모르겠지만, 만날 수 있다면 만나고 싶으니 거절할 이유는 없구만요. 그리고 배 속에 이상한 걸 품고서 죽고 싶은 맘도 없고."

"계약이 성립됐군."

미츠루가 그렇게 말하자 테이블 위에 계약서가 나타났다. 요시카네는 구석구석 유심히 읽어보고서 서명했다. 예쁘지는 않지만 읽기 편한 글씨였다.

"오늘 24시 전에 이 가게에 와줘."

"그럼 저는 종전처럼 추억의 장소에 가서 이야기를 듣고 오면 되는 거죠?"

"왜?"

"네?"

평소와 동일한 절차를 밟고 있을 뿐인데 미츠루가 의아하다는 표정을 지었다.

"그럼 손님과 네가 단둘이 있게 되잖아."

"여태껏 그래왔는데요."

카나가 고개를 갸웃거리자 미츠루가 손으로 입을 가렸다. 손바닥으로 가렸는데도 혀를 차는 소리가 확실히 들렸다.

요시카네가 입꼬리를 씨익 올렸다.

"허허, 사장님은 상당히 걱정이 많은 성격이구만요."

"그게 아냐."

"괜찮아, 괜찮아요. 전 아내 일편단심이라서 아가씨한테는 손을 대지 않는당께요."

"그러니까 아니라고 했잖아."

요시카네는 미츠루의 불평을 흘려버리고서 호쾌하게 웃었다. 혹시 질투한 건가? 카나는 몇 초 늦게 이해하고서 마뜩잖아 하는 미츠루의 얼굴을 곁눈으로 봤다. 그의 두 눈은 투명한 유리에 가려져 있었다. 검은 머리카락 사이로 엿보이는 귓바퀴의 형태를 눈으로 좇으니 시선을 감지한 미츠루가 이쪽으로 고개를 돌렸다.

"이봐."

"왜, 왜요?"

어쩐지 겸연쩍어서 무심코 자세를 곧추세웠다. 미츠루는 뒤통수를 마구 헤집고서 거북하게 입을 열었다.

"너, 손님의 이야기를 다 듣고서 일단 가게로 돌아와."

"아, 네. 알겠습니다."

"그럼 얼른 가버려."

미츠루가 쫓아내듯 손을 젓자 요시카네가 「이게 츤데레인가?」하고 익살스럽게 말했다. 그의 손에는 여전히 부채가 쥐어져 있었다.

인근 유료 주차장에 세워진 차는 회색 스틱 차량이었다. 문을 여니 패스트푸드 특유의 느끼한 기름 냄새가 풍겼다.

"방금 전까지 맥도를 먹어서."

요시카네는 해명하고서 맥도○드 로고가 들어간 종이봉투를 뒷좌석으로 밀었다. 간사이 지방 사람은 정말로 맥도라고 말하는구나. 카나는 무시근하게 생각했다.

"엉망이라서 죄송합니다. 아, 안전벨트는 까먹지 말고 해주세요. 경찰한테 적발되면 벌점을 받는지라."

조수석에 앉으니 백미러에 매달려 있는 『교통안전』이라고 적힌 작은 부적이 눈에 들어왔다. 카나의 시선을 눈치채고서 요시카네의 입가가 느슨해졌다.

"그건 말이죠. 아내가 사준 거예요. 『자주 운전하고 다니니 내가 모르는 데서 사고 당하지 마』라면서요. 확실히 차를 오래 타긴 하니께요. 신칸센을 타면 좋겠지만 차가 더 좋아서 오사카와 도쿄를 오고 갈 때도 자꾸 이용하게 되네요."

"요시카네 씨는 지금 어디에 거주하세요?"

"집은 오사카에 있는데, 한 달의 3분의 1 정도는 도쿄에 와 있습니다. 그 기간에는 사원 기숙사에서 지내는지라 집이 두 군데가 있는 느낌이구만요. 아, 아가씨는 차멀미 없습니까?"

"그렇게 심하지 않으니 괜찮아요. 일단 면허도 갖고 있고요."

15일 동안 합숙하여 취득한 면허는 취득한 그날부터 지갑 속에서 썩게 됐다. 너무 서투르다는 이유로 주변 사람들이 운전하지 말라고 만류했다.

"전 지금 다니는 회사를 좋아해요. 휴일은 적지만, 보람도 있고 급료도 그럭저럭 괜찮아서. 근데 아내는 이직하길 바라는 눈치더군요. 예전에는 일을 열심히 하는 모습이 좋다고 말해줬는데."

정지 상태에서 가속하여 차도를 달렸다. 그 일련의 흐름은 매끄러웠다. 평소에 세심하게 운전한다는 것을 엿볼 수 있었다.

"저기, 요시카네 씨가 만나고 싶어 하는 상대는 부인이신가요?"

카나는 후미카와 나눴던 대화를 떠올리면서 치마 위에서 무릎을 매만졌다. 요시카네는 핸들을 쥔 채로 「엥?」 하고 목소리를 뒤집었다.

"왜 군이 평행 세계의 아내를 만날 필요가 있소잉? 제가 사랑하는 아내는 이 세상에서 딱 한 명뿐이구만요."

"그럼 누굴 만나고 싶나요?"

"할아버지요, 아버지 쪽. 이름은 토키와 요시로이고요. 아주 무시무시한 할아버지였죠. 제가 나쁜 짓을 할 때마다 때렸어요. 골초에다가 술고래였고, 여러모로 호쾌한 사람이었당께요. 10년 전에 사우나 안에 너무 오래 있다가 덜컥 가버렸는디, 뭐, 굵고 짧게 사는 게 최고라고 본인이 입버릇처럼 말했으니 행복하지 않았을는지."

요시카네의 말투는 밝았다. 좌석 쿠션에 파고든 꼬리뼈 위치가 미묘해서 카나는 몸을 살짝 움직였다.

"할아버지네 집은 산골에 있는디 할머니가 키운 꽃이며 나무들로 넘쳐나죠. 텃밭도 가꾸고 있구요. 할아버지는 장기를 좋아했는데 자주 상대를 해줬습니다. 어린애인데도 전혀 봐주질 않아서 매번 호되게 당했구만요."

"그럼 장기를 잘하시겠어요?"

"잘하진 않지만 중학교 때 장기부에서 활동했지요. 그건 할아버지한테서 영향을 받은 것 같네요. 대회에서 받은 상장을 보여줬더니 할아버지가 액자에 넣어서 집에 걸어두더라고요. 그땐 사랑받는구나, 하고 생각했죠. 할아버지랑 함께 뒀던 장기 세트, 지금도 차에 있어요."

교차로에 접어들자 차가 감속했다. 좌회전을 알리는 방향 지시기가 리드미컬하게 깜빡거렸다. 좌회전할 때는 오토바이나 자전거가 틈새에 들어오지 못하도록 차를 왼쪽에 붙일 것. 교습소에서 배웠던 지식이 머릿속에서 튀어나왔다가 한순간에 사라져갔다.

"요전에 할머니도 돌아가셨어요. 정리할 게 여러모로 많아서 야단법석이었죠. 집은 팔고, 소중히 간직했던 물건들 대부분은 아버지가 인수하셨구만요. 제가 사는 집은 임대에다가 그리 넓지 않아서 이 장기 세트도 둘 데가 없어서 차 안에 놔두는 실정이고요. 할아버지랑 만나기 위해서 대가를 치러야 한다면 역시 이 장기 세트를 내야 하나."

"소중한 걸 대가로 지불해도 되나요?"

"그 사장님이 소중한 물건이 좋다고 했으니께요. 게다가 말이죠. 왠지 잘 모르겠지만, 그 가게에는 소중한 물건을 넘겨도 될 것 같은 기분이 들고요. 제 배 속에 있는 기생식물의 영향을 받아 그런 생각을 하는지도 모르겠지만."

"배 속에 있는 건 아닌 것 같은데."

"그럼 어디에 있죠잉?"

"저도 잘 모르겠네요. 그 가게는 이상한 원리로 운영돼서 설명할 수 없는 것도 많은지라."

"흐—음."

그가 건성으로 말장구를 친 이유는 의식이 앞유리 너머에 쏠려 있기 때문이겠지. 유모차를 미는 젊은 여성이 신호등이 없는 횡단보도를 조심스럽게 건너고 있었다. 여성이 가볍게 인사를 하자 카나도 고개를 앞으로 숙였다.

"저, 나무를 좋아해요. 할아버지 할머니 집의 영향일지도 모르겠는데. 그 시작의 나무는 대체 얼마나 거대하대요? 도쿄 타워보다도 거대한가?"

"아뇨, 아뇨, 그 정도까지는. 야쿠시마 섬[#5]의 삼나무를 떠올리면 되지 않을까 싶네요."

"하— 꽤 거대한 나무구만요. 저, 어렸을 적에 나무는 무한정 거대해지는 줄 알아서 뜰에 묻어둔 도토리가 계속 성장해서 언젠가 세계를 삼키지 않을까 겁먹었죠. 근데 실제로는 성장하는 데 한계가 있더구만요. 광합성에는 물이 필수인데, 물을 빨아올릴 수 있는 한계를 넘어서까지는 커지지 않는다니."

"그게, 시작의 나무는 예외인 것 같아요."

"와우. 한계 없는 생명체는 이 세상에는 없다고 생각해요. 만약에

#5 야쿠시마 섬 유네스코 세계유산으로 지정된 일본의 섬. 수령이 오래된 삼나무가 유명하다.

주변에서 한계가 없다고 여기는 생명체가 있다면 그건 그저 한계를 몰라서 그런 게 아닐까요? 아무리 대단한 야구선수일지라도 혹사하면 몸이 망가지고, 아무리 대단한 대식가 선수도 한계를 초월하면서까지 먹을 수는 없죠잉."

"그렇게 말씀하시니 그런 것 같아요."

"그죠, 그죠."

기분이 좋아졌는지 요시카네가 득의양양하게 흐흠, 하고 입꼬리를 올렸다. 그가 삼촌뻘임을 알지만, 아이 같은 행동을 보니 자꾸만 귀엽다는 생각이 들었다. 아마도 이것이 요시카네의 강점이겠지.

"그나저나 재밌군요. 평행 세계라니. 사람은 살면서 그땐 그랬으면, 저땐 이랬으면, 하고 으레 상상하곤 하지요. 나이를 먹을수록 여러모로 생각이 많아지는구만요. 내가 연예인이 됐다면 어땠을는지."

"만약에 요시카네 씨가 연예인이 됐다면 지금쯤 텔레비전에 나왔을지도 모르겠네요."

"어이구, 그런 재능은 없었다니께요. 게다가 설령 연예인이 됐더라도 지금의 나와는 다른 내가 되어 있겠지요. 아가씨는 뭔가 있습니까? 그랬으면 좋았을 걸, 하고 후회하는 선택."

"굳이 말하자면 이러길 참 잘했구나 싶은 기억들뿐이네요. 그때 그 선택을 한 게 다행이야 싶은 기억이요."

문학부와 사회학부를 두고서 고민했지만, 좋은 친구와 만날 수 있었으니 지금 다니는 학부를 택하길 잘했다. 동아리에 들지 말지 고민했지만 마리와 친해졌으니 용기를 내길 잘했다. 료가 둘이서 나가자고 권했을 때 부끄러웠지만 따르길 잘했다.

켜켜이 쌓인 선택들이 지금의 카나를 구축했다.

카나의 말을 듣고서 요시카네는 눈꼬리를 살짝 내렸다. 핸들에 올려둔 오른쪽 검지로 표면을 가볍게 두드렸다.

"멋진 인생을 보내고 있군요. 나도 그런 사고방식을 좋아하는구만요. 후회해도 시간을 되돌릴 순 없고, 어차피 다른 선택도 할 수 없으니께요. 우리 할아버지도 자주 말했지요. 『올바른 걸 고르려고 하지 마. 네가 고른 걸 올바르게 만들어 나가』하고."

"좋은 말이네요."

"아, 멋 좀 부리려다가 길을 잘못 들었다."

"예에?"

우회전한 도로가 편도 2차선 국도로 합류했다. 요시카네가 혀를 내보이며 웃었다.

"뭐, 마지막에 목적지에 도착하면 되는 거지요. 옆길로 새는 것도 인생입니다."

그가 액셀러레이터를 밟자 차가 가속했다. 흘러가는 경치를 눈으로 쫓으면서 카나는 등받이에 몸을 기댔다. 차 안에 가만히 있으니 자신만이 아무것도 하지 않는 것 같은 착각에 빠질 것 같았다. 그래도 차는 앞으로 나아가고 있고, 확실히 목적지에 다가가고 있었다.

요시카네가 추억의 장소로서 안내한 곳은 시내에 있는 백화점이었다. 7층짜리 건물로 옥상에는 일찍이 어린이 유원지라 불렸던 시설이 있었다. 카나는 초등학생 때 저녁 버라이어티 쇼에서 폐쇄 소식을 다뤘던 것을 기억했다.

지금은 옥상 공원으로 탈바꿈했고, 여름에는 비어 가든으로 운영된다. 카나도 대학교 친구들과 몇 번 온 적이 있었다.

"아— 여기, 여기. 다행이야, 아직도 가게가 남아 있어서."

6층 레스토랑 플로어 한편, 쇼윈도에는 알록달록한 식품 샘플이 장식되어 있었다. 파르페, 음료수, 팬케이크, 오므라이스, 스테이크, 햄버그, 어린이 런치 세트. 그 위에 걸려 있는 작은 간판에는 광고에서 가끔씩 봤던 로고가 그려져 있었다. 가격대가 조금 비싼 패밀리 레스토랑 체인점이었다.

"아가씨, 알레르기 있습니까?"

"전혀 없어요."

"잘됐다, 잘됐어. 마침 간식을 먹기에 딱 좋은 시간이구만요. 당장 들어가지요."

요시카네는 그렇게 말하고서 가게 안으로 성큼성큼 들어갔다. 카나는 황급히 그의 뒤를 따라갔다. 한산한 시간대라서인지 좌석은 50퍼센트밖에 채워져 있지 않았다. 두 사람은 4인 박스석으로 안내를 받았다. 둘이 쓰기에는 차고 넘칠 만큼 넓었다.

"뭐 먹을래요? 난 푸딩 아라모드로 정했는데."

"맛있어요?"

"맛있고말고요, 여기 푸딩은. 옛날에 할아버지랑 온 적이 있어서 그때 먹었지요."

메뉴판 마지막 쪽에 푸딩 아라모드 사진이 큼지막하게 실려 있었다. 은색 배 모양의 플레이트에 딸기, 키위, 바나나, 오렌지, 사과, 아이스크림, 푸딩이 수북이 담겨 있었다.

"제가 스무 살 때였던가? 할아버지가 도쿄로 여행을 왔어요. 그때 데리고 온 장소가 바로 이 가게였죠. 당시에 이미 일하고 있었고, 기숙사 생활이라서 돈도 그럭저럭 있었거든요. 그래서 비싼 식당쯤은 알고 있다며 우쭐거렸는데, 할아버지 눈에 전 언제나 꼬맹이였던가 봐요. 『푸딩 먹어라, 좋아하잖냐』래요. 아니, 아니, 푸딩 가지고 성이 찰 리가 없잖아, 하고 생각했지만 무시할 수도 없어서."

요시카네가 손가락으로 매끈한 메뉴판을 어루만졌다. 사진 옆에는 『창업 이후 변하지 않은 맛!』이라고 적힌 말풍선이 달려 있었다.

"그때 그 푸딩, 참 맛있었지. 계란이 겁나게 들어가서 탱탱했죠. 내가 걸신들린 것처럼 먹어대니 할아버지가 『맛있냐?』하고 무척 기뻐하더라고요. 마지막에 내가 돈을 내려고 하니 화를 내고서는 『애는 잠자코 얻어먹어』하고 말하는 거예요. 폼을 재고 싶었던 거겠죠. 할아버지, 그런 면이 있었으니까."

"요시카네 씨는 할아버지를 좋아하는군요."

"그야 좋아하죠. 근데 이렇게 좋아한다고 말할 수 있게 된 건 할아버지가 돌아가신 뒤부터예요. 무지 쑥스러워서 말 못 했죠. 호의나 감사는 상대가 있을 때 말하는 편이 낫더구만요. 죽은 후에 아무리 고맙다고 말해도 상대한테 전해지지 않으니께."

그 말을 듣고 카나는 세상을 떠난 할머니의 얼굴이 떠올랐다. 나이를 먹어갈수록 죽음은 가까워진다. 언젠가 할아버지도, 아빠나 엄마도 돌아가시겠지. 그때를 상상만 해도 심장이 꼬옥 옥죄이는 듯했다. 상실의 고통은 쉽사리 치유할 수 없다. 그러나 수많은 사람들은 전혀 내색하지 않고 일상생활을 보내고 있다.

"아, 죄송합니다. 주문해도 될까요?"

요시카네 씨가 환하게 웃으면서 한 손을 들어 점원을 불렀다.

"전, 푸딩 아라모드랑 아이스 카페오레 세트로. 아가씨는 뭘?"

"아, 저도 똑같은 걸로."

"알겠습니다. 주문을 확인하겠습니다."

점원이 주문 내용을 되뇌었다. 그사이에 카나는 메뉴에 실린 음료 일람을 바라봤다. 흥미가 있었던 것은 아니고, 이런 때 어떻게 행동하는 게 정답인지 잘 몰랐다.

"이상, 두 메뉴가 맞으신지요?"

"예, 맞아요—."

"그럼 나오는 대로 가져다드릴 테니 잠시만 기다려주십시오."

인사를 하고서 떠난 점원이 사원인지 아르바이트생인지 생각했다. 카나와 같은 또래 친구들 중에는 서비스업에서 아르바이트를 하는 애도 많았다. 카나는 돈을 버는 아르바이트를 해 본 경험이 없어서 약간 열등감을 느꼈다.

"요시카네 씨는 아르바이트를 한 적이 있나요?"

"없어요. 고등학교를 졸업하자마자 취직했고, 그게 첫 노동이었습니다. 존댓말도 제대로 구사하질 못해서 여러모로 고생했지만요. 아가씨는 그 가게에서 아르바이트를 하는 거지요?"

"그걸 아르바이트라고 해야 할지, 자원봉사라고 해야 할지······."

"무보수 노동입니까? 안 돼요, 그러면."

요시카네가 미간을 찡그렸다. 이대로는 미츠루가 누명을 쓸 것 같아서 카나는 황급히 변명했다.

"그 가게는 여러모로 특수해서요."

"뭐, 그건 보면 알겠더구만요. 특수한 가게와 특수한 주인. 특수한 조건과 특수한 상품. 그 사장님, 어떤 경험을 쌓아왔을는지. 구인 광고를 보고 응모한 것처럼은 보이지 않던디. 혹시 초대 주인?"

"아뇨, 전 점주도 있었대요. 자세히는 알려주질 않았지만."

"가게를 갑자기 물려받으라는 소리를 들으면 난 기겁을 했겠지요. 그 사장님, 젊은데도 퍽 견실하던디."

요시카네가 고개를 응응 끄덕이자 카나는 「그런가요?」 하고 손을 내려다봤다. 미츠루가 어떤 과거를 갖고 있는지는 모르겠지만, 료에게는 아르바이트 경험이 있었다. 근무처는 료가 살았던 맨션 근처에 있는 프랜차이즈 패밀리 레스토랑이었다.

사귄 지 반년이 지났을 무렵에 료와 만나는 횟수가 줄어든 시기가 있었다. 그가 다니던 직장에서 아르바이트생이 셋이나 한꺼번에 그만둔 바람에 인원이 부족해졌기 때문이었다. 새로운 아르바이트생이 들어올 때까지 스케줄의 공백을 메워야만 해서 만날 시간을 줄일 수밖에 없다고 설명했다. 데이트 횟수도 주 3회에서 1회로 줄어들었다.

「대학생, 커플, 만나는 빈도」로 검색.

키워드를 입력하자 얼마나 신빙성이 있는지 알 수 없는 사이트가 화면에 수없이 떠올랐다.

『대학생 커플은 사회인 커플에 비해 만나는 빈도가 많다. 평균적으로 주 2, 3회. 다만 아르바이트를 하는 학생이나 다른 대학교에

다니는 경우에는 주 1회 만나는 경우도. 너무 자주 만나면 매너리즘에 주의!』

그렇게 적힌 글을 보고는 매일 만나고 싶어 하는 내 마음은 그저 이기심이 아닐까, 라는 생각이 들었다.

주변 친구들에게 상담을 해 봐도 「카나도 의외로 남친을 자주 만나고 싶어 하는 타입이구나」라느니 「그거 남친의 사랑이 식기 시작한 거 아냐?」라느니 멋대로 떠들어댈 뿐이었다. 그런 말을 듣고 싶은 게 아냐! 하고 크게 외치고 싶었지만, 그럼 무슨 말을 원하느냐고 묻는다면 할 말이 없을 것 같았다.

한밤중에 침대에 드러누워서 SNS를 순회하는 게 어느새 버릇이 됐다. 친구가 인스타그램에 올린 남자친구와의 사진을 보면 속이 조금 부글거렸다. 지금까지는 별다른 생각이 들지 않았는데, 자신의 마음이 점점 작아져 가는 것처럼 느껴졌다.

누군가의 행복을 질투하는 치졸한 녀석은 되고 싶지 않았다. 그런데 채워지질 않는 마음을 도저히 속일 수가 없었다.

전화를 걸어서 「더 많이 만나고 싶어」 하고 딱 한 마디만 하면 되는데. 료에게 부담을 주고 싶지 않았다. 성가신 여자로 여기지 않길 바랐다.

고등학생 때까지 나는 이토록 외로움을 타지 않았다. 남자친구 따윈 없어도 당연히 살아갈 수 있을 텐데도 좋아하면 할수록 자신을 지탱하는 중요한 부분이 상대에게 점점 침식되어 갔다.

혼자서 궁상맞게 고민하는 것은 성미에 맞지 않았다. 카나는 침대에서 일어서 트렌치코트를 팔에 걸고는 가방 안에 지갑과 스마트폰과 열쇠를 아무렇게나 던져 넣고서 집을 나섰다.

11월치고는 따뜻한 밤이었다.

브라운 트렌치코트가 걸을 때마다 몸에 들러붙었다. 전철을 타고서 료가 일하는 곳에 도착했을 즈음에는 머리도 조금 차가워졌다. 20시를 조금 넘긴 시각이었는데, 창문 너머에서도 레스토랑이 성업 중임을 한눈에 알 수 있었다.

역시나 가게 안에 들어가면 난처해할까? 아아, 이럴 줄 알았다면 마리를 불러서 둘이서 올 걸 그랬다. 늦은 저녁을 먹으러 왔어, 하고 변명할 수 있었을 텐데.

머릿속에서 온갖 생각들이 빙글빙글 맴돌았다. 일터까지 찾아오다니 확실히 나는 무거운 여자다. 역시 그냥 돌아가는 게 좋겠다. 그렇게 생각하고서 발걸음을 돌리려고 했을 때, 창문 너머에서 유니폼을 입은 료가 다른 여성 점원과 즐겁게 대화를 나누는 광경이 보였다.

그저 동료다. 그 사실을 잘 알지만, 마음 한구석을 차지하는 백분의 『일』 부분이 가슴을 쿡쿡 찔렀다. 트렌치코트의 단추를 위에서부터 순서대로 채운 뒤 카나는 종종걸음으로 그곳을 떠났다. 이거봐, 역시 오지 않는 편이 나았어! 보폭이 자연스럽게 커지면서 스니커즈 밑창이 땅바닥을 찼다.

료와 사귀고 나서 처음 깨달은 감정들이 많았다. 예를 들어 손을 맞잡으면 설렜고, 끌어안기면 안도감이 들었다. 함께 보내는 밤은 두근거렸고, 눈을 떴을 때 상대방의 체온을 느끼면 행복했다.

그러나 그만큼 멀어지면 만나고 싶다는 감정이 강해졌다. 지금껏 느껴보지 못했던 외로움이 과도하게 두꺼운 코트처럼 카나의 몸을 휩싸고 말았다. 함께 있고 싶어. 바이바이, 하고 작별하고 싶지 않아. 친구에게는 절대로 말할 수 없는 어린아이 같은 이기심을 애인에게는 토로하고 싶어진다.

분명 사람을 좋아한다는 것은 바로 이런 것이다. 여태껏 알지 못했던 자기 자신이 내면에서 고개를 내밀고는 그동안 보고도 못 본 척 해왔던 부분을 까발려버린다.

눈구석에 치밀어 오르는 열기가 무엇을 의미하는지 생각하고 싶지 않아서 오직 땅바닥만 째려본 채로 다리를 놀렸다. 선로를 따라 걷고 있으니 가끔씩 지나가는 전철 소리가 청각을 마비시켰다.

아스팔트로 포장된 도로에는 차량에서 벗겨진 초보자 마크가 박혀 있었다. 사람들의 발에 계속 짓밟혔는지 도로 표면과 하나가 됐다. 차 주인은 마크가 떨어진 것도 알아차리지 못했을까? 아니면 줍는 게 귀찮아서 그대로 내버려 둔 걸까?

초보자 마크를 의무로 표시해두는 기간은 운전면허를 취득한 날로부터 1년 동안이다. 운전에 초보자 마크가 있으니 연애에도 그런 마크가 있으면 좋을 텐데. 연애뿐만이 아니라 다른 것들도. 카나는 여러 방면에서 초보자였다. 학생 초보자, 성인 초보자, 인생 초보자, 익숙하지 않은 것투성이라서 금세 실수를 저지르거나, 아예 실수를 저질렀다는 것조차 눈치채지 못했다.

세 정거장 거리를 걸어서 귀가한 뒤에 곧바로 트렌치코트를 벗어버렸다. 땀을 흘렸는데도 아랑곳 않고 바닥 위에 드러누웠다. 눈을 감고서 니트 위에서 배를 눌렀다. 손바닥에서 두근두근 박동이 울렸다. 울적한 감정을 버려내듯 폐에서 숨을 크게 토해냈다.

외롭다고 생각하는 게 싫은 게 아냐. 외로움을 견딜 수 없을 만큼 약해진 자기 자신을 직시해야만 하는 게 싫은 거야. 상대에게 다가붙는 것과 의존하는 것은 엄연히 다르다는 것을 머리로는 알건만, 제 발로 계속 서는 것을 내던지고 싶어진다.

카나는 눈꺼풀을 감고서 몸을 웅크렸다. 태아 같은 자세였다. 샤워를 하고서 침대에서 자는 편이 나을 텐데도 몸을 움직이는 것조차 귀찮아서 그대로 잠에 빠졌다.

경쾌한 음악이 계속 반복됐다. LINE 착신음이라는 것을 흐릿하게 인지하자마자 카나의 의식이 각성했다. 화면에 료의 아이콘이 떠있었다.

바닥에서 잤기 때문에 몸 여기저기가 쑤셨다. 카나는 부스스해진 앞머리를 쓸어 올리고서 통화 버튼을 눌렀다. 그대로 스피커 모드로 전환했다.

"여보세요?"

"아, 여보세요. 카나, 안 자고 있었어?"

"음— 조금 잤어."

"미안, 깨웠나 봐."

"사과 안 해도 돼. 전화해줘서 기뻐."

"그럼 다행이고."

기계 너머에서 들리는 료의 목소리는 평소보다 지친 것 같았다. 텔레비전 앞에 놔둔 전자시계를 보니 23시가 지났다.

"무슨 일이야? 갑자기 전화를 하다니. 무슨 용건이라도 있어?"

"아니, 특별한 용건은 없는데. 목소리를 좀 듣고 싶어져서."

가게에 갔던 사실이 들켰나 싶어서 가슴이 철렁했다. 그러나 료의 말을 들어보니 그것과는 관계가 없는 듯했다. 두 무릎을 세운 채 허벅지를 맞붙였다. 청바지에 휩싸인 두 다리가 조금 부어 있었다.

"지금, 아르바이트 끝마치고 가는 길?"

"그래. 아까 집에 도착했어. 오늘은 손님이 많아서 상당히 힘들었어. 가뜩이나 사람이 적은데 새로 들어온 애의 뒤치다꺼리도 해야만 해서."

"새로 들어온 애는 여자?"

"맞아. 근처 여대에 다닌대. 운전면허를 따려고 아르바이트를 늘렸대."

그 아이일까? 머릿속에서 아까 전 광경이 어른거렸다. 책상 위에 계속 놔뒀던 머그잔이 왠지 눈에 들어왔다. 카나는 그것을 들고서 일어섰다. 가스레인지밖에 없는 부엌의 싱크대에 머그잔을 뒤집었다. 티백을 너무 오래 담가뒀던 홍차가 은색 싱크대 안에 튀었다. 수도꼭지를 트니 물이 검은색 액체를 흘려보냈다.

"지금 뭐 하고 있어?"

"컵 내용물을 버렸어."

"아아, 그 소리였구나."

"응. 료는 밥 먹었어?"

"아직 안 먹었어. 카나는 뭐 먹었어?"

"나도 안 먹고 그대로 자버렸어."

"앗, 안 돼. 먹어야지."

자신을 걱정해주는 말인데 『안 돼』라는 두 글자만이 고막에 들러붙었다. 스마트폰을 가스레인지 위에 올려두고서 카나는 「그러게」하고 모호하게 웃었다. 통화 상대에게 겉치레 웃음을 보내다니 바보 같았다.

냄비를 올려두는 받침대는 초등학교 때 사회 수업에서 배웠던 공장의 지도기호와 비슷했다. 명칭이 오덕(五德)이라고 예전에 퀴즈 프로그램에서 봤다. 이대로 가스레인지에 불을 켜면 어떻게 될까? 졸릴 때 생겨난 무책임한 호기심에 카나의 오른손이 근질거렸다. 물론 실제로 그런 어리석은 짓은 하지 않았지만.

침묵이 몇 초 흐른 뒤 료가 숨을 들이마시는 기척이 느껴졌다.

"저기 있잖아."

"응?"

"지금 카나를 만나러 가도 돼?"

싱크대에 대고 있던 손이 미끄러질 뻔했다. 카나는 엉겁결에 움츠러든 목구멍을 억지로 열었다.

"그거, 정식으로 하는 제안이야?"

"뭐야, 정식으로 하는 제안이라니."

료의 말꼬리가 뒤집어졌다. 그의 숨소리에 웃음이 배어 있었다. 카나는 오른손으로 왼쪽 약지를 가볍게 쥐었다. 엄지와 검지로 밑을 누르니 피부 너머에서 뼈가 만져졌다.

"농담이면 나만 진지하게 받아들이는 꼴이 되잖아."

"진짜라니까. 편의점에서 먹을거리를 적당히 사 가지고 갈 테니

같이 먹자."

"집에 묵으러 오겠다는 소리야?"

"민폐라면 미안. 상황이 불편하면 딱 잘라 거절해도 돼."

"민폐는 무슨."

다만 겁 많은 자신이 발을 내딛는 것을 주저했을 뿐이다. 와이파이로 이어진 음성이 상대의 상황을 알려줬다. 문이 덜컹 닫히는 소리가 들렸다.

"벌써 나왔어?"

"나왔어. 1초라도 빨리 카나랑 만나고 싶어서."

느끼한 말을 상당히 잘하는구나 싶었다. 그러나 립서비스일지라도 언짢지는 않았다.

카나는 수도꼭지를 틀어서 차의 떫은맛이 남아 있는 컵에 물을 부었다. 안쪽에 묻은 얼룩은 씻기지 않았겠지만, 컵에 담긴 물은 탁하지 않고 투명했다.

"나도, 료를 보고 싶었어."

입에서 속마음이 스르르 흘러나오자 료가 순간 말문을 닫았다. 왜 그러나 싶어서 의아해하고 있으니 「크으―」하고 한심한 비명 같기도 하고, 기쁨을 음미하는 환호성 같기도 한 힘이 빠진 소리가 들렸다.

"뭐야? 방금 그 소리는."

"아니, 치유를 받았더니 무심코."

"후후, 그게 뭐야."

"오늘 말이야. 아르바이트가 진짜로 힘들었거든. 신참이 저지른 트러블을 수습하고, 클레임을 처리하느라 밟히고 차였단 말이야.

그래서인지 그땐 잘 몰랐는데, 지금은 카나를 만나고 싶다는 마음을 억누를 수가 없어서."

"평소에도 그런 말을 해주면 좋을 텐데."

"뭐? 왠지 창피하잖아. 꼴사나운 모습을 어떻게 보여줘."

"꼴사나운 료도 좋아하니까 괜찮아."

머그잔을 싱크대에 내려두고서 카나는 스마트폰을 두 손으로 감싸듯 들었다. 스피커에서 「크으—」 하는 소리가 또 들렸다.

"—이상 괜찮으신지요?"

점원이 말하자 카나는 머릿속 영화관에서 상영하던 회상을 부랴부랴 중단했다. 테이블에 놓인 두 푸딩 아라모드는 카나가 상상했던 것보다 크기가 훨씬 컸다.

"괜찮아요. 감사합니다."

종업원이 매뉴얼대로 말했을 뿐인데도 요시카네는 정중하게 대답했다. 아이스 카페오레에는 얼음이 두 덩이 들어 있었다.

"우와, 겉모습도 옛날이랑 전혀 달라진 게 없소잉! 정겨워라."

요시카네가 눈빛을 반짝이며 스마트폰으로 사진을 찍었다. 카나도 덩달아서 스마트폰을 들었다. 비스듬하게 45도 각도에서 찍으면 맛있게 보인다고 마리가 가르쳐준 적이 있었다.

"저, 푸딩은 단연코 탱글탱글한 걸 좋아한다니까요. 계란이 잔뜩 들어간 걸 좋아해요."

"스르르 녹아내리는 푸딩도 맛있지 않나요?"

"맛있긴 하지만, 그건 별로 푸딩 같지 않잖아요? 식감이 풍성해야 더 맛있다고 생각해요."

"전 둘 다 좋아하는데요."

플레이트에 담긴 오렌지를 베어 먹으니 즙이 손에 떨어졌다. 새콤달콤한 과즙이 혀 위에서 상큼하게 톡톡 튀었다. 껍질을 누르면 터져 나오는 토파즈색 미스트에서 화려한 향이 풍겼다.

"아가씨는 가족끼리 사이가 좋습니까? 부모님을 좋아해요?"

"사이는 좋은 편이라고 생각해요. 끈적끈적한 느낌은 아니지만, 아빠랑 엄마 모두와 친해요. 고마움과 존경심도 갖고 있고요."

"지금 친가에서 삽니까?"

"아뇨, 자취를 해요. 친가를 좋아하긴 하지만, 뭐라고 해야 할까, 마음이 불편해서요. 이대로는 나태해질 것 같아서 집에서 멀리 떨어진 대학교를 골랐습니다."

껍질을 접시에 내려놓고서 카나는 종이 냅킨으로 입을 닦았다. 요시카네는 아이스크림에 박혀 있던 웨이퍼를 들어서 대롱대롱 흔들었다.

"아가씨, 참 야무지구만요. 자립하겠다고 생각한 거니께."

"야무지기는요 뭘."

"아뇨, 아뇨, 야무져요. 만약에 내가 같은 입장이었다면 집에서 나가기 싫다고 말했을걸요."

"하지만 요시카네 씨야말로 견실하시잖아요? 고등학교를 졸업하자마자 일을 시작하셨죠? 지금 제 나이에 이미 사회인이었다는 말이잖아요."

"그건 저기, 할아버지랑 할머니께 더는 민폐를 끼칠 수가 없어서.

집을 속히 나가기 위해서는 일하는 수밖에 떠오르질 않더구만요. 우리 부모님은 내가 어렸을 적에 이혼한지라."

요시카네의 입술 사이에서 가는 숨이 후우 새어 나왔다. 그는 웨이퍼를 플레이트 위에 돌려놓고서 오른손으로 턱을 괬다.

"어머니가 불륜 상대랑 도망을 쳐버렸어요. 그래서 아버지 혼자서는 자식을 키울 수가 없어서 오사카에 사는 할아버지네 집에서 살게 됐죠. 여태까지는 부모님이랑 함께 도쿄에서 살았는데 갑자기 생활환경이 바뀌었죠. 아버지는 도쿄에서 계속 일하느라 뭐, 1년에 몇 번밖에 만나질 못했고. 어머니는 초등학교 2학년쯤에 만났던 게 마지막이었던가? 이혼이 성립될 즈음에 매듭을 짓자는 의미에서 가족끼리 모이자는 얘기가 나와서. 이탈리안 레스토랑에 갔죠. 화덕에서 구워낸 마르게리타가 나왔는데⋯⋯ 참말로 그립구만."

"요시카네 씨는 부모님께 화나지 않았나요? 이렇게 얘기를 들어보니 상황이 지독했을 것 같은데."

카나가 말하자 요시카네가 등을 가볍게 말았다. 그는 빨간색 빨대를 들고서 잔 속에서 빙글빙글 돌렸다.

"화보다는 미움받고 싶지 않다는 감정이 더 강했던 것 같기도. 저, 어머니를 좋아했으니께 착한 아이로 지내면 또 만나러 와주지 않을까 생각했죠잉. 결국 그런 일은 벌어지지 않았지만. 현재 아버지와 어머니 모두 새로운 가정을 꾸려서 형제가 여러 명이나 있구만요."

"만난 적은 있나요?"

"형제랑? 없어요, 없어. 할아버지가 몇 번 만나게 하려고 했지만,

솔직히 나이를 어느 정도 먹고 보니 내 가족은 할아버지랑 할머니뿐이라는 생각이 들어서 만날 필요가 없었지요. 아버지와 어머니 모두 절 거북해하는 눈치였지만, 할아버지랑 할머니가 그만큼 애지중지 키워주셔서 행복했죠잉. 미련이 있다면 할아버지를 결혼식 때 초대하지 못한 거? 이미 돌아가셔서."

자연스레 시선이 요시카네의 왼손 약지에 빨려들었다. 디자인이 심플한 결혼반지가 손가락에서 빛났다.

"근데 생각해 보니께 저, 집에 부모님이 있는 상황이 잘 상상되질 않네요. 평범한 아빠나 엄마가 자식을 어떻게 대하는지 잘 모르겠구만요."

"굳이 몰라도 되지 않을까요? 제 주변에도 편부모 가정에서 자란 애가 아주 드물진 않았어요. 평범한 부모는 환상 같은 게 아닐까 하는 생각도 들어요."

"음— 열 살 넘게 어린 사람이 말하니 그런가? 하는 생각도 드는구만요. 그렇구나, 환상인가?"

요시카네가 진심으로 곱씹으며 고개를 끄덕이자 카나는 당황했다.

"저기, 잘 알지도 못하면서 왠지 거들먹거린 것 같아서 죄송합니다."

"왜 사과해요? 젊은이랑 떠들 기회가 적은지라 이렇게 의견을 들을 수 있어서 기쁜데요."

원체 처진 눈을 더 늘어뜨리면서 요시카네가 실실 웃었다. 카나는 스푼을 들고서 푸딩을 떴다. 탱탱한 표면에 생긴 기포에 캐러멜 소스가 스며들어 있었다.

"아— 맛있어."

먼저 먹은 요시카네가 만족스레 눈웃음을 지었다. 카나도 따라서 푸딩을 입에 넣었다. 맨 먼저 노른자의 풍미가 느껴졌다. 그리고 뒤늦게 입천장에 캐러멜 소스의 씁쓸함이 들러붙었다. 처음에는 매끈한 감촉이었는데, 혀로 짓누르니 까슬까슬한 식감이 기분 좋게 남았다. 확실히 맛있는 왕도 푸딩이었다.

"저기, 맛있지요?"

득의양양하게 입꼬리를 올린 요시카네의 표정이 왠지 천진난만했다.

"왜 그렇게 좋아하시는지 알겠어요."

카나가 수긍하자 요시카네가 메뉴판 뒷면을 들어 올렸다.

"여기, 푸딩을 포장도 해주니께 돌아가서 사장님한테 주면 어떨까요?"

"예?"

"그 사장님, 얼굴이 상당히 피곤해 보이던데요? 피곤할 때는 단게 좋지요."

요시카네가 별 의도 없이 말하자 카나는 눈빛을 반짝였다. 접객할 때는 낯빛이 거의 평상시처럼 보였지만, 요시카네는 꿰뚫어본 듯했다. 초면인 손님조차 알아차릴 만큼 그가 몸이 좋지 않다는 뜻이겠지. 카나는 메뉴판을 가만히 쳐다봤다.

푸딩을 가게에 갖고 가봤자 미츠루는 분명 먹지 않겠지. 그래도 사가지고 돌아가기로 마음먹었다.

"이런 선물은 마음이 더 중요하니까요."

"맞아, 맞아!"

요시카네가 동의하며 말꼬리를 신나게 튕겼다. 카나는 남은 푸딩을 전부 비웠다. 정말로 맛있었다.

카나가 돌아오니 가게에 불이 켜져 있었다. 낮에 캄캄했던 가게 내부를 떠올리며 카나는 문을 신중히 열었다. 미츠루는 소파에 누워 있었다. 그 옆에는 쿠로이 씨가 꼭 붙어서 몸을 웅크리고 있었다.

"몸은 좀 괜찮아졌어요?"

딸랑딸랑. 문이 한창 닫히는 중에도 도어벨은 계속 울렸다. 그 소리에 반응하여 쿠로이 씨가 고개를 들었다. 수염을 움찔 떨고는「야옹」하고 짧게 울었다. 왜 늦게 왔느냐고 화를 내는 듯했다.

카나가 마룻바닥을 지그시 밟자 일부분만이 삐걱거렸다. 미츠루는 소파에서 몸을 일으키더니 맞은편 소파를 턱으로 가리켰다. 테이블 위에는 카나의 〈씨앗〉이 놓여 있었다.

"어땠어?"

"여러 얘기를 나눴어요. 요시카네 씨, 돌아가신 할아버지와 만나고 싶대요."

"흐으음."

무릎 위에서 턱을 괴던 미츠루가 가슴 주머니에 넣어뒀던 안경을 꺼냈다. 덥수룩한 앞머리 아래에서 조금 부은 눈꺼풀이 완만히 위아래로 움직였다.

카나는 소파에 앉고서 종이봉투에서 푸딩 두 개를 꺼냈다. 플라스틱 스푼까지 딸려 있었다.

"이거 선물이요."

"난 필요 없어."

"옛날에 료가 푸딩을 사준 적이 있었어요. 저기, 아르바이트로 바빴던 날에. 느닷없이 전화를 걸어서는 오늘 묵어도 돼? 하고 말했죠. 결국 둘 다 피곤해서 밥을 먹고서 그대로 잠들었고."

미츠루는 아무 말 없이 포장된 푸딩을 들었다. 투명한 컵에 원재료명이 적힌 스티커가 붙어 있었다. 미츠루는 흥미 따윈 전혀 없으면서도 그것을 읽는 척했다.

카나는 아랑곳하지 않고 말을 계속했다.

"료는 몰랐겠지만, 전 그날 그의 직장까지 갔어요. 료를 꼭 만나고 싶어서. 그런데 부담스럽게 여길까 봐서 숨겼죠. 사람을 좋아하는 건 두려운 일이라고 생각했어요. 뭐라고 해야 할까, 내가 더는 내가 아닌 것 같아서."

"……"

"료가 없어진 뒤에 여러 가지를 보고도 못 본 척해왔어요. 이렇게 가게에서 일하다 보면 언젠가 료와 만날 수 있으리라 믿었으니까. 현실을 직시하고 싶지 않았어요. 미츠루 씨랑 있으면 마음이 편안한지라 이대로도 괜찮지 않을까 싶어서 문제를 자꾸 미뤘죠. 실은 더 일찍 말해야만 했는데요."

테이블 위에 있는 〈씨앗〉은 현재 수박 정도의 크기까지 성장했다. 카나는 그것을 들어 자신의 무릎 위에 올렸다. 가시를 매만지니 표면이 희미하게 열기를 띠고 있었다.

"이거, 미츠루 씨를 생각하면 크기가 커져요. 미츠루 씨, 요시카네 씨한테 설명할 때 말했죠. 체외에 배출되더라도 〈씨앗〉은 숙주랑 이어져 있고, 빼앗긴 기억에 얽힌 특정 감정으로 성장한다고. 제가 잃어버렸던 기억은 미츠루 씨와 관련이 있는 건가요? 아니면 그저 료와 미츠루 씨를 동일인으로 간주했을 뿐인가요?"

입 안이 말랐다. 혀로 건조해진 입술을 적시고서 카나는 미츠루를 똑바로 쳐다봤다.

"료를 죽였다고 말했죠. 그 말의 의미를 정확히 알려줄 수 없나요?"

투명한 렌즈 너머에서 미츠루의 눈이 살짝 가늘어졌다. 주름투성이 셔츠 옷깃에 손을 대더니 단추를 난폭하게 풀었다.

"……목이 마르겠군. 허브티를 끓여오지."

"도망치지 말아요."

"도망치지 않아. 다만 얘기를 시작하면 길어질 거야."

미츠루는 그렇게 말하고서 일어섰다. 제지할 새도 주지 않고 그는 카운터 안으로 사라졌다. 자신의 방에 있는 작은 가스레인지로 물을 끓이고 있겠지.

그 방은 아직도 겨울일까? 혹시 미츠루는 줄곧 동일한 시간 속에서 살고 있는지도 모르겠다.

여러 생각들을 하고 있으니 쿠로이 씨가 카나의 무릎에 몸을 비볐다. 머리를 힘껏 들이미는 그 행동은 응석을 부린다기보다 박치기에 가까웠다.

"늦게 돌아와서 미안해."

카나는 쿠로이 씨의 턱 밑을 손가락으로 매만졌다. 잠시 뒤 만족했는지 쿠로이 씨가 고개를 홱 돌리고는 테이블 아래에 가서 몸을 말았다. 쿠로이 씨가 숨을 쉴 때마다 검은 털로 뒤덮인 부드러운 등이 들썩였다.

가만히 기다리고 있자니 마음이 불안해져서 카나는 푸딩 포장을 벗겼다. 기포가 여럿 섞인 탱탱한 푸딩이었다. 스푼으로 찌르니 바닥에 깔려 있는 캐러멜에 닿았다. 한 입, 두 입. 몇 숟가락 만에 푸딩을 다 먹고서 카나는 텅 비어버린 컵을 쓰레기통에 넣었다. 입 안이 달짝지근해졌다.

"벌써 다 먹었어?"

미츠루가 방에서 돌아와 카나 앞에 찻잔을 내려뒀다. 카나의 〈씨앗〉과 마찬가지로 투명한 파란색을 띠고 있었다.

"감사합니다."

"아니, 별거 아냐."

미츠루는 소파에 앉고서 한쪽 다리만 책상다리처럼 오그렸다. 찻잔 바닥에서 별사탕이 반짝였다. 하천 바닥에 잠들어 있는 사금(砂金) 같았다.

"아…… 어디서부터 얘기를 해야 할까."

"먼저 확인하고 싶은 게 있어요."

"뭐야."

"몸은 이제 괜찮아요?"

카나가 묻자 미츠루는 입을 헤 벌렸다. 겸연쩍은지 그가 헛기침을 콜록 했다.

"그걸 들어서 뭘 어쩌려고?"

"중요한 내용이에요. 가게에 와서 깜짝 놀랐거든요. 불은 꺼져 있고, 미츠루 씨는 쓰러져 있고."

"이 가게는 내 몸과 연동되어 있으니 그래서 불이 꺼졌겠지."

"몸과 연동되다니 무슨 소리예요?"

"말 그대로야. 몸 상태가 나빠지면 이 가게는 손님을 받을 수가 없게 돼. 너는 손님으로 헤아리질 않아서 우연히 들어올 수 있었겠지."

"몸이 왜 나빠졌나요? 미츠루 씨, 본인은 사람이 아니라고 누누이 말해왔으면서."

카나는 신발의 양쪽 앞코를 조용히 문질렀다. 화를 억누르려고 신경을 썼더니 목소리가 왠지 토라진 것처럼 들렸다.

미츠루는 안경을 벗어 옷에 걸었다. 당혹감을 숨기려는 듯 손가락으로 미간을 가볍게 눌렀다.

"숨겨도 소용없으니 솔직히 말하지. 원인은 네가 뱉어냈던 성정화의 〈씨앗〉 때문이야."

"제 씨앗?"

"〈씨앗〉이 성장해서 이 세계의 밸런스가 무너진 거야. 관리자인 난 그 영향을 정면으로 받았지."

"그 말은 저 때문에 미츠루 씨가 고통을 겪었다는 말인가요?"

미츠루는 긍정도 부정도 하지 않았다. 그러나 그 반응은 대답한 것이나 다름없었다.

"제가 〈씨앗〉을 숨겨서? 그래서 미츠루 씨가 쓰러졌던 건가요?"

"아니, 오직 너 때문만은 아냐. 애당초 이 세계가 왜곡된 원인은 내게 있어."

"무슨 소리예요."

미츠루가 손을 뺨에 대고는 숨을 깊이 내뱉었다. 펜던트 라이트가 드리운 그림자가 그의 몸에 씌워져 있었다.

"네가 추측한 대로 사카하시 료는 내 원래 이름이야. 이 가게에서 근무하게 된 후에는 미츠루라는 이름을 쓰고 있지."

"역시."

카나가 무심코 몸을 내밀자 미츠루가 고개를 가로젓고서 제지했다.

"하지만 네가 아는 료하고도 다른 사람이야. 네가 아는 료를 료A 라고 부른다면 난 료B라고 불러야 하는 존재였어. 나와 너는 애당 초 존재하는 세계가 달라."

"미츠루 씨는 평행 세계의 료라는 말인가요?"

"그래. 그리고 내게 나카나이 카나는 네가 아냐. 여기 있는 카나 와 내가 아는 카나의 차이도 알고 있어."

"그 차이가 뭔가요?"

"내가 카나한테 프러포즈를 했느냐 안 했느냐."

프러포즈. 카나는 무심코 그 단어를 되뇌었다. 미츠루가 프러포즈 를 했다는 것도 놀랐고, 자신이 아닌 카나가 수락했다고 생각하니 싱숭생숭했다. 이상했다. 평행 세계의 카나와 현재세계의 자신은 다른 인물임을 알면서도.

"내 집에서 저녁을 먹고서 장미꽃 백 송이를 선물했지. 카나가 그 런 걸 동경했다고 해서."

"장미꽃 백 송이?"

목소리가 무심코 뒤집어졌다. 그런 것을 바라는 카나의 존재를 상 상할 수가 없었다. 그러나 장미를 동경하는 마음은 조금 있긴 했다. 레스토랑에서 깜짝 선물로 줘서 이목을 끄는 것은 싫지만, 단둘이 있는 곳에서 꽃다발을 주는 것은 기쁘다.

"그랬더니 카나가 그중 한 송이를 뽑아서 내게 줬어. 장미는 몇 송이가 모여 있느냐에 따라 꽃말이 달라지는데, 장미 한 송이의 꽃말은 『당신밖에 없어요』라고 말하면서. 나는 그 장미를 꽃병에 장식했고, 그날 내 집에서 카나와 밤을 함께 보냈어."

이야기만 들어보니 행복의 절정이었겠다는 생각밖에 들지 않았다. 프러포즈는 성공했고, 두 사람은 아플 때도 건강할 때도 서로를 사랑하리라 맹세했다.

"내가 이 가게에 지불했던 대가를 봤지? 상상했던 대로 내 대가는 빨간 장미였어. 그날 카나한테서 받았던 장미."

"그 말은 미츠루 씨가 원래는 이 가게의 손님이었다는 말인가요? 그럼 대가를 지불해서 누구와 만났나요?"

"너."

"네?"

그 말을 들은 순간, 심장이 크게 뛰었다. 지금 숨겨졌던 진실이 점점 드러나려고 했다. 카나의 불안감을 짐작했는지 테이블 아래에서 쿠로이 씨가 다가와 일부러 신발 위에 엎드렸다.

미츠루가 이쪽을 곧장 쳐다봤다. 안경을 벗은 그의 두 눈은 역시나 료와 무척 닮았다.

"네가 손님이 아닌데도 이 가게에 들어올 수 있었던 이유가 바로 그거야. 난 이 가게에서 기적을 일으켜 문 너머에서 너와 만났어. 다른 세계의 카나를. 너도 기억하고 있지 않아? 우린 해후의 방에서 분명히 만났어. 너는 그걸 그저 꿈으로 치부했을 뿐."

"꿈……."

이 가게에 들어온 순간에 느꼈던 강렬한 기시감. 꿈으로서 뇌의 서랍 속에 담겨 있던 기억에 자극이 가해지자 선명히 되살아났다.

그래. 그때 정신을 차려 보니 카나는 『Kassiopeia』 가게 안에 있었다.

꽃을 보고 있던 기억이 났다. 카운터 옆에 있는 식물 코너를 분명 둘러보고 있었다. 료가 양철 기차가 달리는 철도모형을 조금만 더 보고 싶다고 해서 둘은 따로 행동했다. 그러나 입을 다문 순간, 가게가 정적에 휩싸이자 카나는 강한 불안감을 느끼고서 료의 이름을 불렀다.

―떠올랐다. 그때 철도모형을 보고 있던 료가 어째선지 문밖에서 나타났다.

"그게 미츠루 씨였단 말인가요?"

말을 하면서도 머릿속에서 무언가가 걸렸다. 위화감. 그 이야기를 듣고서 떠올려야만 하는 게 정말로 그게 전부였을까? 목에 생선 가시가 걸린 것 같은 은근한 불쾌감이 들었다. 더 결정적인 무언가가 있었을 터였다. 현실과 꿈의 경계를 보여주는 증거가.

미츠루는 손가락에 검은 머리카락을 말면서 표정을 살짝 풀었다. 팽팽했던 긴장의 끈이 풀린 것 같은, 속이는 것을 포기한 것 같은 왠지 서글픈 웃음이었다.

"그런 셈이지."

"그럼 어째서 행복하게 해준다고 말했나요? 전 미츠루 씨의 카나가 아닌데."

"그건―."

미츠루는 도중에 말문이 막혀 고개를 떨어뜨렸다. 축 늘어진 손끝에 길게 자란 손톱이 보였다. 료가 저토록 손톱을 기른 것을 카나는 한 번도 본 적이 없었다. 평행 세계의 존재는 아무리 겉모습이 닮았을지라도 영락없는 타인이었다.

미츠루는 엄지로 입가를 강하게 훔쳤다. 그 순간 지금껏 엿보였던 연약함이 그의 얼굴에서 싹 사라졌다.

"……아니, 그건 어차피 후에 알게 돼. 지금은 중요하지 않아."

"중요해요!"

"그보다도 네게 해줘야만 하는 말이 있어. 너의 그 터무니없이 커진 〈씨앗〉 말이야."

미츠루가 잠깐 빌려달라면서 일어서서 억지로 〈씨앗〉을 빼앗았다. 카나는 어금니를 악물었다. 〈씨앗〉 이야기를 꺼내면 떳떳치 못해서 아무 반박도 할 수가 없었다.

미츠루는 〈씨앗〉을 바닥에 떨어뜨리고서 평소처럼 신발로 짓밟았다. 그러나 〈씨앗〉은 꿈쩍도 하지 않았다. 그는 축구공 위에 발을 올린 것 같은 자세를 유지하며 기가 막힌다는 표정으로 어깨를 들먹였다.

"보다시피 이 〈씨앗〉은 쉽사리 파괴할 수 없어. 시간이 너무 지나버렸기 때문이야."

"그건 미안해요."

"맞아. 왜 그랬냐고 따지고 싶지만, 책망해 봤자 아무 소용도 없어."

미츠루는 진열대에서 망치를 들더니 주저 없이 〈씨앗〉을 내려쳤다. 그래도 〈씨앗〉에는 흠집 하나 생기지 않았다.

카나의 발치에 있던 쿠로이 씨가 「야옹」 하고 놀라더니 소파 아래에 숨어버렸다.

"그렇게나 단단한가요?"

무심코 뺨이 굳어졌다. 미츠루가 태연히 대답했다.

"이토록 단단해진 〈씨앗〉은 어쩔 도리가 없어. 드릴을 동원하든, 차로 들이박든 상처 하나 나지 않겠지."

"그거 큰일 난 건가요?"

"큰일이고말고. 그래서 파괴하는 것 이외의 수단을 취할 필요가 있어."

"어떻게요?"

"〈씨앗〉 안에 있는 기억을 주인의 몸에 되돌린다. 즉 이 〈씨앗〉 안에 담긴 기억을 네 몸에 되돌리는 거야."

"모, 몸에 되돌린다? 그렇게 했다가는 위험한 일이 벌어질 것 같은 기분이······. 아니, 그보다도 실제로 가능한가요?"

"이론상."

미츠루는 그렇게 말하고서 눈을 내리떴다. 그는 턱을 쓰다듬으면서 자신 없다는 표정으로 덧붙였다.

"하지만 나도 해 본 적은 없어."

"기억이 주인한테 되돌아가면 어떻게 될까요? 저기, 제 몸에 무슨 일이 벌어지는 거 아닌가요?"

"아니, 너는 괜찮아. 안심해도 돼. 그보다 문제는 시간이군. 오늘 24시에는 선약한 손님이 있어. 결행일은 내일이겠군."

미츠루가 〈씨앗〉을 찼다. 그것은 바닥을 데굴데굴 구르다가 구석에 멈췄다. 마치 오브제처럼 가게 안에 태연히 녹아들었다.

미츠루는 검은 머리를 쓸어 올리고서 힘없이 말했다.

"내일 24시에 모든 걸 알 수 있겠지. 사카하시 료에 관한 것도, 자기 자신에 관한 것도."

그날 23시 45분에 요시카네가 장기 세트를 옆구리에 끼고서 가게를 찾아왔다. 낮에 입었던 정장이 아니라 카키색 카고바지와 하얀 셔츠를 입었다. 발도 가죽 구두가 아니라 하얀 스니커즈를 신었다.

"우와, 위험했죠잉. 집에 돌아가서 샤워를 했더니 졸음이 쏟아지더구만요. 그래서 깜빡 잘 뻔했어요."

요시카네는 테이블 위에 장기 세트를 올려두고는 놀란 표정으로 눈빛을 반짝였다.

"어? 사장님, 안경은 어쨌습니까?"

"거추장스러워서 벗었어."

"잘 어울렸는데. 안경 하나로 분위기가 상당히 달라지는군요."

"내가 안경을 쓰든 말든 상관없잖아? 그보다도 이건가? 대가로 지불할 물건이."

"예. 꽤 낡았지만 갖고 노는 데는 문제없지요. 말도 다 갖춰져 있고."

처진 눈을 더욱 내리며 요시카네가 장기판 겉면을 어루만졌다. 다리가 달린 목제 장기판은 크기가 그럭저럭 컸다. 그 위에 놓여 있는 오동나무 상자에는 「장기짝」이라고 적힌 금색 스티커가 붙어 있었다. 세월이 들어서 군데군데 변색되긴 했지만, 그래도 전체적으로 광택을 잃지 않았다. 소중히 다뤄왔겠지.

"계약이 성립됐군."

미츠루가 익숙한 손놀림으로 손가락을 튕겼다. 그 순간 평소보다 큰 보물함이 테이블 위에 나타났다. 아마도 대가의 형태에 따라서 상자 크기가 달라지는 듯했다.

"혹시 여기에 있는 소파도 상자에 한 번 들어갔다가 나온 건가요?"

"그런데?"

카나가 묻자 미츠루는 태연히 수긍했다. 들어갈 물건에 대응하여 크기가 바뀌는 상자라니 택배회사가 알면 군침을 흘리겠지.

"저기, 요시카네 씨."

"응?"

"정말로 괜찮겠어요? 장기 세트는 할아버지와의 추억이 서린 물건이잖아요?"

"하지만 전 각오를 굳혔거든요."

그렇게 대답한 요시카네의 얼굴이 왠지 맑아 보였다. 무언가를 결단한 사람에게서 볼 수 있는 특유의 후련함이 감돌았다. 그렇기에 카나는 당혹감을 숨길 수가 없었다. 요시카네는 지금껏 봐왔던 손님과는 달랐다. 이 가게에서 벌어졌던 기억을 추후에 전부 빼앗긴다는 사실을 알고서도 계약했다.

"후회하지 않겠어요?"

미츠루가 무슨 할 말이 있다는 표정으로 이쪽을 쳐다봤다. 그러나 카나는 완고하리만치 요시카네에게서 시선을 떼지 않았다.

그날 이후로 미나토는 잃어버렸던 키홀더를 줄곧 찾았다. 본인이 소중한 물건을 놓아버렸다는 사실조차 잊고서. 잊었다는 것조차 잊어버리다니 그보다 더 가혹한 일이 있을까?

미나토가 매달리듯 쳐다봤던 눈빛을 카나는 지금도 잊을 수 없었다.

카나가 묻자 요시카네는 과장된 몸짓으로 팔짱을 꼈다.

"음— 후회할지도 모르겠지만, 딱히 상관없다고 생각해요."

"정말인가요?"

"왜냐면 실은 이런 경험을 할 수가 없잖아요? 결국에는요, 전 어떤 형태로든 할아버지와 다시 만날 수 있다면 훗날 후회하든 상관없다고 생각한다니께요. 사장님은 이 가게를 『자기만족을 파는 가게』라고 했는데 그 표현이 딱 맞는다고 저도 생각해요. 자기만족이라도 좋아. 비록 현실은 전혀 달라지지 않을지라도 이 순간 여기에 있는 내가 그러길 바라고 있으니께 마음의 소리를 따르고 싶어요."

본인이 말해놓고도 민망했는지 요시카네가 뺨을 긁적였다. 손톱 끝이 신경질적으로 비칠 만큼 짧게 다듬어져 있어서 하얀 부분이 보이지 않았다. 그 누구도 상처를 입힐 수 없는 손가락이었다.

미츠루가 고개를 돌렸다.

"이야기는 다 끝났어? 슬슬 이동하지."

"이동이라니 어디로요?"

"저 문 너머로."

카운터 옆에 걸려 있는 괘종시계가 분침을 바지런히 움직이고 있었다. 24시가 가까워졌다. 요시카네가 미츠루의 뒤를 따라 나아가다가 불현듯 그 옆에 있는 식물 코너에 시선이 꽂혔다.

"아. 수국."

꽃잎 모양의 꽃받침 네 장이 모여서 자그마한 꽃을 형성하고, 그것들이 밀집하여 화사한 덩어리를 이룬다. 꽃받침 중앙은 하얗지만, 바깥으로 향할수록 분홍색이 짙어진다.

"아내가 참 좋아해요."

요시카네가 눈을 내리뜨고는 흐뭇하게 입웃음을 지었다. 눈꺼풀 속에서 아내의 모습을 떠올리고 있겠지.

"시간이 다 됐다."

미츠루가 말했다. 그 직후에 괘종시계 소리가 봉봉 울려 퍼졌다. 문이 열렸다. 새하얀 빛에 카나는 눈이 부셨다.

"이거 근사하구만요. 온실입니까?"

요시카네가 처음으로 내뱉은 말은 그것이었다. 자주 봐서 최근에는 익숙해진 유리 천장. 걸을 때마다 신발 너머에서 느껴지는 부서진 〈씨앗〉의 감촉.

"방금 전까지는 밤이었는데 여긴 환하군요. 인공 태양등입니까?"

"비슷해. 이쪽으로 따라와."

"저, 옛날부터 식물원도 좋아했지요. 온실은 참 좋아요. 세계와 단절된 분위기라고 해야 하나, 비현실적인 느낌이 들어서. 아내와의 첫 번째 데이트도 식물원에서 했죠. 장미를 구경하러 갔어요. 저, 장미도 좋아해서요. 뜰에서 자라난 녀석을 할머니가 곧잘 드라이플라워로 만들곤 했는데."

"손님, 정말로 말이 많군."

"흥분해서 그런지도 모르겠군요. 그나저나 별난 가게구만요. 점장님은 실은 마법사 아닙니까?"

"뭐, 비슷한 존재야."

온실 중앙에는 거대한 나무가 우뚝 서 있었다. 시작의 나무다. 그 줄기에 박혀 있는 문손잡이를 잡고서 미츠루가 요시카네를 돌아봤다.

"이 문 너머는 『해후의 방』이야. 모든 세계로부터 독립된 공간이지. 저 안에 평행 세계의 사람이 불려 나왔을 거다. 손님이 저 안에 들어가면 문은 닫혀. 그 후에는 뭐, 알아서 어떻게든 될 거야."

"제한 시간이 있습니까?"

"지금껏 가장 오래 있었던 시간이 다섯 시간쯤 되지만, 기본적으로 제한은 없어. 다만 상대는 해후의 방에서 겪었던 일을 꿈이라고 인식하게 된다. 상대가 강한 위화감을 느끼고서 눈을 뜬다면 손님은 강제적으로 해후의 방 밖으로 튕겨져. 그러면 손님도 큰 대미지를 입으니 본인의 의사로 나오길 개인적으로 추천하지."

"달리 주의해야 할 사항이 있습니까?"

"딱 하나. 문 너머에 있는 사물은 단 하나도 갖고 나오지 말아줬으면 해. 세계의 이치에서 벗어나게 되거든."

"음, 뭔 소리인지 잘 모르겠구먼."

요시카네는 자기 몸을 감싸는 것 같은 포즈를 취하고는 양쪽 팔을 과장되게 비볐다. 익살을 떠는 것처럼 느껴졌지만, 그 표정은 왠지 굳어 있었다. 긴장을 숨기려는 행동일지도 모르겠다.

미츠루가 문을 열었다. 직사각형 공간이 흐릿한 막 같은 것으로 차단되어 있었다.

"여길 지나면 됩니까?"

요시카네가 문을 가리켰다.

"그래."

미츠루가 수긍했다.

요시카네는 문을 물끄러미 쳐다보다가 이윽고 결심을 굳혔는지 자신의 양쪽 뺨을 때렸다.

"그럼 다녀오겠습니다."

요시카네의 몸이 막 안으로 삼켜졌다. 발끝을 마지막으로 그의 모습이 완전히 사라지자 문이 닫혔다.

쾅.

그 소리를 신호로 카나와 미츠루의 발치에서 기묘한 빛이 솟아나기 시작했다. 하얀 모래를 스크린 삼아서 문 건너편의 광경이 투영됐다.

미츠루가 나무 밑동에 앉자 카나도 그 옆에 앉았다. 두 사람은 거리를 어중간하게 띄우고 있었다. 그 사이에 한 사람이 앉기는 어려운, 어색한 거리였다.

예전이었다면 카나는 주저 없이 미츠루의 옆에 다가붙듯 앉았으리라. 그러나 이제는 그럴 수 없었다.

―내가, 네 료를 죽였어.

그 말의 의미를 전부 이해한 것은 아니었다. 그래도 그 말이 두 사람을 갈라놓은 것만은 확실했다.

이제 두 사람은 아무것도 몰랐던 시절로는 돌아갈 수가 없다.

카나는 무릎을 감싸고서 땅바닥을 쳐다봤다. 발치에 영사된 영상에는 4평쯤 되는 다이닝 키친을 비추고 있었다.

어쨌든 컬러플하다. 카나가 맨 먼저 품은 인상이었다. 부엌 벽은 터쿼이즈 블루 타일로 구성되어 있고, 전자제품들도 꽤 낡았다. 전기 포트는 연분홍색, 냉장고는 황록색, 전자레인지는 오렌지색이었다. 그리고 조리대에는 각종 조미료들이 무질서하게 진열되어 있어서 생활감이 넘쳐흘렀다.

식탁에 놓인 목제 의자에는 방석처럼 쿠션이 놓여 있었다. 요시카네는 지극히 자연스럽게 그 위에 앉았다. 그 맞은편에는 종이팩에 담긴 커피 우유를 빨대로 빨아들이는 인물이 앉아 있었다. 그가 바로 요시카네의 할아버지인 요시로겠지.

햇볕에 그을린 피부에는 주름이 깊이 새겨져 있었다. 체형이 급격하게 변화했는지 그가 입은 폴로셔츠는 몸에 비해 넉넉했다. 한눈에 봐도 고령임을 알 수 있었다.

"할아버지, 살아 있었구먼?"

요시카네가 경박하게 말을 걸었지만 말꼬리는 덜덜 떨렸다. 목울대가 꿀렁이자 그는 한 손으로 목을 가렸다.

요시로는 한쪽 눈썹을 치뜨더니 콧방귀를 뀌었다.

"너, 무슨 귀신 씻나락 까먹는 소리냐? 내가 언제 죽었다냐."

"언제 죽어도 이상하지 않은 나이지."

"헛소리. 아직도 생생허당께. 어제도 사사다랑 낚시를 하고 왔는디."

"사사다 할아버지, 잘 지내죠잉?"

"잘 지내고말고. 얼마 전에 하나코한테 새끼가 생겨서 퍽 바쁜 모양이더라."

"하나코가 딸이었나?"

"사사다네 집에서 키우는 소 말이여."

"말 좀 똑바로 해요. 헷갈리잖아."

두 사람 사이에는 방금 전에 요시카네가 대가로 지불했던 것과 동일한 장기 세트가 놓여 있었다. 식탁 위에 다리가 달린 장기판이 놓여 있는 광경은 위화감이 들었지만, 두 사람은 괘념치 않았다. 아마도 늘 그곳에 놓고서 사용했겠지.

"그나저나 네가 얼굴을 다 비추다니 참말로 오랜만이구먼. 요즘에 일이 바빴냐?"

"그러게 말이여. 얼굴을 통 비치지 못해서 미안하구먼."

"너한테도 가정이 있으니 이쪽은 신경 쓰지 말라니께. 사쿠라의 몸은 어떠냐? 임신 소식을 알고서 허둥지둥 댔잖냐?"

"응, 여러모로 바빴게."

사쿠라라는 이름이 나왔을 때 요시카네의 옆얼굴에 안도의 기색이 번졌다. 그가 장기짝 상자를 열고서 그 안에서 말을 하나 꺼냈다. 옥장(玉將)이었다.

"나, 이 세계에서도 사쿠라랑 결혼했구먼."

"뭔 소리야, 이쪽 세계라니?"

"그냥 혼잣말. 그보다도 할아버지, 오랜만에 장기나 두장께. 그럴 작정으로 여기에 놔둔 거잖여?"

"아니, 내가 놔뒀던 기억은 없는디. 그러고 보니 왜 이런 데에 장기 세트가 있는 거다냐. 평소에는 서랍장 안에 놔두는디, 할멈이 멋대로 꺼냈는가……."

"자자, 세세한 건 따지지 말자니께."

요시로가 고개를 갸웃거리자 요시카네는 억지로 흘려버렸다.

"그러자고."

요시로도 선선히 수긍했다.

"너랑 장기를 둔 게 얼마 만이냐? 네 결혼식 때 이후로 처음이냐?"

"할아버지, 내 결혼식에 왔었나?"

"박정한 놈 같으니 벌써 다 까묵어버렸냐?"

"아니, 잊어버린 건 아닌디."

대화를 경쾌하게 나누면서 요시카네는 장기짝 상자를 장기판 위에 뒤집었다. 말들이 판 위에 우르르 쏟아졌다.

요시카네가 결혼했을 적에 이미 할아버지는 타계했다고 들었다. 이곳에 있는 요시로는 요시카네가 아는 요시로와는 무언가가 다른 존재였다. 요시카네는 잡담을 나누면서 그 분기점을 찾고 있었다. 젠가 놀이의 종반부처럼 즐거워하면서도 신중함을 숨기지 않는 태도였다.

"왕장(王將)은 할아버지한테 줘야 쓰겠네."

"괜찮겠냐? 옛날에는 왕장이 아니면 싫다고 울었으면서."

"언제 적 얘기여?"

두 사람은 막힘없이 장기판 위에 말들을 배치해나갔다. 카나는 장기를 거의 해 본 적이 없었다. 규칙을 간단히 알고 있긴 하지만, 전술 같은 어려운 이야기는 전혀 몰랐다.

두 사람에게서 눈길을 돌려 다시금 부엌 쪽을 쳐다봤다. 구석에 스탠드가 세워져 있고, 자그마한 빨래걸이가 두 개 걸려 있었다. 한쪽에는 걸레와 수건, 다른 한쪽에는 꺾은 꽃이 거꾸로 매달려 있었다.

주황 장미, 하얀 안개꽃, 보라 스타티스, 노란 미모사, 그리고 파란 수국. 그 꽃들의 줄기를 삼끈으로 한데 엮고서 빨래집게로 매달아 났다. 드라이플라워를 만드는 중이겠지. 화사한 꽃잎과 인공적인 빨래집게가 겉돌아서 재밌었다.

이 집에는 꽃이 일상 속에 녹아 있었다.

"할아버지."

"뭐냐."

"나 지금 연예인을 하고 있나?"

"뭐?"

요시로가 입을 떡 벌렸다. 숱이 많은 눈썹이 일그러졌다.

"뭔 소리냐. 이불 팔다가 때려치웠냐?"

"아, 아니, 그럴 생각은 없는디."

"아이가 태어나면 도쿄랑 오사카를 왔다 갔다 하는 생활은 사쿠라한테 부담이 되겠지. 하지만 지금부터 연예인 노릇을 하겠다니 꽤나 벅차지 않겠냐?"

"그러니까 그럴 생각은 없다니께."

요시카네가 딱, 하고 보(步)를 한 칸 전진시켰다.

아마도 요시카네는 자신의 인생이 거기서부터 분기됐으리라 짐작했겠지. 그렇기에 예상이 빗나가서 동요했다.

두 사람은 한동안 차례대로 말을 움직였다. 말을 빼앗거나 빼앗기거나. 카나는 잘 모르겠지만, 고도의 전술 싸움을 벌이고 있는지도 모르겠다.

요시카네가 향차(香車)를 일직선으로 내밀었다. 앞으로만 나아갈 수 있는 말이다.

"그럼 혹시 말이여. 아버지랑 어머니가 이혼했을 때 나, 아버지랑 함께 살기로 했나?"

애써 웃고 있지만, 요시카네의 목소리는 딱딱했다. 요시로는 장기판에서 눈을 떼지 않고 대답했다.

"뭐냐? 갑자기 뭔 옛날 얘기야."

"지금도 똑똑히 기억헌당게. 『할아버지랑 함께 살 테냐 아버지랑 함께 살 테냐』하고 물었지. 그래서 난……."

"『아버지랑 함께 살래』하고 말했당게. 도쿄를 떠나고 싶지 않다면서."

요시카네가 순간 뜸을 들이자 요시로가 자연스럽게 뒷말을 대신 말했다.

요시카네는 할아버지와 살기로 했다고 말했다. 그러나 평행 세계의 요시카네는 다른 선택을 한 모양이었다.

"그래?"

요시카네가 중얼거렸다. 그가 경직된 손가락으로 옮긴 말을 요시로의 계마(桂馬)가 따냈다.

"새삼스레 그 일을 마음에 두고 있는 것이다냐?"

"그야 신경이 쓰이제. 근디 아버지랑 함께 살기로 했으면서 결국 난 사쿠라랑 결혼했당가? 하나도 변한 게 없잖여?"

"난 네가 뭔 소리를 하는지 하나도 모르겠구먼. 도쿄에서 일주일도 채 지내지 못하고 이리로 와서 함께 살았잖여. 어느 쪽을 택했든 별반 다르지 않았구만."

"뭐?"

"그 시절에 『애초부터 할아버지랑 살걸 그랬어!』하고 자주 방방 뛰며 화를 냈잖냐? 네 애비가 모르는 여자랑 사는 게 싫다면서."

요시카네의 처진 두 눈이 동그래졌다. 요시카네는 이마에 손을 대고서 숨을 깊이 내뱉었다. 길고 긴 탄식이었다.

"……이게 뭐여. 고민해도 아무 쓸데가 없었잖아."

요시카네가 말하자 요시로가 호쾌하게 웃어넘겼다.

"쓸데없는 게 어딨냐. 선택을 번복하는 건 나쁜 게 아녀. 그때 그 랬을 걸 그랬다는 후회를 털어낼 수 있으니께."

"할아버지도 비슷한 생각을 한 적이 있나?"

"난 그 사우나지. 의사가 삼가라고 말했을 때 따를지 말지 허벌나 게 고민했당께. 굵고 짧게 사는 게 내 모토여! 라는 생각으로 의사 몰래 계속 들어갔는디 그만 쓰러져 버렸제. 그때 할멈이 울고불고 말려서 그 후로는 얼씬도 안 했당께. 뭐, 그 덕분에 증손주 얼굴까지 볼 수 있게 됐으니 가늘고 길게 사는 인생도 좋을지도 모르겠구먼."

장기짝이 판을 딱 두드리는 소리가 울렸다. 요시카네는 상대에게서 따냈던 보(步)를 움켜쥐었지만, 이윽고 체념했는지 도로 내려뒀다.

"……할아버지, 변했구먼."

"시끄러."

"근데 나, 이렇게 장수한 할아버지를 만나서 지금 참말로 기쁘당께."

"갑자기 뭔 실없는 소리를 해대고 있냐."

"참말이랑께. 참말로…… 나, 몇 번이고 생각했다니께. 할아버지 한테 상담할 수 있으면 얼마나 좋을까, 하고."

손을 폈다가 쥐었다가. 오른손으로 동일한 동작을 반복하면서 요시카네는 나직이 활짝 웃었다. 시야 구석에 거꾸로 매달린 하얀 안개꽃이 잠깐 어른거렸다.

"할아버지. 나, 무서워."

"뭐가?"

"아버지가 되는 게."

요시카네가 쥐어짜 낸 진심이 테이블 위에 뚝뚝 떨어졌다. 그동안 베일 뒤에 감춰왔던 연약함이 목소리를 터뜨렸다.

"아이를 임신하고서 사쿠라는 바뀌었어. 지금과 똑같이 살아가는 게 무리라는 걸 머리로는 알아. 근데 어떻게 해야 좋을지 모르겠구면. 아버지나 어머니는 내게는 남이니께. 태어난 자식을 인생의 방해물로 여기면 어쩌지? 그 사람들처럼."

그 사람들처럼. 요시카네가 내뱉은 그 말은 평탄하게 들렸다. 철저히 타인을 대하는 듯했다. 할아버지와 대화를 나눌 때 담겨 있던 따뜻함은 터럭만큼도 느껴지지 않았다.

요시카네가 테이블 위에 손을 대고서 고개를 푹 숙였다.

"무서워."

그 입이 작게 움직였다. 얼굴에 씌웠던 웃음의 가면에 금이 쩍 갔다. 우수수 무너져 내린 그 틈새에서 그의 어린 내면이 드러났다.

"나, 참말로 아이를 사랑할 수 있을까?"

요시로가 은장(銀將)을 움직였다. 주름이 새겨진 손이 보(步)에서 토금으로 승진한 말을 삼켜버렸다.

"그걸 내가 어찌 알겠냐?"

"엄하구먼."

요시카네의 입술 가장자리가 말려 올라갔다. 그는 의자 등받이에 몸을 기대고서 양 다리를 살짝 띄웠다.

"빈말이라도 괜찮다고 말해주라고."

"괜찮여, 괜찮여."

"필시 거짓말이구먼."

"참 성가신 놈이구만. 네가 거짓말이라도 해달라고 했잖냐?"

"너무 성의가 없당께."

요시카네가 입술을 삐죽 내밀고서 테이블에 엎어졌다. 뒷머리가 촤악 튀어 오르는 게 보였다. 그는 이마를 식탁 위에 비비며 얼굴을 숨긴 채로 한숨을 크게 내뱉었다.

"나 말이여. 참말로 부모가 될 수 있을까?"

"왜 똑같은 소릴 반복한다냐? 그건 될 수 있느냐 없느냐의 문제가 아녀. 자식이 태어나면 넌 이미 아버지랑께."

"귀 따가워라."

"사쿠라가 열심히 노력하고 있는디 넌 왜 여기서 응석만 부리고 앉아 있냐? 네 아내가 너보다 몇 곱절은 더 무서울 거 아니냐. 출산은 목숨이 달린 일이니께."

"그건 알아. 그래서 더더욱 무섭당께. 사쿠라만 점점 어머니가 되어 가고 있다고 해야 하나, 나만 놔두고서 훌쩍 떠난 것 같아서."

"사쿠라가 너만 내버려 두고 떠날 만도 하지. 레이스는 이미 시작 됐는디 넌 달려 나갈 생각을 안 하고 있잖냐? 출산만은 남자가 대 신해줄 수 없는 중대사인디 네가 그렇게 약한 소릴 하고 앉아 있으 면 어쩐다냐."

요시로가 성향(成香)을 옥장 옆에 놔두고서 「장군」 하고 말했다. 그러자 요시카네가 몸을 벌떡 일으켰다.

"우와, 궁지에 몰린 물고기 신세구먼."

"향차(香車)를 따내도 돼. 아까 너한테서 받았던 녀석이니께."

"아니, 아니, 그걸 따내면 각행(角行)한테 먹히잖아."

요시카네가 옥장을 한 칸 뒤로 물리자 요시로가 담담히 계마(桂馬)를 포갰다. 아래에 깔린 옥장을 엄지와 검지로 집으면서 요시로가 득의양양하게 입꼬리를 올렸다.

"보란 듯이 따내는구먼."

요시카네가 중얼거렸다.

"내가 이겨부렀다."

"계마를 언제 옮겼나?"

"네가 투덜거리는 사이에."

"할아버지, 장기 세졌나?"

"반대지. 네가 약해졌다. —자, 손 이리 내라."

요시카네는 요시로가 시키는 대로 오른손을 내밀었다. 할아버지가 하얀 손 위에 말을 쥔 자신의 손을 함께 올렸다. 햇볕에 그을린 손등은 요시카네의 손등에 비해 색이 상당히 짙었다. 주름도 많고 두터웠다. 오랫동안 살아온 남자의 손이었다.

"부모가 되는 건 누구나 무섭다. 하지만 무서워하는 게 오히려 딱 나을지도 모르겠구먼."

"아까 응석 부리지 말라고 했잖여?"

"승자의 여유구먼."

"그래?"

"거짓말이여."

"거짓말이었어?"

"이런 말은 구실이 없으면 할 수가 없제. 아까 너한테 거들먹거리긴 했다만, 나도 소싯적에는 아버지가 되는 게 무서웠당께."

"그래?"

요시카네는 손이 잡힌 채로 눈빛을 반짝였다. 요시로는 멋쩍은지 눈을 내리떴다.

"자식을 키우는 일에 정답이 어딨냐. ……정답을 모르는 건 무서워. 줄곧 불안하게 살아갈 수밖에 없지. 이래도 되나? 그렇게 할 걸 그랬나? 하고 벌벌거리면서. 널 맡았을 때도 그랬다. 제 자식을 내팽개치는 멍청한 아들놈을 키워낸 내가 참말로 손자를 맡을 수 있을까, 하고 걱정했당께."

"의외구먼. 할아버지는 무서울 게 없다고 생각했는디."

"무서운 게 도처에 깔렸구먼. 다만 너한테는 숨겼을 뿐."

"숨기지 않아도 됐는디."

"멍청한 소리. 다 큰 남자가 꼬맹이한테 약한 모습을 보일쏘냐."

"뭐 어때? 지금은 남자니 여자니 따지는 시대도 아닌디."

"그리 생각한다면 너도 네 자신이 약하든 말든 신경 쓸 필요가 없잖냐?"

요시로가 시선을 들어 요시카네를 똑바로 꿰뚫어봤다. 요시카네의 목이 꿀렁였다.

"요시카네."

"뭔데?"

"넌 괜찮을 거구먼."

당찬 목소리였다. 요시로의 손에 한순간 힘이 실렸다가 이윽고 멀어졌다. 요시카네의 손바닥에는 온기를 머금은 옥장만이 남아 있었다. 무엇을 희생하든 기필코 지켜내야만 하는 말이다.

"갑자기 진지해지지 말라니께."

치켜 올라간 그 입꼬리는 요시카네가 민망함을 얼버무리려고 노력한 흔적이었다. 그러나 뺨을 타고 흘러내리는 눈물이 모든 것을 다 말해주었다.

문에서 나왔을 때 요시카네의 두 눈은 붉게 부어 있었다. 손에 장기 말이 쥐어져 있지 않은지 조마조마했지만, 그는 카나와 눈을 마주치자마자 하얀 이를 드러내며 웃었다. 그가 싹 흔든 두 손에는 아무것도 존재하지 않았다.

"다행이다. 말을 그쪽에 두고 왔군요."

"왜냐면 사장님이 아무것도 갖고 오지 말라고 했으니까요. 저, 약속은 잘 지키는 편이거든요."

그가 자연스럽게 평상시 모습으로 되돌아가자 카나는 남몰래 안도했다. 자기보다 나이가 꽤 많은 사람이 약해진 모습을 보는 것은 심장에 나빴다.

"뭐라고 해야 하나, 좋은 시간이었구먼요. 설령 자기만족일지라도 부탁하길 잘했어. 사장님도, 아가씨도 고마워요."

"딱히 감사를 받을 만한 이유가 없어."

미츠루가 일어서서 무릎 부근을 가볍게 털었다. 바지에 묻어 있던 모래알이 땅바닥에 스르르 떨어졌다. 유리 너머에서 새어든 새하얀 빛이 살갗을 찔러서 따가웠다.

"자기만족의 시간은 끝났어."

미츠루가 그렇게 말했다. 그 순간, 요시카네가 격렬하게 기침을 해댔다. 그는 몸을 쪼그리더니 구역질을 반복했다. 눈꺼풀에서 눈물이 밀려나오듯 맺히더니 가느다란 속눈썹을 투명하게 채색했다.

"一끄윽."

기도를 막은 물체가 조금이라도 쉽게 배출되도록 요시카네는 땅바닥에 이마를 댔다. 가슴을 부여잡았던 오른손을 입 속에 찔러 넣었다. 손가락으로 끄집어내려고 하는 것이다.

이윽고 타액에 젖은 손가락이 투명한 결정을 빼냈다. 그의 손바닥 안에 있는 그 물체는 반들반들한 녹색을 띠고 있었다. 요시카네는 어깨를 들썩이며 헥헥거렸지만, 의식을 잃지는 않았다.

"얼른 땅바닥에 버려."

미츠루가 말했지만 요시카네는 미동도 하지 않았다. 몽롱한 눈빛으로 손안에 있는 돌을 주시했다. 지금껏 손님들은 토해냈을 때의 고통을 견뎌내지 못하고 의식을 잃었기에 이런 반응은 처음이었다.

"요시카네 씨."

카나가 다가가려고 하자 미츠루가 팔을 뻗어 제지했다.

"손님, 어서."

미츠루가 재촉하는 말을 무시하고서 요시카네는 〈씨앗〉을 빛에 비춰 봤다. 마치 망원경을 들여다보듯 녹색 결정을 통해 세계를 바라봤다.

그는 음미하듯 웃었다.

"참말로, 아찔할 만큼 아름답구먼."

머리가 휘청거리더니 그대로 몸이 기울어졌다. 손에서 힘이 빠지더니 가시를 두른 〈씨앗〉이 바닥에 떨어졌다.

카나가 쓰러진 요시카네에게 달려가는 사이에 미츠루는 〈씨앗〉을 짓밟았다. 에메랄드색이 콰직 터졌다.

"그 손님은 어때?"

미츠루가 표정 하나 변하지 않고 카나를 쳐다봤다. 요시카네의 목에 손을 대고서 피부 속에서 혈관이 쿵쿵 맥동하는 것을 확인했다.

"괜찮아요. 정신만 잃은 것 같아요."

"소파에 눕히면 알아서 눈을 뜨겠지. 변명은 네게 맡기지."

"싫어요. 미츠루 씨가 알려주세요."

"그럼 도로 위에서 술주정을 부리고 있었다고 해둘까?"

미츠루는 늘 그래왔듯 요시카네의 옆구리에 팔을 집어넣고서 일으켰다. 반대편에서 카나도 몸을 부축했다.

"너는 도와주지 않아도 돼."

"아뇨. 조수의 역할도 이번이 마지막일지도 모르니까."

미츠루의 눈이 휘둥그레졌지만, 이내 눈꺼풀 속으로 동요를 숨겼다. 두 사람은 하얀 땅에 발자국을 남기면서 가게로 이어지는 문으로 천천히 향했다.

창문에서 내리쬐는 빛. 그것을 반사하는 기억의 잔해들.

불온한 기운도, 작별의 예감도 이 공간에서는 순식간에 하얀색에 빨려들고 만다.

"요시카네 씨가 눈을 뜨면 수국을 권하도록 해요."

"수국?"

"부인께 드릴 선물로요. 부인이 좋아하는 꽃이래요."

미츠루의 어깨에 둘러진 요시카네의 팔 끝, 약지에는 결혼반지가 빛나고 있었다. 사용감을 느낄 수 있는 여러 흠집들이 심플한 반지를 보다 빛나게 했다. 햇빛을 반사하여 나타난 빛의 파편이 미츠루의 뺨을 어루만지고는 이내 어디론가 사라져버렸다.

카나는 그 광경을 보고서 쓸쓸했다. 그러나 말로 드러내지는 않았다.

제 5 화

세상이 파래진다면

어젯밤, 예쁘게 잘 칠해진 매니큐어를 귀엽다고 칭찬해주길 바랐다.

카나는 진열대에 놓인 유리병을 손에 들면서 옆에 서 있는 사카하시 료의 얼굴을 올려다봤다. 가게 진열창을 통해 새어든 빛이 그의 부드러운 머리칼을 투명하게 비췄다. 날렵한 콧날, 눈매가 처진 쌍꺼풀 눈, 셔츠에 감싸진 호리호리한 체구. 그 전부가 참 좋았다.

몸속에서 심장이 요동치고 있는 게 들키지 않도록 카나는 코로 숨을 살며시 들이마셨다. 4월과 어울리는 싱그러운 꽃향기가 가게 안쪽에 설치된 진열대에서 풍겨왔다.

"점원이 없네."

료가 가게 안을 두리번거리고는 조금 당혹스럽게 말했다. 그러고 보니 이 가게에 왜 왔더라? 꿈속에 있는 것처럼 전후 기억이 모호했다.

"여기 무슨 가게였어?"

카나가 묻자 료는 이내 목을 으쓱거렸다.

"모르겠어. 카나가 걷다가 들어가 보고 싶다고 했잖아? 『궁금한데 들어가도 돼?』 하고 말이야."

"그랬나?"

"그랬어. 그나저나 별난 가게네. 최근에 생긴 것 같진 않은데."

료가 걸을 때마다 스니커즈 밑바닥이 마룻바닥을 찼다. 카나는 그 뒤를 쫓았다. 가게 안쪽에서 무언가를 발견했는지 료가 갑자기 발걸음을 멈췄다.

"우와."

"뭔데?"

카나는 그의 몸 옆에서 고개를 내밀어 그가 무엇을 봤는지 살폈다. 그곳에는 거대한 철도모형이 있었다. 평면뿐만 아니라 입체적으로도 수많은 레일들이 여기저기서 교차되어 있었다. 레일은 쇠를 연상케 하는 은색이었다. 여러 양철 기차들이 그 위를 계속 달리고 있었다. 기차들이 여기저기에서 엇갈리는데도 결코 충돌하지 않았다.

카나가 기차에 손을 뻗었다. 레일 위에 손을 올리자 양철 기차가 손가락을 쳤다. 기차가 탈선하더니 기다란 차체가 레일을 가로막았다. 아프지는 않았다.

"이 꿈, 기억해?"

모형을 바라보던 카나가 **이쪽을 돌아봤다.** 무엇이 이상하다는 것을 비로소 깨달았다.

카나는 『카나』를 보고 있었다. 3인칭 시점으로 찍힌 영화처럼.

별안간에 팔을 움직이려다가 자신의 육체가 존재하지 않는다는 사실을 알아챘다. 이 공간에서 카나는 단순한 카메라 역할에 불과했다.

기억한다고 그렇게 말하고 싶었다. 그러나 카나는 입술이 없어서 목소리를 낼 수가 없었다. 문득 정신을 차려 보니 료의 모습이 없었다. 아무 소리도 없는 가게 안에 카나만이 남겨졌다.

카나가 쓸데없는 짓을 한 바람에 기차가 자꾸 정체되었다. 쓰러진 차체 위에 다른 기차가 올라타고, 뒤에서 달려온 다른 기차가 그곳에 처박혀서 움직임이 멎었다. 방해물이 된 기차를 치우지 않는 한 이 철도모형은 원래대로 돌아가지 않겠지. 교차하지 않았던 세계가 딱 한 번의 개입만으로 이리도 쉽게 부서지고 말았다.

카나는 손을 입에 대고서 그저 조용히 미소 지었다. 선명한 분홍색이 그녀의 손톱을 장식하고 있었다.

—손톱이다.

눈을 뜬 순간에 가장 먼저 그것이 떠올랐다. 침대에서 펄쩍 일어나 카나는 수납장에 놔뒀던 매니큐어 병을 들었다. 그날 료에게 보여주고 싶어서 발랐던 매니큐어. 병 안에서 반짝이는 색깔은 꽃조개를 연상케 하는 연한 분홍색이었다.

새삼스레 이상하다고 생각했다. 꿈속에서 처음으로 『Kassiopeia』를 봤을 때 나는 터쿼이즈 블루 매니큐어를 칠했다. 기억과 현실이 사소하게 어긋났다.

매니큐어 병을 수납장에 다시 놓고서 맨발로 마루 위를 걸었다. 아침 특유의 서늘한 냉기가 장딴지를 휘감자 몰아내듯 다리를 크게 올렸다.

냉장고에서 우유를 꺼내 머그잔에 따랐다. 그것을 전자레인지에 넣고서 가열하니 부웅 소리를 내면서 작동하기 시작했다.

카나는 그 광경을 묵묵히 쳐다봤다. 아무것도 하지 않고 시간이 지나가기를 기다렸다.

〈씨앗〉은 『Kassiopeia』에 놓고 왔다. 미츠루가 가게에 보관하겠다고 고집해서였다.

"기억을 되돌리는 방법 말이에요. 구체적으로 어떻게 할 건가요?

어젯밤에 요시카네가 잠든 사이에 카나와 미츠루는 소파에 나란히 앉아 그가 깨어나길 기다렸다. 쿠로이 씨는 흥분했는지 카나가 뱉어냈던 성정화의 〈씨앗〉에 자꾸 달려들었다가 삐죽한 끝부분에 흠칫 놀라서 거리를 띄우기를 반복했다.

미츠루는 다리를 벌리고서 몸을 앞으로 기울인 채로 팔짱을 꼈다. 안경을 쓰지 않으니 카나가 아는 료의 얼굴과 겹쳐 보였다.

"『나이팅게일과 장미』라는 얘기가 수록됐던 책이 전에 이 가게에 있었지?"

"지금도 있어요. 아직 팔리지 않았으니까."

"용케 파악하고 있군."

"그야 상품을 진열하는 것도 조수의 일이니까요."

오스카 와일드의 동화집에는 표제작인 『행복한 왕자』 말고도 『나이팅게일과 장미』가 수록됐다.

여자를 무도회에 청하기 위해 빨간 장미를 필요로 하는 학생과 그 바람을 이루어주기 위해 자기 몸을 희생하는 나이팅게일의 이야기.

"전에 자의적인 자기희생이라고 미츠루 씨가 말했죠."

카나가 말하자 미츠루는 쓸쓸한 웃음을 지었다.

"말했지. 난 자기희생을 싫어해."

"저도 나이팅게일의 행동에는 의문을 품고 있긴 해요. 하다못해 학생이 나이팅게일 덕분에 빨간 장미를 입수했다는 사실을 알았으면 좋았을 텐데. 자신이 뭘 받았는지조차 모르면 감사조차 할 수가 없어요."

"그래도 나이팅게일은 만족했어. 숭고한 사랑을 위해서 희생했으니까. 이 이야기에서 유일하게 행복해진 존재지."

"자신을 희생하면서까지 누군가를 행복하게 만드는 건 이상해요."

"머리로는 알더라도 만약에 본인이 같은 입장에 처한다면 어떻게 결단할지 알 수 없겠지."

"그건 만약에 빨간 장미가 필요해진다면 어떻게 할 거냐고 물어본 건가요?"

카나가 미간을 찡그리자 미츠루가 고개를 서서히 가로저었다.

"아니. 스스로를 희생하면서까지 손에 넣고 싶어 하는 게 있느냐 없느냐는 얘기야."

"그런 거 몰라요."

"너는 사카하시 료를 사랑해?"

카나는 미츠루의 옆얼굴을 응시했다. 하얀 턱에 수염이 희미하게 나 있었다. 료도 그랬다. 평소에는 말끔하게 다듬는데도 함께 밤을 맞이할 무렵에는 수염이 살짝 보이기 시작한다. 육안에 거슬리지는 않지만, 턱을 어루만지면 손바닥에 까끌까끌한 감촉이 느껴졌다. 카나는 그 감촉이 싫진 않았다.

"사랑하고 있어요, 줄곧. 좋아해요."

불현듯 미츠루의 입가가 느슨해졌다. 그의 입가에 짙게 맺힌 감정은 기막힘이었다.

"첫 남자친구라서 집착하는 거 아닌가?"

"유일한 남자친구예요. 제게는."

"지금은 그렇지."

"앞으로도요."

"그 녀석은 이미 어디에도 없는데?"

숨이 멎었다. 입술이 덜덜 떨리면서 제멋대로 공기를 흘려냈다. 미츠루는 이쪽을 보지 않고 찻잔 가장자리를 손가락으로 어루만졌다.

"그건 미츠루 씨가 료를 죽인 얘기랑 이어집니까?"

"이어지지."

무심코 숨을 삼켰다. 목 부근이 왈칵 뜨거워지더니 분노 같기도, 혼란 같기도 한 감정이 몸속을 기어 다녔다. 카나는 입을 열었다가 닫았다. 입술을 지그시 깨물고서 혀끝으로 다음에 할 말을 더듬었다.

"죽였다는 건 무슨 의미죠? 비유적인 표현이죠?"

"있는 그대로야. 나 때문에 그 녀석은 죽었어."

"그렇게 말해선 몰라요. 애당초 다른 세계의 사람한테는 관여할 수 없잖아요? 미츠루 씨는 어떻게 료를 죽였다는 거죠?"

카나가 말을 쏟아내도 미츠루는 흐트러지지 않았다. 눈구석을 가볍게 매만지고는 피로가 배인 날숨을 흘려냈다.

"딱 하나, 평행 세계의 사람을 죽일 방법이 있어. 세계의 이치를 부수는 거야."

"이치를, 부순다."

"그래. 평행 세계에서 물건을 갖고 나온다. 단지 그것만으로 모든 것이 미쳐 돌아가. 사람들의 인식이 왜곡되고, 상식이 덧칠해지지만 아무도 그걸 알아차리질 못해. 그렇게 사카하시 료는 죽었어."

"그렇게 설명해선 몰라요. 차라리 미츠루 씨가 료를 나이프로 찔러 죽였다고 설명하는 편이 더 이해가 되겠어요."

"이해하지 않아도 돼. 내가 사카하시 료를 죽였다. 그것만이 진실이니까."

미츠루가 완고하게 말하자 카나는 반론하려고 했던 말을 삼켰다. 노골적인 거절. 명확한 경계선. 미츠루는 늘 중요한 대목에서 입을 다문다.

그의 카나는 지금 눈앞에 있는 카나가 아니다. 그런데도 미츠루는 『Kassiopeia』에서 나카나이 카나와 만나려고 했다. 카나에게 미츠루는 료가 아니었고, 미츠루에게 카나는 카나가 아니었다. 아무리 소중한 사람과 닮았다고 해도 서로가 진정 찾았던 상대는 아니었다.

"너는 내가 아는 카나와 가장 근접한 존재야. 분기한 부분이 정말 조금밖에 없고, 사고방식이나 말투까지 뭐든 게 흡사해."

"흡사하다는 소릴 들어본들 신기할 뿐이네요. 미츠루 씨는 료와 얼핏 닮았지만, 말투도 성격도 달라요."

"그야 그렇지. 난 료와는 다른 존재이니까."

미츠루가 자조하듯 숨을 뱉었다. 혹시 미츠루는 사카하시 료라는 존재를 버리고 싶었는지도 모르겠다는 생각이 불현듯 들었다.

머리를 거멓게 물들이고, 안경을 끼고, 미츠루라고 이름을 대고. 그렇게 자신의 존재를 료에게서 조금이라도 떼어놓으려고 했다.

"처음부터 너를 거절할 걸 그랬어. 일하게 해달라는 말도 안 되는 요구를 거절했어야 했어. 나와 얽히지 않았다면 네 〈씨앗〉이 커질 일도 없었을 테니."

"〈씨앗〉이 커진 이유는 역시 미츠루 씨인가요?"

"뭐, 그렇지. 너의 육체에서 결락된 기억은 나와 관련이 있어. 그래서 성장 트리거가 바로 나로 설정됐지. 나와 함께 지내면서 씨앗이 자극을 받은 거야."

"당신이 말한 나라는 존재는 료가 아니라 미츠루 씨를 가리키는 거네요. 만약에 내가 미츠루 씨한테 접근하지 않았다면 〈씨앗〉은 어떻게 됐을까요?"

"체외에 배출됐던 최초 크기를 유지한 채 더는 커지지 않았을 거야. 성장만 하지 않았다면 체외에 배출됐던 〈씨앗〉을 무시하는 선택지도 있었겠지. 하지만 이 정도까지 커졌으니 기억을 되돌리든 말든 〈씨앗〉의 성장은 멈출 수 없어. 지난번에 손님한테도 말했지만, 〈씨앗〉이 계속 성장하면 언젠가 숙주는 죽어. 그렇다면 기억을 되돌리는 편이 나아. 너를 구할 수 있는 가능성은 있어."

"기억을 되돌리는 게 최선책이라는 말이군요."

"진정한 최선책은 나와 네가 얽히지 않는 것이었지만."

"그래도 전 미츠루 씨와 만나길 다행이었어요. 아침에 일어나보니 료의 흔적이 없어졌는데, 모두들 료를 모른다고 하고. 내 머리가 이상해졌나 싶어서 얼마나 무서웠다고요."

료의 집에 갔다가 빈집이라고 들었을 때 모든 것이 나의 망상이었나 싶어서 눈앞이 캄캄해졌다. 내 손을 잡아주던 부드러운 그 손. 따뜻한 포옹. 키스했을 때 느꼈던 간지러움. 그 모든 것이 또렷하게 기억나는데도 실은 가짜가 아니었을까 싶어서 불안했다.

그때 자신의 기억을 가장 의심했던 사람은 카나 본인이었다.

"그래서 미츠루 씨를 이 가게에서 봤을 때 저랑 료는 아직 이어져 있구나 싶어서 안도했어요. 료는 확실히 존재했고 저는 정상이었어요."

"난 괜찮지 않았어. 너를 본 순간, 온몸의 핏기가 싹 가시더군."

농담인 줄 알고 카나는 입꼬리를 억지로 올렸다. 하핫, 하고 어색하게 웃었다. 그러나 미츠루의 표정은 지극히 진지했다. 그가 손가락으로 카나의 어깨 윤곽을 어루만졌다.

"너를 보고 있으면 숨이 막혀. 마음속에서 내 자신이 책망한다고. 죄를 잊지 말라고."

"미츠루 씨의 죄는 뭔가요?"

"무엇일 것 같아?"

미츠루는 노골적으로 얼버무리고서 카나의 몸을 끌어당겼다. 너무 갑작스러워서 숨을 삼켰다. 엉겁결에 헉, 하고 소리를 내뱉어서 창피했다.

미츠루가 경직된 카나의 어깨에 코끝을 댔다. 그가 호흡할 때마다 열기의 파도가 밀려들었다가 물러났다. 이런 식으로 미츠루와 밀착한 것은 처음이었다. 그런데도 왠지 그리운 기분이 들었다. 코로 힘껏 숨을 들이마시니 향신료 같은 생화의 냄새가 코 속으로 들어왔다. 미츠루의 냄새였다. 료와 한없이 비슷하지만 달랐다. 생생한 생명의 냄새.

미츠루의 손가락이 블라우스 너머에서 카나의 등을 더듬었다. 그는 견갑골이 들어간 부분에 이르자 도중에 손을 멈췄다.

"심장에 박는 거야."

"뭘 말이죠?"

"아까 네가 물었잖아? 기억을 되돌리려면 어떻게 해야 하냐고."

"묻긴 했지만……."

"『나이팅게일과 장미』, 그 이야기와 똑같아. 〈씨앗〉의 가시를 심장에 밀어 넣는 거다. 그러면 이어진 부분을 통해서 기억이 몸으로 되돌아가."

"그러면 제가 죽지 않나요?"

"아까도 말했지. 너는 괜찮아."

"위안의 말인가요?"

"속이려는 게 아냐. 안심해. 절대로 죽게 하지 않아."

등에 닿은 그의 팔에 강한 힘이 실렸다.

"절대로."

미츠루는 다시금 말했다. 카나는 묵묵히 그의 머리에 손을 뻗었다. 조금 곱슬거리는 검은 머리에 손을 넣고서 뒤통수를 만졌다. 슬슬 움직이니 조금 튀어나온 뼈가 손바닥에서 잘 느껴졌다.

"쓰다듬지 마."

그렇게 말하면서도 미츠루는 고개를 들지 않았다. 그가 숨을 뱉자 손바닥과 머리카락이 마찰하면서 사락사락 거렸다. 카나는 입 속으로 미츠루 씨는 바보, 하고 중얼거렸다. 카나가 어떤 심정인지 미츠루는 분명 모른다. 갈 곳 없는 감정을 침과 함께 삼켰다.

"난 꼬맹이가 아냐."

"아는데요."

"게다가 너의 사카하시 료도 아냐."

"그것도 알아요."

"다 알면서도 상냥하게 대하는군."

"미츠루 씨가 가엾으니까요."

"동정하는 건가?"

"싫어요?"

"아니."

미츠루가 고개를 들어 카나를 내려다봤다. 앞머리 아래에 엿보이는 그의 눈빛이 조용히 누그러졌다.

"애정 따위보다 상당히 신뢰가 가는 이유군."

요시카네는 그로부터 한 시간 뒤에 눈을 떴다. 미츠루는 평소처럼 기억을 완전히 잃어버린 그에게 거짓말을 뱉었다.

"술에 취해서 가게 앞에서 자고 있더군."

요시카네는 순간 어리둥절해하다가 이내 환하게 웃었다. 사교적인 어른의 특기인 완벽한 영업용 미소였다.

"저, 체질적으로 술을 마실 수가 없는데요. 그래도 뭐, 감사합니다. 다 큰 어른이 밖에서 자다니 꼴사나운 모습을 보였군요."

요시카네가 영차, 하고 소리 내면서 소파에서 일어났다. 첫차 시간까지 아직 꽤 남았다. 그러고 보니 그가 차를 타고 이곳에 왔다는 사실이 금세 떠올랐다. 요시카네가 음주운전을 괘념치 않는 이유는 자신이 술을 마셨으리라 눈곱만큼도 생각하지 않아서겠지.

"이 가게, 이름이 뭡니까? 민폐를 끼쳤으니 다음에 다시 인사를 하고 싶습니다."

"아니, 마음에 담아둘 거 없어."

"그럴 수야 없지요. 이런 건 마무리를 잘 짓는 게 중요하니까."

"그럼 답례 대신에 꽃을 사줘."

"꽃?"

"이거."

셔츠 소매를 걷으면서 미츠루가 카운터 옆 식물 코너로 이동했다. 이 구역만은 다채로웠다. 분홍 수국, 보라 아가판투스, 노란 회향, 하얀 안개꽃, 초록 루모라고사리…… 그리고 가장 눈에 띄는 빨간 장미.

"여긴 꽃집입니까? 리사이클 숍인 줄 알았는데."

"뭐, 만물상 같은 곳이야. 진열대에 있는 상품들 중에 마음에 드는 게 있거든 사도 되고."

"그럼 수국을 좀 사갈까요. 아내가 좋아해서요."

요시카네가 그렇게 말하고서 진열대 구석을 가리켰다.

"수국을 메인으로 꽃다발을 적당히 만들어주세요. 예산은 1,500엔 안에서."

"그러지."

미츠루는 고개를 끄덕이고는 익숙한 손놀림으로 꽃을 뽑아나갔다. 그러고 보니 미츠루가 꽃을 파는 모습을 처음 봤다.

"저, 지금부터 회사에 잠깐 들렀다가 오사카로 돌아갈 건데, 꽃이 얼마나 유지될까요? 밤이 되면 시들려나?"

"시들지 않도록 최대한 처리해두지. 하루 정도라면 괜찮을 거야."

"우와, 그런 것도 가능합니까? 그럼 아내한테 예쁜 상태로 건넬 수 있겠군요. 기뻐해줄까요?"

작업에 집중해서인지 미츠루는 대답하지 않았다. 의문형으로 던진 말을 무시하는 건 결례인 것 같아서 카나는「분명 기뻐해주실 거예요」하고 말장구를 쳤다. 요시카네의 눈이 살짝 동그래졌다.

"아가씨는 아까부터 조용해서 수다 떠는 걸 싫어하는 줄 알았구만요. 낯을 가리는 성격인데, 아저씨가 귀찮게 말을 걸면 기분 나빠할 것 같아서."

"그렇지 않아요. 다만 끼어들 틈이 없어서."

"아가씨는 이 시간에 왜 여기에? 혹시 두 분은 가족?"

"아뇨, 아뇨, 그냥 조수입니다. 일을 거들고 있어요."

"이런 한밤중까지?"

"영업시간이 불규칙한 가게라서."

"흐─음, 아주 힘들겠구만요. 아, 맞아."

요시카네가 연기하듯 과장되게 손뼉을 짝 치고는 작업 중인 미츠루에게 말을 걸었다.

"사장님, 수국 말고 장미를 한 송이 주세요."

"수국과 곁들여서 함께 엮어도 되는데."

"아뇨, 이 아가씨한테 주려고."

"저한테요?"

카나가 고개를 갸웃거리자 요시카네가 명랑하게 껄껄 웃었다.

"모처럼 꽃을 사는 김에요. 우리 아내가 옛날부터 그랬어요. 장미를 받아서 기분 나빠할 사람은 없다고요. 아마 제가 깨어날 때까지 기다린 바람에 이 시간까지 일하게 된 거죠? 미안하다는 마음을 담았습니다."

"하아, 그렇군요. 감사합니다."

타인에게서 장미를 받는 것은 처음이었다. 다른 세계의 카나는 미츠루에게서 받은 모양이지만, 카나에게 장미란 화단이나 식물원에서 관상하는 존재에 불과했다.

"방에 장식하도록 해요. 아, 사장님도 필요합니까?"

"됐어."

"사장님도 장미를 받으면 기분이 좋을 텐데요? 머리맡에라도 장식해요."

"필요 없다니까."

"재미없는 사람이구먼."

미츠루가 퉁명스럽게 대답하자 요시카네가 야유하듯 목을 울리며 웃었다.

"아, 여기 결제 앱도 가능해요?"

"그런 선진 문물은 통하지 않아. 현금만 사용 가능."

"엥— 진짜요? 난감하구먼."

요시카네가 바지 뒷주머니에 손을 찔러 넣고서 뒤적이다가 천 엔짜리 지폐 두 장을 꺼냈다.

"지갑은?"

미츠루가 물었다.

"차 안에요."

요시카네가 담담하게 대답했다.

"평소에는 스마트폰으로 결제해서 굳이 지갑을 갖고 다니질 않지요.”

“거스름돈은 어떻게 할 거지?”

“아…… 아!”

“뭐야?”

“아니, 지금이야말로 그 대사를 말할 수 있는 찬스인가 싶어서.”

“그 대사?”

가뜩이나 가느다란 눈을 더욱 가늘게 뜨고서 요시카네가 젠체하듯 앞머리를 가볍게 쓸어 넘겼다.

“잔돈은 됐습니다.”

“무슨 말을 하려고 폼을 재나 싶었더니만, 고작 그거였나?”

“어른이라면 한 번쯤 말해 보고 싶으니께요.”

잡담을 나누는 동안에도 미츠루는 막힘없이 작업을 진행했다. 하늘색 포장지로 수국과 초록 잎을 감싸고는 하얀 리본으로 묶었다.

다음에는 용기에 담긴 장미를 한 송이 뽑아 투명한 필름 위에 올려뒀다. 장미 꽃잎은 짙은 적색을 띠고 있고, 벨벳 같은 광택이 있었다. 꽃 아래에 녹색 꽃받침에 드리워져 있고, 거기에서 뻗어난 가지 표면에는 배냇머리 같은 가시가 덮여 있었다.

만지면 따가울 텐데도 미츠루는 표정 하나 변하지 않고 장미를 포장했다. 그러고는 장미 한 송이를 「음」 하고 카나에게 내밀었다.

“음이라뇨?”

“이 손님이 네게 건네라고 했잖아. 어서 받아.”

“정말로 괜찮나요?”

옆에 서 있는 요시카네의 얼굴을 올려다보니 그가 한 손으로 살랑

살랑 손사래를 쳤다.

"물론이죠잉. 이 꽃을 보고서 아름답다고 느껴주기만 한다면 만족이지요."

"물론 아름답지만. 뭐라고 해야 할까, 꽃을 받으니 느낌이 신기해서."

"그렇습니까? 우리 할머니는 사람들한테 곧잘 꽃을 줬는데요. 꽃을 줄 땐 그 상대를 반드시 생각하잖아요? 받은 사람도, 주는 사람도 모두 행복해지는 선물, 그게 꽃이라고 말했지요. 그래서 저도 꽃을 선물하는 걸 좋아합니다."

요시카네가 수국 꽃다발을 팔로 안으면서 왠지 멋쩍은지 실웃음을 지었다. 누군가에게 꽃을 선물할 때 그는 할머니를 떠올리는지도 모르겠다.

"소중히 잘 간직해주세요."

요시카네가 웃으며 말하자 카나는 미츠루의 손에서 장미를 받았다. 아름다운 장미였다. 생기가 넘쳐나고, 향신료 같은 그윽한 향기가 풍겼다. 문득 어린 왕자가 소중히 가꿨던 빨간 장미는 이렇게 생겼는지도 모르겠다고 생각했다.

나일론 필름을 잡은 손에 힘이 살짝 들어갔다. 세심히 포장됐기에 조금 세게 쥔 정도로는 꽃가지에 닿지도 않았다.

그 후에 카나는 귀가하자마자 장미를 꽂아뒀다. 꽃병 같은 근사한 물건이 없었기에 재활용쓰레기 날에 버리려고 놔뒀던 빈 병을 쓰기로 했다. 너무 긴 꽃가지를 쳐내니 모양새가 확 살아났다.

그리고 지금 그 장미가 눈앞에 있었다. 어젯밤 일을 털어내고서 카나는 혀로 마른 입술을 핥았다. 전자레인지는 아직도 돌아가고 있었다. 음료가 완성될 때까지 1분 13초가 남았다.

싱싱한 장미잎이 부드러워 보였다. 카나는 별생각 없이 입술로 잎을 물었다. 상상했던 감촉과는 달리 꽃잎은 단단했다. 고급 한지 같았다. 입에 문 채로 뽑아보려고 했지만, 전혀 뽑히지 않았다.

카나는 입술을 떼고서 손가락으로 바깥쪽 잎을 잡아당겼다. 그러나 꽃받침에 착 들러붙어 있어서 꿈쩍도 하지 않았다. 이번에는 찢을 생각으로 잡아당겼더니 뚝 소리와 함께 겨우 빠졌다. 꽃잎이 무른 줄 알았기에 그 단단함에 놀랐다. 지켜줘야 할 만큼 섬세한 존재는 아닌 듯했다.

탁구공만 한 꽃잎은 선명한 빨간색이었다. 그러나 밑 부분만이 살짝 허여스름했다. 어렴풋하게 붉어진 화맥(花脈)이 사람의 혈관과 흡사했다. 창문에서 새어든 아침 햇빛에 비추자 짙은 붉은색을 투과하여 그림자가 드리워졌다. 그것을 멍하니 바라보고 있으니 전자레인지가 띵 울렸다.

갖고 놀던 꽃잎을 은색 싱크대에 떨어뜨렸다. 서로 이웃한 일상과 비일상이 왠지 묘하게 아름다웠다. 수도꼭지를 틀자 쏟아지는 물에 꽃잎이 쓸려 내려갔다. 배출구에 달린 그물망 안에 붉은 장미잎이 눈에 잘 띄었다.

전자레인지에서 머그잔을 꺼내 바닥에 앉았다. 테이블에 팔꿈치를 대고서 카나는 숨을 천천히 뱉었다.

따끈한 우유를 입에 머금었다가 마셨다. 식도를 타고 미끄러져 내리더니 위장 바닥에서 열기가 감돌았다. 습관처럼 텔레비전을 켜니

버라이어티 쇼에서 인기 연예인의 결혼 소식을 다루고 있었다.

"유명 여배우와 닮은 약혼자 S씨는 그가 무명일 때부터 줄곧 지탱해왔습니다. 교제 15년 만에 드디어 골인. S씨는 유명해질 때까지 기다려달라는 말을 믿었고, 지난번 만담대회에서 우승한 뒤에 프러포즈를 받았다고 합니다."

생긋 웃으며 말하는 예능 리포터의 모습을 힐끗 보고서 카나는 텔레비전 전원을 껐다.

"그렇게는 못 기다려."

그 말이 입에서 멋대로 튀어나왔다.

"그래서 데이트를 하죠."

"뭐가 『그래서』야? 전혀 이해가 안 되는데?"

저녁에 가게에 가니 미츠루는 소파에 누워 있었다. 그가 부루퉁한 표정을 지었지만, 카나는 무시하고서 반대편 소파에 앉아 편의점에서 사온 물건을 테이블에 깔았다.

"자, 먹을 것도 사왔어요. 샌드위치랑 과자예요."

"내가 24시 전에 가게에 오라고 말했을 텐데."

"뭐 어때요? 모처럼 기념을 하자는 건데요. 뭘 하고 싶어요?"

"애당초 난 여기서 나갈 수 없어."

"가게 안도 좋아요. 모처럼 내부를 구경하며 돌아다니죠."

"뜬금없이 귀찮은 제안을 다 하고…… 대체 뭐야."

"미츠루 씨랑 조금이라도 더 함께 있고 싶어요."

"이상한 거라도 먹었어?"

"너무해."

카나는 일부러 입을 삐죽 내밀고서 원피스 자락을 잡아당겼다. 광택이 흐르는 황록색 천에 빨간 장미가 그려져 있었다. 할머니가 사줬던 추억의 원피스다. 그리고 옷자락을 움켜쥔 손가락 끝에는 분홍색 매니큐어가 칠해져 있었다.

"꽃단장도 하고 왔는데."

미츠루는 몸을 일으켜 부스스한 검은 머리를 긁적이며 말했다.

"그 옷, 정겹군."

"정겹다고 할 만큼 오래되진 않았잖아요? 후미카 씨랑 외출했을 때도 입었어요."

"그러게……. 그 원피스는 카나가 울고 싶을 때 입는 옷이었어."

그럴 작정으로 입은 게 아니에요. 그렇게 말하고 싶었지만 어째선지 말이 나오질 않았다. 테이블에 펼쳐진 음식들을 내려다보고서 미츠루가 훗, 하고 입꼬리를 올렸다.

"이러니저러니 해도 최근 3개월은 즐거웠어."

"갑자기 숙연해지지 말아요."

"너도 마음이 헛헛해져서 바보 같은 제안을 한 거지?"

"저는 매우 진지하게 데이트를 제안한 건데요. 미츠루 씨의 방을 다시금 보고 싶은데."

"들어가면 감기에 걸려."

"거긴 왜 겨울인가요?"

"그건……."

먹지도 않으면서 미츠루는 포장된 샌드위치를 들었다. 딸기와 휘

핑크크림이 든 과일 샌드위치였다. 미츠루가 투명한 필름에 포장된 샌드위치를 살며시 눌렀다.

"내가 이 가게에서 일하게 된 때가 겨울이었어. 12월, 빌어먹을 만큼 추운 날이었지. 그 방은 그 후로 줄곧 같은 시간이 흐르고 있어."

"하다못해 봄이나 가을이면 좋을 텐데요. 그럼 지내기가 편할 텐데."

"하지만 겨울도 딱히 나쁘진 않아. 조용하니까."

"너무 조용해서 외롭진 않나요?"

"외로운 편이 오히려 딱 좋아. 그런 역할이야."

카나도 샌드위치를 집었다. 이쪽은 햄과 양상추 샌드위치였다. 마요네즈가 듬뿍 발려져 있어서 깨물면 입 안에서 흘러넘친다.

"미츠루 씨는 이 가게에서 일하는 걸 역할이라고 생각하나요?"

"적어도 업무는 아냐. 급료도 없고, 인간다운 생활도 할 수 없으니까. 하지만 도망칠 수도 없어서 이렇게 같은 일을 반복하고 있어."

"만약에 그 역할이 끝난다면 어떻게 되나요?"

"글쎄, 어떻게 되는지. 아무도 알려주질 않았어. 죽을지도 모르고, 사람으로서 남몰래 살아갈지도 모르지. 어찌 되든 영원히 이러고 있는 것보다는 훨씬 나아."

미츠루의 손안에서 샌드위치가 부드럽게 짓눌렸다. 크림이 삐져나와 필름 안쪽을 하얗게 물들였다. 크림에 묻혀버린 딸기가 불쌍했다.

"만약에 파수꾼의 역할이 끝난다면 미츠루 씨는 뭘 하고 싶나요?"

"갑자기 뭐야?"

"하고 싶은 일은 없나요?"

"생각해 봐도 의미 없는 가정이군. 난 앞으로도 쭉 여기서 벗어날 수 없어."

"꽃집 같은 건 어떤가요? 역 앞에 가게를 차리는 거예요."

"그러니까 의미가 없는 가정이래도."

"상상쯤은 해봐도 되잖아요?"

마요네즈가 묻은 손을 냅킨으로 닦고서 카나는 두 손을 펼쳐 미츠루에게 내밀었다.

"뭐야?"

그는 경계하듯 미간을 찡그렸다.

"그 샌드위치, 제가 먹을 거니까 줘요."

"찌그러졌어."

"찌그러뜨린 게 아니고요? 괜찮으니까 얼른 넘겨요."

"굳이 이걸 먹을 필요는 없잖아."

"저는……."

숨을 부자연스럽게 끊고서 카나는 심호흡을 크게 했다. 말이 또렷하게 전해지도록 의식하면서 입술을 움직였다.

"저는, 찌그러졌다고 해서 버리진 않아요."

"고집쟁이군."

"애당초 고른 사람은 저예요. 좋아하니까 고른 거예요."

"게다가 유별나기까지."

"분명 맛있을 거예요. 조금 망가졌더라도."

미츠루는 과일 샌드위치를 가만히 쳐다보다가 이윽고 한숨과 함께 카나의 손 위에 올려놨다. 체온에 데워졌는지 표면이 조금 따뜻했다.

절취선을 잡아당기니 쉽게 뜯을 수 있었다. 손가락 모양으로 푹 꺼진 빵을 보며 쓴웃음을 짓고서 카나는 한 조각을 집었다. 크림이 절반이나 삐져나와서 볼품이 없었다.

"너는 변하질 않는군. 다른 세계에 살아도."

"그 말, 무슨 만화 같네요."

"내게는 현실이지만."

과일 샌드위치를 베어 먹고서 씹었다. 입천장에 퍼석한 빵이 들러붙어서 목이 멨다. 미츠루는 소파 등받이에 몸을 기댔다.

"그립군. 카나는 과일 샌드위치를 좋아했어."

"저도 좋아해요."

"그렇겠지."

"료도 과일 샌드위치를 좋아해요. 함께 먹으러 간 적도 있었으니까."

"알아."

"냉정하게 생각해 보니 왠지 희한한 대화네요. 신기한 느낌."

손가락에 묻은 생크림을 핥으니 인공적인 단맛이 혀에 남았다. 창틀을 바라보니 키홀더 인형 두 개가 꼭 붙어 앉아 있었다.

"미츠루 씨."

"뭐야."

"저도 갖고 싶은 게 있다면 이 가게에서 물건을 살 수 있나요?

"꽃이라면 살 수 있을지도 모르겠군. 꽃 그 자체는 『기적』과는 아무 관계도 없으니까."

"저, 미츠루 씨가 키우는 꽃을 좋아해요. 줄곧 예쁘다고 생각했어요."

"그거 고맙군."

"꽃 말고 계약서는 살 수 없나요?"

다리를 들어 올리니 원피스 자락이 딸려 올라갔다. 스타킹을 발끝으로 고정하고서 잡아당기니 베이지색 얇은 막이 도드라졌다.

미츠루가 시선만 돌려서 이쪽을 바라봤다. 그가 동요했음을 금세 알아챘다. 그리고 상대도 이쪽이 알아챘음을 알아차렸다.

"그건 파는 물건이 아냐."

"그래도 갖고 싶어요. 꼭."

과일 샌드위치 두 조각을 다 먹고서 카나는 비닐봉투에 쓰레기를 넣었다. 종이 냅킨으로 손을 닦고서 입술도 훔쳤다. 분홍색 립스틱이 냅킨 가장자리에 묻었다.

미츠루가 미간을 더욱 일그러뜨렸다.

"그건 내 의사로 어찌 할 수 있는 게 아냐. 이 가게의 의사가—."

말을 끊듯 갑자기 미츠루의 손에 계약서가 출현했다. 그것을 본 순간, 미츠루는 뻔히 알 수 있을 만큼 당황했다.

"말도 안 돼. 가게가 허락했다고?"

"이거, 제게도 계약서를 받을 권리가 있다는 뜻이죠?"

"뭐, 여기에 계약서가 있는 이상 그런 셈이지. 내가 바라는 바는 아니지만."

"저기, 그 계약서에 서명을 하면 어떻게 되나요? 저도 문 너머에서 만나고 싶은 사람과 만날 수 있나요?"

흥분한 나머지 말끝이 흔들렸다. 카나의 큰 목소리에 반응했는지 카운터에서 자고 있던 쿠로이 씨가 이쪽으로 어슬렁어슬렁 걸어왔다. 자다가 억지로 눈을 떠서인지 쿠로이 씨가 연신 눈을 깜빡였다.

미츠루가 어깨를 들먹였다.

"그 상대가 누구냐에 따라서."

"그 말은?"

"사카하시 료만은 무리야. 그 녀석 말고는 아마 만날 수 있겠지."

"료를 만날 수 없다는 이유는 언제쯤 알려줄 거죠?"

"네가 기억을 되찾으면 전부 다 말하지."

"정말이죠? 믿을게요."

"그래."

카나는 조심스럽게 미츠루에게서 계약서를 받았다. 양피지 같은 질감이라서 진중한 감촉이 느껴졌다. 바로 그때 졸려 보였던 쿠로이 씨가 느닷없이 카나에게 달려들었다. 아니, 정확히 말하자면 카나가 들고 있는 계약서를 향해서.

검은 고양이가 강렬하게 달려들자 카나는 몸을 지킬 방법이 없어서 그저 「꺄악」 하고 비명만 질렀다. 모처럼 손에 넣은 계약서가 땅에 떨어졌다. 쿠로이 씨가 그 위에 엉덩이를 깔고서 철퍽 앉았다.

"아하하."

미츠루가 유쾌한지 소리 내어 웃었다.

"쿠로이 씨는 아무래도 계약서에 뜨거운 관심을 갖고 있는 모양이군."

"웃을 일이 아니에요."

카나는 쿠로이 씨를 들어 올려 계약서 위에서 치웠다. 쿠로이 씨의 발이 축축한지 계약서에 발자국이 또렷이 남아 있었다.

"쿠로이 씨도 참. 뭐 하는 거예요?"

"증거가 되고 싶었겠지. 네게 잊히면 쓸쓸할 테니."

카나는 종이에 남은 발자국을 손가락으로 비벼봤지만 전혀 지워지질 않았다.

"아이참."

카나가 무심코 째려보자 난감했는지 쿠로이 씨는 오히려 전혀 개의치 않는다는 얼굴로 뻔뻔스럽게 가게 안으로 들어가 버렸다.

"좋은 기념품이 되지 않았어?"

"그런 문제가 아니라고요."

계약서를 소중히 품에 안고서 카나는 뺨을 부풀렸다. 그러나 무엇이 문제냐고 물어본들 답하기가 어려웠다.

만약에 가게에 얽힌 기억을 모조리 잃어버린다면 설령 이 계약서를 다시 보더라도 장난인 줄 알고서 버리겠지. 기적이라는 수상한 글자가 적혀 있으니까.

머리로는 알고 있더라도 이 가게가 존재한다는, 눈에 보이는 증거를 갖고 싶었다. 추억으로 삼고 싶다는 아름다운 감정이 아니었다. 이것은 집착이었다.

카나는 모든 것을 잃고 싶지 않았다. 료도, 미츠루도, 이 가게도. 모든 기억을 계속 거머쥔 채로 살고 싶었다.

"미츠루 씨는 사랑과 집착의 차이가 무엇이라고 생각해요?"

"갑자기 뭐야?"

"전에 말했잖아요. 『사람이 무언가에 지나치게 집착하면 세계 그 자체를 왜곡시켜』라고."

"너는 어떻게 생각하지?"

"저는……."

카나는 순간 손을 내려다봤다. 손가락 끝에서 빛나는 꽃조개처럼 반들반들한 분홍색.

"상대를 배려할 여유가 있는 게 사랑이고, 없는 게 집착이라고 생각해요."

"난 둘 다 똑같다고 봐. 한쪽은 표현이 점잖고, 다른 쪽은 그렇지 않을 뿐."

"그 둘이 똑같다면 사랑도 세계를 왜곡시키겠네요."

그럴 의도는 없었지만, 말속에 빈정거림이 담기고 말았다. 무의식적인 행동이었을까? 미츠루가 주름투성이 셔츠 단추를 갑자기 풀었다. 옷깃이 벌어지면서 숨쉬기가 조금 편해졌다.

"그래서 이 세계가 왜곡되어 가는 거겠지."

미츠루는 그렇게 말하고서 바닥에 굴러다니는 〈씨앗〉을 쳐다봤다. 푸르게하게 빛나는 그것은 보석처럼 아름다웠다. 유성의 빛을 유리 속에 가둔다면 분명 저런 빛깔이겠지.

가시로 뒤덮인 표면에 왜곡된 세계가 투영되고 있었다. 원피스 위에서 심장에 손을 대니 두근거리는 박동이 카나의 손바닥을 떨리게 했다.

그 후에 밤이 될 때까지 두 사람은 드문드문 잡담을 나눴다. 여태껏 만나왔던 손님과 가게 안에 있는 물건에 관한 추억, 근처에 생긴

양과자점과 카나의 친구에 관해서. 평온한 시간이었다.

이 일상이 영원히 이어지리라 착각할 만큼.

시계 바늘이 움직였다. 24시가 닥쳐오자 미츠루는 입을 꾹 다물었다. 말수가 많던 카나도 입을 닫자 두 사람 사이에 침묵이 내려앉았다. 바작바작 속을 태우는 것 같은 긴장감이 팽배해졌다.

"슬슬 갈까."

미츠루가 일어서자 카나는 황급히 뒤따랐다. 미츠루는 바닥에 굴러다니던 〈씨앗〉을 팔에 안고서 익숙한 손놀림으로 안쪽 문에 손을 댔다. 괘종시계가 24시가 도래했음을 봉봉 알렸다. 카나는 원피스 소매를 움켜쥐고는 숨을 세차게 뱉었다. 심장이 아플 만큼 두근거렸다.

미츠루가 문을 열었다. 그 너머에 펼쳐진 광경은 카나가 익히 봐 왔던 풍경과는 상당히 달랐다.

춥다.

살갗을 찌를 것 같은 냉기가 카나의 의식을 각성시켰다. 천장이 있는데도 서리가 나무에 빼곡히 맺혀 있었다. 열대우림을 연상케 하는 식물들이 하얗게 채색된 광경은 부자연스러워서 머리가 혼란스러웠다.

바닥에는 눈이 옅게 쌓여 있어서 걸을 때마다 눈송이가 사박사박 밟히는 소리가 났다. 휘몰아치는 바람이 크게 뻗어난 잎을 뒤흔들었다. 마치 야외에 있는 것 같았다.

"앗, 이봐."

언제 파란 세계에 들어왔는지 모르겠지만, 조심스럽게 나아가는 미츠루의 발치에 쿠로이 씨가 있었다. 근사한 털을 갖고 있는 쿠로이 씨도 이 공간은 쌀쌀했는지 「야옹」하고 불만스럽게 미츠루를 노려보며 울었다.

"어쩌죠?"

"만약에 가게 문을 연다면 파란 세계와 다시 이어지는 데 하루는 걸려. 〈씨앗〉의 크기를 고려했을 때 더는 놔둘 수가 없어. 쿠로이 씨한테는 미안하지만 이대로 가자."

"……가자, 쿠로이 씨."

"야옹."

그들의 말을 알아들은 건지 모르는 건지 쿠로이 씨가 짧게 울고는 두 사람의 뒤를 순순히 따랐다. 정말로 영특한 고양이다.

소매 너머로 팔을 문지르면서 카나는 앞을 나아가는 미츠루에게 말을 걸었다.

"그나저나 여기 너무 춥지 않아요?"

"세계의 한계가 가까워져서 그렇겠지. 조정기능이 이상해지고 있어."

"어제까지만 해도 이러지 않았는데!"

"그리고 뭐, 파란 세계는 찾아온 사람에 대응하여 상태가 바뀌니까. 정식 손님이 아니라서 공간이 거부반응을 보이는 거겠지. 요컨대 이 상황은 너 때문에 벌어졌다는 의미야. 잘됐군."

"잘되긴 뭐가요."

카나가 입술을 삐죽 내밀자 미츠루는 가볍게 코웃음을 칠 뿐이었다. 긴바지를 입은 사람은 이 추위를 모른다고 생각하면서 카나는 막처럼 얇은 스타킹을 째려봤다.

"미츠루 씨는 안 추워요?"

"난…… 조금 쌀쌀하기만 해."

"지금, 분명 몸에 열이 난 거죠?"

"난 걱정하지 않아도 돼. 이 〈씨앗〉만 파괴한다면 몸 상태는 금세 원래대로 돌아가."

"절 걱정해줘도 되는데요?"

"너도 뭐, 어차피 〈씨앗〉이 파괴되면 돌아갈 수 있으니 추위쯤은 참아."

"참을 수 있는 범위를 넘어섰다고요."

잡담을 주고받는 사이에 목적지인 시작의 나무에 이르렀다. 거대한 나무 표면이 서리에 덮여 있었다. 뿌리도, 줄기도, 가지도, 잎도 모든 것이 하얀 막에 휩싸여 눈으로 빚은 조각을 연상케 했다. 손가락을 대보니 싸늘한 감각이 피부를 찔렀다. 쿠로이 씨가 나무 표면을 날름 핥았다. 어지간히도 차가웠는지 혀를 얼른 집어넣었다.

미츠루는 나무 밑동에 앉아서 재촉하듯 옆을 톡톡 두드렸다. 카나는 손으로 서리를 쓸어내고서 그곳에 앉았다.

〈씨앗〉은 어제보다 더 커져서 현재는 크기가 상당해졌다.

"무거워도 참아."

미츠루는 그렇게 말하면서 카나의 무릎 위에 〈씨앗〉을 올려뒀다. 무게는 한 5킬로그램쯤?

"서 있으면 넘어질 위험이 있으니 앉아서 하지."

"뭘요?"

"설명했잖아. 그 가시를 심장에 찌른다."

카나가 〈씨앗〉을 물끄러미 내려다봤다. 밤송이를 연상케 하는 가시 끝부분이 날카로웠다. 이것으로 심장을 꿰뚫더라도 무사하다니 도저히 믿기지가 않았다.

"그럼 기억을 되찾을 수 있는 거죠?"

"그래."

"정말로 무사한 거죠?"

"괜찮다고 했잖아."

"하지만 무서운 건 무서운 거라고요."

〈씨앗〉을 만져보니 유리처럼 딱딱했다. 처음에 비해 전체적으로 부풀어서 형태 자체는 둥그스름했지만 가시는 가시. 찔리면 반드시 아프리라.

투명한 표면에 카나의 모습이 비쳤다. 할 수밖에 없다는 걸 알지만 자꾸 망설여졌다. 호흡이 가빠졌음을 들키고 싶지 않아서 카나는 일부러 숨을 멈췄다. 괜찮아, 난 할 수 있어. 필사적으로 그렇게 믿으려고 했다.

"내가 함께 할 거야."

미츠루가 카나의 오른손을 쥐었다. 손가락이 휩싸이더니 체온 속에 녹아들었다. 손가락과 손가락을 교차하듯 미츠루는 카나의 손가락을 더욱 세게 쥐었다. 카나는 자신이 손을 떨고 있음을 비로소 깨달았다.

"야옹."

쿠로이 씨까지 카나 옆에 와줬다. 고양이까지 응원을 해주니 할 수밖에 없었다.

카나는 숨을 크게 들이마시고는 가슴 부분이 드러나도록 원피스를 벌렸다. 그러고는 왼손으로 〈씨앗〉을 안고서 피부에 직접 대봤다. 처음에는 가볍게 대보는 수준으로, 그리고 차츰 손에 힘을 불어넣었다.

피부가 푹 찢어지는 느낌이 들어서 카나는 엉겁결에 가슴을 내려다봤다. 가시가 분명 가슴에 박혀 있는데도 피는 한 방울도 나지 않았다. 아픔도 없었다. 다만 무언가가 몸 중심과 이어져 있는 감각만이 느껴졌다.

지금 박동하고 있는 것은 심장일까, 아니면 〈씨앗〉일까?

두근두근.

몸 안쪽에서 열 덩어리가 크게 맥동했다. 쾌감인지 공포인지 구별할 수 없는 감정의 탁류가 치밀어 오르고, 카나는 오른손에 힘을 줬다.

"무서워."

그녀의 입에서 무심코 그 말이 새어 나오자 미츠루가 반응했다. 그러나 그가 뭐라고 말했는지 들리지 않았다. 눈을 뜨고 있는데도 시야가 온통 하얗게 칠해졌다. 환한 섬광이 카나의 망막을 순식간에 삼켜버렸다.

* * *

지나가는 차량들이 내뿜는 배기가스 냄새에 인상을 찡그렸다. 겨울 한기가 뺨을 찌르자 코를 머플러 속에 묻었다. 두 팔로 꽃다발을 안고 있어서 아까부터 어깨에 멘 가방이 스르륵 떨어질 것 같았다. 처진 어깨를 가진 사람은 이래서 힘들다니까, 하고 투덜거리면서 나는 어깨를 치올리고는 꽃다발을 고쳐 안았다.

겨울이었다.

어제보다 조금 더 춥지만, 내일보다는 조금 따뜻한 날. 태양은 이미 저물었고, 그 자취가 산과 산 사이를 보라색으로 물들였다. 밤의 장막이 곧 드리워질 시각을 앞두고서 청아한 기운이 짙게 감도는 초저녁이었다.

오래 신어서 익숙한 펌프스가 걸을 때마다 경쾌하게 또각또각 울렸다. 들뜬 기분을 억누르지 못하고 나는 꽃다발을 끌어안은 채로 껑충껑충 뛰었다. 평소였다면 역에서 집까지 걸어가는 길을 귀찮아했을 텐데, 지금은 조금도 고역스럽지 않았다.

왜냐면 어제 료가 프러포즈를 했으니까!

언젠가는 해주리라 생각했다. 그러나 그날이 이토록 일찍 찾아올 줄은 몰랐다. 아니, 실은 살짝 기대했는지도 모르겠다. 아마도 나는 료와 만날 때마다 늘 무언가를 기대했던 것 같았다.

어젯밤에는 그대로 료의 집에 묵은 뒤 오늘 저녁까지 시간을 함께 보냈다. 둘이서 코타츠에 들어가 손을 잡은 채로 텔레비전을 봤다. 교제 초창기에는 무슨 행동을 할 때마다 일일이 두근거렸는데, 관계가 깊어지니 사랑의 깊이가 변화했다. 심장이 불안해질 만큼 세차게 뛰는 것도 사랑의 한 형태지만, 평온한 기분에 젖어 졸음과도 같은 행복을 느끼는 것 역시 사랑이었다.

꽃다발을 왼팔로 안은 채로 오른손으로 스마트폰을 조작했다.

LINE을 여니 아까 전까지 료와 주고받았던 대화가 남아 있었다.

〈역시 장미는 눈에 띄네. 전철을 탔더니 다들 엄청 주목하더라.〉

〈나도 카나의 집까지 함께 갈 걸 그랬네.〉

〈왜?〉

〈아니, 둘이 함께 있으면 그렇게까지 눈에 띄진 않잖아.〉

〈무조건 눈에 띄지.〉

〈내가 준 꽃다발이라고 과시할 수도 있고.〉

〈안 해도 되거든요(웃음). 아, 슬슬 역에 도착할 것 같아.〉

〈집에 도착하면 꼭 연락해.〉

〈예—. 그래봤자 금방 도착할 테지만.〉

〈조심해서 돌아가. 카나는 주의력 3만이니까.〉

〈뭐야 그거 강해 보여.〉

〈잘못 보냈다(웃음).〉

료가 마지막에 메시지를 보낸 것이 2분 전이었다. 투명한 필름에 싸인 장미 꽃다발에 뺨을 비비면서 카나는 스마트폰을 쳐다봤다. 무슨 말을 하고 싶었다. 무언가를 전하고 싶었다. 1초라도 더 오래 료와 이어지고 싶었다.

이제 곧 도착이야, 하고 문자를 치려고 했다. 그때 무언가가 시야에 스쳤다.

차도 한가운데에 검은 고양이가 엎드려 있었다. 겁을 먹고서 얼어버렸는지 차가 달려오는 데도 그 자리에서 움츠리고만 있었다. 금색과 파란색 눈동자가 애원하듯 이쪽을 쳐다봤다.

"야옹—."

쥐어짜 낸 것 같은 가냘픈 소리였다. 그 목소리를 들은 순간, 나는 움직였다. 구하지 못할지도 모른다. 그래도 저 아이를 구하고 싶다!

차도로 뛰어들어 검은 고양이의 목을 움켜쥐고서 힘껏 던졌다. 자그마한 몸이 인도에 구르는 광경을 확인하고서 나는 가슴을 쓸어내렸다. 그러나 안도는 한순간이었다.

직후에 내 몸이 거대한 힘에 날아가 버렸다.

허공에 떠올랐던 몸이 차도에 내동댕이쳐졌다. 가드레일이 찌그러지고, 타이어가 회전하면서 도로를 그을렸다. 타는 냄새와 누군가의 비명이 주변에 충만했다. 차가 꺾지 못하고 그대로 들이박았다는 사실을 몽롱해지는 의식 속에서 이해했다.

"괜찮습니까?"

누군가의 목소리가 흐리멍덩하게 들렸다. 수막에 휩싸인 것처럼 모든 것이 모호했다. 그곳에 사람이 있다는 건 알겠는데 어째선지 발밖에 보이지 않았다. 내가 도로에 쓰러져 있음을 비로소 깨달았다. 고개를 들려고 했더니 온몸이 움직여지지 않았다. 감각이 마비돼서 고통은 없었다. 그저 강렬하게 졸렸다. 눈을 뜨고 있을 수가 없었다.

이를 악물고서 나는 필사적으로 눈을 뜨려고 했다. 여기서 잠들면 안 된다고 본능이 부르짖었다.

흐릿한 시야 속에서 힘없이 땅바닥에 내던져진 내 팔이 보였다. 손가락 끝이 반짝반짝 빛났다. 료의 방에 놔둔, 마음에 쏙 든 분홍색 매니큐어. 아아, 그래. 알아차려주길 바라는 마음에 료가 욕실에 들어간 사이에 환풍기 아래에서 발랐다. 새삼스레 그 기억이 떠오르자 나는 살며시 쓴웃음을 지었다.

어젯밤, 예쁘게 잘 칠해진 매니큐어를 귀엽다고 칭찬해주길 바랐다.

그 조촐한 바람이 『나』의 마지막 소원이었다.

* * *

심장에 파고든 〈씨앗〉을 카나는 왼손으로 더욱 세게 끌어안았다.
마치 영화를 보는 것처럼, 하나의 기억을 계기로 온갖 감정들이 카
나의 속으로 흘러들었다.

원통하다. 졸리다. 일어나야 해. 잊고 싶지 않아. 료는 어디? 외
로워. 어째서. 싫어. 죽고 싶지 않아. 료. 료!

—이 감정은 자신의 것이 아니다.

카나는 구역질이 치밀어서 가슴을 쥐어뜯으려고 했다. 그러나 성
정화의 〈씨앗〉이 카나의 몸에 단단히 이어져 있어서 결국 그저 참
는 수밖에 없었다. 반사적으로 눈물이 맺혀서 카나의 눈동자를 적
셨다. 뇌가, 육체가, 카나의 영혼을 내버려 두고서 멋대로 감상을
외쳤다.

카나는 죽었다.

그 겨울날에 나카나이 카나는 검은 고양이를 구하기 위해 죽었다.
여기에 있는 내가 아닌 평행 세계의 카나가.

"분기점이 바로 그거였군요."

카나는 숨을 헐떡이면서 말을 뱉었다. 미츠루는 아무 말 없이 묵묵히 카나의 손을 쥐고 있었다.

"프러포즈 여부가 아니었어. 나와 카나의 차이는 사고였어. 미츠루 씨는 여자친구를 잃고서 평행 세계에서 카나를 찾았어. 그리고 해후의 방에 불려나온 날 현재 세계로 끌고 나왔던 거예요. 그래서 미츠루 씨는 세계의 이치에서 벗어났어."

심장에 파고든 〈씨앗〉에서 싹이 트는 것이 느껴졌다. 가시 끝이 희미하게 빛나더니 작은 싹이 생겨났다.

"받아들일 수가 없었어."

미츠루가 말했다. 고개를 떨어뜨린 채로 중얼거리듯.

"LINE 답장이 통 오질 않았어. 카나의 부모님이 전화를 했을 때 그때 알았어. 믿을 수가 없었어. 장례식에 참석해도, 묘를 찾아가도 전혀 현실 같지가 않아서. 아르바이트도 관두고서 집 안에 틀어박혔어. 그랬더니 꿈을 꿨어. 『기적이 일어나는 가게』의 꿈."

성정화의 〈씨앗〉이 두근두근 박동을 반복했다. 생성된 싹이 자라나더니 뿌리를 펼치고, 덩굴을 뻗어내기 시작했다. 쿠로이 씨가 필사적으로 덩굴을 깨물려고 했지만 이빨이 전혀 들어가지 않았다.

"그때 난 바보였어. 기적이라는 허풍이 일어날 리가 없건만. 그래도 조금이라도 가능성이 있다면 매달리고 싶었어. 단 하루라도 좋으니 카나와 만나고 싶다고 그땐 진심으로 생각했어. 그런데 실제로 너를 봤더니 참을 수가 없었어. 왜냐면 카나와 똑같이 생긴 존재가 서 있었으니까. 이번에야말로 만회하고 싶다고 생각해버렸어. 새로운 세계에서 이번에야말로 카나를 행복하게 만들어주겠다고."

"그래서 제게 꿈속에서…… 해후의 방에서 그렇게 말했나요? 평행 세계에 사는 다른 사람임을 알고서도."

"너는 내가 다른 사람임을 알아차리지 못해서 잘될 거라고 생각했어. 카나와 다시 한번 잘 살아갈 수 있지 않을까, 하고."

미츠루가 카나라는 이름을 입에 담을 때마다 〈씨앗〉이 크게 호응했다. 푸르께한 빛이 〈씨앗〉에서 방출되자 카나는 눈이 부셔서 실눈을 떴다.

"전 점주가 경고했어. 문 너머에 있는 걸 절대로 가져오지 말라고. 그래도 난 무시했어. 무슨 일이 벌어지든 내 알 바가 아니었어. 너는 그 문을 함께 나왔을 때를 기억해? 세상이 파래졌던 순간을."

한데 이어진 손에 힘이 더 실렸다. 그 순간, 카나의 뇌리에 어느 광경이 떠올랐다.

그래. 꿈속에서 료의 손에 이끌려 카나는 문밖으로 나왔다. 그 순간 세계가 잠깐 파랗게 물들었다.

그때 카나는 눈을 감았고─ 그 이후에는 기억이 없었다. 정신을 차려보니 아침이었고, 침대에서 몸을 일으켜 〈씨앗〉을 토했다. 그날 아침 말이다. 료의 존재가 사라졌음을 알아챘던 그날, 뉴스에서 블루 플래시 현상을 대대적으로 다뤘다.

"그 파란 빛은 세상이 덮어씌워졌음을 알려주는 신호야."

"덮어씌워졌다?"

이마에 걸린 앞머리를 거칠게 쓸어 올리고서 미츠루가 숨을 깊게 뱉었다. 그가 몸을 움직일 때마다 발치에 있는 모래가 나직이 소리를 냈다.

"그럴 생각은 없었어. 정말로 그럴 생각은 없었지만…… 난 세계의 이치를 고쳐 쓰고 말았어. 평행 세계에 있던 너의 영혼을 이 세계에 있던 카나의 육체로 이끌고 말았지. 그 바람에 원래 이 세계에 존재했던 카나의 영혼이 육체에서 튕겨졌어. 네가 토해낸 〈씨앗〉 속에 담겼던 기억이 바로 그거야."

"아까 봤던 그 기억 말인가요?"

"그래. 저기 있는 〈씨앗〉 안에는 원래 카나가 갖고 있던 기억이 담겨 있었어. 너와 카나는 대부분의 부분이 공통돼서 육체와 영혼이 잘 융합됐어. 하지만 일치되지 않은 부분은 방출됐지. 사고를 당하여 본인이 죽었을 적의 기억 말이야. 날 생각하면 〈씨앗〉이 커진다고 네가 전에 그랬지? 그건 육체의 원래 주인인 카나의 감정이 작용했기 때문이야."

카나는 가슴에 이어진 〈씨앗〉을 물끄러미 쳐다봤다. 그것을 안고 있는 자신의 왼손 손톱이 분홍색을 띠고 있었다.

최초 꿈속에서 카나는 터쿼이즈 블루 매니큐어를 칠했다. 그것은 원래 세계에 있던 카나의 육체였기 때문이다. 카나의 방에 있었던 것은 틀림없이 터쿼이즈 블루 매니큐어였고, 빨간 장미도 받지 않았다. 선택이 켜켜이 쌓여서 인격이 만들어진다면 제아무리 닮았더라도 자신과 미츠루의 여자친구는 별개의 사람이다. 그럼에도 카나의 영혼은 자각하지 못한 사이에 평행 세계를 건너왔다.

"그럼 료가 이 세계에 없는 이유는 제가 원래 세계가 아닌 다른 세계에 왔기 때문인가요? 근데 이 세계의 사카하시 료는 미츠루 씨죠? 왜 모두가 료를 잊어버리게 된 건가요?"

"사카하시 료는 어느 세상에도 존재하지 않아. 그게 내게 내려진 벌이니까."

"벌?"

"세계의 이치에서 벗어난 순간부터 모든 평행 세계에 존재했던 사카하시 료는 나에게로 흡수됐어. 녹아들고 섞여서…… 「평행 세계의 교차점」으로밖에 살아갈 수 없는, 사람이 아닌 존재로 바뀌고 말았어. 그래서 너의 료도 사라졌어. 어느 세계이든 결국 똑같아. 블루 플래시가 일어났던 순간부터 사카하시 료라는 존재는 모두의 기억에서 사라졌으니까."

"그래도 전 기억하고 있어요. 료를."

"너는 예외야. 네 머릿속을 빼고는 이제 사카하시 료는 존재하지 않아. 평행 세계를 넘어온 너만은 무수히 많은 세계 속에서 날 기억하고 있어."

"그럼 저는 줄곧 기억할게요. 절대로 잊지 않아요. 료도, 미츠루 씨도."

"잊으라고 했잖아, 처음부터."

"싫어요!"

〈씨앗〉이 카나의 육체와 융합되어 나갔다. 뿌리가 카나의 몸을 휘감더니 포옹하듯 복부를 감쌌다. 그곳에서 생겨난 작은 나무가 서서히 가지를 뻗어 나갔다. 그 끝에 장미와 비슷한 작은 꽃이 은방울꽃처럼 피었다. 그 질감은 유리에 가까워서 세세한 부분까지 투명하게 보였다.

"고집불통이야."

"애당초 미츠루 씨한테는 제 기억에 관해 이러쿵저러쿵 참견할 권리가 없을 텐데요. 저는 가게의 손님이 아니니까."

"억지 논리야."

"억지 논리도 논리입니다."

"더욱이 말귀를 알아듣질 못해."

미츠루가 카나의 손을 쥐고서 일어섰다. 카나는 〈씨앗〉이었던 물체를 안은 채로 일어섰다. 이미 무게는 느껴지지 않았다. 몸에 깊숙이 박혔기에 분명 떨어지지 않겠지. 그래도 손을 놓기가 주저돼서 카나는 〈씨앗〉을 아래에서 받쳤다.

미츠루가 목을 울리며 웃었다. 자조가 섞인 메마른 소리였다.

"이 가게에는 과거도 미래도 없어. 영원 속에서 다음에 이치에서 벗어나는 사람이 나타나길 계속 기다릴 뿐이야. 그게 파수꾼의 역할이야. ……아아, 미나토는 아쉬웠지. 솔직히 기대했는데."

"미나토 군은 아직 중학생이에요."

"나이 따윈 관계없어. 집착은 그 누구도 멈출 수 없으니까."

"미츠루 씨도 그런가요? 미츠루 씨는 지금도—."

여자친구를 사랑하고 있나요? 뒤이어 나올 그 말을 끊어내듯 미츠루가 잡고 있던 손을 잡아당겨 카나를 끌어안았다. 두 사람 사이에는 자그마한 나무가 존재해서 그 거리는 제로가 될 수 없었다.

카나는 미츠루의 등에 머뭇머뭇 팔을 둘렀다. 그의 어깨에 이마를 댔다. 〈씨앗〉은 더욱 성장하여 발달한 가지가 하늘을 향해 크게 뻗어 나갔다. 줄기가 단숨에 부풀어 거대한 나무로 변화했다.

샤랑, 샤랑.

갑자기 방울 같은 소리가 울리더니 세상이 크게 뒤흔들렸다. 소리 입자들이 포개지면서 파형이 만들어지더니 카나의 살을 찌르르 흔들었다.

꽃이다. 몇 초 뒤에 뇌가 상황을 파악했다. 흐드러지게 피어난 투명한 꽃들이 그 소리를 낳았다. 밀집한 채로 잇달아 개화하는 벚꽃처럼 투명한 꽃잎들이 공간을 가득 메워나갔다.

"이게, 성정화(星晶花)……."

미츠루는 고개를 든 카나를 끌어안은 채로 담담히 말했다.

"성정화 나무는 세계에 한 그루밖에 서식할 수 없어. 두 그루 이상 있으면 세계의 이치가 망가져버리지."

"그건 전에도 들었어요. 근데 이 나무를 이제부터 어쩔 셈인가요?"

"아무것도 하지 않아."

"네?"

"여기까지 성장한 나무를 도중에 저지할 순 없어. 그래서 세계를 파괴할 거야."

"무슨 소릴 하는 건가요?"

말뜻을 이해할 수 없었다. 카나가 당혹했는데도 아랑곳 않고 미츠루가 심장에 박힌 뿌리를 쓰다듬었다.

"네가 봄부터 보내왔던 현재 세계는 네가 본디 있어야할 곳이 아냐. 이 세계의 나카나이 카나는 죽었어. 그러니 파수꾼의 권한으로 이 세계를 희생시킬 거야. 나무를 베어내면 이 현재 세계는 파괴되지만, 너는 튕겨져서 원래 세계로 되돌아가. 선택지의 숫자만큼 평행 세계는 존재하니 그중 하나가 부서지든 딱히 상관없어.

즉 카나를 돕기 위해서 현재 세계를 파괴하겠다고 미츠루는 말한 것이다.

카나는 아연실색하여 미츠루의 얼굴을 쳐다봤다. 그 눈빛이 너무나도 진지해서 소름이 돋았다.

"상관있어요. 미츠루 씨가 괜찮다고 했잖아요."

"내가 분명 말했지. **너는 괜찮다**고."

"억지 논리예요!"

"억지 논리도 논리야."

어디서 들은 말로 되받아치자 카나는 제자리에서 이를 악물었다.

"애당초 네가 기억을 되찾든 말든 이 세계는 부서질 수밖에 없어. 〈씨앗〉이 이만큼 성장했으니 어쩔 도리가 없어. 그렇다면 하나의 세계를 희생해서 너를 구하는 편이 더 합리적이지? 말귀를 못 알아먹는 어린애처럼 굴지 말아줘."

"그, 그래도 저만 되돌아가면 어떡하나요. 마리나 미나토 군은 어쩌고요. 이 세계가 부서진다면 후미카 씨나 요시카네 씨는?"

"네가 원래 살았던 세계에도 그 녀석들은 있어. 마음 쓸 거 없어."

"하지만 그 사람들은 별개의 사람이라고요!"

—사람이란 선택이 켜켜이 쌓여서 만들어졌다고 생각해요. 하나라도 다른 무언가를 선택했다면 그건 이미 다른 사람이에요.

후미카 씨의 말이 귓가에서 또렷하게 되살아났다. 그래, 가게에서 조수로 일했던 몇 개월 동안에 뼈저릴 만큼 실감했잖아.

"아무리 겉모습이 똑같더라도 선택해온 것이 하나라도 다르다면 그건 동일한 사람이 아니에요. 마리는 소설을 쓰고 있지 않을지도 몰라요. 미나토 군은 소꿉친구와 다투지 않았을지도 몰라요. 후미카 씨는 애인을 잊어버리지 못했을지도 모르고, 요시카네 씨는 약한 속내를 아무한테도 털어놓지 못했을지도 몰라요."

"왜 그걸 신경을 쓰지? 애당초 네가 이렇게 괴로워하는 것 자체가 비정상적이야. 너는 묵묵히 받아들이기만 하면 돼. 애당초 내가 이 세계로 끌어당긴 게 원인이니까."

"미츠루 씨는 그런 식으로 뭐든지 떠안고서 살아갈 건가요? 아무도 몰라주는 곳에서 혼자서! 그건 자의적인 자기희생이에요. 자기희생을 싫어했잖아요?"

"지금도 싫어. 난 날 제외한 사람이 누군가를 지키기 위해 스스로를 희생하는 걸 용납할 수가 없어."

계속 뻗어가던 나무가 삐걱거리는 소리를 냈다. 카나가 엉겁결에 두 손으로 미츠루의 팔을 쥐었다. 〈씨앗〉은 이미 카나의 심장에 뿌리를 단단히 박고 있었다. 허물처럼 변해버린 〈씨앗〉 껍질이 하얀 땅에 굴러 떨어졌다. 투명한 그것이 땅에 부딪쳤다. 큰 충격이 아니었는데도 쉽게 깨졌다. 유리조각처럼 예리한 그 파편이 땅에 꽂혔다.

"미츠루 씨는 료를 죽였다고 했지만, 저는 그리 생각하지 않아요. 평행 세계에 존재하는 모든 『사카하시 료』가 하나의 존재에 흡수됐다면 미츠루 씨는 제가 아는 료가 아닐지라도 역시나 료예요. 저의 료이기도 하다고요!"

"궤변이야. 게다가 선택지는 더 이상 없어. 나무가 네게 뿌리를 박은 이상, 이제는 한계까지 성장시키는 수밖에 없어."

"세계를 다 파괴할 때까지?"

"여러 번 말하게 하는군. 이 세계는 어디까지 수많은 평행 세계 중 하나야. 네가 신경 쓸 필요는 없어."

"그럼 저는……."

카나는 미츠루의 몸을 밀치고서 가까이에 있는 문에 손을 댔다. 온실에 최초부터 존재했던 시작의 나무줄기에 박혀 있던 문이다. 손잡이를 당기자 문이 간단히 열렸다. 열리고 말았다.

─한계 없는 생명체는 이 세상에는 없다고 생각해요.

순간, 요시카네의 말이 뇌리에 스쳤다. 그것이 그녀의 등을 마지막에 밀어줬다.

"기다려."

미츠루가 의도를 알아채고서 제지했다. 그가 뻗은 손이 자신의 팔을 붙잡기 전에 카나는 문 너머로 뛰어들었다.

─그저 실패할 뿐이야. 문을 열더라도 해후의 방에는 이어지지 않고, 블랙홀행『어디로든 문』으로 탈바꿈하지.

일찍이 미츠루가 했던 말이 떠올랐다. 계약이 성립되지 않는다면 문은 평행 세계와는 이어지지 않는다. 그러니 문을 열어본들 분명 해후의 방과는 이어지지 않겠지.

카나가 문에서 발을 내딛으니 곳. 그곳은 예상했던 대로 무(無)였다.

순간 부유감이 느껴졌다. 그리고 이내 급격한 추락감이 엄습했다. 그 감각만이 선명했다. 카나의 몸은 아무것도 없는 공간에 한없이 떨어져갔다.

평행 세계에서 만나고 싶은 사람을 떠올릴 수가 없었다. 왜냐면 카나가 만나고 싶었던 사람은 이미 눈앞에 존재해서였다. 멀리서 찾을 의미가 없었다.

사카하시 료는 줄곧 여기에 있었다. 오직 혼자서 카나에게 잊히길 바라면서.

가슴에서 뻗어난 나무를 카나는 살며시 안았다. 새카만 공간 속에서 이 나무만이 빛을 발하고 있었다. 안쪽에서 넘친 빛이 잎과 가지 끝, 꽃잎까지 세세한 윤곽을 명료하게 밝혔다.

이 나무가 성장하여 세계를 파괴해버린다면 파괴하더라도 문제없는 곳에 가면 된다. 그리하면 분명 성정화 나무는 세계를 파괴하지 않는다.

새카만 공간에 바닥은 없었다. 떨어지고 떨어진다. 그것이 영원히 이어질지도 모르겠다고 생각했다. 그러나 마음속 한편에서는 그것도 나쁘지 않겠다고 생각했다. 카나는 눈을 껌뻑였다. 눈앞에 펼쳐진 색은 투명한 검은색이었다. 낮이 익은, 반짝반짝 휘황하게 빛나는 검은색.

입에 머금으면 분명 깊이가 있고, 달콤한 것 같으면서도 씁쓸하고 왠지 시큼한 맛이 나겠지.

"나, 역시 좋아해."

억누를 수 없는 감정이 입에서 흘러넘쳤다. 눈을 깜빡일 때마다 눈물방울이 부유했다. 좋아한다고 생각했다. 미츠루가 료이든, 료가 미츠루이든.

그 순간, 심장에서 자라난 나무가 더 힘차게 뻗어 나가기 시작했다. 가지가 중력을 거슬러 하늘을 향해 자라났다.

샤란, 샤란.

종이 울리는 것 같은 소리가 포개지더니 아무것도 없는 공간에서 되울렸다. 가지에 한가득 만발한 투명한 꽃들이 일제히 카나 쪽으로 향했다. 겹쳐진 꽃잎들이 진홍색으로 물들더니 투명한 물질로 채워졌던 공간을 단숨에 선명한 빨간색으로 덧칠해버렸다. 소리가 울릴 때마다 광택이 흐르는 빨간색이 물결쳤다. 장엄하고 아름다운 기적 같은 광경이었다.

이윽고 낙하하는 속도가 서서히 느려지더니 완전히 멈췄다. 올려다보니 나무가 상당히 커졌다. 아무리 응시해도 그 끝이 어디에 있는지 보이지 않았다. 뿌리와 심장이 이어져 있어서 카나는 기묘한 자세로 공중에 매달리고 말았다.

"……요시카네 씨가 말한 한계가 여긴가?"

귀를 기울였지만 나무가 더 성장할 기미가 없는 듯했다. 계획은 달성됐지만, 카나의 몸은 허무에 고정되어 있었다. 이대로 평생 사는 건 싫은데. 카나는 마치 남 일처럼 생각했다. 그래도 영원히 낙하하는 것보다는 나을까?

카나가 자세를 어떻게든 바꿀 수 없을까 싶어서 발버둥을 치자 가지의 일부가 그녀의 허리를 감았다. 뻗어난 가지가 심장에서 자라난 나무를 휘감더니 걸레를 쥐어짜듯 줄기를 비틀어 당겼다. 자신의 힘으로는 꿈쩍도 하지 않았던 줄기가 가지의 힘에 두 동강이 났다.

심장에 펼쳐진 뿌리가 아직 얼마간 남아 있지만, 그래도 나무 전체가 가슴을 누르고 있던 상태보다는 훨씬 편했다.

카나의 허리를 감은 나뭇가지가 그녀의 몸을 위쪽으로 밀어 올렸다. 마치 거동할 수 없는 엘리베이터를 탄 것 같았다. 혹은 컨베이어 벨트.

저항도 하지 못하고 성정화의 나무를 따라가니 이윽고 새카만 공간 속에서 유독 반짝이는 파란 빛이 보였다. 그것이 문에서 넘쳐나는 빛임을 알아본 이유는 거리가 가까워졌기 때문이었다.

"카나!"

미츠루가 문에서 몸을 내밀어 이쪽을 내려다봤다. 그가 내민 팔을 카나가 손을 뻗어서 잡기 전에 문에서 검은 실루엣이 힘껏 달려들었다.

쿠로이 씨였다.

"엥?"

카나와 미츠루가 어이없어하든 말든 쿠로이 씨는 카나의 얼굴에 멋지게 착지했다. 복슬복슬한 털이 얼굴에 들러붙자 카나는 무심코 「꺅」 하고 비명을 질렀다.

착지 자세를 취했던 쿠로이 씨가 카나의 어깨에 능숙하게 올라타더니 원피스 옷깃을 깨물었다. 설마 싶었는데 어미 고양이가 새끼를 옮기는 요령으로 카나도 구해주려는 생각일까?

"고마워, 쿠로이 씨."

쿠로이 씨를 어깨에 올린 채로 카나는 이번에야말로 문밖에서 미츠루가 내민 팔을 붙잡았다. 화를 낼 줄 알고 바짝 긴장했지만, 미츠루는 아무 말 없이 카나의 몸을 끌어올리더니 힘껏 끌어안았다. 지금까지 몸을 옮겨줬던 가지가 만족했는지 카나의 몸에서 멀어져 갔다.

"너 바보야?"

"하지만 성정화 나무의 성장은 멈췄어요."

"결과만 좋으면 과정은 중요하지 않다?"

"하, 하지만 이게 가장 좋은 방법이라고 생각했어요. 나무를 다 성장시키기만 하면 된다면 어쨌든 가지를 만족스럽게 뻗을 수 있는 장소로 도망쳐야겠다 싶어서. 죽기 아니면 까무러치기이긴 했지만."

"그런 부정확한 발상에 목숨을 걸지 마! 죽을지도 모른다고."

팔에 실린 힘이 강해졌다. 미츠루는 숨을 삼키고는 카나의 어깨에 이마를 댔다.

"두 번이나 죽게 하는 건 이제 사양이야."

그가 내뱉은 목소리가 떨렸다. 카나는 오른손으로 그의 팔을 붙잡고는 자신의 뺨에 댔다. 자기도 모르는 사이에 뺨이 젖어 있었다.

"왜냐면 부수고 싶지 않았어요. 이 세계를."

"어째서? 감정 따윈 없잖아."

"있어요. 미츠루 씨랑 함께 보냈던 추억이."

"야오옹!"

카나와 미츠루의 대화에 난입하듯 어깨에 올라탔던 쿠로이 씨가 크게 울었다. 쿠로이 씨가 불평을 토로하듯 가느다란 꼬리로 카나의 뺨을 세게 때렸다. 그 꼬리 끝에 끼워진 금색 반지가 자연스레 시야에 들어왔다.

"어?"

"설마?"

두 사람이 동시에 알아차렸다. 미츠루가 당장 자신의 왼손 약지를 쳐다봤다. 그곳에 있어야 할 파수꾼의 증표가 어느새 사라졌다. 카나가 흐느적흐느적 흔들리는 쿠로이 씨의 꼬리를 잡았다. 그 끝에 있는 것은 틀림없이 미츠루가 아까 전까지 끼고 있던 금색 반지였다.

"이봐, 이봐, 이거 대체 어떻게 된 거야?"

"혹시 아까……."

"아까 뭐?"

"쿠로이 씨, 계약서를 밟았죠? 그때 쿠로이 씨가 계약자로 인정된 거예요. 그리고 내 옷깃을 물어서 문까지 옮겼다. 그거 저쪽 세계에서 이쪽 세계로 계약자 본인이 아닌 물건을 갖고 나온 것에 해당하지 않나요?"

"즉 쿠로이 씨가 『Kassiopeia』의 새로운 파수꾼이 됐다는 말인가?"

"확증은 없지만 아마도."

"야옹—."

이야기를 이해하지 못했을 텐데도 쿠로이 씨가 어깨에 오른 채로 만족스레 꼬리를 흔들었다. 미츠루는 당혹스럽게 자신의 왼손을 쳐다보다가 웃음을 훗 흘렸다. 굳어졌던 양쪽 어깨에서 힘이 쭉 빠졌다.

"카나한테 은혜를 갚을 셈인가?"

"야옹!"

쿠로이 씨가 힘차게 울었다.

"그래?"

미츠루가 미소를 짓고서 그 머리를 부드럽게 쓰다듬었다.

"이렇게 되면 미츠루 씨는 어떻게 되나요?"

"몰라. 하지만 선대와 마찬가지로 나도 가게에 묶여 있던 구속이 풀리고 자유로워지겠지."

"가게를 나갈 수 있나요?"

"한동안은 못 나가. 쿠로이 씨를 홀로 놔둘 수 없어. ……그래도 앞으로 어떻게 살아갈지는 다시금 생각해 보겠지."

"꽃집은 어떤가요? 저, 꽃을 키우는 미츠루 씨를 보는 거 좋아요."

"뭐, 생각은 해두지. 지금은 미래에 관해 아무것도 생각할 수가 없어."

"그럼 피차일반이네요. 저도 장래에 어떻게 살지 고민만 하고 있으니까."

"그렇군."

미츠루는 고개를 숙이고서 자신의 손바닥으로 눈을 난폭하게 비볐다. 카나는 내려간 그의 시선을 가로막듯 눈앞에 자신의 손을 펼쳐 보였다.

"미츠루 씨."

"뭐야?"

"제 손톱, 귀엽지 않아요?"

"뭐?"

입을 벌린 채 어벙한 표정을 짓고 있는 미츠루의 얼굴이 우스워서 카나는 몸을 흔들며 키득키득 웃었다.

"칭찬해주길 바랐어요, 줄곧."

그 순간 가슴에서 무언가가 쩍 터진 것 같은 소리가 났다. 심장에 박혀 있던 가시가 뿌리째로 갈라지기 시작했다.

"성정화의 〈씨앗〉…… 정말로 힘을 다 소진한 건가?"

뿌리가 차츰 수분을 잃더니 말라가기 시작했다. 카나는 미츠루의 팔에 매달렸다.

"이거, 어떻게 되는 건가요?"

"가시가 말라붙어서 빠져버리면 가게에 관한 기억도 사라져. 성정화와 이어주던 부분이 사라졌으니까."

"가게에 관한 기억이 사라진다? 그 말은……."

"나와 관련한 기억도 사라지겠지. 이 세계에서 너와 난 『Kassiopeia』라는 매개체를 통해 만났으니까."

그게 대체 무슨 뜻이야? 불온한 예감에 가슴이 술렁였다.

"얘기가 달라요. 제 기억을 돌려주겠다고 했잖아요?"

"기억은 확실히 되찾았잖아? 다만 다시 한번 잊을 뿐이야."

"말도 안 돼."

카나가 할 말을 잃자 미츠루는 나직이 미소를 지었다. 그가 손을 뻗어서 카나의 몸을 살며시 안았다. 입술이 부드럽게 포개지자 카나는 눈물이 나올 것 같았다.

입술을 떼고서 미츠루가 카나의 눈을 쳐다보며 말했다.

"자기만족이든, 기적이든 좋아. 다시 한번 카나와 만날 수 있어서 좋았어."

검은 눈동자 속에 별빛 같은 파랑이 비치고 있었다. 카나의 가슴에서 무언가가 덜컥 빠져서 떨어지는 소리가 들렸다. 그 순간, 심장에서 피가 뽑혀나가는 것 같은 기묘한 감각이 그녀를 덮쳤다. 소중한 것이 순식간에 사라져가는 것 같은 기분이었다. 무심코 눈앞에 있는 존재에 매달리자 상대도 끌어안아줬다.

세상이, 파랗게 물든다.

눈을 깜빡이는 시간보다도 더 빠르게 그 변화가 일어났다. 새하얬던 공간을 파란빛이 덧칠해나갔다. 서리에 덮였던 땅바닥도, 나무들도, 천장도, 모든 것이 파랬다. 눈앞에 있는 상대가 「치환되어 가는구나」 하고 중얼거렸다. 그러나 카나는 그가 누구인지 지금은 잘 모르겠다.

졸음과도 같은 편안한 기운이 카나의 몸속으로 쏟아졌다. 눈꺼풀이 저절로 내려가자 카나는 그게 어째선지 싫었다. 잊고 싶지 않아. 기억하고 싶어. ―그런데 대체 뭘?

의식이 멀어져가는 끝자락에서 그가 카나의 머리를 쓰다듬는 것이 느껴졌다. 손가락 끝에서 전해지는 상냥한 체온이 묘하게 간지러웠다.

* * *

"으악, 지각!"

벌떡 일어나자 가장 먼저 눈에 들어온 것은 낯선 벽이었다. 자택의 아이보리색 벽지와는 명백히 다른, 차분한 다크브라운 벽지. 여긴 어디지? 주변을 둘러보니 자신이 침대가 아니라 소파에 누워 있었음을 깨달았다. 몸에 덮인 담요가 반쯤 주르륵 떨어져 있었다.

카나는 당황하여 스마트폰을 꺼냈다. 시각을 보니 곧 아침 6시였다. 늦잠을 자지는 않았지만, 그보다도 더 최악인 상황이 벌어졌다.

주변을 두리번거리며 살펴봤다. 보아하니 일반 가정집은 아니고 어떤 가게인 듯했다. 진열대 디스플레이에 일관성이 없었다. 가게 안쪽에는 거대한 철도모형이 장식되어 있고, 카운터 옆에는 꽃이 늘어서 있었다.

리사이클 숍? 완구점? 아니면 꽃집? 자신이 왜 여기에 있는지 영문을 알 수 없어서 카나는 어제의 행동을 돌이켜봤다. 마리와 함께 술을 마신 것 같기도 하고, 아닌 것 같기도 했다. 기억이 끊어질 때까지 술을 마신 적은 평생에 한 번도 없었건만, 무슨 사고라도 치지 않았을까 걱정됐다.

"오, 일어났어?"

가게 안쪽에서 어딘가 피곤해 보이는 남자가 얼굴을 드러냈다. 조금 곱슬한 검은 머리카락이 그의 눈가에 그림자를 드리웠다. 나이는 카나와 비슷한 것 같기도, 상당히 많아 보이는 것 같기도 했다. 이른바 나이를 짐작할 수 없는 사람이었다.

"저기, 죄송하지만 여긴 어디인가요?"

"손님이 가게 앞에서 자고 있었어. 아무리 만취했다고 해도 잘 곳은 잘 골라야지. 안 그러면 위험해."

"앗, 할 말이 없네요. 엄청난 폐를 끼쳐서."

카나가 부랴부랴 일어나려고 하자 남자가 고개를 가로저었다. 입술 사이로 하얀 이를 드러냈는데 왠지 표정이 쓸쓸해 보였다.

"괜찮아. 흔하거든, 이런 경우는."

"정말로 죄송해요. 이렇게 기억이 싹 날아간 적은 여태껏 한 번도 없었는데요."

"뭐, 앞으로 조심하면 되지."

남자가 가까이 다가오더니 찻잔이 엎혀 있는 받침 접시를 내밀었다. 안에는 새파란 액체가 들어 있었다. 김이 피어오르고, 바닥에는 별사탕이 가라앉아 있었다.

"이걸 마시고서 돌아가도록 해. 7월이지만 아침은 아직 공기가 차가워."

"처음부터 끝까지 다 죄송합니다."

카나는 고개를 숙이면서 혹시 수면제라도 들어 있으면 어쩌나 싶어서 잠깐 불안해졌다. 그런 약을 액체에 섞으면 파래진다고 들은 적이 있었다.

"허브티를 싫어해?"

맞은편 소파에 앉아 있던 남자가 양쪽 눈썹 끝을 축 내렸다. 카나는 황급히 고개를 가로저었다.

"아, 아뇨, 좋아해요."

"다과도 있어. 난 먹지 않는다고 했는데도 조수가 무턱대고 사오거든."

남자는 그렇게 말하고서 개별 포장된 피낭시에까지 내밀었다. 봉투에는 인근 케이크 가게의 상호가 인쇄되어 있었다. 이렇게까지 친절을 베풀어줬는데 무시하려니 마음이 아팠다.

"감사합니다. 이 가게에는 조수가 있군요."

"이미 그만뒀지만. 자원봉사였어."

"아, 네. 자원봉사라면 혹시 대학생? 저랑 같은 대학에 다닐지도."

"너는 그런 걸 하지 않아?"

"으—음, 시간은 있긴 한데요. 직장이 정해지면 한번 해볼까 마음은 먹고 있어요."

컵을 기울여 혀끝으로 허브티를 핥았다. 파란 액체에서는 겉보기와는 달리 달콤한 향이 그윽하게 풍겼다. 포도를 응축해놓은 것 같은 강렬한 달콤한 속에 독특한 상쾌함이 섞여 있었다. 맛있는 것 같기도 하고, 별로인 것 같기도 한 경계선에 자리한 특이한 맛이었다. 이상한 약은 들어있지 않은 듯했다.

"여러 가지를 해 보는 건 좋은 일이야. 대학교는 유예 기간이니까."

"그래도 유예 기간을 마냥 즐기기만 하려니 걱정이 돼서요. 저, 문학부인데 취직활동이 어려워요. 스스로를 어필하고 있으면 거짓말을 하는 것 같은 기분이 들어요. 그렇게 대단한 사람도 아닌데."

"다들 그렇겠지. 난 대단한 사람이라는 마음가짐으로 열심히 살아가다 보면 그게 사실이 되는 경우도 있고."

"그럴까요?"

컵을 받침 접시에 내려놓자 바닥이 스치면서 가볍게 달그락거렸다. 잠을 자느라 부스스해진 앞머리를 매만지고서 카나는 두 무릎을 모아 남자와 마주했다.

"차, 맛있었습니다."

"입에 맞았으면 다행이겠군."

"별사탕을 넣는 건 근사하네요. 저도 해 보고 싶어요."

"설탕 대용으로 딱 좋아."

남자는 그렇게 말하고서 무언가 떠올랐는지 자리에서 일어섰다.

"잠시만."

남자가 말하자 카나는 순순히 따랐다.

봉, 봉.

남자가 들어간 카운터 옆에는 괘종시계가 달려 있었다. 6시를 알리는 종소리가 공기가 스며들었다. 편안한 소리인 것 같았다.

그때 카운터 안에서 무언가가 부스럭거리는 소리가 들렸다. 고개를 돌리니 다시 돌아온 남자 옆에 검은 고양이 한 마리가 새침한 표정으로 이쪽을 보고 있었다. 멋을 부린 건지 꼬리에는 금색 반지가 끼워져 있었다.

"와아, 귀여워라. 고양이를 키우시나요?"

"아니, 이 녀석이 여기 점주야."

"고양이가 점주? 재밌는 가게네요."

무심코 카나가 웃자 검은 고양이가 「야옹」 하고 당당하게 울었다. 남자는 쓴웃음을 짓고서 그 자그마한 머리를 쓰다듬었다.

"첫차가 이미 출발했을 거야. 길을 헤매진 않겠지만…… 뭐, 최악의 상황에는 스마트폰을 써."

"끝까지 배려해주셔서 감사합니다."

"아니, 어려울 때는 서로서로 도와야지."

남자는 친절하게도 가게 입구까지 배웅해줬다. 문을 여니 아침 햇살이 새어들었다. 카나는 눈이 부셔서 인상을 찡그렸다.

"역까지 바래다줄까?"

"아뇨, 괜찮아요."

남자가 느닷없이 제안하자 카나는 바로 사양했다. 역시나 초면인 상대에게 그런 수고로움까지 끼칠 수는 없었다.

"그래?"

남자는 왠지 섭섭한 얼굴로 고개를 끄덕였다. 그는 가게와 밖의 경계를 넘지 않고 기둥에 팔을 댄 채로 기대고 있었다.

그 시선이 따뜻해서 카나는 발걸음이 조금 무거워졌다. 아무 이유가 없는데도 왠지 발길이 떨어지지 않았다. 허브티의 달콤한 향기도, 남자의 쓸쓸한 미소도 어째선지 몹시도 사랑스러웠다.

"저기, 이 가게는 뭘 파는 가게인가요?"

시간을 끌고자 쥐어짜 낸 물음에 남자가 어깨를 가볍게 들먹였다.

"자기만족을 파는 가게야."

예상치 못한 대답에 카나는 눈만 껌뻑껌뻑 거렸다. 그 반응조차 예상했는지 남자가 쓴웃음을 지으며 카나를 출구 쪽으로 내몰았다.

"자, 어서어서 돌아가. 가게 문을 닫게."

"아, 네. 죄송합니다.

"조심해서 돌아가. 특히 차 조심하고."

이제는 물러나야 할 때였다. 가게 밖으로 한 걸음 내딛자마자 뒤에서 목소리가 작게 들렸다.

"쭉 함께 있어주지 못해서 미안해."

카나는 반사적으로 뒤를 돌아봤다. 이미 문은 닫혀 있었다.

남자의 모습은, 이미 보이지 않았다.

에필로그

일을 끝마치고 귀가할 때마다 왜 나는 역에서 더 가까운 집을 빌리지 않았을까, 하고 생각했다.

운이 좋은지 나쁜지 취직활동을 통해 내정된 미술관은 대학생, 대학원생 시절에 살았던 집에서 전철로 30분쯤 떨어져 있었다. 군이 돈을 들여서 이사할 필요는 없을 것 같아서 같은 곳에서 어영부영 계속 살다보니 이 임대 맨션에 산 지 슬슬 8년이 다 되어갔다.

26살이 지나자 같은 또래 친구들은 결혼이나 이직 등 인생의 전기를 조금씩 맞이했다. 그러나 나는 어떤가? 지금 하고 있는 일이 즐거워서 이직할 필요성을 거의 느끼지 못했다. 연애도 좋은 사람이 생기면 모르겠지만, 군이 누군가와 교제하고 싶다는 생각도 도저히 들지 않았다.

매일 똑같은 나날이 반복되지만, 요즘에는 그런 삶도 괜찮지 않나 싶은 생각도 들었다. 인생은 결국 흘러가는 대로 살아가는 것이다.

어깨에 토트백을 메고서 역 출구에서 이어지는 녹지대 보행로를 걸었다. 이 부근은 재개발이 진행되면서 풍경도 조금씩 바뀌고 있지만, 이 보행로만은 대학교 시절과 똑같았다.

카나가 타일이 깔린 길을 느긋하게 걷고 있으니 갈색 줄무늬 고양이가 느닷없이 관목에서 얼굴을 내밀었다.

"꺅."

무심코 소리를 지르고 말았다. 도망칠 줄 알고 멈춰 섰더니 고양이는 떨떠름한 표정으로 이쪽을 쳐다보고 있었다. 의아해하며 다가가자 고양이가 입을 벌리며 「야옹」 하고 짧게 울었다. 도와달라는 말처럼 들렸다.

"가만히 있으렴."

카나는 그렇게 말하고서 에잇, 하고 고양이의 배 부근을 잡았다. 상당히 뚱뚱한지 가지와 가지 틈새에 꽉 끼었다. 사료를 대체 얼마나 먹은 거야. 카나가 몸을 빼주자 관목에 붙잡혀 있던 고양이가 드디어 구속에서 풀렸다.

"후샤아—."

"미안, 미안."

계속 안고 있으면 몸부림을 칠 것 같아서 카나는 황급히 고양이를 땅에 내려줬다. 고양이가 콧방귀를 홍 꼈다.

"야옹."

이번에는 고양이가 정중하게 울면서 이쪽을 돌아봤다.

"앞으로는 조심하렴."

카나가 그렇게 당부하자 고양이가 다시금 「야옹」 하고 울었다. 그대로 총총 걸어가다가 일정거리가 벌어지자 다시 뒤를 돌아봤다. 아무래도 따라오라는 의미인 것 같았다.

이거 조금 두근거리네. 어렸을 적에 동네 뒷산에서 했던 비밀 탐험 같았다. 카나는 어린 시절로 되돌아간 기분으로 고양이의 뒤를 쫓았다. 고양이는 카나가 따라오고 있음을 확신하자 걷는 속도를 높였다.

보행로를 지나 차도를 지나 도착한 곳은 꽃에 둘러싸인 작은 건물이었다. 서양식 건물을 연상케 하는 외관이었다. 하얀색과 황갈색이 시크하게 조합되어 있었다. 2층 베란다에서 흘러나온 나무가 건물 대부분을 뒤덮고 있었다.

양철 양동이, 목제 바구니, 귀여운 화분에 심긴 수많은 꽃들이 입구를 화사하게 채색했다. 플랜터에 끈이 달린 행잉 바스켓에서는 초록빛이 흘러넘쳐 2층에서 뻗어 나온 가지와 적절히 얽혀 있었다.

꽃과 나무가 무절제하게 어우러져 자칫 조잡한 느낌을 줄 수도 있었지만, 균형감이 절묘해서 세련된 인상을 풍겼다.

출입문에는 고양이 모양의 검은색 플레이트가 걸려 있고, 그곳에는 「OPEN」이라고 적혀 있었다.

보기에는 근사한 건물이었다. 그러나 카나의 눈길을 끈 것은 가게 앞 정원이었다.

쭉 늘어선 화단에는 색색의 장미들이 흐드러지게 피어 있었다. 특히 진홍색 장미가 아름다웠다. 벨벳 같은 질감이 느껴지는 큼지막한 꽃잎이 여러 겹이나 포개져 하나의 꽃을 이루었다.

고양이가 「임무를 끝마쳤다」는 표정으로 카나가 지나왔던 길과는 정반대 방향으로 달려갔다. 남겨진 카나는 일단 그 근사한 식물들을 관찰하기로 했다.

보면 볼수록 아름다운 곳이었다. 더욱이 또렷한 확신은 없지만, 예전에 이 가게에 온 적이 있는 것 같았다.

"귀한 손님이 왔군."

불현듯 목소리가 들리자 카나는 고개를 들었다. 파란색 앞치마를 착용한 남자가 물뿌리개를 한손에 들고서 이쪽을 보고 있었다. 언제 그곳에 있었지? 전혀 눈치채지 못했다.

남자의 곱슬거리는 검은 머리카락이 약간 삐쳐 있었다. 검은 테 안경 속 두 눈에는 온화한 빛이 깃들어 있었다. 정확한 나이는 모르겠지만 카나와 같은 또래로 보였다. 적어도 대학생은 아니겠지.

"아, 전 손님이 아니라…… 고양이 뒤를 쫓다보니 여기에……."

"고양이? 아아, 갈색 줄무늬 고양이?"

"그래요."

"그 녀석은 이 주변에 살고 있어. 점주와 사이가 좋지."

남자는 물뿌리개를 든 채로 이마에 난 땀을 셔츠 소매로 문지르듯 훔쳤다.

"손님."

"아, 네."

그가 무척이나 진지한 목소리로 불렀기에 카나는 무심코 등을 쭉 폈다. 렌즈 너머에서 남자의 눈빛이 살짝 누그러졌다.

"우리 가게는 꽃도 취급하고 있는데. 내부도 구경하겠어?"

"괜찮을까요?"

"그럼, 점주도 기뻐하겠지. 상당히 그리워했으니까."

남자는 그렇게 말하고서 흐드러지게 핀 장미에 물을 줬다. 물방울이 보석처럼 윤기가 흐르는 꽃잎을 채색했다. 얼굴을 가까이 대니 그윽한 향기가 코 속을 간질였다.

"아름다워."

무심코 감탄하자 남자는 기쁜지 눈웃음을 지었다.

"장미는 색깔과 개수에 따라 꽃말이 바뀌지."

남자는 그렇게 말하면서 가위로 장미 가지를 잘라냈다. 가시가 돋친 가지 끝에는 커다란 꽃이 피어 있었다. 남자는 앞치마 주머니에 들어 있던 전단지로 가지를 감싼 뒤 카나에게 내밀었다.

"받아주겠어?"

빨간 장미 한 송이. 그것이 무엇을 의미하는지 정확히는 모른다. 카나는 장미의 꽃말을 상세히 알지 못했기 때문이었다.

그런데 어째선지 남자가 내민 장미를 손에 든 순간, 카나의 두 눈에서 눈물이 흘러넘쳤다. 고대했던 무언가가 눈앞에 나타난 것처럼 신기한 충족감이 카나의 마음을 채워 나갔다.

카나는 전단지에 싸인 장미를 쥐고서 남자의 얼굴을 올려다봤다.

"저, 옛날부터 장미를 좋아했어요."

"나도."

남자가 수줍게 웃고는 카나에게서 등을 돌렸다. 그러고는「가게는 이쪽이야」하고 말하며 문으로 향했다. 카나는 그 남자의 뒤를 자연스레 쫓았다. 당연히 그렇게 해야만 할 것 같은 기분이 들었다.

"저기, 여긴 무슨 가게인가요?"

카나가 묻자 남자가 걸으면서 이쪽을 둘러봤다. 남자가 부드럽게 눈웃음을 지었다.

들뜬 목소리로 남자가 말했다.

"그야 물론,『기적이 일어나는 가게』지."

세상이 파래진다면

초판 1쇄 발행 2023년 8월 20일

지은이_ TAKEDA Ayano
옮긴이_ 박춘상

발행인_ 최원영
편집장_ 김승신
편집진행_ 권세라 · 최혁수 · 김경민 · 최정민
편집디자인_ 양우연
관리 · 영업_ 김민원

펴낸곳_ (주)디앤씨미디어
등록_ 2002년 4월 25일 제20-260호
주소_ 서울시 구로구 디지털로 26길 111 JnK디지털타워 503호
전화_ 02-333-2513(대표)
팩시밀리_ 02-333-2514
이메일_ lnovellove@naver.com
L노벨 공식 카페_ http://cafe.naver.com/lnovel11

SEKAI GA AOKU NATTARA by TAKEDA Ayano
Copyright ⓒ 2022 TAKEDA Ayano
All rights reserved.
Original Japanese edition published by Bungeishunju Ltd., Japan in 2022.
Korean translation rights in Korea reserved by D&C MEDIA Co., Ltd.,
under the license granted by TAKEDA Ayano, Japan arranged with Bungeishunju Ltd.,
Japan through The English Agency (Japan) Ltd. and Danny Hong Agency, Korea.

ISBN 979-11-278-6980-9 03830

값 16,000원

*이 책의 한국어판 저작권은 Danny Hong Agency & English Agency를 통한 Bungeishunju Ltd.와의
독점 계약으로 (주)디앤씨미디어에 있습니다.
저작권법에 의해 한국 내에서 보호를 받는 저작물이므로 무단전재와 복제를 금합니다.

*잘못된 책은 구매처에 문의하십시오.